NORTE

NORTE

Jon Gower

Gomer

Cyhoeddwyd yn 2015 gan
Wasg Gomer, Llandysul, Ceredigion SA44 4JL

ISBN 978-1-84851-774-5
E-pub 978-1-78562-080-5
Kindle 978-1-78562-081-2

Dymuna'r cyhoeddwyr gydnabod cymorth
Cyngor Llyfrau Cymru.

Argraffwyd a rhwymwyd yng Nghymru gan
Wasg Gomer, Llandysul, Ceredigion
www.gomer.com

Cyflwynir y nofel hon i'm chwaer Sarah,
gyda llond môr o gariad,
a chan obeithio y byddi'n mwynhau siwrne'r darllen

Diolchiadau

Dyma'r trydydd tro i'r golygydd Luned Whelan gydweithio â mi ar lyfr. Ni fydd y darllenydd yn deall maint ei chyfraniad, sy wedi bod yn ddim llai na Stakhanov-aidd (colier o Rwsia oedd Stakhanov, a dorrodd bob record byd tra oedd yn ceisio cynyddu cynyrchioldeb y diwydiant glo), yn hynod, hynod sensitif, trylwyr a sylwgar. Os na fydd hi nawr yn gorfod encilio i sanatoriwm yn yr Alpau i ddod dros y profiad, mawr obeithiaf nad dyma'r tro olaf iddi wella a chymoni testun o'm heiddo. Diolch, blodyn, am dy amser, dy lygaid craff a dy weledigaeth.

Unwaith yn rhagor, mae Elinor Wyn Reynolds wedi gweld posibilrwydd mewn syniad hurt a'i gefnogi'n llwyr, felly diolch yn dwlpau iddi hi am y ffydd honno.

Diolch hefyd i'r Cyngor Llyfrau am eu cyfraniadau nhw, sy wedi gadael i deithwyr ffoi o'r dychymyg i'r dudalen er mwyn cychwyn eu hantur hwythau. Diolch yn enwedig i Huw Meirion Edwards am ei sylwadau gwerthfawr, ac i Sion Ilar am y clawr, gan taw yn fan 'na mae'r llyfr yn dechrau, ag un ddelwedd dda.

O, gyfeillion, deuthum i chwilio amdanoch,
Gan groesi dolydd yn goleuo lampau,
A nawr, o'r diwedd, dyma fi'n dod o hyd i chwi.
Llawenhewch.
Dywedwch eich straeon wrthyf.
O gyfeillion, rwyf i yma.

– Xayacamach o Tizatlan

Rhan 1

Juan Pablo

Unig mewn anialdir

GWELIR DYN IFANC yn gyfan gwbl ar ei ben ei hun yn cael ei lyncu gan ddiffeithwch. Y gorwel fel gasolin, yn crynu'n llinell gam, sigledig yn y gwres aruthrol - chwythlamp o brynhawn. Mae'n crwydro'n grwca, yn igam-ogamu'n wanllyd, un droed yn codi'n araf, y llall yn dilyn yn arafach. Ymlaen ag ef, yn fethedig. Draw tua'r terfyn, y llinell bell, olaf.

Golau'r haul yn ei ddallu, fel laser. Poen gwyn yn tasgu drwy bob cyhyr yn ei gorff, fel tase'i groen wedi troi'n ffosfforws gwyn ac yn llosgi fel calon yr haul. Ei berfeddion yn berwi, ei waed fel lafa'n llifo'n boenus dros ei esgyrn, gan eu toddi, eu crino a'u herydu'n sgerbwd gwyngalchog.

Dyma fe. Juan Pablo. Yn bell, bell o'i gartref yn Hondiragwa. A'i galon yn curo'n arafach, oherwydd bod y cyhyr hwnnw wedi blino o dan y straen. Mae gan Juan Pablo, y dyn-ifanc-sy'n-mynd-i-farw, wifrau metal, cannoedd ohonynt, yn rhedeg fel llinynnau crasboeth drwy ei ysgyfaint. Pob anadl yn ei boenydio. Sêr o boen yn ffrwydro oddi mewn iddo, galacsïau o ddioddefaint, wrth i'w gerddediad droi'n herciad ac yna'n llusgiad poenus o araf.

Uwch ei ben, mae'r haul yn tasgu gwres at y pridd. Ac fel pob diwrnod arall yn yr anialwch - ar wahân i'r chwech neu saith diwrnod pan mae'r glaw yn troi'r lle'n ardd lachar a'r blodau dirifedi'n galeidosgop o bob lliw posib mewn natur - mae'r haul yn crasu'r tirlun.

Efallai mai dyma lle bydd e'n marw, yn yr anialwch hwn, o dan yr haul anfaddeugar, didrugaredd. Yr haul yma sy'n cynhesu a thwymo'i benglog nes ei throi'n bair, a'i ymennydd yn dechrau ffrwtian oddi mewn iddi fel cawl – *sopa caliente* sy ar fin berwi'n un cymysgedd o ymwybyddiaeth, atgofion, chwant a phersonoliaeth.

Gweddïa ar San Judas Tadeo, y sant defnyddiol hwnnw sy'n helpu dyn i wynebu sefyllfaoedd anodd. Efallai fod y sefyllfa hon yn rhy anodd hyd yn oed i sant fel fe: mae terfyn i diriogaeth gwyrth, hyd yn oed. Ac mae Juan Pablo'n bell iawn o gyrraedd help. Yn bell iawn.

Arglwydd! Pwy feddyliai? Marw mewn sychdir, yn nhir unig y fwltur, y Gila a'r neidr ruglo. Am ddiweddfan. Man lle na fydd dim tystiolaeth o'i fywyd y tu hwnt i sgerbwd dienw wedi ei wasgaru'n jig-so anatomegol fan hyn a fan draw gan anifeiliaid rheibus y lle unig hwn. Pos gwyn o esgyrn yn gwyngalchu ar y *mesa*. Ei groen wedi ei goginio yn y ffwrn awyr agored.

Try'r rhigwm yn ei ben, fel tôn gron, yn troi … a throi …

Voy a morir.

Rwy'n mynd i farw.

Voy a morir.

Ond llwydda i gymryd camau bach sigledig a chrynedig ymlaen.

Voy … a … morir.

Pan ddaeth y dynion gwyn cyntaf i archwilio'r ufferndir yma'n chwilio am gopr, teimlai rhai fod byd natur ei hun yn eu herbyn. Roedd cynifer o nadredd gwenwynig yn cwato yn y creigiau nes bod rhai o'r mwynchwilwyr yn gwisgo pibau stof metal o gwmpas eu coesau, a sŵn y nadredd rhuglo'n bwrw'r rheiny'n union fel cenllysg yn drymio ar do sinc.

Mae 'na lot o bererinion a theithwyr wedi marw yn fan hyn. Bydd eu hesgyrn gwynion yn gwmni iddo. I gorff Juan Pablo, druan. Mor bell o gartre! Ac mor agos at ei ddyfodol newydd hefyd! Dim ond hanner diwrnod i ffwrdd. Rhywle dros y gorwel, y tu hwnt i'r cryndod o wres, gorwedda'r Estados Unidos a'r gwaith gyda'i gefnder Antonio yn Pasadena, dyn busnes hynod lwyddiannus – a chanddo fol fel Zeppelin erbyn hyn, mae'n debyg – sy'n gosod toeau ar dai ar draws De Califfornia a hyd yn oed draw mor bell â Nogales, Arisona. Chwiliodd Juan Pablo amdano ar fap, gan ryfeddu at yr holl enwau Sbaeneg yn y dalaith. Unwaith, bu gan Fecsico deyrnas a hanner. Ond mae'r byd yn newid, y rhod yn troi.

Nawr roedd yr holl obeithion am fyd a bywyd gwell ar ben. A'r eironi oedd fod Juan Pablo o fewn cyrraedd i'r man cyfarfod, y man lle byddai Jeep yn disgwyl amdano, uwchben y tip sbwriel. O dan y cromfachau 'ny o fwlturiaid oedd yn atalnodi'r nen wrth iddynt hela. Dim ond hanner diwrnod arall o gerdded, falle. Ond does ganddo ddim nerth gwerth hanner diwrnod o gerdded yn ei goesau. Maen nhw'n rhy wan, y cyhyrau'n ddigon shimpil erbyn hyn. Llusga heibio i'r *ocotillos* a'r *remolinos*, y planhigion gwydn hynny. Na, 'sdim egni ganddo. Ddim hyd yn oed gwerth hanner awr o lusgo traed dros y cerigos poeth. Hwn fydd ei ddiwedd, ac mae'n llusgo tuag ato, a threigl amser ei hun yn rhedeg yn sych.

Gwyddai am beryglon yr anialwch cyn dechrau ei siwrne, cyn cymryd y cam cyntaf drwy'r dwst cynnes dan draed. Heb dywysydd, mae'n ddigon hawdd cerdded mewn cylchoedd, a'r rheiny'n mynd yn dynnach tra bo'r corff yn blino nes troi'n llipa. Ar ben hynny mae'r nadredd sy'n tasgu gwenwyn, y tarantiwlas mawr – maint plât cinio – nodwyddau hir y cactws, y dŵr prin sy'n dew â phoer gwartheg ar dir y ffermwyr lleol, tlawd (er ei fod yn edrych mor bur â llif berw-wyllt Niagara i ddyn sychedig), heb sôn am foch gwylltion a'u hysgithrau sy'n medru rhacsio cnawd. Mae rhai *migrantes* yn lladd eu hunain yn hytrach na chymryd un cam ymhellach … eu cyrff sych, lliw lledr, yn hongian oddi ar unrhyw beth sy'n ddigon tal, eu gwregysau rownd eu gyddfau a fflasgiau dŵr gweigion wrth eu traed.

Yn fan hyn yr anialwch – y fynwent awyr agored lle cleddir Juan Pablo, druan – yw man claddu gobaith a ffydd.

Edrychwch! O dan gactws y *saguaro* mae 'na benglog, yn wyn fel sialc, a thyllau'r llygaid fel ogofâu bychain. Sylla'n dragwyddol dawel ar y *malpais* du sy'n ymledu i'r gorllewin, y socedau'n wag. O'i chwmpas, mae casgliad o grwyn leim crin, jygiau o *agua purificada* wedi cracio yn y gwres, tywel coch oedd wedi ei lapio o gwmpas pentwr o *tortillas*, cap pêl-fas a'r slogan 'Veracruz: In Charge of the Sea' arno, crysau carpiog, sgidiau tennis sy'n cyrlio fel rhai Aladin, a hen ganiau bwyd megis *jalapeños* La Costeña, *sardinas en salsa de tomate* Calmex a *nectar papaya* Jumex.

Ond o edrych drwy'r detritws yma, yr olion a'r sbarion, y dystiolaeth fod pobl wedi mynnu croesi'r diffeithwch yma, a rhai heb gyrraedd yr ochr arall, mae 'na fwy o benglogau ac esgyrn. Clun. Garddwrn. Rhan o asgwrn cefn.

Dyma orweddfannau olaf y pererinion ar eu taith tuag at allor wedi ei noddi gan Levi Jeans, neu fargen anhygoel yr wythnos yn Barney's Gourmet Burgers, tua'r holl bethau na fyddent yn medru eu fforddio hyd yn oed tasen nhw wedi cyrraedd Highway 1, a chael job oedd yn talu'r nesa peth i ddim, a thalu crocbris am dwll o le i fyw, heb ffan i gadw'n oer a heb unrhyw wir obaith am fywyd gwell.

Faint sy ar ôl ganddo?

Awr.

Falle hanner awr.

Falle ddim cymaint â hynny.

Dim ond chwe mis ynghynt y cafodd Juan Pablo'r alwad ffôn 'na gan Antonio, ei gefnder – yr alwad ffôn y bu'n disgwyl amdani ers tro byd, yn ysu am ei derbyn. Esboniodd Antonio fod damwain wedi digwydd, a bod un o'i weithwyr wedi cwympo oddi ar do yn rhywle o'r enw Mulhollow neu Mulholland, a thorri ei gefn. Roedd wedi ei barlysu am oes, ac o ganlyniad, roedd lle iddo fe, Juan Pablo, ymuno â'r criw. Gwaith! Yn yr Estados Unidos! Gwireddu'r freuddwyd fawr! Cyrraedd y greal! Falle câi fynd i Disneyland – yr un gwreiddiol yn Anaheim – a SeaWorld. Roedd pawb yn Hondiragwa eisiau mynd i SeaWorld.

''Sdim ofn uchder arnat ti, oes e?' holodd Antonio, yn hanner chwerthin, ond roedd Juan Pablo eisoes wedi dechrau meddwl beth yn union roedd angen iddo'i wneud i gyrraedd y wlad bell. Croesi Mecsico i gychwyn. Ac roedd hynny fel croesi maes y gad mewn oferols oren. A tharged ar eich cefn. Ac un arall ar eich brest. A hyd yn oed pe llwyddai i groesi'r diffeithwch, roedd 'na chwilwyr yno – y Border Patrol bondigrybwyll oedd yn gwneud eu gwaith yn dda os oedden nhw'n anfon cant o bobl 'nôl bob dydd, cyn dechrau eto drannoeth. Hyd yn oed yn America Ganol, roedd eu henw da nhw'n solet. Y Border Patrol. Y gelyn.

Mae'r botel ddŵr yn wag ac all e ddim cerdded lot mwy. Bellach mae ei ymennydd yn berwi. Mae'r gwifrau copr yn wenfflam yn ei ysgyfaint, yn wenfflamach os yw hynny'n bosib. Rhwydwaith o linynnau poen yn tynnu fel tannau telyn drwy ffaeleddau ei gorff.

Gall e glywed y traffig yn y pellter, fel sŵn tonnau'r môr. Y ffordd fawr ar ddechrau'r daith o San Diego i Seattle. Mae mor agos 'fyd, ond mae pob anadl nawr fel sugno fflam las tortsh asio i'w ysgyfaint. Y boen, fel yr haul, byth yn trugarhau. Efallai gall e gerdded dau gam arall?

Nawr mae'r golau gwyn yn ei ddallu. Un cam arall. Mae'r sgidiau Nike oedd yn newydd sbon dair wythnos yn ôl bellach yn rhubanau o ddefnydd llwyd fel pasta brwnt, trwchus.

Try cysgodion yr adar ysglyfaethus wrth iddynt chwyrlïo uwch ei ben nawr – y pethau olaf iddo eu gweld, efallai – a'u hadenydd yn cynnig ambell fflach o gysgod. Am eironi. Mae clwstwr du o gactws *agave* – mewn tirlun lle mae popeth yn edrych yn ddu oherwydd grym golau'r haul – am rwygo'r crys oddi ar ei gefn, eu pigau fel weiren bigog. Hanner cam, a'i gorff yn sigo yn y gwres. A dyma'r cysgod unwaith-ac-am-byth yn setlo amdano … Y düwch yn cau o'i gwmpas fel adenydd mawr, y plu fel crafangau am ei anwesu'n dynn. Anwesu'r anadl allan o'i gorff sych.

Mae e ar fin croesi'r ffin …

Efallai taw hon yw moment ei farw ef.

Melltith-wlad

DYNA LLE'R OEDD E, fel llygad Cyclops – yr haul gwyn, llacharferw'n hongian yno'n dallu'r ddynolryw, perl perffaith mewn nen glir uwchben Hondiragwa, y weriniaeth fananas wreiddiol honno. Bananas, ie wir. Bananas, yn hollol.

Er, ar un adeg roedd pethau mor wael yno nes nad oedd hi'n bosib i'r un gwerinwr – yr un *campesino* druan – brynu'r un banana, hyd yn oed. Ond cewch glywed mwy am hynny'n nes ymlaen …

Efallai nad ydych chi wedi gweld gwlad ar ei phengliniau, yn erfyn yn daer, ond dyna oedd Hondiragwa, neu Hondiblydiragwa fel yr adnabyddid hi gan ei thrigolion, gan bob enaid byw oedd yn ceisio ennill ei damaid yno, tra oedden nhw'n cysgodi rhag chwythlamp yr haul. Yr haul didrugaredd. Yr haul anfaddeugar. Byddai'r gwres ynddo'i hunan yn ddigon i gadw gwlad yn ei chwrcwd, ei gwthio i'r llawr, hyd yn oed.

Felly. Dyma wlad sydd fel *peon* tlawd, neu werinwr heb ddim, ar ei phengliniau, yn ceisio taflu i fyny, er bod ei stumog yn wag ac nad oes ganddi ddim byd i'w chwydu. Stumog hollol, hollol wag, megis balŵn heb aer, gan wlad gyfan bron. Oedd, mi oedd pethau'n wael, yn *diffinio* gwael, yn y cyfnod tywyll hwnnw pan oedd yr unbeniaid yn rhedeg y wlad, un ar ôl y llall.

O, am litani o ladron oedd honno! Y lleidr Oscar Trojillo, yna'r Cadfridog Norigua – heb sôn am y pyped-filwr a blannwyd gan yr Unol Daleithiau, na, a *orseddwyd* gan America, sef Troy O'Neale – pob wan jac ohonynt wrthi'n arallgyfeirio Cynnyrch Mewnwladol Crynswth (GDP) y wlad i gyfrifon banc cudd a diogel yn Ynysoedd y Caiman a'r Swistir. Ac er mwyn cadw trefn, roedd un ym mhob wyth trigolyn yn gweithio'n uniongyrchol neu'n anuniongyrchol i'r heddlu cudd, oedd yn enwog ledled y byd am eu sgiliau poenydio, ac am y ffyrdd mileinig a ddewisent i ladd unrhyw un oedd yn ddigon dewr neu'n ddigon dwl i gwestiynu'r drefn. Ym mharanoia beunyddiol Hondiblydiragwa, byddai rhywun yn ysbïo arnoch chi, wastad. Pob galwad ffôn yn cael ei thapio. Pob llythyr yn mynd drwy swyddfa'r sensor. Dim rhyfedd fod drwgdybiaeth yn rhemp a pharanoia'n fwy cyffredin na chwain ymhlith y *campesinos*. Edrychwch tu ôl i chi. Dylech chi wastad edrych tu ôl i chi.

Cyn mynd ymhellach, gawn ni oedi am gwestiwn? Pam taw'r bobl gyffredin sy wastad yn ei chael hi, yn dargedau trais a thrallod a rhesi sgleiniog o fwledi – wastad, wastad y bobl gyffredin? Un rheswm sy 'na yn y bôn. Oherwydd nad yw hanes yn eu cofnodi nhw – gan fod hanes, fel ry'ch chi i gyd yn gwybod, yn cael ei sgrifennu gan y buddugol, gan yr enillwyr. Gwyddom fod hanes yn un gyfres rwysgfawr o froliannau a hunanaddoliadau wedi eu hysgrifennu gan *ddynion mawr* am *ddynion mawr* eraill, neu, yn wir, amdanynt eu hunain. Ystyriwch er enghraifft *Their Finest Hour* a *The Gathering Storm*, ynghyd â'r miliynau o eiriau eraill gan Winston Churchill, neu *The Memoirs* – 'na chi glamp o gyfrol – gan y celwyddgi dauwynebog Richard Nixon (cofiant mor dew â stepen drws, os yw'ch stepen drws yn digwydd bod o flaen y Tŷ Gwyn), neu'r llond silff o weithiau annarllenadwy gan Enver Hoxha pan oedd e'n arlywydd ar Albania. Hawdd, felly, yw anghofio neu ddiystyru'r rhai bychain, anghofio rhoi troednodyn, hyd yn oed, i gydnabod eu presenoldeb *nhw* ym mywyd gwlad neu ddinas neu epoc.

Nawr 'te, bananas! Roedd 'na adeg – y cyfnod difanana fel y gelwid ef gan ambell wag o hanesydd o America Ganol – pan nad oedd unrhyw *campesino*'n medru prynu banana yn unman oherwydd bod y ddau gwmni oedd yn berchen ar bob planhigfa a phob ffrwythyn oedd yn cael eu tyfu yn y wlad am eu hallforio, ac yn mynnu bod pob sypyn yn cael ei werthu dramor. Ac all neb – hyd oed *campesino* sy'n llwgu – fwyta eironi. Er, mae eironi'n tyfu fel cnwd da, oherwydd bod ei angen i fedru byw yn y fath siop siafins. Gwlad yn llawn bananas heb fananas. Gwlad fel Libya heb dywod. Gwlad fel y Swistir heb glociau cwcw na bariau Toblerone. Neu Gymru heb lo caled. Nid bod yr un enaid byw yn Hondiragwa wedi clywed am y Swistir nac am Gymru. Iddyn nhw, dim ond dwy wlad arall o bwys sy 'na ar y blaned – Mecsico a'r Unol Daleithiau. Nid oedd hyd yn oed ei chymdogion ar y culdir cythryblus a elwir America Ganol yn bodoli ar fap y dychymyg poblogaidd. I'r gogledd, roedd y freuddwyd yn fyw ac iach. Dyhead pob pererin oedd cyrraedd yno.

Beth yw'r America hon, yr Unol Daleithiau yma, sy'n eu denu nhw fel magned? I'r gogledd. *Al norte*. *Baywatch*. Disneyland. Times Square yn ffrwydriad o hysbysebion neon ac LED. Burger King. Wendy's. McDonalds ar bob cornel. Yellowstone. Y Grand Canyon. Mount Rushmore. Ac yna, yn Detroit a Milwaukee, Salt Lake City a Spokane, yr holl nendyrau 'na, y merched gwallt blond mewn bicinis sy'n fawr mwy nag esgus, yn chwarae pêl foli ar y traeth i gyfeiliant y Beach Boys cyn cael hoe i yfed Coke ac ysgwyd eu gwallt perffaith yn yr awel gynnes. *Paradiso*! Paradwys, yn wir.

Ond mae'r olygfa heddiw yn y wallgofwlad hon yn America Ganol yn sbesial. Trosgynnol. Nefolaidd, yn wir. Perl enfawr o nwyon pell yn llosgi'n dân mewn nen o asur pur. Ond prin y gallwch weld gorwelion y môr o lesni oherwydd dwyster y golau … y ffotonau wrth y biliwn sy'n llifo tuag atom drwy'r gofod gwag.

Y tu allan i'r cabanau tlawd yn y dref sianti ar gyrion y brifddinas, piga'r ffowls fel teganau clocwaith – rhai'n golchi eu plu yn y dwst i gael gwared o barasitiaid, eraill yn tyllu yn y graean â'u pig, ambell un yn ei gwrcwd, yn ffan Tsieineaidd o blu llydan agored yn barod i ddodwy, rhywle bant o'r llygod mawr, er nad oes unman sy'n bell oddi wrth y llygod mawr mewn gwirionedd.

Weithiau, gallai rhywun feddwl taw'r llygod mawr sy'n teyrnasu dros y wlad, a bod y bobl yn digwydd rhannu eu cartref oherwydd bod y llygod yn oddefgar ohonynt. Ac os oes teyrn yn eu plith, y llygoden unllygeidiog enfawr sy'n llygadu'r ffowls yw hwnnw, yn syllu arnynt yn drachwantus, wrth iddynt bigo'n ddiwyd y tu ôl i'r weiren bigog. Mae hwn wedi ymladd â chathod gwyllt a racŵns, lladd nadredd ffyrnig a ffeindio'i ffordd i mewn i stordai sy dan glo. Mae mor hen ac mor awdurdodol nes bod pobl wedi rhoi enw iddo. *El tigre.* Y teigar. Drwy lygad fel pìn bach du, mae *el tigre*'n gweld y fenyw sy'n dod 'nôl i'w chaban concrit a golwg flinedig iawn arni … Mae'n gweld ei mab, hefyd. Ei enw yw Juan Pablo, a byddwch yn clywed lot fawr amdano. Fe yw ein harwr. Arwr pymtheng mlwydd oed.

Mae Cristina, mam Juan Pablo, wedi bod yn gweithio ers pymtheng awr, a hyd yn oed ar ôl ei llafur caled yn golchi pentyrrau o ddillad pobl eraill yn nŵr mwdlyd yr afon sur, mae'n wynebu oriau o gerdded o ddrws i ddrws yn gwerthu *tortillas*, hen ddillad a ffrwythau megis llyriaid a phinafalau. Bydd yn cystadlu yn erbyn llu o bobl eraill sy'n gwerthu eu nwyddau truenus hwythau o ddrws i ddrws. Ambell waith, dyw Cristina ddim yn siŵr a yw hi wedi gwneud digon o arian ar ddiwedd diwrnod torcalonnus o galed i brynu darnau o hen deiars i atgyweirio gwadnau ei hesgidiau. Os gallwch chi alw'r darnau rwber wedi eu clymu am ei thraed â darnau o gortyn yn sgidiau.

Mae hi'n gwybod y bydd yn rhaid iddi wynebu'r plant cyn hir, y llygaid ymbilgar – truenus o ymbilgar – fydd yn disgwyl amdani'n eiddgar, fel llygoden fawr yn disgwyl ei gyfle wrth y ffowls, pan fydd yn cyrraedd adref. Ar ddiwrnod da, bydd llygaid y plant yn goleuo â phleser o weld parsel bach o *tortillas* mae hi heb ei werthu, ac maent yn gweddïo bod ganddi rywbeth i'w rolio yn y canol. O, byddai'n dda cael un darn o gaws i fynd rhwng dau *tortilla*, i wneud *quesadilla*. Ambrosia pur fyddai hynny!

Cofia'r ddau blentyn y diwrnod anhygoel pan oedd 'na bowlen fach o stiw porc i de, a dro arall, roedd gan eu mam bob o botel o Aztec Cola iddynt. Fel pen-blwydd, wir i chi! Y diwrnod hwnnw, a'r cola'n ffrothian yn gynnes dros eu gwefusau, roeddent yn teimlo fel brenhinoedd, y plant mwyaf lwcus yn y wlad.

Ond heddiw mae Cristina'n waglaw, a bydd yn rhaid iddi eu cysuro â geiriau ac addewidion y bydd pethau gwell i ddod yfory, er ei bod hi'n methu'n deg â lleddfu'r cnofeydd o boen a newyn sy'n peri i'w stumog a'i thu mewn grynu'n wyllt. Mae'n gas ganddi'r foment y clyw'r gobaith yn y llais sy'n gweiddi '*Mamá*!' wrth iddi ddod i mewn yn newid goslef, gan ddisgyn drwy siom a phoen i entrychion diflastod.

Wythnos yn ôl, bu'n rhaid iddi ddymuno pen-blwydd hapus i Juan Pablo heb gynnig hyd yn oed pensel iddo'n bresant. Ni ddymunai gael dim byd mwy na phensel! Ac yntau bron yn ddyn. Pensel! Un bensel yn unig, ac roedd hi heb lwyddo i gael hyd i'r un peth bach syml yna. I rywun tlawd fel hi, roedd pris pensel yn grocbris, ac roedd penseli'n annaturiol o ddrud yn Hondiragwa er bod anllythrennedd yn rhemp. Pen-blwydd hapus, fab annwyl dy fam. Dyma fi'n waglaw heddiw eto.

Cofia'r siom yn cronni yn ei lygaid. *Feliz cumpleaños*! Dyma ddim yw dim i ti'n anrheg. Teimlodd y siom yn ei meddiannu fel rhywbeth corfforol, yn gwneud iddi deimlo'n hen, yn casglu yn ei stumog fel asid. Methiant oedd hi i'w theulu cyfan. Doedd hi ddim yn medru eu cynnal. Roedd hynny'n ffaith.

Ond heddiw, mae pethau'n wahanol, oherwydd mae Juan Pablo wedi cael gafael ar bentwr o blicion tatws wrth chwilmentan y tu ôl i'r Mercado Central – y farchnad ganolog – ac wedi gorfod ymladd amdanyn nhw, oherwydd bod popeth sy'n ymwneud â bywyd yn y brifddinas yn anodd, pob gweithred yn frwydr, pob diwrnod yn frwydr a thri chwarter.

Byddai dangos y pentwr plicion i'w fam wedi bod yn ddigon i'w osod ar lefel concwerwr, ond roedd e wedi gwneud tipyn mwy na chynaeafu'r plicion. Bu'n chwilio'n ddyfal ac yn llwyddiannus am berlysiau ar bwys y ffosydd, ac erbyn iddo fe a'i fam gynnau dwy gannwyll, ac i'w fam gribo'i gwallt a newid allan o'r oferols mae hi'n eu gwisgo bob dydd, maen nhw'n teimlo eu bod ar fin cael gwledd. Plicion-tatws-wedi-berwi-a-pherlysiau-allan-o'r-ffos-*alla-plancha*! *Estupendo!*

Pan edrycha Cristina ar y ddau yn llowcio'r *sopa* syml – Juan mor *fawr* o'i gymharu â'i chwaer fach – teimla donnau mawr o gariad yn cael eu rhyddhau'n rhemp o rywle'n ddwfn y tu mewn iddi, fel tase'i chalon yn rhyw fath o gynhyrchydd tonnau, sy'n llifo'n gryf er mwyn cymysgu â thonnau llai o anobaith, gan ei bod yn gwybod yn iawn na all hyn barhau am byth. Y wledd arbennig!

Maen nhw'n wannach plant nawr na llynedd – does dim croen ar eu hesgyrn bron – a'r ddau'n dechrau edrych yn gyson sâl, ac mae hi ei hunan wedi blino cymaint nes ei bod yn ei chael hi'n anodd cysgu oherwydd y poenau siarp sy'n torri drwy ei chorff, y cyhyrau'n gwingo, ei hesgyrn megis yn malu'n bowdwr gwyn. Ac mae ei llygaid yn llosgi, a'i gwallt yn sych fel gwellt.

I ble'r aeth y fenyw siapus 'na oedd yn arfer hoelio sylw dynion ym mhob man – y fenyw â'r bronnau llawn a'r coesau hir, dengar fel y seren 'na yn hen ffilmiau Hollywood – beth oedd ei henw hi? Betty Grable. Ie, dyna ni, coesau fel Betty Grable. I ble'r aeth y rheiny?

Mae hi'n dal i gael peth sylw, er bod ei chroen hi'n aml yn fochedd oherwydd prinder sebon, a'i chorff yn debycach i bolyn nawr, y bronnau llawn wedi crino, y coesau'n feinach a'r cyhyrau'n dynn, y gewynnau'n amlwg, amlwg. Un ateb i'w phroblemau niferus fyddai rhannu ei bywyd gyda dyn, ond mae'r rhan fwyaf o'r rhai sy'n byw yn y *barrio* yn gaeth i gyffuriau neu alcohol, neu dydyn nhw jest ddim y math o ddyn y byddai Cristina – na'r plant – yn gallu ei oddef. Felly, am nawr, bydd yn rhaid iddi godi am bump o'r gloch wrth i'r ceiliogod orffen clochdar, a gadael ymhell cyn bod y plant ar ddihun i chwilio neu fegera am frecwast. O! Y treialon!

Cysur Mam-gu

HEDDIW, MAE'R HAUL digamsyniol o bwerus eto'n herio'r tir a'r ddynolryw bathetig sy'n ymlusgo arno, yn ei gwawdio a'i phryfocio â'i bŵer i losgi a chrino a thoddi. Nid yw ffyrnig-wres y llosgfynyddoedd sy'n britho crastir Costa Salvador a rhannau eraill o America Ganol yn agos at yr hyn sy'n arllwys o grombil tân ein seren ni, yr un sy'n datgymalu moleciwlau a hala egni o 92 miliwn milltir i ffwrdd i'n gwresogi a'n cynnal, gan ganiatáu i'r holl rywogaethau – y pryfed rhyfedd a'r epa doeth, y gnŵod sy'n arllwys fel chwilod ar draws y Serengeti, y lefiathanod o forfilod sy'n plymio dyfnderoedd y culforoedd a'r heidiau o adar o'r un lliw a phob lliw, yn ogystal â'r planhigion lu, y coed a'r lianas a'r lilis gwynion a'r rhedyn dyfnwyrdd, y rhosod perffaith a'r coed sy wedi troi'n bonsai mewn mannau gwyntog – dyfu a chystadlu a phrydferthu a thaflu had ar hyd y lle a ffrwythloni a gwywo a phydru yn eu tro.

Ond pe gallai'r haul bitïo'r ddynolryw, yna byddai'n gwneud hynny oherwydd yr agwedd orhyderus a chwbl ddinistriol honno sy'n nodweddu *homo sapiens*, er nad yw'r ansoddair *sapiens* – doeth – mor briodol â hynny o ystyried arferion megis dechrau a chynnal rhyfeloedd, lledaenu cenfigen neu hybu cyfalafiaeth a'i annhegwch mawr, cwmpasog. O, y ddynolryw! Pitïwch hi. Y dynion sy'n cyfuno *machismo* a gynnau ac yn troi strydoedd Aleppo a Tripoli a Belfast a Juba a Gary, Indiana, yn feysydd y gad. Gweler y dystiolaeth o'n cwmpas yn Hondiragwa! Y bechgyn diobaith, yn hen cyn eu hamser, â llygaid duon fel pandas oherwydd blinder didrugaredd, a chreithiau *machete* ar eu coesau a'u breichiau ar ôl gweithio yn yr *estancias* coffi. Y menywod yn gwerthu eu hunain yn y clybiau ar ochr y ffordd. Pawb wedi blino, blino. Y rebel, fel yr heddlu cudd, wedi hen flino nofio drwy waed.

Mae'n waeth nag erioed. Tonnau llachar o oleuni yn golchi'n fôr gwyllt i ddallu'r llygaid ac i sgubo'r tir. Y tir sy'n ogonedd o wyrddni o dan ogoniant llachar-oleuni ffrwydriadau'r ffotonau.

Yr holl olau yma! Mae'n ddisglair ac yn wlyb – yn sgleiniog-wlyb yng ngolau dawns yr haul a fflachiadau'r ffotonau sy'n cyrraedd o bellteroedd y gofod. A'r gwres! Llethol, ar ôl glaw trwm, gan droi ardaloedd o'r ddinas yn un sawna drewllyd, y chwys fel glaw mân, mân yn glynu'n berlau bychain at dalcenni'r gweithwyr ar eu ffordd adref ar ôl oriau hir yn y *lavanderias*, y ffatrïoedd uffernol ac ar gorneli'r strydoedd am arian bach.

Nid bod lot fawr o waith i'w gael os nad ydych chi'n digwydd bod yn seicopath sy eisiau gweithio ym maes diogelwch – amddiffyn y byrgyrs, dyweder, yn yr unig fwyty sy gan McDonalds yn y wlad – neu eich aberthu'ch hunan i warchod siop fagiau ym marchnadfa Cascadas rhag lladron sy'n hoffi gwisgo labeli dylunydd. Ac sy'n hapus i ladd dros fag llaw. Bob nos, bron, gallwch glywed clecian y gynnau, oherwydd mae hon yn ddinas arfog, lle mae dynion yn mynegi eu *machismo* a'u lefelau uchel o destosteron ac adrenalin â phob math o ddryll a chyllell. Ond er gwaetha'r haul a'r gynnau, mae bywyd bob dydd yn gorfod mynd yn ei flaen. Wrth i'r gwres dasgu.

Prin yw'r pleserau ym mywydau Juan Pablo a'i chwaer

Carmena. Nid yw'r un o'r ddau erioed wedi cael anrheg na thegan go iawn, ac mae gormod o ddyddiau wedi mynd a dod heb ddim i swper ar wahân i siwgr wedi ei gymysgu â dŵr, i greu argraff o fwyd, i dwyllo'r tafod. Ond nid yw hyn yn ddigon i roi stop ar wingo'r stumog, y ffordd mae'n teimlo fel neidr oer yn troi a throi a throelli'n rhywle'n ddwfn yn yr ymysgaroedd. Y siwgr yn troi'n wermwd.

Noson ar ôl noson o newynu. Erbyn hyn, mae'r ddau blentyn wedi dysgu peidio â disgwyl llawer pan mae eu mam wedi bod allan ar y strydoedd yn gwerthu *tortillas*, neu fwndel o hen ddillad, neu sigaréts unigol, allan nhw ddim ond gweddïo nad yw hi wedi gwerthu pob un o'r *tortillas*.

Nid oedd y teulu wastad mor dlawd â hyn. Pan oedd eu tad yn byw gyda nhw, roedd ganddyn nhw ychydig bach o arian, a Juan Pablo oedd y bachgen mwyaf poblogaidd yn Escuela 23, nid o'i herwydd ei hunan ond oherwydd gwaith ei dad, oedd yn drapiwr anifeiliaid.

Yn yr hen ddyddiau, pan oedd yr *economia* a'r *peso* yn wan, byddai tad Juan Pablo'n trapio ar ran rhai o sŵs mwyaf y byd – Berlin, San Diego, y Bois de Boulogne ym Mharis – a byddai'r pris am bob oselot neu *fer de lanse* neu ta beth yn rhesymol iawn, er, fel y byddai tad Juan Pablo'n dadlau byth a beunydd, onid oedd *popeth* yn America Ladin yn tsiep a rhesymol? Cyfandir cyfan yn cardota, fel y byddai'n ei ddweud ar ôl cael llond ei groen o *mezcal* yn y *cantina*. 'Pleeeze Señor America, can you give us a dollar for our skins? Two for our daughters? Three for our allegiance to the flag?'

Ond oherwydd bod gan Juan Pablo lond tŷ o anifeiliaid, roedd pawb am fod yn ffrind iddo, ac ar y diwrnodau hynny pan fyddai cerbyd ei dad yn dod lan yr hewl mewn cwmwl o ddwst ar ôl bod i ffwrdd ar un o'i dripiau hela, byddai pob plentyn yn yr ardal yn aros yn eiddgar amdano yn un dorf fawr.

Byddai'n arllwys cynhwysion y tryc i jariau, cewyll ac ambell i gorâl ar gyfer yr anifeiliaid mwy sylweddol, gan chwarae triciau wrth iddo wneud. Byddai'n disgrifio bron pob neidr fel yr un fwyaf peryglus yn y byd ac yn ffugio lluchio'r sarff i gyfeiriad y plant, fyddai'n gwichian mewn ofn er bod y rhan fwyaf yn gwybod mai tric oedd e, ac na fyddai'r gŵr addfwyn hwn yn eu peryglu.

Ond yn raddol, edwinodd yr archebion mawr a bu'n rhaid iddo arallgyfeirio, gan gasglu i sŵs bach llwm mewn llefydd diarffordd, dwstlyd ar draws America Ganol, lle byddai tapir yn gwerthu am ddim mwy na 10,000 *peso*, waeth pa mor hir y byddai wedi ei gymryd i'w ddal. Diolch byth am y casglwyr preifat, obsesiynol yn America oedd yn fodlon talu crocbris am greaduriaid prin. Fel y *trillionaire* yn Houston oedd yn arbenigo mewn casglu rhywogaethau oedd ar fin mynd i ddifodiant. Er mwyn eu coginio a'u bwyta. Mae pobl yn rhyfedd. Byddai'r arian yn dod yn syth i'w gyfrif o fanc yn Ynysoedd y Caiman.

Un diwrnod, rhoddodd ei dad facáw i Juan Pablo, a oedd yn medru ynganu ambell air yn barod. *Árbol.* Coeden. *Amor.* Cariad. Tecsas. Hon oedd yr anrheg olaf. Diflannodd ei dad. Efallai i Decsas. Efallai ddim. Ni ddaeth Juan Pablo byth i wybod beth ddigwyddodd i'w dad. Ni wyddai mai syrthio oddi ar glogwyn wrth geisio dal tri Gila i gwsmer cyfoethog yn Tokyo wnaeth e, druan. Weithiau, roedd yn ceisio dyfalu beth fu ei hanes.

Rhedeg i ffwrdd gyda menyw arall? Cael plant eraill lan yn Wichita neu Rochelle neu Yuba City? Yfed yr arian roedd yn bwriadu ei anfon adref? O, byddai'n dda petai e'n gwybod mai fel hyn y bu farw ei dad. Yn hela. Yn ceisio ennill arian i'r teulu.

Un pleser sy gan Juan Pablo yw gweld ei fam-gu, ei *abuela* addfwyn, sy'n medru adrodd storïau gyda'r gorau. Pan oedd e'n grwt bach, byddai Abuela yn bwydo fflan garamel roedd hi newydd ei pharatoi iddo, a blas y fflan oddi ar y llwy bren fel ambrosia. Yna, byddai'r hen wreigan, a'i llygaid cwrens duon a'i gwallt llacharwyn, yn adrodd storïau am bethau mawr – am dduwiau'r llosgfynyddoedd a rhu byddarol eu fflamau, ac am Quetzalcoatl, y duw ar ffurf neidr bluog, a aeth i wlad angau er mwyn arllwys ei waed dros esgyrn y meirw a'u hatgyfodi. I Juan Pablo, roedd storïau ei fam-gu yn llythrennol flasus.

Ceisiai osgoi ymweld ag Abuela ar ddiwrnod lladd mochyn, ond gan fod ganddi chwe deg o'r rheiny mewn rhes o gytiau ar ddarn o dir nid nepell o'i chartref, roedd mwy na siawns y bydden nhw wrthi gyda'u cyllyll pan âi yno. Byddai'r pentrefwyr i gyd a'u bwcedi'n disgwyl i gasglu'r gwaed, a'i fam-gu wrthi'n hollti gyddfau a rhoi gorchmynion i'r dynion oedd wrthi'n bwtsiera, y gwaed yn llifo fel nentig, a'r pentref i gyd wedi ymgasglu i loddesta.

Gorweddai'r mochyn yn ddarnau mewn dail banana cyn cael ei gladdu yn y pydew. Prin bod unrhyw gysur materol yng nghartre Abuela – caban o flociau concrit â tho haearn a haenau o blastig drosto, heb ddim trydan na dŵr, a cheuffos o ddŵr trwchus, llwyd yn rhedeg o flaen y drws ffrynt. Ond er nad oedd ei fam-gu'n medru cynnig gwres na hyd yn oed golau iddo ambell waith, os nad oedd ganddi bedwar *lempira* i brynu cannwyll, neu ddeg i brynu olew paraffîn, roedd wastad storïau ganddi i'w hadrodd, dwsinau ohonynt, megis llyfrgell o fewn ei phen, cof cefn gwlad, llenyddiaeth lafar mewn llais sych a chrynedig, ond clir. Doedd dim yn well gan Juan Pablo na gwrando arni. Adroddai straeon am ysbrydion y jyngl, a duwiau, a sut roedd ffawd yn rheoli bywydau pobl fel nhw.

Ond nid dim ond adrodd storïau y byddai ei fam-gu. Gwyddai am ddymuniad ei hŵyr i adael y ddinas am y gogledd, ac roedd yn poeni'n ddirfawr am hyn, gan fod Juan Pablo'n ei weld ei hunan yn ddyn, a hithau'n ei weld yn fachgen bach, ar goll yn y byd.

'Paid â mynd,' byddai'n dweud wrtho. 'Mae 'na ormod o beryglon, a does braidd neb yn cyrraedd yr Estados Unidos heb gael niwed o ryw fath. Cofia am Enrique – fe gollodd e goes, a doedd e ddim hyd yn oed wedi cyrraedd Gwatemala. A nawr, all e wneud dim ond eistedd yn y dwst yn begera. Ai dyna beth wyt ti ei eisiau?'

'Dwi eisiau mynd i America, i wlad sydd well,' fyddai ei ateb bob tro.

Heddiw, mae Cristina wedi bod yn gwerthu *tamales* ynghyd â bagiau plastig wedi eu llenwi â sudd ffrwythau mae'n eu cario mewn bwced blastig las sy'n hongian o dan ei chesail. Milltiroedd ar filltiroedd ar filltiroedd. Mae hi wedi gweiddi nes ei bod yn groch wrth gystadlu â rhuo'r injans diesel, y ceir rhydlyd, y bysiau gorlawn wedi eu paentio'n bob lliw dan haul a'r lorïau mawr a'u gyrwyr haerllug, di-hid sy'n arafu dim ar eu ffordd i'r porthladdoedd. Go brin fod llais

Cristina'n cario drwy'r Babel hwn. *Piña*! *Tamarindo*! *Piña*! *Tamarindo*!

Yn y prynhawn, cerddodd y fenyw flinedig i'r Mercado Central i brynu pentyrrau bychain o nwyddau – cwrens, nytmeg, cnau mwnci, powdwr cyrri a sinsir sych – eu rhannu rhwng bagiau bach a selio'r rhain â chwyr poeth a doddai â thaniwr sigaréts. Am funud, wrth iddi drefnu'r bagiau mewn llecyn tawel ar y palmant, mae'n medru ei thwyllo ei hun ei bod hi nawr yn fenyw fusnes, yn prynu, dosbarthu a gwerthu pethau amrywiol i blesio'i chwsmeriaid. Ond pan mae hi'n dechrau cyfri'r oriau hir mae'n eu cymryd i werthu hyd yn oed un bag o nytmeg, mae'n sylweddoli taw ofer a gwag yw'r freuddwyd hon.

O'i chwmpas, mae o leia dwsin o fenywod sy'n gwerthu'r un math o nwyddau â hi, neu a bod yn onest, yn methu eu gwerthu. Mae Cristina ar fin chwalu. Ond rhaid iddi godi ar ei thraed er mwyn ceisio gwerthu rhywbeth. *¿Quién compra especias*? Pwy sydd angen prynu sbeisys?

Yr ateb, heddiw …

… yw neb. Neb yw neb. Gwerthu dim yw dim. Ac oherwydd ei bod hi wedi prynu'r stoc, does dim arian ganddi ar ôl i brynu bwyd. Mae'n gas ganddi fegera, felly bydd yn rhaid iddi geisio cyfnewid rhai o'r nwyddau, ond ni fydd hynny'n hawdd oherwydd mae'r gwerthwyr llysiau wedi hen flino ar gyfnewid. Maen nhw eisiau arian go iawn, fel pawb arall. O, mae'r wlad hon ar chwâl! Mae hi mor anodd byw yma!

Gan nad oes ganddi drwydded i werthu ar y stryd, rhaid i Cristina newid lleoliad yn gyson, ac mae'n llithro rhwng y cartiau pren sy'n drwm â'u llwythi o *papayas* a *guabayas* a phinafalau. *Tamarinda*! *Piña*! *Muy barato*! Mae'r lle mor brysur â chwch gwenyn, a phlant bach mor ifanc â phump oed yn cynnig llond dwrn o domatos neu *chillies* i'r sawl sy'n cerdded heibio. Cyrhaedda'r masnachwyr a dechrau dadlwytho'u cnydau – pentyrrau o granadilas a *pitahaya*, afocados, *anis criollo* a *mangosteen*, gan weddïo bod 'na brynwyr o America am eu hedfan oddi yma.

O gwmpas y byrddau a'r cartiau a'r faniau wedi eu gorchuddio â dwst y daith, mae bechgyn bach yn gwenyna, yn cynnig helpu i symud pethau o'r naill le i'r llall, yn galw *¿Te ayudo*? ('Ga i dy helpu?'), gan bwyntio'n obeithiol at y whilber fach bren sy'n sefyll yn segur o'u blaenau, eu breichiau'n ymestyn yn ymbilgar, eu cefnau wedi eu torri'n barod dan y straen o garto stwff, ond yn derbyn unrhyw gais, ac unrhyw dâl am wneud, gan gynnwys ambell hen glwstwr o fananas yn lle arian. Ie, bananas!

Ac os oes ganddyn nhw arian maen nhw'n prynu glud. I leddfu'r boen. I wynebu'r llwyth nesaf o *guavas* a bananas, digon ohonynt i'w cario o'r farchnad i'r lorïau mawr i dorri ysbryd crwtyn bach.

Mae Cristina'n eistedd yn ei chwrcwd y tu ôl i'r pwmp dŵr lle mae'r marchnadwyr yn glanhau'r llysiau. Prin ei bod hi'n medru cadw'i llygaid rhag cau. Ar ddiwedd y dydd, ar ddiwedd bron pob dydd, 'sdim rhyfedd ei bod wedi blino'n lân. Heno, unwaith yn rhagor, fydd ganddi ddim gronyn o gariad na iot o gysur i'w rhannu gyda'i phlant, a'i hesgyrn yn gwingo wrth iddi eistedd yn y gadair. Yr unig gadair. A dyna nhw, y trueiniaid, yn gobeithio am rywbeth syml megis maeth, neu hyd yn oed rhywbeth â blas iddo. Maen nhw'n dal i gofio'r llawenydd dilychwin pan ddaeth eu mam â dau afocado iddyn nhw, a'r tro anhygoel hwnnw y daeth hi â bar o siocled Hersheys, eu tafodau'n llyfu'r olion olaf posib oddi ar y ffoil. Ond prin mae gwledda felly'n digwydd. Ac mae Juan Pablo bron yn ddyn, ac mae angen maeth arno. Methiant yw hi. Methiant llwyr.

Ond pan ddaw'r alwad ffôn o Galiffornia gan Antonio i gynnig gwaith i Juan Pablo, daw llygedyn o obaith i fywyd llwm y teulu am unwaith. Yn nhŷ Abuela mae'r ffôn, ac er gwaethaf ei hofnau, fe ddealla ei fam-gu fod yn rhaid i'r crwt fynd. Gweddïa Cristina nad â Juan, ond mae hefyd yn gwybod ei fod yn anorfod.

Wrth iddi edrych ar y map i weld pa un o'r amryw ffyrdd y bydd e'n ei dilyn, mae'r ofn y tu mewn iddi'n bygwth ffrwydro. Mae'n deall na all e aros, ddim os yw e'n mynd i wireddu ei freuddwyd o edrych ar eu holau'n iawn, ond mae'r ffeithiau moel yn ddigon i ddychryn rhywun, heb sôn am y storïau brawychus sy'n dod 'nôl. Y dyn heb goesau ar ôl cael ei hyrddio oddi ar y trên gan *ladrones* yn y nos. Y ferch ifanc 'na, y peth ofnadwy ddigwyddodd iddi hi o flaen ei gŵr. A hithau'n feichiog.

Ond ar y noson olaf cyn iddo ymadael, mae Cristina'n gwerthu digon o ffrwythau i brynu reis ac ychydig ffacbys duon, ac eistedda'r tri yn ddigon diddig wrth y bwrdd trestl pren yn eu caban llwm, diarffordd (un o nifer fawr o gabanau tebyg, heb na hewl na goleuadau stryd ar eu cyfyl) yn bwyta yn y golau sy'n weddill wrth i olau lamp baraffîn drws nesa arllwys i mewn drwy'r holltau yn y wal, drwy'r fagddu sy'n graddol setlo a hawlio'r nos.

Daw'r pryfed tân allan i anfon negeseuon at ei gilydd mewn semaffor sydyn, gan greu patrymau bach, fel chwifio matsys, wrth iddynt glosio. Dyma ddawnsiau awyrol, rhywiol, sy'n denu cymar drwy'r gwyll. Mae'r ddau blentyn yn dwlu gwylio'r pryfed bach a'r ffordd maen nhw'n edrych fel galaeth o sêr yn symud ac yn dawnsio'n osgeiddig uwchben lampau llawn blodau'r nos.

Y Ceffyl Haearn

Gwae chi! Y trên i'r gogledd

MAE 'NA BEDAIR prif ffordd o gyrraedd Gwlad y Greal, yr Estados Unidos, a'i Disneyland a'i doleri a'i moethusrwydd a'i dannedd gwynion a'i chyfleoedd i bawb – pawb sy'n digwydd bod yn gyfoethog. I deithio yno o America Ganol, rhaid dewis un ohonynt, ac mae gan bob un ei pheryglon. Ond er gwaetha'r rhain, maen nhw'n dal i deithio yno, a'r wlad fel magned yn tynnu'r cwpl ifanc a'u tri o blant o El Salfador, y bois ifanc sydd eisiau mynd i weld yr Yankees neu'r Orioles, y capiau ar eu pennau'n dangos i ba lwyth maen nhw'n perthyn. Criw o famau sengl yn ffoi o Honduras heb adael dim ar eu holau oherwydd nid oeddent yn berchen ar ddim. Ond gorfod iddyn nhw adael mam, mam-gu, tad, pentref, plentyndod, ffrindiau. A rhai yn gadael ond byth yn cyrraedd. *Los desaparecidos*. Y diflanedig rai.

Mae'r ffordd gyntaf yn dilyn arfordir Gwlff Mecsico, gan adael Tenosique gyda'r wawr a symud ymlaen drwy Veracruz a Tampico i Reynosa. Yn ail, gallant fynd i'r gorllewin a wynebu peryglon Guadalajara a Mazatlán i gyrraedd Tijuana neu Nogales (nid yr un yn Arisona, yn anffodus iddyn nhw). Mae'r trydydd dewis yn edrych fel llinell syth ar y map, lan tua Torreón ac ymlaen i Cuidad Juárez, ond i rai, dyna ddinas y diafol ei hun. Dyma ddinas y *feminicidios*, lladd-dy lle mae hyd at bum mil o fenywod ifanc rhwng deuddeg a dwy ar hugain oed wedi cael eu llofruddio. Rhai yn fyfyrwyr. Rhai yn *maquiladoras* – gweithwyr yn y ffatrïoedd dillad. Rhai wedi cael eu harteithio dipyn. Rhai wedi eu harteithio'n fwy. Pob un yn ferch i rywun. Sawl un wedi ei gadael ar ddarn o dir diffaith.

Ac yn olaf, mae 'na ddewis sy'n mynd â'r teithiwr drwy Saltillo ac ymlaen i Nuevo Laredo. Mae'r daith honno'n rheswm dros deimlo'n baranoid ynddi ei hun. Mae pethau gwael iawn yn digwydd i bobl ar y daith honno. Mae Cristina wedi bod yn ymchwilio i'r teithiau ar ran Juan Pablo, ac mae'n eu nabod i gyd erbyn hyn. Sawl tro, ac mewn sawl ffordd, bu'n ceisio darbwyllo Juan Pablo rhag mynd, ond byddai 'na olau yn ei lygaid wrth iddo sôn am sut y llwyddodd hwn a hwn neu hon a hon i wneud y fath bethau rhyfeddol ar ôl cyrraedd y gogledd. Felly, mynd sydd raid, ac un noson, mae'n paratoi parsel bach iddo fynd gydag e, a gobaith wedi ei lapio ym mhob plyg.

Yn iard y rheilffordd, mae'r Ceffyl Haearn wedi ei ffrwyno, ond mae cymylau o fwg yn dechrau codi o'r injan bwerus, sy'n dechrau symud yn araf iawn ar hyd y cledrau, y trên yma sydd eisoes yn rhan o ffawd Juan Pablo, sy'n ei gludo ef ynghyd â phob gobaith, dyhead, dymuniad ac ofn sydd ganddo yn ei galon. Gyda phob modfedd, mae e'n gadael cartref. Rhwyg! Tymestl emosiynol! Ofn fel gwaywffon iâ wedi rhwygo twll yn ei berfeddion! Ond mae ei benderfyniad yn drech na'r rhain.

Mae Juan Pablo'n gadael popeth y tu ôl iddo, ac ogof ei ymennydd yn gawl o bryderon ac amheuon, a hyd yn oed nawr, ac yntau heb deithio mwy na hanner cilomedr, mae dryswch pur o deimladau cymysg yn chwyrlïo yn ei ben ac yn hedfan o gwmpas (neu efallai mai dafnau bach o barddu diesel yw'r rhain), a rhywbeth arall yn siffrwd ac yn dirgrynu'r tu mewn iddo – conffeti o deimladau di-ri ac anghyson yn cael eu rhyddhau er mwyn cael eu chwythu i ffwrdd. Ac ers yr eiliadau dewr hynny pan daflodd ei hun rhwng dwy wagen, mae Juan Pablo wedi mentro'n bellach nag a wnaeth erioed o'r blaen.

Mae e'n gadael ei fam, ei chwaer, ei fam-gu a'i gartref, ei ddinas a'i wlad oherwydd ei fod e wedi dod i dderbyn ac i ddeall rhywbeth. Roedd e'n gwybod ers amser hir nad oedd ei fam yn medru *fforddio* ei gadw, a'i bod yn lladd ei hun yn ceisio gwneud. Ddim ei gadw e *a'i* chwaer, ac mae e'n caru Carmena fach fel mae e'n caru'r dydd, er ei fod yn gwybod hefyd – ac mae hyn yn wir am gynifer o bobl yn Hondiragwa – taw drwy gicio a brathu mae cariad yn llwyddo i oroesi, neu wrthsefyll y llif o fileindra sy'n gwneud bywyd mor anodd.

Fe, Juan Pablo, fyddai'r cyntaf i gyfaddef ei fod wedi bod yn filain wrth Carmena'n ddiweddar, yn ymladd gyda hi'n aml – nid oherwydd dicter na malais na thrais na dim byd tebyg i'r rhain, ond, yn hytrach, oherwydd bod y ddau ohonynt yn gorfod gwrthsefyll cynifer o bethau gwael yn feunyddiol oherwydd tlodi eu mam, nes bod y tensiynau hynny, fel lafa'n berwi o grombil y ddaear, yn gorfod ffrwydro o bryd i'w gilydd. A dyw e ddim eisiau colli ei dymer a'i brifo hi. Byth. Gwell o lawer yw gadael y tŷ, a gadael y wlad cyn bod hynny'n digwydd.

Mae'r trên yn cynnig ffordd allan, *al norte*, tua'r gogledd, i'r Estados Unidos, lle mae'r dychymyg yn tyfu porfeydd breision yn llawn gwartheg McDonalds sy'n dri medr o daldra ac sy'n byw yng nghanol gwair sy'n dalach, oherwydd bod popeth yn America'n fwy, ac yn fwy llwyddiannus (nid bod hynny'n wir am y gwartheg oherwydd maen nhw i gyd, mewn gwirionedd, ym Mrasil ac Wrwgwai, ac yn arferol o ran maint).

Nid yw'n cymryd yn hir i adael adeiladau'r ddinas. Prin roedd amser, a phrinnach y dymuniad i fwynhau'r golygfeydd wrth iddynt fynd ymlaen, gan dorri drwy resi diddiwedd y planigfeydd bananas, pob un ohonynt yn perthyn i un o ddau gwmni mawr, Chiquita a Dole, fel yr hysbysai'r arwyddion mawr, llachar ar ochr y lein.

Roedd cymylau inc-ddu'n chwyrlïo drwy'r nen, yn bygwth dychrynfa o law yn y pellter, er bod y gwres yn dal i fod yn llethol, a Juan Pablo a'i gyd-deithwyr yn defnyddio'u crysau-T fel tywelion i sychu eu chwys, ac yn sgil y chwysu yma, roedd y poteli dŵr yn gwacáu er gwaethaf eu hymdrechion i sipian yn hunanddisgybledig yn lle llyncu'r dŵr yn glep. Neidiodd Juan Pablo i lawr oddi ar y trên ddwywaith mewn ychydig ddyddiau dim ond i gael hyd i ddŵr.

Pan fyddai'r trên yn arafu ddigon, byddai ambell un yn neidio, fel fe, i chwilio am ffos, a bron pob ffos ar hyd y darn yma o drac yn digwydd bod yn agos at gabanau tlawd, felly roedd rhaid hidlo'r dŵr drwy ddefnydd eu ddillad i gael gwared o'r carthion. Ond doedd dim dewis.

'Dim dewis' oedd arwyddair y teithwyr didiced, distatws, digysur, didalaith a heb wreiddiau bellach. Roedd pob un o'r pererinion modern hyn yn fodlon wynebu pob math o her, ofn, bygythiad a pherygl er mwyn cyrraedd y wlad gyfoethog lle gallai dyn du fod yn arlywydd, lle byddai pob dim yn iawn. Pob gofid posib yn dod i ben.

Dychmygai'r dynion y doleri'n disgyn fel glaw wrth

iddynt gerdded dros y ffin, neu arian fel *ticker tape* yn disgyn yn dawel dros y nendyrau yn Manhattan, Pittsburgh, Denver, Colorado. A'r menywod ar y strydoedd glân i gyd yn edrych fel Amanda Seyfried neu Beyoncé, Riana neu Cameron Diaz, efallai. A'r ceir yn un ystafell arddangos ysblennydd o fodelau newydd, yn BMWs a Mercs a Chevrolets, a cheir newydd o Gorea a Siapan. Toyota. Hyundai. Honda. Roedd y menywod yn meddwl am bethau eraill, am ddiogelwch eu plant, neu sut i gadw eu hunain yn ddiogel. Gwyddai pawb am y trais ar hyd y ffordd. Ond roedd yn werth y risg, i gael cyfle i fyw gydag arian digonol a chyflenwad o ddŵr glân yn dod drwy'r tap, byw'r freuddwyd yn lle profi'r hunllef. Gwyddai pob un o'r anffodus-bererinion fod y wlad newydd yn cydnabod gwaith caled, bod cyfle i bob un oedd yn fodlon colli chwys, a gweithio oriau hir yn glanhau, adeiladu, torri'u cefnau.

Ond er mwyn cyrraedd Gwlad yr Addewid, Afallon bêr yr Estados Unidos, roedd yn rhaid wynebu'r treialon, a lleng o ddynion drwg, lladron, rheibwyr a chnafon diegwyddor. Iddynt hwythau, prae oeddent i gyd, i'w dal a'u godro'n ddiwahân.

Nerfusrwydd. Amheuaeth. Pydew diwaelod o ofn siarp a sur. Gallai rhywbeth ofnadwy ddigwydd yn un pen i'r trên a fuasai'r bobl yn y rhan arall ddim callach. Byddai pob teithiwr oedd yn symud o un rhan i ran arall yn gweithio fel negesydd, felly – yn dod â'r newyddion a'r cyngor a'r braw wrth i'r Ceffyl Haearn ymlwybro yn ei flaen. Drwy gyfrwng negesydd o'r fath y clywodd Juan Pablo hanes y ferch ifanc, Gabriela, y bu'n siarad â hi cyn i'r trên adael.

Roedd hi'n dod o'r un ardal o'r ddinas ag e, ac yn nabod

rhai o'r un bobl. Mwynhaodd siarad â hi ac roedd hi'n chwerthin yn braf, sŵn fel clychau arian yn tincial, a hyn mewn gwlad lle doedd braidd neb yn chwerthin. Cawsai Gabriela ei chipio gan ddau gangster blin wrth i'r trên arafu wrth groesi afon, a chael ei threisio o dan y cledrau cyn iddynt daflu ei chorff yn ddi-hid i'r dŵr. Sigodd Juan Pablo pan glywodd y newyddion, gan glywed ei chwerthiniad braf hi'n atseinio'n glir yn ei ben, pleser pur yn troi'n rhybudd. Wrth feddwl am y peth, sigai ymhellach. Cofiodd ei gwên hawddgar, radlon y diwrnod hwnnw y rhannodd hanner potel o Inca-Cola gyda hi, a hithau'n gwenu wrth i'r siwgr lifo drwy ei gwythiennau, a'r ferch raslon yn dechrau byrlymu siarad am ei gobeithion, a'r optimistiaeth honno fel siwgr iddo ef, yn falm i bryderon y daith, yr ofnau lluosog, y peryg di-stop. Cofiodd hefyd dynerwch ei chyffyrddiad wrth iddi estyn y botel yn ôl, ei dwylo'n ymestyn o'i blaen fel rhywun yn dweud pader. A nawr roedd ei chorff yn chwyddo mewn afon, a chyn hir, byddai ei gwên brydferth yn rhith o wên ddieflig yn syllu allan o wyneb sgerbwd.

Ond erbyn hyn, roedd y trên wedi gadael yr afon yn bell ar ei ôl, gan glic-clacian ymlaen. Clic-clacian ar y cledrau; mynd ymlaen yn benderfynol, a'r nos yn bygwth. Ac nid y nos yn unig.

Trên marwolaeth

MAE 'NA RYTHM metronomig yn sŵn yr olwynion ar y cledrau.

Ti-ci-ti-tac, ti-ci-ti-tac.

Ti-ci-ti-tac, ti-ci-ti-tac.

Sylla gyrrwr y trên a'i gyd-weithiwr ar y trac sy'n ymestyn o'u blaenau, yn yfed coffi o fflasg Thermos ac yn smocio *cheroots* da o Gwatemala, er bod rheolau'r cwmni'n gwahardd staff rhag ysmygu ar y trenau. Yn y pellter mae 'na argoel storm – cymylau du, trymaidd yr olwg yn cronni uwchben llinell olosg dywyll y gorwel. Mae'r ddau wedi gwneud y siwrne hon droeon, ond maen nhw eu dau yn meddwl taw hwn yw'r tro olaf. Nid yw'n dda i'w nerfau, wrth i'r trên hwntio a hwntro, gwegian a siglo, crynu o ochr i ochr ar draciau sy'n ugain mlwydd oed ac yn goch gan rwd. Nid yw cwmni'r Ferrocariles Chiapas-Mayab yn credu mewn buddsoddi, dim ond mewn elw. A tha p'un, gallan nhw wastad gyflogi aelodau newydd o staff os digwydd i rywun gael ei ladd.

Mae'r ystadegau yn eu herbyn. Ar gyfartaledd, mae tri thrên yn gadael y cledrau bob mis, a mwy o ddamweiniau bach ar ben hynny, wrth gwrs, a rhai o'r rheiny'n rhai cas ar y naw. Fel y wagen dywod wnaeth foelyd gan gladdu tri ymfudwr ar ochr y lein mewn anialwch bychan, twt – Sahara iard gefn. Teithiwr arall yn cael ei wasgu fel past dannedd o diwb pan gafodd ei ddal rhwng ochr y trên ac ochr pont. 'Sdim rhyfedd bod nifer o bobl yn ei alw fe'n *el tren de la muerte*. Trên marwolaeth. Dim rhyfedd o gwbl.

Nid yw'n dda i'r gydwybod – gormod o boen a gwaed a dioddefaint. Nid oedd sôn am yr pethau hyn pan gawson nhw'r job. Bellach, mae'r ddau'n yfed yn drwm – *aguardiente* i frecwast, potelaid arall i ginio, ac un fach arall gyda'r hwyr. Mae'n rhyfeddol eu bod yn medru gweld ei gilydd, heb sôn am y trac o'u blaen.

Ydyn, maen nhw'n gweld pethau ofnadwy, pethau gwirioneddol uffernol, ond ar y trip penodol hwn, digwyddodd un peth a wnaeth iddyn nhw ailystyried pob dim – digwyddiad i fferru'r gwaed – yn y wagen reit yng nghefn y trên.

Mae wagen yn lle digon peryglus i deithio, heb fawr o ddim byd i gydio ynddo. Mae'n debyg fod y coiotes, fel y gelwir y dynion sy'n smyglo pobl i'r gogledd – am dâl, neu grocbris – wedi cynghori deugain a mwy o ymfudwyr i guddio mewn pedair wagen yr oedd eu drysau ar agor ar y pryd. Eu gyrru nhw fel gwartheg i mewn i'r celloedd metal.

Ond ar ôl iddynt ddringo i mewn, clywodd y trueiniaid y drysau metal rhydlyd yn gwichian ynghau, i sicrhau na fyddai'r heddlu na dynion diogelwch y cwmni rheilffordd, na gwarchodwyr y ffin – asiantau'r adran fewnfudo, La Migra – yn amau bod 'na gargo dynol ar y trên o gwbl.

A chan ei bod hi'n fis Ebrill yma ym Mecsico, a'r tymheredd yn y crastir anfaddeugar y tu allan i'r cerbydau haearn yn ymylu ar naw deg gradd Celsius, roedd yr anffodusion yn teithio mewn dim byd llai na ffwrnais. O fewn oriau, roedd y poteli dŵr yfed wedi eu gwagio i gyd a phob teithiwr druan yn teimlo fel petai'n dioddef o'r fogfa, a'r awyr yn drwchus o chwys, a phawb yn cystadlu am aer. Bu rhai o'r anffodusion yn glynu eu cegau at wal y wagen, yn ceisio sugno ocsigen drwy dyllau bychain lle'r oedd bolltau wedi pydru, neu dyllau mor fach yng nghanol y rhwd nes bod y weithred o geisio anadlu'r aer twym yn fwy o straen na'i werth. Ond roedd y *syniad* o aer glân y tu allan i'r tyllau'n ddigon i wneud i bobl deimlo'n diriogaethol dros eu tyllau cwta gentimedr ar draws a rhai yn ymladd, ie, yn ymladd i hawlio'r twll a'r cyflenwad pitw o aer. Byddai dyn yn fodlon lladd dyn arall dros dwll maint llai nag un *centavo* yng nghanol y rhwd! Desbret!

Ymhen teirawr, dyma fenyw oedd yn diodde o'r fogfa go iawn yn ymbil am ddŵr, ond doedd 'na ddim i'w roi iddi, ac o ganlyniad, syrthiodd yn ddiymadferth ar lawr. Ceisiodd un dyn ei dadebru, ond doedd dim yn tycio, a bu'n rhaid i'w chyd-deithwyr ei gadael hi yno a mynd yn ôl i chwilio am ragor o dyllau, ambell lygedyn, yn llythrennol, o obaith.

Fesul un – yn ôl tystiolaeth un o'r bobl a lwyddodd i fyw drwy'r erchyllbeth – syrthiodd pobl ar lawr yn farw, a'r drewdod yn syfrdanol. Arogl marwolaeth, ac yn waeth, bron, yr arogl pydredig sydyn sy'n dod yn syth ar ôl anadl olaf yr ymadawedig.

Erbyn i'r heddlu archwilio'r trên bum deg cilomedr i lawr y lein, roedd pob wagen yn edrych fel marwdy. Tri deg tri o fenywod, plant a dynion yn gorwedd ar lawr yn gelain farw, a hyd yn oed rhai o aelodau mwyaf profiadol yr heddlu – oedd wedi gweld pethau gwael, credwch chi fi – yn chwydu o weld y cyrff wedi eu hanffurfio gan boen, a'r plant bach wedi mygu yng ngheseiliau eu mamau, yn gorwedd yn y dwst fel cerfluniau marmor twt. Bu'n rhaid i'r trên oedi am chwe awr er mwyn cludo'r cyrff i ffwrdd, ac, wrth gwrs, doedd neb yn gwybod pwy oedd eu hanner nhw.

Felly, ac yn unol â deddfwriaeth y wlad, cafodd y bali lot eu claddu mewn un twll ar dir cysegredig y tu allan i'r pentref nesaf. Un garreg fedd, a dim ond nifer y teithwyr fu farw a'r dyddiad wedi ei nodi arni, a photyn paent yn llawn blodau gwyllt i gysegru'r fan.

Ymlaen. Ymlaen. Ymlaen mae'r trên yn mynd.

Tic-i-ti-tic. Tic-i-ti-tic.

Yr haearn yn crynu odano. Heibio i bob postyn cilomedr, sawl un yn fan gorffwys cyfleus ar gyfer aderyn ysglyfaethus fel hebog neu farcud llygatsiarp.

Tic-i-ti-tic. Tic-i-ti-tic.

Symuda'r trên ymlaen fesul llathen tuag at orsaf yr heddlu ac yn raddol â phawb yn dawel, yn ddigon tawel i wrando ar y nadredd o nerfusrwydd yn symud o'u cwmpas, yna'n lapio o'u cwmpas. Mae'n nos, a dim ond un neu ddwy seren wanllyd sydd i'w gweld oherwydd bod haen o niwl wedi ymddangos o nunlle. Gwelir ambell smic coch wrth i rywun danio sigarét, ond ar wahân i hynny, all dyn ddim ond synfyfyrio ar amrywiaeth ansawdd y tywyllwch – melfed, sidan, inc, glo. Nid oes unrhyw olau o lusern y lleuad, sy lan 'na'n rhywle, ond ddim yn cynnig arlliw o'i bendith i'r teithwyr. Maen nhw wedi blino nawr. Mae'r blinder yn affwysol. A'r perygl yn creu blas sur yn y geg.

Daw llais anghyfarwydd o'r düwch, dyn yn gofyn i Juan Pablo am dân ar gyfer ei sigarét. Mae'n ymddiheuro nad oes ganddo na leitar na matsyn ac yna mae'r dyn yn symud yn ei flaen yn gyflym i siarad â rhywun arall. Nid yw Juan Pablo'n malio dim amdano, gan fod pobl yn symud yn gyson o'r naill gerbyd i'r llall i gael rhyw fath o amrywiaeth yn eu siwrne hir.

Torra'r trên drwy goedwig nawr, ac nid yw Juan Pablo'n gweld y ddau ddyn sy wedi dilyn y dyn cyntaf, na'r tri arall sy wedi dringo lan o ochr y trac wrth i'r trên arafu wrth groesi ardal o wlyptir bum munud yn ôl. Daw un o'r dynion lan at y simne fach sy'n rhoi rhyw fath o gynhaliaeth i gefn Juan Pablo. Heb rybudd o gwbl, mae'n cydio ynddo â'i ddwy law. Ymgripia rhywun arall o'r tu cefn iddo a'i ddal yn dynn, yn fagl-dynn, cyn ei daflu i'r llawr. Nawr mae 'na chwech neu saith ohonynt, cysgod-ddynion, yn symud yn dawel ond yn fwriadus i'w amgylchynu.

Yna mae llais un ohonynt yn gorchymyn iddo ddiosg ei ddillad! *Todos*! Popeth! *Ahora*! Nawr! Clywir crawc o lais, fel craig yn hollti, fel cigfran flin, yn torri'r düwch fel rhwyg yn llen y nos. Mae dyn arall yn rhoi clec i Juan Pablo â phastwn pren trwm. Mae'n teimlo fel petai'r bastad wedi hollti ei benglog fel melon dŵr. Cyflym, nawr, eto! Mae'r pren yn smacio'i wyneb, y boen fel tân. A sŵn rhywbeth yn hollti'n rhacs jibidêrs.

Teimla rywun yn tynnu ei esgidiau, dwylo di-hid yn ysbeilio'i bocedi'n chwilio am arian, am newid mân, deg *peso*, unrhyw beth. Mae'n gwybod bellach y byddai'r cysgod-ddynion yma'n dwyn unrhyw beth – ei ddannedd, ei urddas, ei fywyd – ar amrantiad, heb falio dim.

Maen nhw'n tynnu ei drowsus i ffwrdd, ac all Juan ddim dweud gair oherwydd poen y gernod i'w ben, ond ar arian parod mae eu bryd nhw, a does gan Juan fawr ddim o hwnnw – can *peso* ar y mwyaf. Mae siom y dynion yn troi'n ffyrnigrwydd, dyrnau'n glawio ar ei gnawd noeth, a sgidiau'n cicio ei asennau'n galed. Rholia Juan Pablo'i hun yn belen fach fel armadilo, yn ceisio'i amddiffyn ei hunan rhag y storm, y dwylo a'r sgidiau'n morthwylio'i ben a'i frest a'i goesau. Maen nhw am ei ladd. 'Sdim dwywaith am hynny. Maen nhw'n mynd i'w ladd. Mae perfeddion Juan yn crynu ac mae rhan ohono eisiau llefain – llefain am ei fam – tra bo rhan arall ohono eisiau chwerthin ar ben hurtrwydd y sefyllfa, y ffaith fod heddiw, ar ei hyd, wedi bod yn ddiwrnod da, a nawr roedd e'n mynd i orffen â chorff noethlymun a diymadferth Juan Pablo'n cael ei daflu dros ymyl y trên fel ci marw. Am ddiweddglo! Cael ei ladd yn giaidd, a'i gladdu'r un modd.

Mae anadlu'n anodd, ac mae Juan Pablo megis pysgodyn allan o'r dŵr, ac yna mae un o'r dynion yn sefyll drosto ac yn defnyddio llewys ei siaced i ddechrau ei grogi. Mae'n ymladd 'nôl yn ffyrnig, yn ceisio llacio'r llewys, yn ymladd am yr hawl i anadlu, ond mae'r dyn yn drwm, yn dew ac yn gorwedd ar ei ben. Mae dyn arall yn dal i'w gicio, fel ymarfer ciciau o'r smotyn ar gae pêl-droed.

Erbyn hyn, mae'r arweinydd – yr un â llais fel brân – yn awgrymu y dylid ei daflu oddi ar y trên, ac yn yr eiliad honno – yn y cwta eiliad o ansicrwydd cyn bod y dynion yn ufuddhau i'r gorchymyn llofruddiol – mae Juan Pablo'n ei weld ei hunan yn cael ei daflu'n gelain i ffos wrth ymyl y lein. Mae ei deimladau'n corddi'n wyllt – mae e eisiau gweld ei fam eto, mae e eisiau marw, os marw sy raid, yn ei gartref, a'i fam a'i chwaer wrth ei ymyl, ddim fan hyn, ymhlith y bastads llwfr yma. Ond mae'r dyn sy'n defnyddio'r llewys fel *garotte* yn llithro, ac nid yw Juan yn tagu bellach. Dyma'i gyfle!

Cwyd Juan Pablo ar ei benglinau, bron yn noeth, ac yna mae e ar ei draed, a chyda hynny o egni sy ganddo'n weddill, mae'n rhedeg yn syth ar draws top y cerbyd tanwydd. Mae'n agos at golli ei falans sawl gwaith oherwydd ei fod e'n droednoeth a'r to yn llyfn. Does dim golau i'w weld wrth i Juan Pablo gymryd camau bale dall yn y tywyllwch.

Ond mae hyn yn golygu na all y dynion ei weld e chwaith. Mae traciau'r rheilffordd yn rhydd ar y darn yma o'r lein ac mae popeth yn siglo a siglo – y trên, y cerbydau, y trac ei hunan, bron. Mae Juan Pablo ar fin cwympo, ond drwy nefol wyrth mae'n dal gafael yn rhywbeth i'w sadio'i hun yn y düwch, ac unwaith eto, mae'n sefyll ar ei draed ac yn ei heglu hi orau gall e.

Dyma fe, yr acrobat-llawn-ofn, yn y syrcas deithiol – *el circo infernal* – cylch dieflig yn gwneud y gwaith trapîs tra bo'r trapîs ar dân, un llygad yn llawn gwaed, a'r gynulleidfa â'u cyllyll siarp a'u casineb at acrobatiaid am ei ddienyddio os digwydd iddo syrthio.

Mae'n deall y sefyllfa'n iawn. Mae'r dynion ar ei ôl e, ac mae cerbyd arall yn llawn tanwydd o fewn cyrraedd, ond byddai'r naid o'r naill gerbyd i'r llall yn y tywyllwch, a'r trên yn mynd ar sbid a'r boen wedi ei gweu amdano fel gwe pry cop, yn rysáit ar gyfer hunanladdiad.

Neidio nawr – un, dau, tri – fyddai'r peth olaf y byddai'n ei wneud yn y bywyd hwn. Yr atgof olaf. Y weithred derfynol. Anadla. Cyfrifa – *uno, dos, tres* – cyn dringo i lawr ar hyd y cyplwr sy'n dal y ddwy wagen at ei gilydd, fodfeddi yn unig uwchben yr olwynion, sy'n boeth oherwydd y troi a throi, yn corddi ac yn rhincian ac yn grilio, fel sŵn ffowndri wedi ei chroesi â gwallgofdy.

Nawr gall e glywed sŵn rhywun yn saethu ato, ac mae'n gwybod taw dyma'r unig ffordd i osgoi'r diawliaid sy'n fodlon ei ladd am gan *peso*, neu jest am sbort. Rhaid neidio! Rhaid!

Maen nhw'n closio, mae e'n teimlo hyn ym mêr ei esgyrn. Ni all aros ar y trên. *Puta madre*! Am sefyllfa. All e ddim aros, sy'n golygu un peth, wrth gwrs ...

Mae'n neidio. I berfedd y nos.

I ddüwch pitsh.

Bant o'r diawliaid sy'n ei hela.

Am arian mân.

Mae'n cyrraedd y ddaear, sy'n esgor ar fath newydd o boen wrth i'w gorff lanio fel gordd, neu yn hytrach, mae'r ddaear yn ei daro e fel gordd. Mae Juan Pablo'n llusgo'i hun yn ei flaen – ugain, deugain, trigain llath a mwy – ar ei bengliniau, heb wybod beth sy odano oherwydd mae'r ergyd wedi gweithio fel anesthetig. Ac yna mae'n cyrraedd cysgod coeden fango fawr, a chan ei fod wedi blino mwy nag mae e wedi blino yn ei fyw erioed, mae'n cysgu fel y meirw.

Dihuna ar ôl pymtheg awr, a'r boen yn wenfflam yn ei gyhyrau ac yn llosgi yn ei esgyrn, ac yn enwedig yn ei benglog, sy'n ei atgoffa o'r gernod a gafodd gan y dynion ar ben y trên, a'r ffordd ddi-hid yr aethant ati i ymosod arno – creaduriaid heb gydwybod yn byw ar drais. Nid yw'n werth iddo asesu gwir faint ei drybini, neu fyddai dim gwerth iddo'i lusgo'i hunan allan o gysgod y goeden fango foliog. Heb grys ar ei gefn. Heb drowsus. Heb sgidiau. Mewn poen.

Nid oes lle gwaeth i fod na fan hyn yr eiliad hon, a'r trên bellach yn bell i ffwrdd, ac yntau heb fwyd, heb gysylltiad â'i gartref, a dim un *centavo* ar ei elw, a dim modd hyd yn oed ennill arian, oherwydd pwy yn ei iawn bwyll fyddai'n rhoi gwaith i ddyn fel fe, ag un llygad ar agor a'r llall ar gau ac yn cerdded fel ffwcin cranc, ie, yn methu cerdded yn syth oherwydd y boen yn ei gefn, darn arall o'r casgliad cynhwysfawr, na, diffiniol o boenau sy'n rhidyllu ei gorff cleisiog a churedig.

Cymer awr gyfan i Juan Pablo godi ar ei draed gyda help darn o gangen braff, sy'n troi'n ffon gerdded iddo. Cerdda'n araf tuag at y traciau, ac yna eu dilyn i'r gogledd, oherwydd dyna'r unig ffordd. *Norte.* I Norteamerica. I yfed Coke. A chyfri'r doleri ar ddiwedd wythnos. Ond mae'r freuddwyd yn teimlo'n wag yn y foment hon, wrth i'r pererin unig ddilyn y cledrau gweigion, ei draed yn noeth, ei bengliniau wedi chwyddo fel peli tennis, yr haul yn curo'n galed ar ei gefn fel petai rhywun yn mynnu ceisio agor drws y corff er mwyn gadael i'r enaid ffoi.

A phob cam yn artaith, cerdda Juan Pablo lai na hanner milltir mewn prynhawn. Nid yw'n cwrdd â mwy na phedwar person – *campesinos* carpiog sy'n edrych fel catrawd y condemniedig, a does dim gair nac edrychiad calonogol neu gysurlon ganddyn nhw iddo, oherwydd maen nhw wedi mynd y tu hwnt i dosturi.

Gwêl un ranshwr yr anffodusyn sy'n cerdded tuag ato o gyfeiriad y rheilffordd, ac yn ymbil arno heb ddefnyddio geiriau, yn pwyntio at ei geg, ac yna'n awgrymu pa mor wag yw ei stumog, ac yn stumio'r gair 'newyn' yn iaith ryng-genedlaethol y gwir-anffodus. Ond mae'r ranshwr hwn â'r llygaid sarff wedi cael llond bola o'r ugeiniau o bobl mae e'n eu gweld bob wythnos – gallai dyngu bod y nifer ohonynt sy'n troedio'i dir ac yn begera'n bathetig wedi cynyddu'n aruthrol yn ddiweddar. Ond 'sdim rhyfedd, o ystyried sut mae rhyfel yn symud drwy wledydd America Ganol fel pla, neu ôl-donnau daeargryn.

Ni falia'r ranshwr ddraenen wyllt am y bastads yma sy'n disgyn oddi ar y trên wrth y dwsin, yn ymbil a gwichian a chwyno, ac yn chwilio am waith dros dro fel tase 'na arian i'w ennill o ffermio'r tir caled yn y parthau yma. Dim ond un peth sy'n medru tyfu yn y tir caregog hwn, sef puprau *chilli*, ac mae'n rhaid dyfrio a chwynnu a gweithio nes bod asgwrn eich cefn yn ddwst er mwyn gwneud elw o'r *chillies* coch, crychlyd.

Felly mae'n camu tuag at Juan Pablo, sy'n sefyll yno bron yn noethlymun, ac yn cynnig rhywbeth iddo i'w yfed. Twyll o ystum ydyw. Yn ddisymwth, mae'r ranshwr yn poeri yn ei wyneb ac yna'n troi ei gefn arno cyn i'r dyn gael cyfle i ddechrau llefain, neu ta pa weithred fach bathetig fyddai'n ei gwneud wrth ymateb.

Teimla Juan Pablo'r poer yn sychu ar ei foch. Nid yw'n oedi. Cerdda'n syth yn ei flaen, oherwydd mae'n amau bod y ffermwr yma'n beryglus, ac mae e hefyd wedi gweld rhywbeth yn gorwedd mewn ffos wrth ochr y ffordd – darn mawr o blastig du sy'n ddigon o seis iddo'i droi'n siaced i amddiffyn ei groen, sydd eisoes wedi troi'n lliw mefus yn yr haul. Rhywle'n ddwfn, ddwfn y tu mewn iddo, mae'n teimlo cryndod gweddillion ei urddas wrth iddo gerdded o'r fan lle mae'r ranshwr blin yn camu i mewn i'w gerbyd Toyota, ond nid yw'n ei gondemnio. Daeth y ffermwr â lwc iddo, er na wyddai hynny, ac ni fyddai wedi dymuno gwneud, chwaith. Pe na bai e wedi oedi i'w wawdio, ni fyddai Juan Pablo wedi gweld y darn plastig sy bellach yn hongian fel *poncho* dyn tlawd am ei ysgwyddau. Bydd yn chwysu, bydd, ond ni fydd yn llosgi. A bydd hynny'n gysur, ac mae gwir angen hynny. Cysur. Dyma deimlad sy'n estron iddo. Cerdda ymlaen, gam wrth gam. Cam sigledig wrth gam sigledig, fel claf o'r parlys sy newydd godi o'i wely.

Mae'n deirawr cyn iddo siarad ag unrhyw un eto, ond y tro hwn, nid yw'r dyn mae'n cwrdd ag e'n elyniaethus, nac yn ormesol, na heb rywfaint o gydymdeimlad tuag ato. Ond mae'r dyn hefyd yn ddall, a'i lygaid fel blobiau o jeli gwyn yn syllu'n syn ar wlad ac ar fyd sy'n estron iddo, ac a fydd yn parhau i fod yn estron iddo nes bod y Claddwr Mawr, Quimba, yn cyrraedd gyda'i gert a'i forthwyl torri esgyrn.

Prin bod Juan yn medru aros ar ei draed wrth iddo geisio dechrau sgwrs â'r hen ddyn. Yn Atlasaidd, teimla bwysau'r byd ar ei ysgwyddau ifanc, ond nid oes ganddo'r nerth i godi'r belen fawr. O! am flinder y daith.

Mae'r hen ddyn yn gwahodd Juan Pablo i eistedd wrth ei ymyl, ac mae'n edrych yn syth ato er gwaetha'r llygaid gwag sydd wedi eu claddu'n ddwfn mewn ogofâu tywyll uwchben ei fochau tenau. Dywed Juan Pablo wrtho am yr hyn sy wedi digwydd iddo yn y pedair awr ar hugain diwethaf, neu o leiaf y pigion, gan obeithio y bydd yr hen ddyn yn ei bitïo ddigon i gynnig llety iddo yn y caban bach diaddurn lle mae'n byw, y ffowls yn crafu tu fas yn y dwst, y goeden eirin bach sur o flaen y drws, y poteli gweigion o *tequila*'n diemwnta yn y golau sy'n edwino ar ddiwedd pnawn.

Llygada'r ffowls yn drachwantus. Byddai un o'r rheiny'n blasu'n dda, meddylia, a byddai dau yn blasu ddwywaith, na, deirgwaith yn well. Mae'r hen ddyn dall yn estyn ei law, gan bwyntio at ddrws y caban. O'r tu allan, mae'n edrych fel pob caban tlawd arall ym Mecsico, a rhwng y ffaith bod Juan yn gorfod llusgo'i draed gwaedlyd tuag ato a'r ffaith taw dyn dall sy'n ei dywys, mae cerdded yr ugain llath yn cymryd tipyn o amser – claf yn arwain claf, llaw ar ysgwydd, wrth i wres yr haul dasgu i lawr ar yr anffodus ddau.

Ni all Juan Pablo gredu ei lygaid pan mae'r hen ddyn yn agor cil y drws a'i wahodd i gamu i mewn. O, am olygfa! Mae'r hen ddyn wedi codi allor o fath, sy'n llenwi un ochr o'r caban â phentwr o ddeunyddiau baróc sy'n difyrru'r llygaid, a sbwriel wedi ei drefnu a'i ddidoli'n waith celf crefyddol.

Canolbwynt yr adeiladwaith yw portread clasurol, defodol o'r Forwyn Fair a'i mab sanctaidd, ynghyd â menyw arall. Nid yw Juan Pablo'n gwybod pwy yw'r fenyw, sef y Santes Anna, mam y Forwyn Fair. Ond mae e'n adnabod yr Iesu, sy'n chwarae gydag oen, a'i fam yn eistedd yng nghôl ei mam hithau. Triawd clasurol: nythaid o bobl dan ofal Duw.

'Welwch chi'r darlun?' gofynna'r hen ddyn. 'Chi'n ei licio fe?' Nid yw Juan yn siŵr a yw'n hoffi'r llun hen ffasiwn, a tha p'un, mae ei lygaid yn crwydro, yn ceisio cwmpasu'r holl bethau eraill, y creiriau annisgwyl, amgueddfaol yma sy wedi eu trefnu'n athrylithgar o gwmpas y portread o'r drindod sanctaidd a'r oen dilychwin.

Mae 'na bentyrrau pyramid o boteli cwrw a'r gwaelodion yn eu hwynebu nhw, fel porthdyllau llong wedi eu gwneud o grisial. Ac mae 'na sawl penglog anifail, wedi eu gwyngalchu gan y gwynt a golau'r haul, a phob un wedi ei llenwi â channwyll drwchus, a nifer fawr o'r rheiny'n goch ac yn edrych fel tasen nhw'n gwaedu o'r herwydd. Ac mae 'na boteli o ddŵr Peñafiel a hen ganiau *jalapeños* a *tamarindo* a *tomatillos.*

Mae'r allor yn cynnwys elfennau amlwg o Ddiwrnod y

Meirw, hefyd – sawl penglog lliw siocled ac ambell un wedi ei cherfio'n gywrain o grisial, a phob un wedi ei haddurno â rhosod ar hyd llinell grom yr ên, a gemwaith amryliw yn britho'r dannedd. Mae casgliad sylweddol o sgarffiau timau pêl-droed yn hongian fel rhubanau mawr oddi ar fachau yn y nenfwd, yn ddigon pell o fflamau'r canhwyllau, a nifer o sgerbydau wedi eu gwisgo'n rhodresgar mewn dillad ffurfiol – hetiau duon, tal a siwtiau duon, siwtiau claddu.

O! roedd yr holl beth yn *wledd* i'r llygaid, a Juan Pablo, er gwaethaf ei boen, yn rhyfeddu at y ffordd roedd pentwr blêr o bechingalws a sbarion wedi eu saernïo a'u trefnu a'u hadeiladu i greu addoldy answyddogol ag adleisiau paganaidd, a chredoau'r *campesinos* a'r Eglwys yn asio'n gwbl gytûn. Carthodd yr hen ddyn ei lwnc wrth iddo hongian ei het uwchben sgarff cefnogwyr Juventus.

'Mae bachgen o'r enw Carlos yn dod yma bob wythnos i fy helpu gyda gwaith cynnal a chadw'r allor, a rhaid dweud ein bod yn dal i ychwanegu pethau bron bob tro. Ond fi sy'n cynnau'r canhwyllau, a dwi'n gwybod ymhle mae pob un, a dwi erioed wedi llosgi 'mysedd wrth wneud. Syndod, ontife? A minnau'n ddall! Ha! Ydy, mae'n dipyn o wyrth nad yw'r dillad wedi mynd ar dân, ond wedyn byddai rhywbeth o'i le petawn i'n codi allor i La Señora ac i'r hen eilunod ac yna'n cael fy llosgi ar allor wedi ei chysegru iddyn nhw.' Chwifiodd yr hen ddyn ei freichiau o gwmpas wrth ddangos ei gywaith i'r bachgen. Yna dangosodd weddill y lle iddo.

'Mae gen i ddŵr a thafell o fara os hoffech chi ymuno â mi am swper. Ac mae lle i chi gysgu yn y gornel, lle mae Carlos yn aros pan mae'n rhy hwyr iddo fynd adref.' Mae 'na rywbeth defodol am y ffordd mae'r hen ddyn yn paratoi'r bara, a hyder arbennig yn y ffordd mae'n gafael ym mhopeth, hyd yn oed y gyllell fara finiog mae'n ei defnyddio cyn chwilio am ddarn caled o gaws sy wedi ei osod mewn hen dun y tu hwnt i gyrraedd y llygod sy wedi gadael eu peledi bychain wrth droed yr allor, eu trugareddau tlws, yn offrymau i'r Forwyn. A thros fwyd, mae'r hen ddyn yn esbonio ei sefyllfa, ac yn diawlio'r Eglwys a'i dallodd.

'Offeiriad oeddwn i, amser maith yn ôl. A'r rheswm yr estynnais groeso i chi yw am mai hanfod fy ffydd oedd 'mod i'n credu bod yn *rhaid i chi garu'r tlodion*. Ar un adeg, roedd sawl offeiriad fel fi'n credu hyn gydag arddeliad oherwydd y dioddefaint oedd i'w weld ym mhob man. Rhyddid rhag tlodi oedd wrth wraidd ein diwinyddiaeth. Tegwch tuag at ein cyd-ddyn, dyna roeddem yn ei bregethu – rhywbeth oedd yn estron i drigolion y Fatican, yn y stafelloedd ysblennydd, yng nghanol y moethusrwydd. Doedd yr esgobion a'r cardinaliaid barus ddim yn deall … ddim yn deall o gwbl.

'Fe dyfodd gronyn bach o syniad yn fudiad, a nifer sylweddol ohonom yn gwrthwynebu tlodi ac yn mynnu tegwch yn wyneb gormes yr unbeniaid, a'r *juntas* a'r sgwadiau lladd. Byddai pob un ohonom wedi pregethu diwinyddiaeth rhyddid yng ngŵydd ein gormeswyr petai'n rhaid, ac wynebu treialon y siambrau poenydio – gwneud safiad dros yr hyn sy'n deg.

'Ond roedd nifer o bobl yn ein gweld ni'n rhy eithafol, ac yn ein galw'n Farcswyr, ac roedd ychydig o wirionedd yn hynny, yn enwedig i 'mrodyr oedd yn gwasanaethu mewn gwledydd lle'r oedd unbeniaeth yn byw ochr yn ochr â'r Eglwys, a'r esgobion yn byw bywyd bras ar draul y werin bobl.' Nid oedd Juan Pablo'n deall y geiriau nawr, oedd yn swnio fel mwmial cwch gwenyn ar ddiwrnod tesog o haf, y pryfed yn eu suo'u hunain i gysgu yng nghysondeb y sŵn. Ond roedd rhywbeth yn dal i'w gyffwrdd am y ffordd roedd yr hen ŵr yn siarad, er bod y geiriau eu hunain yn estron iddo.

'Roeddem yn credu mewn tegwch, a rhai ohonom yn dadlau y dylai'r Eglwys ystyried gofalu am y tlodion fel sail diwinyddiaeth, ac y dylid darllen y Beibl yng nghyd-destun hynny, gan gofio bod Iesu Grist ei hunan yn berson tlawd, oedd yn ei wneud e'n arwr mwy dealladwy i rywun oedd yn newynog neu'n dlawd. Fe, Iesu, oedd ein hesiampl dda, ein hesiampl orau, ac o fewn y Drindod, fe oedd yr un y gallai'r miliynau o bobl oedd yn mynd i'r eglwys ar hyd a lled America Ladin uniaethu ag e.

'Roedd hyn yn cythruddo'r Pab, yn enwedig pan ddechreuodd offeiriaid symud eu heglwysi a'u swyddfeydd i ardaloedd tlawd er mwyn byw yn y cymunedau tlotaf, a'u gwasanaethu, a rhoi cymorth uniongyrchol iddynt. Ac os oedd y Pab yn casáu pethau felly, roedd e siŵr o fod yn gandryll o glywed bod ambell offeiriad yn cydweithio'n glòs â'r undebau llafur, ac yn potsian mewn gwleidyddiaeth, neu ambell waith yn cefnogi mudiadau chwyldroadol, arfog, a hynny'n gyhoeddus, gan bregethu o blaid y terfysgwyr. Ond beth amdanoch chi? Beth yw'ch stori chithau?'

Tro Juan Pablo oedd hi i adrodd ei stori. Gwrandawodd yr hen ddyn yn astud ar hanes y dynion dieflig ar y trên, ac er nad oedd Juan Pablo'n gallu enwi'r dihirod, gwyddai'r hen ŵr yn union pwy oedden nhw. Buont i'w weld e fwy nag unwaith, a'i led-fygwth. Ond pan mae rhywun wedi cael ei ddallu mewn byncar concrit yn San Salfador oherwydd ei ddaliadau, dyw criw o ladron amaturaidd ddim yn codi ofn arno o gwbl.

Saethodd atgof i gof y dyn dall. Cofiodd y foment dyngedfennol pan estynnodd Dr Martínez, madfall sbeitlyd mewn cot wen, am y syrínj a'i lenwi â rhyw hylif oedd yn hisian fel neidr fach wrth iddo gael ei sugno drwy'r nodwydd. Oherwydd bod yr offeiriad wedi ei strapio'n dynn at gadair fetal â darnau trwchus o ledr a byclau trymion, nid oedd modd iddo ymryddhau i osgoi'r asid yn mynd i mewn, gan dorri'r byd yn ddau uwchnofa o boen annaearol. Os llwyddodd y bastad i'w ddallu, mae'n siŵr bod y meddyg wedi cael ei hanner byddaru, oherwydd roedd gwaedd yr offeiriad yn arallfydol o uchel, fel llosgfynydd yn chwythu, fel rhywbeth i rwygo cyfandiroedd, dirgryniad tectonig i hollti craig a phlisgyn y ddaear yn eu cyfanrwydd a'u gadael yn rhacs jibidêrs! Sgrech i chwalu pob darn o wydr rhwng fan hyn a dinas Cuzco neu Balesteina, yn debyg i soprano sy'n diddanu cynulleidfa drwy chwalu gwydr yn deilchion â'i nodyn uchel. Y boen, y boen!

Felly, mae clywed am artaith ei ymwelydd (dyn ifanc a barnu wrth y llais, ac acen o rywle yn Hondiragwa) yn tanio cadwyn o atgofion ynddo. Y gell noeth, goncrit. Yr unig fylb golau, rywle ar hyd y coridor, sy'n fan cyfarfod i lygod mawr, ond nawr, ac yntau'n ddall, dyw e ddim ond yn medru eu clywed a'u hogleuo nhw.

Cofia na ddaeth neb i weld a oedd e'n fyw neu'n farw. A'i lygaid yn llenwi â rhyw hylif estron, fel dagrau tew. Gwenwyn a salwch yn meddiannu jeli ei lygaid wrth i boen bigo a phoeri ar hyd y nerfau i ganol ei ymennydd i geisio gwneud gwallgofddyn ohono. Credai ei fod yn mynd i farw. Wir. Heb os. Bu heb fwyd na dŵr am dridiau, falle mwy, mewn pydew o le, yng nghrombil yr adeilad, a'r lle'n fyw â sgrechiadau. Y dŵr tew yn cronni yn ei lygaid a'r tu ôl i'w lygaid, ac yntau'n teimlo fel petai ei benglog yn ddim byd mwy na phowlen wydr, ond heb bysgodyn aur ei synhwyrau a'i hunanymwybyddiaeth yn nofio ynddi. Ac yn lle'r pysgodyn hwnnw, doedd dim ond byd o wynder, gwacter, fel syllu ar erwau diddiwedd iâ yr Antarctig. Tu draw i'r haen o boen …

Mae'n bryd i Juan Pablo ailddechrau ar ei daith. Ar ôl derbyn gofal yr hen ddyn dall a chysgu'n hir mae'n teimlo'n gryfach, er bod ei lygad chwith yn dal ynghau, a chrachen afiach yr olwg wedi tyfu drosto. Bydd yn gorfod wynebu ei ofnau nawr a mynd i ddal y trên unwaith eto. Pwy yn ei iawn bwyll fyddai'n mynd i fynnu tocyn ar gyfer *el tren de la muerte* drachefn?

Er, roedd yr hen ddyn dall yn defnyddio enw arall arno, ychydig bach yn fwy optimistaidd, sef *el tren peregrino* – trên y pererinion – fel tasen nhw'n teithio i'r gogledd dan ofal Duw, a bod greal yn eu disgwyl – rhywbeth mwy na theledu cebl, Denny's ac International House of Pancakes.

Ond mae gan y trên bŵer y tu hwnt i'r injans mawr diesel, y pŵer i fynd â dyn o un wlad drwy wlad arall i baradwys y ddoler a'i drawsnewid fel person. I Juan Pablo, dyma *el caballo de hierro.* Y ceffyl haearn. Ni fydd neb yn ei ddofi, na'i feistroli. Benthyg reid yw'r unig beth sy'n bosib. Ac mae Juan Pablo'n gwybod y bydd yn gorfod cuddio tan y foment iawn, a gweddïo bod ganddo ddigon o nerth ar ôl i redeg a neidio a dringo a gwrthsefyll pob peth gwael fydd yn ei ddisgwyl.

Oherwydd er bod y dynion dieflig a geisiodd ei ladd rywle 'nôl i lawr y trac, mae e hefyd yn gwybod bod pethau yr un mor frawychus o'i flaen. Does ganddo ddim dewis, mewn gwirionedd. Mynd sydd raid.

La Arrocera a chroesi'r mynyddoedd

MEWN MANNAU, mae'r traciau'n hen fel pechod a'r trên yn ysgwyd o'r naill ochr i'r llall fel pe na bai cledrau odano o gwbl, fel reid mewn ffair hynafol, wichlyd. Bryd hynny, mae'n debycach i anifail arall – nid ceffyl, ond *el gusano de hierro*. Y pry genwair haearn. Y mwydyn metal. Yn symud yn araf ond yn bwrpasol ar hyd y Ferrocarriles Chiapas-Mayab, yn mynd i'r gogledd eto, ar ôl teithio tua'r gorllewin am ddau gan milltir.

Pryd fydd y mwydyn yn cyrraedd ei guddfan? Pryd fydd y ceffyl haearn yn cyrraedd y stabl? Amcangyfrifai'r hen ddyn y dylai'r trên fod yn cyrraedd o fewn ychydig oriau, oherwydd yn ddiweddar roedd wedi cadw at ei amserlen yn go lew.

Mae Juan Pablo, y pererin unig, yn llawer mwy effro i bethau nawr, i synhwyro perygl. Mae'n ymwybodol o bob dim, a bydd gofyn iddo fod, oherwydd mae enw'r lle sy ar hyd rhan nesaf y daith wedi ei serio ar ei feddwl – rhywle y soniodd yr hen ddyn amdano. La Arrocera. O, diar mi! Enw i godi braw ar y nytars mwyaf croengaled hyd yn oed, a lledaenu nerfusrwydd ymhlith teithwyr profiadol tu hwnt. Enw i rewi'r gwaed yn y gwythiennau. La Arrocera …

Mae'r lle yn groesffordd ac yn fynwent, yn orsaf dros dro i La Migra, cynrychiolwyr awdurdodau'r ffin, o'r heddlu ffederal i warchodwyr y Border Patrol – pawb o dan yr un ymbarél brawychus yn chwilio am ymfudwyr er mwyn eu hanfon adref, neu, yn dibynnu ar eu hwyliau, arbed arian drwy eu lladd nhw yn y fan a'r lle.

Ond cyn hynny mae angen i Juan Pablo ddal y trên. O'r diwedd, dyma'r ceffyl haearn yn dod, y mwydyn metal yn ymlusgo ar hyd y trac. O'i guddfan, gall weld bod criw sylweddol o bobl yn reidio ar gefn y march metal. Dyma'r fan i aros, tybia Juan Pablo, lle mae'r trên yn gorfod arafu wrth fynd rownd bryncyn folcanig rhyfedd, sy'n edrych fel petai'n perthyn i dirlun arall. Sylla'r teithwyr blinedig o'u cwmpas, ond mae Juan Pablo'n gwybod na fydd yr un ohonynt yn codi bys i'w helpu pan fydd yn lluchio'i hunan tuag at y wagen, oherwydd maen nhw wedi teithio'n rhy bell yn barod o afael cydwybod a moesoldeb a thegwch tuag at eu cyd-ddyn.

Mae'r trên o fewn cyrraedd iddo. Lan ar ei draed. Anadl ddofn. Tri, dau, un. Nawr! Tasga Juan Pablo tuag at ei darged. Hon yw'r foment pan mae'r trên ar ei arafaf. Un naid lan yr ysgol a dal yn dynn. Ac mae e yno! Ar ei geffyl eto, yn dechrau'r daith fer heibio i storfa goch a glas a gwyn Huixtla, y lle olaf cyn La Arrocera. Ond does 'na ddim gronyn o ryddhad yn y ffaith ei fod bellach ar fwrdd y trên, sy'n dechrau cyflymu eto am y deugain milltir sy'n arwain at y groesfan lle bydd yn sefyll. Caiff y gyrrwr a'r peiriannydd ymlacio am awr neu ddwy tra bo La Migra'n archwilio pob twll a chornel, â'u drychau ar ben polion (i chwilio'n drwyadl), eu cŵn arbenigol a'u teclynnau is-goch – dynion sy ar dân eisiau dal rhywun. Mae rheol answyddogol sy'n datgan bod unrhyw arian sy ym mhocedi'r teithwyr, neu wedi ei guddio yn eu sgidiau (ha! pa mor ddwl ydyn nhw?!) yn mynd yn syth i goffrau cronfa Cuervo, i'w fuddsoddi yn y *tequila* o'r un enw i helpu i leddfu diflastod yr oriau hir sy'n ymestyn o'u blaenau nes bod y trên nesa'n dod â'i gargo dynol truenus atyn nhw i'w ysbeilio.

Mae'r teithwyr i gyd yn gwybod am enw drwg La Arrocera, am drachwant a ffieidd-dra'r swyddogion sy'n byw ac yn gweithio yno. Dewiswyd y lle oherwydd ei fod mor anghysbell, ac yn arbennig oherwydd nad oes tyfiant o unrhyw fath y gellid cuddio ynddo ar gyfyl y lle, dim ond erwau diddiwedd o bridd tywodlyd, sy ddim yn ffit i dyfu cactws, hyd yn oed.

Mae angen *cojones* ar ddyn i fentro i La Arrocera. Mae'r lle wedi ei enwi ar ôl y ddau stordy reis. Mae'r gwartheg sy'n pori ar y tir diffaith o gwmpas y ddau adeilad llwyd yn edrych fel y gwartheg tlotaf ym Mecsico gyfan, sy'n ddweud mawr. Coesau fel matsys. Eu hasennau i'w gweld yn glir a bron na allwch weld eu calonnau'n falŵns bach yn crino oddi mewn i'r anifeiliaid truenus.

Pwy yn ei iawn bwyll fyddai'n ceisio ffermio tir a bwydo anifeiliaid ar dir sy'n rhy hen a chybyddlyd i gynnal cactws, hyd yn oed cactws sych fel y *saguaro*? Ac, o, mae'r gwair yma – os gallwch ei alw'n wair – yn denau ac yn galed ac yn siŵr o dorri dannedd y gwartheg wrth iddynt dynnu ar y gwreiddiau gwydn sy'n ymestyn i lawr yn ddwfn, hyd at graidd y ddaear, bron.

Mae'n ganol dydd pan mae'r trên yn cyrraedd y stordai reis, a'r tirlun yn crasu o dan anfaddeuant o haul. Yn rhy hwyr, mae'r teithwyr yn gweld y dynion arfog yn y pellter ac yn gweiddi'n sydyn:

'*Bajense*! Lawr â chi, nawr! Cadwch o'r golwg os gallwch chi!' Neges i ledaenu ofn fel pla. Ychwanega sgrechiadau brêcs y trên at densiwn y sefyllfa, ac mae gwynt Juan Pablo yn ei ddwrn. Diawl, mae ei galon yn ei ddwrn, neu yn ei wddf;

mae ei galon yn rhywle na ddylai fod, ac mae e eisiau chwydu wrth nodi nifer y dynion sy'n cyrraedd ochrau'r trên ac yn cyfarth gorchmynion. Petai ganddo'r gallu, byddai'n hedfan oddi yma nawr, a rhoi'r gorau i'w freuddwyd. Hedfan i ryw lecyn unig ar ben mynydd, a byw ar ddŵr croyw ac aeron yn eu tymor, ei amddifadu ei hun o'r byd a'i ddrygioni.

Ond all e ddim. Mae e ar y trên, ac am yr ail waith o fewn diwrnodau, mae dynion ar ei ôl e. Daw ton o anobaith drosto. Os mai dyma foment ei farw ef, boed felly. Gorwedda'n fflat ar ben y cerbyd, cau ei lygaid a disgwyl y gwaethaf. Treigla amser yn araf fel triog, ond ymhen sbel, mae sŵn y swyddogion wedi pasio, ac mae'n dal yn fyw. Am y tro cyntaf ers iddo ddechrau ar ei daith, daw gobaith yn ôl i'w gred y gall gyrraedd yr Estados Unidos wedi'r cyfan.

Erbyn hyn, mae'n boethach nag y bu ar unrhyw ran arall o'r daith. Dros wyth deg gradd ac yn codi, ac yn dal i godi, fel tase'r thermomedr ar fin berwi a chwalu'n deilchion mewn cawod o berlau bychain o arian byw. Ni all Juan Pablo osod cledrau ei ddwylo ar y wageni oherwydd gwres y metal, felly mae'n ceisio eistedd yno heb afael mewn dim. Mae'n diosg ei grys er mwyn eistedd arno, ond mae hyn yn gadael ei gorff i losgi yn yr haul difaddeuant. Rhwng Scylla a Charybdis – y garreg a'r trobwll. Dewis rhwng y lleiaf dieflig o ddau le. Llosgi ei ddwylo neu losgi ei gorff.

Tasga'r injan gwmwl trwchus o fwg diesel cynnes wrth iddynt basio drwy gymuned uffernol – ac am unwaith mae'r term yn hollol briodol – o bobl sy'n byw wrth ymyl y lein. Nid yw'r rhain yn ceisio gwerthu dim, nac yn ymbil o gwbl, gan eu bod nhw'n brysur yn llosgi sbwriel wrth ochrau'r cledrau, gan ychwanegu at y gwres a'r mwg a'i gwneud hi bron yn amhosib anadlu. Hwn yw uffern. Ac mae sawl arogl drwg i godi cyfog, a nifer o deithwyr wedi colli eu hetiau, neu mae rhywun wedi eu dwyn, felly mae 'na ddewis arall. Gwisgo'r crys-T, neu eistedd ar y crys-T neu ddefnyddio'r crys-T fel het rhag tanbeidrwydd yr haul uwch eu pennau. Neu ddefnyddio'r crys fel mwgwd i gadw'r mwg rhag eu hysgyfaint. Dewisiadau, dewisiadau! Dan chwythlamp o haul, mae'r llosgi beunyddiol yn fflamio'n ffyrnig yng nghanol y dydd.

Maent yn cenfigennu wrth y pentrefwyr – os gallwch chi alw 'pentref' ar y clwstwr hofelau truenus – sy'n ymolchi mewn esgus o lyn annisgwyl yn y pellter, wedi gorffen eu llafur am y bore, a rhai wedi setlo mewn hamocs yn barod i gael *siesta* wrth ymyl eu cabanau clai a'u cartrefi brisflociau llwyd.

Mae penglog Juan Pablo ar fin hollti, ac mae adlewyrchiad yr haul oddi ar fetal y wagen yn llosgi ei lygaid, fel y mae mwg y sbwriel sy'n llosgi a mwg yr injan, a'r ychydig chwys sydd ar ôl ganddo i'w golli o'i gorff yn disgyn i'w lygaid ac yn pigo fel gwenyn meirch. Ar ben hyn, teimla'i esgyrn fel rwber, a'i draed fel plwm.

Nawr mae ei ewyllys wedi gwanhau unwaith eto, ac yn wir, mae ar fin torri. Ffawd fydd yn penderfynu beth fydd yn digwydd iddo, gan ei fod e'n rhy flinedig i weddïo, hyd yn oed. Mae'n yfed dŵr a gasglodd o bwll bach wrth ymyl y lein o botel blastig, a'r hylif gwyrdd golau'n blasu o ddiesel a budreddi a bacteria wrth y biliwn. Ac oherwydd y blinder llethol, mae delweddau o'i daith yn dechrau llifo drwy ei benglog yn un llifeiriant sinematig o erchylltra. Dyn yn colli hanner ei droed wrth i'r trên ei thrychu. Gangsters yn tynnu cyllyll o'u gwregysau ac yn taflu crwtyn ifanc, heb ffws, i'w farwolaeth. Ac un noson, pan lithrodd Juan Pablo, glaniodd reit wrth ymyl yr olwynion, oedd yn troi fel cyllyll. 'Sdim rhyfedd fod rhai teithwyr wedi bathu enw newydd ar gyfer y ceffyl haearn. *El tren devorador.* Y trên sy'n difa. Am reid! Heb brynu tocyn!

Ond o fewn deuddeg awr, mae'r trên yn esgyn ac mae Juan Pablo'n oer. Mor oer! Mae'r traciau'n fwy llyfn bellach, ac yn dringo'n araf, a'r awyr yn oeri â phob medr. Tyf bambŵ yn uchel iawn o'u cwmpas, fel cyrten o wyrddni trwchus a'r golygfeydd fel ucheldiroedd Tsieina, cynefin y panda. Croesasant geunant dwfn, lle'r oedd adar lliwgar yn fflachio semaffor eu prydferthwch – a pharacitiaid ysgarlad a pharotiaid glaswyrdd a rhywogaethau mor brin fel nad oes enwau brodorol arnynt, hyd yn oed, yn hedfan gerllaw.

Ar ochr arall yr afon mae cymylau artiffisial yn gorchuddio'r glannau, a'r cymylau hynny'n drewi, yn codi o ffatri sy'n troi pwlp cansenni siwgr yn bapur tŷ bach. Mae'r awyr ei hunan yn felys yma, blas fel Demerara ar wefusau, y melystra'n gludo at eich gwallt, fel bod mewn cawod o fêl. Sticlyd. Diolch byth ei bod yn dechrau glawio, i olchi'r gronynnau trioglyd, blasus i ffwrdd.

Erbyn hyn, ac ar ôl y glaw, mae'r wlad wedi newid, ac am ddeuddydd maen nhw'n mynd drwy ardal o ffermydd, a gwartheg wedi eu porthi'n dda'n chwipio clêr â'u cynffonnau yn y caeau ir. Ac er eu bod nhw'n dechrau dringo eto, y rheiliau'n dilyn siâp y bryniau, mae'n twymo eto, ac yn chwyslyd 'run pryd. Y tu ôl iddo mae Juan Pablo'n gweld y traciau metal yn crynu yn yr haul, llinell anwadal sy'n troi'n neidr araf. Sarff rithiol ydyw, lledrith i dwyllo'r llygaid.

Mae'n llaith yma hefyd, a pheli bach o fwswgl yn hongian oddi ar y gwifrau trydan, a gwelir afon arall hanner milltir i ffwrdd, y dŵr fel emrallt, a Juan Pablo'n dychmygu mai gwych o beth fyddai cael trochi yno, i gael gwared o olion olaf blas y siwgr. Mae'r chwys yn arllwys, ac wrth i'r trên arafu, mae 'na arogl cas.

Ond nawr, ar ôl croesi un, dwy, tair pont, maen nhw wedi gadael y tyfiannau melys yn bell ar eu holau, ac yn croesi'r corsydd, lle mae'r mosgito bach ffyrnig yn teyrnasu mewn cymylau ymosodol. Yma, mae'n rhaid i Juan Pablo a'r teithwyr eraill fod yn ofalus, heb os, gan gadw llygad mas am wenyn ymosodol hefyd. Am hunllef o daith! Wrth i'r teithwyr truenus geisio gwasgu mosgitos, gallai rhywun dyngu eu bod yn chwifio'u breichiau i ddweud helô.

Ond mae Juan Pablo'n teimlo nawr fel petai'n cyflawni rhywbeth, yn teimlo'r milltiroedd sydd y tu cefn iddo, yr afonydd maen nhw wedi eu croesi, y peryglon maen nhw wedi delio â nhw. Ac mae'r trenau eu hunain wedi newid, yn rhai mwy modern, yn symud ar draciau gwell, sy wedi eu weldio'n gywir ac yn gywrain, ac wedi eu gosod ar goncrit, ac mae'r trenau newydd yn aros ar y cledrau, ddim yn dymchwel mor aml, ac yn hirach, hefyd.

Oherwydd bod cynifer o'r teithwyr wedi eu niweidio, neu wedi colli stêm neu golli'r awydd i fyw ac wedi eu hyrddio'u hunain i ebargofiant ar ymyl y lein, neu wedi rhoi'r gorau iddi a dechrau cerdded adref heb sgrapyn o ddillad ar eu cefnau, na sgidiau ar eu traed, mae ambell drên yn cludo dim mwy na dwsin o deithwyr. Mae Juan Pablo'n gweld eisiau'r gwmnïaeth, ac yn meddwl am yr heidiau o adar welson nhw o dan y bont sbel yn ôl, y ffordd maen nhw'n cadw'n ddiogel rhag eu gelynion drwy gadw'n glòs at ei gilydd, eu hadenydd bron yn cyffwrdd wrth wneud slalom aer drwy'r cilfachau gwyrddion. Ond mae'n meddwl am y peryglon hefyd, y gwaywffyn o ofn sy'n hedfan drwy'r awyr pan mae'n teithio gyda phobl dyw e ddim yn eu nabod.

Nid yw pobl yn aros ar y trên drwy'r amser, ac maen nhw'n dysgu sut i ddringo ochrau'r wageni fel giboniaid, yn bregliach yn wyllt wrth hongian yno, cyn cyrraedd y ddaear, pisho'n gyflym heb embaras o gwbl a dringo 'nôl pan mae'r ceffyl haearn yn arafu wrth fynd rownd tro, neu ddringo llethr serth.

Y tric, wrth gwrs, yw symud i'r cerbyd blaen, fel mae Juan Pablo'n ei wneud nawr, a'r newyn sy'n nyddu y tu mewn iddo'n drech nag e. Mae wedi sylwi ar binafal yn tyfu wrth ymyl y rheilffordd, ac mae'n gorfod cael rhywbeth rhwng ei wefusau. Penderfyna fod hwn yn lle da i neidio oddi ar y trên.

Dyw e heb yfed chwaith, ac mae ei lwnc wedi chwyddo cymaint nes ei fod yn dechrau ei chael hi'n anodd anadlu, fel petai pêl snwcer yn styc ynddo. Ar ôl cynaeafu'r pinafal drwy rwygo a thynnu – collodd ei gyllell boced filltiroedd maith yn ôl – mae'n yfed allan o gafn gwartheg, y dŵr dan haen o boer fflemllyd yr anifeiliaid, ac o dan hwnnw mae'r dŵr ei hun yn wyrdd ag algae ac o dan hynny mae 'na ferddwr melyn. Ond rhaid iddo yfed.

Mae Juan Pablo'n codi llymaid i'w wefusau crin ac mae yfed yn boenus, fel llyncu fflamau neu asid. Nid yw'n meddwl am boer y gwartheg na pheryglon colera. Daw ton o flinder drosto, ac mae'n penderfynu aros yma am y trên nesaf. Rhaid iddo. Mae angen nerth i gario mlaen.

Crwydra i hen dŷ ar gyrion pentref gwag, oedd yn amlwg yn gysylltiedig â chwarel enfawr ar un adeg, ond sy nawr yn fynwent peiriannau rhydlyd, lle cysga'r dyn ifanc blinedig a darn o gardfwrdd yn fatres denau iddo, dim tewach na *tortilla*, a darn arall yn flanced drosto. Fydd y trên nesa ddim yn cyrraedd am ddeuddydd, falle tridiau, felly mae Juan Pablo'n barod i gysgu'n hir, ei gyhyrau'n dynn fel tase rhywun wedi bod yn troi darn o elastig o'u cwmpas, yn bygwth torri'r cyflenwad gwaed. A throi. A throi. A throi. Am daith!

Cyn iddo syrthio i drwmgwsg fyddai wedi gweddu i'r meirwon, mae Juan Pablo'n meddwl am yr hyn mae e wedi ei weld. Dyma mae teithiwr yn ei wneud – adeiladu'r siwrne eto, stitsio'r naill atgof at y nesaf, ail-greu'r daith megis brodwaith, er y bydd yn siŵr o fod yn dyllog ac yn amherffaith. Ac mae hyd yn oed gwên fach yn lledu dros ei wyneb o gofio ei fod wedi llwyddo i ddod drwy dalaith ddieflig Chiapas heb golli ei sgalp neu ei geilliau. Atseinia'r rhybuddion a gawsai gan deithwyr profiadol – rhai oedd wedi gwneud y trip yma hyd at ddwsin o weithiau o'r blaen – yn ei glust. '*Ahora nos enfrentamos a la bestia*.' Nawr fe wynebwn y bwystfil. Mae e wedi wynebu ei ofnau mwyaf. Mae e wedi bod yn ddigon dewr i ddal trên arall ar ôl mynd drwy brofiad erchyll, ac mae'n dal i deithio, *al norte*, a'r gogledd yn dal i'w ddenu, yn tynnu ar ei galon.

Mae'r awyr yn lanach nawr, ac yn oerach wrth i'r tir godi drachefn, ac mae hen ddyn â llygaid marwaidd yn cynnig rhannu ei flanced â Juan Pablo, yn hollol annisgwyl. Â'r trên drwy dwnnel, y cyntaf sy'n rhidyllu bannau Acultzingo, tri deg dau o dwneli i gyd a phob un wedi ei enwi ar ôl talaith yn y wlad. Mae'r *migrantes* yn cyfri pob un a aeth heibio a phob un sydd i ddod.

Yn y twnnel, mae'n ddu bitsh, felly mae nifer yn gweiddi nes eu bod yn groch er mwyn clywed cysur yr atsain. Ambell dro, nid yw cynffon y trên wedi gadael un twnnel cyn bod yr injan yn cyrraedd ceg yr un nesaf. Llwydda Juan Pablo a'i gyfaill esgyrnog i gysgu ychydig, a dihunant i weld tirlun o batrymau gwyrdd, tyfiannau gogoneddus – grawn, tomatos, radis, letys – mewn rhesi hir, a theuluoedd yn torri'u cefnau'n tynnu chwyn o'u cwmpas, ac yn eu dyfrio â llaw.

Y twnnel hira yw El Mexicano, ac mae'r daith drwy hwn yn para wyth, naw munud, a'r mwg diesel heb unman i ddianc iddo, yn hongian ac yn tagu'n gymylau trwchus. Llosga'r mwg yr ysgyfaint a'r llygaid, ac mae rhai o'r anffodusion yn dringo i lawr i osgoi'r mwg gwenwynig, ond mae Juan Pablo'n cadw ei lygaid ar gau ac yn anadlu drwy fwndel ei hen grys-T. Hyd yn oed wedyn, mae huddygl yn casglu yn ei ffroenau, yn troi pob anadl yn artaith.

Nesáu at y ddinas wallgof

Mewn un lle – falle Orizaba, falle tref arall – mae'r trên yn newid criw ac mae Juan yn begera'n druenus wrth ochr y trac. Mae'n ymbil â'i lygaid. Dim ond un *peso* sy ganddo i brynu bwyd ac mae'r gyrrwr newydd roi arian iddo heb na gair na gwên. Rhuthra Juan Pablo at *tienda* siabi wrth ymyl y trac i brynu bara a soda a chaws, a'u llowcio fel hugan. Maen nhw i gyd yn cael eu gweld fel un corff, yn un broblem feunyddiol, a does dim rhyw lawer o dynerwch gan bobl tuag atynt, na chydymdeimlad, ac yn bendant, does neb yn meddwl bod angen gofalu amdanynt. Mae rhai ohonynt yn dwyn, neu waeth. Felly mae'r hen wireb yn condemnio pawb. *Por uno pagan todos.* Un camwedd, ac mae pawb yn talu.

Nos. Angen cwsg. Angen cysgod. Angen rhoi'r gorau i wallgofrwydd teithio. Mae Juan Pablo'n cysgu mewn mynwent, yng nghwmni dau ar bymtheg o aelodau o deulu Buendia – gan fod y mynwentydd ar hyd y lein megis cyfres o fotelau i'r *migrantes*, y marmor oer yn cynnig cysgod rhag y crasddydd, ac oerni croesawus y nos. Ac ar ddiwrnod da, mae motelau'r meirw yn cynnig dŵr ffres – neu weddol ffres – o'r fasys blodau rhwng y beddrodau.

Nid yw Juan Pablo'n gweld neb yn yr *avenidas* llydan rhwng y temlau rhwysgfawr i angau, neb, ond unwaith y clywir sŵn y trên yn y pellter maen nhw'n arllwys mas fel termitiaid, ac yn symud yn gyflym iawn. Mae e fel gweld pentref cyfan yn rhedeg – merched, dynion a phlant yn ei heglu hi o diriogaeth angau, gan ymddangos o lefydd y tu ôl i'r coed a rhwng y beddi, ac yn torri drwy'r llwyni sychion yn y clawdd.

Yng nghanol y nos, er gwaetha'r bwganod a'r ysbrydion sydd allan yn dawnsio ac yn sgyrnygu dannedd pwdr ar y meidrolion sy wedi cwrlio'n beli yn eu cwsg, mae'r lle'n dawel ac yn llonydd ac yn brydferth, oherwydd dim ond ambell un sy'n medru gweld y menywod marw yn eu ffrogiau dawnsio wedi eu gwneud o wawn yn siffrwd rhwng y marmor a'r gwenithfaen. Mae'r menywod marw yn dawnsio'n osgeiddig, eu traed fel plu, eu ffroenau'n uchel, ac yn gwneud yn siŵr nad ydynt yn dihuno'r un gopa walltog, byw neu farw.

Uwch eu pennau, mae'r nen yn llawn gemwaith y sêr, cawodydd bychain o ddarnau gwydr bach fel ffenest car wedi ei chwalu, sy'n addo setlo fel eira disglair, rhyfedd. Erbyn hyn mae corws nosweithiol y brogaod bach yn ei lawn ogoniant, a'r pryfed tân yn fflachio'n niferus, eu lanternau bychain yn hofran uwchben y tuswau gwair uchel.

Mae'r croesau a'r cryptiau yn y fynwent hon wedi eu paentio'n daclus, ac yng ngolau egwan y lleuad mae'n bosib eu gweld, jest – yn llwydlas, yn lelog, yn borffor urddasol, a hyd yn oed gwyrdd neon annisgwyl a ddefnyddiwyd gan deulu oedd ddim yn medru fforddio lliw arall. Ac mae awel fwyn yn anwesu dail y coed ceiba'n dyner, a'r rheiny yn eu tro'n dechrau sibrwd wrth i'r gwynt ddechrau codi.

Mae'n cofio stori a adroddai ei fam-gu am y lloer, a'r hen wreigan yn tyngu ei bod yn nabod y dyn oedd yn byw ynddi, a'i fod e wedi cael ei anfon yno oherwydd ei fod e wedi bod yn greulon wrth ei blant. Ond drwy fod yn dirion wrth bawb, a dangos ei lamp bob nos, gallai ennill yr hawl i ddychwelyd un dydd, er y byddai ei blant yn hen iawn, iawn erbyn hynny.

Ac mae golau'n gyfystyr â miwsig i'r ysbrydion-sy'n-dawnsio – ffandangos araf, *bambucas* meddylgar, waltsys gosgeiddig rhwng sglein golau lloer y cerrig beddau. Mae un ohonynt yn estyn ei ddwylo i wahodd Juan Pablo i ymuno yn ei *danse macabre* – mae e'n un o'r rhai sy'n medru eu gweld – ond nid nawr, nid nawr. Bydd rhaid i rywun arall ymuno yn ei *gavotte* dyner ymhlith y beddi. Mae e wedi dod yn rhy bell, ac wedi wynebu gormod o beryglon a threialon i gymryd angau yn bartner, a throi'n osgeiddig yn y ddawns, law yn llaw yng ngwacter y nos.

Mae'r wawr yn llinell denau arian draw ar y gorwel. Nid yw Juan Pablo'n siŵr a yw e wedi cysgu o gwbl, a'r noson fel breuddwyd yn llawn dawnswragedd mewn sidan. Clyw sŵn trên yn y pellter ac mae ei nerfau brau yn cael eu hysgwyd ar ddihun! Cryna ei gorff. Mae'n anodd i nifer o'i gyd-deithwyr ddeffro hefyd: os nad ydynt wedi cysgu ar y trên cyn cyrraedd yma, cysgu ar eu sefyll yn aml – wedi eu strapio at y trên â gwregys neu ddarn o raff – maen nhw wedi bod heb gwsg am wythnos neu fwy.

Bydd rhai'n cysgu rhwng y rheiliau, ie, rhwng y rheiliau, i ddisgwyl y trên nesa, nid yn unig oherwydd y gred hollol bathetig nad yw nadredd yn medru croesi'r cledrau, ond hefyd oherwydd nad yw rhai'n medru dibynnu ar glywed y trên yn dod, hyd yn oed y corn byddarol a tharanu'r olwynion a hisian banshïaidd y brêcs. Byddant yn fyddar oherwydd dwyster eu blinder, a bydd ambell yrrwr trên yn gweddïo am faddeuant ar ôl torri dyn yn ei hanner fel act mewn syrcas, cyn mynd yn ei flaen.

Ond am y sawl sydd ar ddihun, maen nhw wir, wir ar ddihun! Dilynant y llwybrau cul rhwng y beddau a'u coesau'n dechrau cyflymu wrth iddynt fynd i lawr yr incléin, lle mae ffos o ddŵr hyll, du – yr un lliw â gwaed y diafol – yn llifo'n falwennaidd heibio.

Mae Juan Pablo'n gweld pentwr o goed tân tu allan i gaban wrth ymyl y lein, ac mae'n defnyddio hwnnw fel ysgol, ac yna'n dringo i fyny, gan ei dynnu ei hunan yn uwch drwy afael mewn peipen ddŵr, ac yna, o ben y caban mae'n un naid glir ond hir o un to i do y trên, sy, diolch byth, yn arafu'n fan hyn. *Uno*, *dos*, *tres*, ac yna mae e'n hedfan, am un eiliad hir, gan weddïo bod ei draed yn taro yn erbyn rhywbeth, neu bydd y momentwm yn ei gario draw i'r ochr arall ac efallai hyd yn oed dros y dibyn. Ond, diolch i'r holl saint, mae hoelen ddeupen fawr yn ochr y wagen, sy bron â dod yn rhydd, ac mae hon fel angor i'w droed dde, ac yn ei gadw rhag cwympo.

Ymgasgla tua deugain o bobl ar ben y wagen. Pan mae Juan Pablo'n edrych o'i gwmpas ar ei gyd-bererinion, y cowbois truenus sy'n marchogaeth y ceffyl haearn, does neb yn gwenu, dim ond wynebau sy'n fasgiau o straen a dioddefaint, y gobaith ynddynt wedi ei olchi i ffwrdd megis yn y glaw. 'Sdim gwerth eu cyfarch. Mae bod yn boléit yn perthyn i'w gorffennol nhw.

Ond! Jest mewn pryd! Mae'r teithwyr yn edrych 'nôl ac yn gweld criw o blismyn yn cyrraedd mewn picyps, hanner dwsin ohonynt, a diolch byth bod y dihirod arfog yma wedi arllwys sawl nentig o *tequila* i lawr eu cyrn gyddfau yn ystod y nos neu mi fyddent wedi cyrraedd mewn pryd i arestio'r bali lot ohonynt. Felly, yn rhy hwyr, mae'r giwed o blismyn yn sefyll rhwng y stribedi haearn ac yn edrych ar y trên yn troi'n degan wrth iddo ddiflannu. Gall Juan Pablo weld yr arfau yn eu dwylo – y gynnau 22 calibr, y reiffls AR-15 a'r pistolau .38 calibr. Pan oedd yn grwtyn, roedd Juan Pablo'n ymddiddori yn y pethau hynny, ond feddyliodd e byth y byddai'n darged ar gyfer y fath arfau. Petaent wedi dal rhywun, pur annhebyg y byddai hwnnw wedi cyrraedd cell. Byddai'n fwy tebygol o fod wedi bwydo'r coiote a'r fwltur.

Diolch byth bod gan y dref nesaf enw da am gynnig lloches i deithwyr er bod yn rhaid bod yn ofalus, a cheisio cuddio'r ffaith taw *migrantes* ydyn nhw, felly mae Juan Pablo'n mynd â'r darnau arian olaf sy ganddo i siop barbwr lle mae'n ofalus i osgoi'r gair *pisto*, sef gair o gartre. Gŵyr fod swyddogion La Migra ym mhob man, yn chwilio ac yn gwrando am y llithriad lleiaf, neu'n gofyn cwestiwn i faglu pobl, fel gofyn sawl seren sydd ar y faner: mae gan Hondiragwa bump, Mecsico un. Neu drafod pwysau, a'r gair 'pwysau' yn drap, gan mai cilogram yw'r mesur ym Mecsico, ond nid felly yng ngwlad ei febyd. Felly torri gwallt, a pheidio â siarad â neb. Ddim hyd yn oed y dyn sy'n torri pob blewyn oddi ar ei benglog. Eistedd yno'n dawel wrth i'r gŵr eillio'i ben nes ei fod yn edrych fel mynach o Rangoon.

Ac mae pethau'n parhau i wella pan mae e'n ôl ar y ceffyl haearn, gan fod pobl y parthau hyn nid yn unig yn oddefgar ond yn gymwynasgar hefyd, yn cynnig rhoddion o fwyd i'r sawl sy'n mynd heibio i'w cartrefi.

Nid oes unrhyw haelioni'n fwy gonest na haelioni'r tlodion, ac maen nhw allan ar hyd pob milltir o'r trac, yn taflu eu rhoddion amrywiol – teuluoedd cyfan yn hyrddio poteli plastig yn llawn lemonêd, hen wragedd yn taflu siwmperi, plant yn troi *tortillas* yn ffrisbis sy'n saethu drwy'r awyr fel UFOs, hen fois sy wedi gweld y byd yn taflu bara, pobydd a'i ddwylo megis yn gwisgo menyg gwynion oherwydd y blawd sydd arnynt, yn taflu pob torth sy ganddo'n sbâr, gwniadwraig yn pelto bagiau'n llawn brechdanau, sy bron yn ddanjerus ynddo'i hunan, taflegrau blasus o letys, tomato a chaws. Yna maen nhw'n mynd heibio i saer coed sy wedi bod lan yn gynnar yn paratoi *burritos* wedi eu stwffio â ffa gwyrdd a du. Mae e'n feistr ar y gamp o gael y bwyd at y newynog, tra bo perchennog siop yn straffaglu braidd wrth iddo daflu cracyrs a phasteiod deuddydd oed ynghyd â photeli dŵr, gan fod top pob wagen yn edrych yn bell iawn o'r ddaear, ac mae'n sefyll wrth y trac yn hytrach na chwilio am fryncyn, neu sefyll ar adeilad wrth ymyl y rheilffordd.

Ar ôl teithio drwy Wlad yr Haelioni di-ben-draw, a meddwl bod y byd yn garedicach lle, yn hytrach na hunllef-golau-dydd, gyda gangsters a thrais ac ymosodiadau yn y nos, nid oedd Juan Pablo'n disgwyl ei antur nesaf, antur y byddai wedi dewis ei osgoi. Ond yn ei fywyd ef, nid oes dewis yn y mater. Roedd y trên wedi gorfod stopio i wneud lle i drên arall basio, oedd yn ymlwybro'n hynod araf o'r gogledd, gan taw un trac yn unig oedd 'na am ryw ugain milltir. Gofynnodd rhywun i'r gyrrwr am ba hyd y byddent yn aros yno, ac roedd e'n amcangyfrif rhyw awr, felly aeth nifer o'r *migrantes* i grwydro, gan chwilio am ddŵr a bwyd ac i lacio'r cyhyrau oedd wedi cyffio ar ôl oriau ben bwy gilydd o hongian yn dynn, neu gysgu'n lletchwith yn glynu fel orangwtang at ddarn o weiren.

Ond yna, yn ddisymwth, ymddangosodd criw o swyddogion La Migra o grombil bar oedd yn ddim mwy na chaban mewn llecyn o goed ceiba. Roedden nhw'n amlwg wedi meddwi, ac ar amrantiad, dechreusant saethu. Yn sydyn, roedd pawb yn ffoadur unwaith yn rhagor, yn ffoi am eu bywydau wrth i'r cyfuniad o alcohol ac arfau droi'n farwol yn nwylo'r swyddogion gwallgof. Roedd y bwledi'n chwim ac yn angheuol, a thrawodd un ei darged. Syrthiodd hen ddyn i'r dwst fel sach o dato, gan wneud un sŵn bach sydyn, fel bag plastig yn llawn dŵr yn cael ei dyllu, ac yna'n tawelu unwaith ac am byth. Dyna'r foment y safodd y plisman ar y blaen yn stond, a chofio taw fe oedd yn gyfrifol am y lleill. Hyd yn oed drwy'r niwl o *mezcal* a *tequila*, gallai weld fod rhywbeth gwael iawn wedi digwydd ac mai ef, yn y pen draw, fyddai'n gyfrifol am y llofruddiaeth hon mewn gwaed oer o flaen llwyth o lygad-dystion.

Felly safodd ar groesffordd, yn pwyso a mesur yn yr hurtrwydd a ddaw o yfed am ddeunaw awr solet, holl oblygiadau'r corff egwan oedd yn gorweddian yn y dwst, a meddwl beth ddylai ei wneud nesaf. Saethu pob llygad-dyst a chreu rhyw stori syfrdanol i esbonio pam? Saethu pawb ac yna llwgrwobrwyo'r swyddogion fyddai'n ymchwilio i'r achos ar ran yr heddlu (oedd bron yn draddodiadol)? Neu … ond dyma gyfog yn codi arno a bu'n rhaid iddo chwydu ddwywaith cyn llwyddo i ganolbwyntio ar yr opsiynau eraill …

Y dewis oedd yn dechrau swnio orau oedd gadael i bawb fynd gyda rhybudd. Cofiodd am yr uchelseinydd oedd ganddo yn y Landcruiser, ac oherwydd ei bryder, roedd wedi sobri bellach. Llwyddodd i gerdded draw i nôl yr uchelseinydd, a gweiddi gorchymyn i bawb fynd yn ôl ar y trên, gan ddweud eu bod nhw wedi saethu smyglwr, ac y byddent yn mynd â'i gorff i'w gladdu. Felly, doedd 'na ddim byd arall i boeni yn ei gylch a byddai'n dda petai pawb yn medru cerdded mewn un rhes, a byddai ei ddynion yn cynnig cyflenwad o ddŵr i bawb.

Wrth iddo raffu'r celwydd noeth, roedd e'n dechrau teimlo y byddent yn cael get awê â hyn, ac yn wir, dyna a fu, am y rheswm syml nad oedd gan yr un o'r teithwyr yma basbort na statws nac urddas, dim ond dymuniad cignoeth i fynd i'r gogledd. Dyna oedd bywyd iddyn nhw, greddf fel gwennol, symud ymlaen i chwilio am olau a maeth a bywyd gwell. A dyma nhw'n dod, bob yn dipyn, o ganol y cactws ac o'r tu ôl i'r coed ceiba i ddal y trên unwaith yn rhagor.

Mae Juan Pablo'n dychmygu persawr ei fam, yr un y byddai'n ei wisgo i fynd i'r eglwys. Daw'r dagrau'n don, bron yn ddigon i'w sgubo oddi ar y wagen. Mae'n ei gweld hi, ei dwylo'n galed gan lafur diddiwedd, ei gwên radlon yn atgof iddo bellach. Wrth iddi ddiflannu'n raddol, mae'n toddi yn y cof, yn troi'n syniad, neu'n ddyhead, neu'n enw rhywun o gyfnod sy'n bell, bell yn ôl. Yn ei galon, mae Juan yn gwybod na all e ddychwelyd nawr. Os bydd e'n cyrraedd gwlad yr addewid, bydd yn cael swydd ac yn anfon arian adref yn wythnosol, a phan fydd ganddo dŷ, bydd yn anfon tocynnau awyren i ddod â nhw i'w weld e yn Denver, Spokane, Tusla neu ta ble bydd e. Ond mae milltiroedd maith i fynd cyn hynny, a'r nos yn cau amdano fel clogyn melfed, gan orchuddio'r sêr a denu'r tylluanod i hedfan ar adenydd o sidan gwyn wrth i'r trên agosáu at y ddinas fawr sy'n ymledu'n haenau neon tua'r gorwel a thu hwnt.

Rhan 2

Megapolis Mecsico

El ciudad enorme

O'R PELLTER, EDRYCHAI Dinas Mecsico fel un o'r dinasoedd chwedlonol 'na, y rhai sy'n codi'n glir yng ngwastadeddau'r meddwl oherwydd pŵer digamsyniol y chwedlau neu'r storïau sy'n gysylltiedig â nhw. Mae rhai yn ddinasoedd go iawn, wrth gwrs, megis Samarkand neu Baghdad, tra bo eraill yn ddinasoedd ffantasi fel Eldorado.

Ond mae Dinas Mecsico, nawr, wel … yn hanner rhith a hanner realiti anghredadwy. Dychmygwch y lle yn oes yr Astec. Yr aur. Y moethusrwydd. Yr aberthu gwaed mewn temlau godidog. Y cerfluniau cain o Quetzalcoatl. A'r holl le'n ynys, a dŵr ym mhob man, fel fersiwn o Fenis.

Heddiw mae cymaint ohoni'n hynod ddiflas – yr erwau diddiwedd, llwydwyn o dyfiant concrit, a'r ardal ganolog lle mae'r swyddfeydd simsan yn codi'n raddol uwch tua'r ardal fusnes nes eu bod yn gestyll tylwyth teg o dyrau'n sgleinio'n felyn-binc yn haul diwedd y pnawn, ac yn tanio'n arian wrth gwrdd â'r erwau o wydr.

Mae Juan Pablo eisoes wedi dod o hyd i rywle i guddio, ar ôl cwrdd â bachgen bach oedd wedi adrodd stori am blant eraill fel fe, oedd yn byw o dan y strydoedd. Ac fe dywysodd Juan Pablo i dwll caead yng nghanol maes parcio, ei agor a diflannu i lawr ysgol. Dilynodd Juan Pablo ef, a'i gael ei hun mewn ogof ddrewllyd, lle'r oedd hanner cant o blant a phobl ifanc yn cysgu'n sownd. Rhoddwyd darn o garped iddo, ac aeth i gysgu'n syth, a dechrau breuddwydio.

Mae pethau'n lled dawel yn Ninas Mecsico heddiw, yn enwedig yn y tŷ mawr, crand yng nghysgod coed urddasol, hynafol lle mae hen ŵr yn eistedd wrth glamp o fwrdd mahogani mawr.

Pwy yw e? Pam mae hwn yn hawlio'n sylw?

Eistedda Oscar Ramirez, y Casglwr, wrth y bwrdd, sy'n ddigon mawr i hyd at drigain o bobl eistedd o'i amgylch i ginio llawn yn gyffyrddus reit, er ei bod yn amhosib gweld modfedd o bren ar wyneb y bwrdd y funud hon, oherwydd y doreth o bethau, o stwff, o daclau rhyfedd mae Señor Ramirez wedi eu pentyrru arno.

Nid bod y pentwr yn flêr, o na, canys mae 'na ryw fath o drefn hyd yn oed ymhlith y llanast rywsut-rywsut hwn. Mae'n wir bod y bwrdd yn gyforiog o hen greiriau, o gerfluniau hynafol i bentyrrau o lawysgrifau, gan gynnwys y copi cyntaf oll o'r nofel *Middlemarch* gan George Eliot. Mae'r gyfrol hon newydd gyrraedd y tŷ crand / amgueddfa breifat mewn fan ddiogelwch Grupo 4 ac mae'r Casglwr am lafoerio drosti.

Tyner yw'r haul yn Ninas Mecsico y bore hwn, y golau'n golchi ac yn amlygu lliwiau hufen petalau'r coed magnolia sy'n cysgodi'r lawnt. Saif yr amguedd-dy llawn stwff yma gyferbyn â llysgenhadaeth y Deyrnas Unedig ar stryd lydan, dawel yn ardal Colonia Cuauhtémoc. Dyna un rheswm pam mae'r Casglwr wedi dewis prynu'r adeilad crand hwn, gan dybied y byddai ei gasgliad o greiriau a phaentiadau'n fwy diogel yng nghanol yr holl ddiplomatiaid a'u gwŷr diogelwch yn yr ardal ddeiliog hon o'r ddinas. Mae sawl llysgenhadaeth gerllaw – rhai Rwsia, Siapan a'r Unol Daleithiau – felly mae 'na ddigon o ddryllau a chamerâu, ac adnoddau milwrol wrth gefn os oes eu hangen. Sy'n helpu i gadw'r Titian mae'r Casglwr yn berchen arno'n saff yn y lolfa. A'r Dalí lan lofft.

Er bod y pentwr stwff ar y bwrdd o flaen y Casglwr yn ymddangos, ar yr olwg gyntaf, fel annibendod, mae'n gwybod yn union beth sydd yno, gan ei fod wrthi'n dawel fach yn labelu ac yn catalogio popeth yn ei lyfr cyfrifon lledr trwchus.

Ac o! mae e wedi eu labelu a'u catalogio nhw'n drylwyr, oherwydd dyna beth mae e'n ei wneud, dyna yw ei brif bleser mewn bywyd. Rhoi trefn ar ei gasgliad drudfawr, na, ei gasgliad *amhrisiadwy.* Casglwr yw e, ac yn anad dim, mae pob peth yn ei gasgliad yn deillio o ryw stori arbennig, neu'n cynrychioli stori. Felly mae'r creiriau megis yn gyfystyr â chyfrolau.

Ychydig bach o ffeithiau bywgraffiadol

PWY YW'R CASGLWR? I'w staff o 118 o weithwyr, fe yw y Señor, cyflogwr hael ond ecsentrig. Ei enw llawn yw Oscar Hidalgo Ramirez, ac roedd e'n frawd i Dario Hidalgo Ramirez, y bardd dall fu farw llynedd – yr un a ysgrifennodd hoff lyfr barddoniaeth y genedl gyfan, sef *Vatos*. Nawr bod ei frawd wedi marw, nid oes gan Oscar unrhyw ffrindiau, yn rhannol oherwydd ei obsesiynau, ac yn rhannol oherwydd nad yw erioed wedi teimlo'r angen i gael ffrind. Bu ei frawd yn hen ddigon, yn ogystal â bod yn ddigon o athrylith i'r ddau ohonynt.

Er, dyw hynny ddim yn hollol wir, ddim mwy nag yw awgrymu nad yw Oscar erioed wedi bod mewn cariad. Unwaith, am amser byr iawn, syrthiodd dros ei ben a'i glustiau mewn cariad â merch o Indonesia. Ac mae ganddo rywbeth i'w atgoffa o hynny, o'i gariad-llygaid-brown-a-pherffaith, ac mae'n edrych ar y dystiolaeth syml hon ac yn ei chyffwrdd bob dydd, yn ddefodol, er nad yw'r boen o wneud hynny fyth yn lleihau. Mae ganddo gudyn o'i gwallt, sy'n dechrau colli ei liw nawr oherwydd y golau.

Cyfnod anghonfensiynol oedd plentyndod Oscar, a Dario ac yntau'n byw gyda'u tad, Hugo, mewn tŷ crand ar gyrion Oaxaca wrth ymyl coedwig binwydd a deri Sierra Madre de Oaxaca. Roedd eu tad yn berchen ar felin goed, un o'r rhai mwyaf yn y dalaith os nad yn ne'r wlad gyfan. Yno, byddai'r llifiau'n gweithio ddeunaw awr y dydd, a chynifer o foncyffion yn cyrraedd bob dydd nes bod pobl leol yn cyfeirio at y lle fel 'Canada'. Mi drodd yn enw hanner swyddogol, a Melin Canada roedd pawb yn ei alw yn y diwedd.

Roedd cant a thri o weithwyr yn torri a llifio a chario a stacio yng Nghanada, Oaxaca wrth i geunentydd o goed deri hynafol o uchelfannau'r bryniau gwyrdd droi'n bentyrrau tal o blanciau cadarn. Roedd coed amrywiol o ochrau Jalisco yn cael eu troi'n drawstiau, a'r coed pinwydd o bob cwr yn cael eu stripio a'u siapio a'u naddu'n bolion a phropiau ar gyfer y gweithfeydd glo lleol ym masn Mixteca a mwyngloddiau eraill yn bellach i ffwrdd.

Unwaith yr wythnos, ar brynhawn dydd Gwener gan amlaf, byddai Señor Ramirez yn gofyn i'w fab ieuengaf restru ardaloedd mwyngloddio'r wlad i gyd, a byddai Oscar yn cymryd anadl ddofn cyn dechrau adrodd y catalog cyfan yn un llifeiriant o enwau. Byddai gwên fawr yn lledaenu ar draws wyneb y tad wrth i'w fab restru'r mwyngloddiau yn rhugl a chywir. Yr un cwestiwn fyddai'n ei ofyn ar y diwedd bob tro:

'A sawl un o'r rheiny sy'n gwsmeriaid i ni?'

'Pob un, Papà.'

'Ie, Oscar, pob un. Ry'n ni wedi tyfu'n gwmni mawr. Gyda'r mwyaf. A rhyw ddiwrnod, ti fydd yn ei reoli. Mae gan Dario ei farddoniaeth, ac mae lot fawr gen ti i'w ddysgu.'

A chynifer o weithfeydd yn dibynnu arnyn nhw, ac yn cynhyrchu cymaint o offer, doedd ryfedd fod Señor Ramirez yn werth *peso* neu ddau ac yn medru prynu paentiadau gwerthfawr – gan gynnwys nifer sylweddol o Ewrop – a chrochenwaith o Tsieina, Corea a Siapan, oherwydd prynu gwaith celf oedd ei brif ddiléit, ac fel yr hoffai ei ddweud, 'Dwi ond yn troi blawd llif yn naw math o brydferthwch.' Roedd ganddo ddwsin o luniau gwerthfawr o Ffrainc ar y muriau, gan gynnwys dawnswyr gosgeiddig Degas a thirluniau smotiog, *pointillist* Seurat - ond roedd 'na un gwaith oedd yn ei feddiant oedd yn wirioneddol amhrisiadwy, yn llythrennol felly, gan taw'r cawr mawr, hynod dalentog Titian oedd yr artist.

Talodd Señor Ramirez arian dychrynllyd amdano, a phrin ei fod e'n fodlon gadael i olau dydd gyffwrdd â'r fenyw yn y llun. Hi, yn ei holl berffeithrwydd, yw Fenws Anadyomene, sy'n sefyll yn y môr, y tonnau o gwmpas topiau ei choesau a hithau'n cribo'i gwallt mewn ffordd osgeiddig a meddylgar ac urddasol.

Ond mae 'na reswm arall pam roedd Señor Ramirez am ei chadw'n saff dan gyrten melfed, gan fod Fenws - fel y dylai Fenws fod, efallai - yn hollol noeth, ac fe wyddai y byddai ambell un o'i ffrindiau ucheleglwysig yn cael haint o weld y bronnau llawn a sglein y dŵr yn dawnsio'n berlau bach ar draws ei chnawd i gyd.

Ac mae ganddi wên sy'n anodd ei dehongli, a dyn a ŵyr sawl noswaith yr aeth perchennog Canada, Oaxaca i sefyll o'i blaen am amser hir, gan adael i'w lygaid ei hanwesu, a chrwydro'n araf o gornel chwith gwaelod y llun lle'r eisteddai cragen sylweddol ar ddarn o graig wymonog i'r wybren las golau yng nghornel dde uchaf y portread hudolus o fendigedig.

Gwnâi hyn ar ôl cloi'r drws a thynnu'r llenni, rhag ofn i rywun weld sut gall menyw o bedair canrif yn ôl effeithio arno, ennyn ei chwant, gwneud iddo ddiosg ei ddillad ac ymsuddo i ddŵr cynnes y Môr Adriatig a nofio'n dawel ond yn syth i fod wrth ei hochr, i lynu ati, gnawd wrth gnawd, ie, glynu ati, fel cragen, ei dafod megis cyhyr cragen las.

Roedd Oscar yn lled-addoli ei dad, am ei fod yn rhyddfrydig, ac yn rhannu ei gariad noeth (o, yr eironi yn fan 'na, o ystyried y Titian) tuag at luniau a chelf, ac roedd y brwdfrydedd yn amlwg yn heintus, oherwydd erbyn iddo droi'n un ar ddeg oed, roedd Oscar nid yn unig yn ymddiddori mewn celf, ond roedd e wedi dechrau paentio. A dyma, hefyd, y cyfnod pan wnaeth y mab iau ddechrau casglu pethau.

Dechreuodd Oscar ei yrfa gasglu gyda phethau o'i gwmpas, gan greu bwrdd natur syml – dail a blodau wedi eu gwasgu rhwng tudalennau llyfr – ond un diwrnod gwelodd groen neidr wedi ei ddiosg ar ochr hewl ac ar ôl hynny dechreuodd chwilio'n fwy diwyd, a pharatoi ei gasgliad i adlewyrchu byd ehangach.

Ar ôl darganfod anifail bach wedi marw, llygoden y maes efallai, claddodd y corff mewn bocs, ac yna, wythnosau'n ddiweddarach, cododd y bocs a berwi'r croen oddi ar y mamal, ac yna ailadeiladodd y sgerbwd gan ddefnyddio darnau o weiren.

Cyn hir roedd ganddo arddangosfa natur, ac roedd ei sgiliau tacsidermi'n ddigamsyniol, yn enwedig ar ôl iddo stwffio hen gath y teulu mor effeithiol nes bod rhywun wedi ceisio ei bwydo, a rhywun arall ei mwytho. Dechreuodd Oscar gynhyrchu labeli taclus ar gyfer pob peth yn y casgliad, gan ddefnyddio'r enwau Lladin, nodi'r dyddiad a'r lle y darganfu'r anifail neu'r planhigyn, a chofnodi'r cwbl lot yn un o'i lyfrau duon.

Cwympodd cysgod trasiedi dros fywyd Oscar pan oedd

e ddim ond yn ddwy ar bymtheg oed. Cyfarfu â Valentina yn y llecyn bach o goedwig tu ôl i arhosfan y bws y byddai'n ei ddal i'r ysgol yn Jorochito. Yno y byddai'r rhan fwyaf o rapsgaliwns y pentref, giang o rêl *maleficos* lleol, yn ymgasglu i smocio a chyfnewid hanesion eu hanturiaethau rhywiol ac anghyfreithlon.

Ymhlith y smocwyr mwyaf diwyd roedd Oscar, ac roedd y ffaith fod ganddo wastad becyn llawn yn sicrhau poblogrwydd dros dro iddo. Gwyddai fod y sigaréts yn wael i'w iechyd, ond, fel yr esboniai wrtho'i hun, os nad oedd Duw am i ddyn smocio, pam rhoi ysgyfaint da iddo, i'w llenwi'n ddwfn â thar a budreddi a digonedd o nicotin?

Un bore, daeth merch ifanc o'r enw Valentina i ymuno â'r cwmni o ysmygwyr, ac roedd ei llygaid yn annaturiol o las, lliw fel y *lapis lazuli* a gyrhaeddodd o Affganistan a chael ei malu'n bowdwr i chwyldroi'r ffordd roedd arlunwyr yr Eidal yn gweld y byd yn ystod y Dadeni. Wrth gwrs, roedd Oscar yn rhy swil i'w chyfarch, na siarad â hi o gwbl, ond eto llwyddai i gael ambell bip a sbec slei arni bob hyn a hyn, gan ryfeddu at y tresi o wallt euraid, lliw caeau ŷd ar ôl haf hirsych, fel y rhai a welodd tu allan i Guadalajara unwaith.

Cyflymai ei galon o'i gweld – by-dym, by-dym, by-dym, by-dym, by-dym – wrth i'w frest chwyddo, ac wrth iddo geisio sefyll fodfeddi'n uwch na'i daldra go iawn, a cheisio gwneud i'w blorod ddiflannu drwy rym ei ddymuniad, ond doedd dim byd yn tycio. Ni chafodd yr un nano-eiliad o'i sylw hi. Man a man iddo fod yn anweledig, er ei bod hi'n gweld ei baced sigaréts pan fyddai'n fflachio hwnnw'n sydyn o'i blaen hi. Byddai'n derbyn un, ac yn gwenu, ac yn gwneud i'w galon ruthro. Ond un diwrnod cas, glawiog, llwydwyntog, pan nad oedd yno ond ychydig o bobl yn cysgodi dan ganopi llydan ffawydden dal, digwyddodd Valentina ofyn cwestiwn rhyfedd ynghylch y gwynt cynnes sy'n chwythu drwy dde Califfornia gan gynnwys Los Angeles – a doedd neb arall yn gwybod yr ateb. Felly dyma Oscar, a hyd yn oed y plorod ar ei ruddiau'n gwrido wrth iddo siarad, yn cynnig, 'Gwynt Santa Ana yw e …' Rhyfeddai Oscar at ei chwestiwn gwreiddiol hi, a ddaeth megis o nunlle, gan ddiolch i'r Forwyn Fair ei fod yn gwybod yr ateb.

Diolchodd iddo'n ffug-ffurfiol gyda chyrtsi bach, fel tase hi'n derbyn anrhydedd gan frenin neu frenhines, a bu'n rhaid i Oscar chwerthin, cyn estyn ei law yr un mor ffug-gwrtais er mwyn iddi hi ei hysgwyd yn swil.

Ond doedd hi ddim mor swil â hynny: gofynnodd iddo beth oedd ei enw, ac awgrymu ei fod yn, wel, yn unigryw – yr unig fachgen oedd yn gwybod am wynt Santa Ana. A dyma nhw'n dechrau siarad fel petaent am lyncu pob sgrapyn o wybodaeth am ei gilydd – y ffaith ei bod hi'n casglu hetiau o bob lliw a llun ac yn mynd i Eglwys y Santes Fair ddwywaith ar y Sul, ac yntau'n esbonio am ei gasgliad o ddail o bron pob coeden yn y rhan hon o Fecsico ac am y casgliad o weithiau barddol wedi eu rhwymo mewn lledr glas, a hithau bron â thorri ei bol eisiau dweud wrtho am ei thrip haf gyda'i rhieni i Yucatán i weld temlau Maya.

Erbyn hyn roedd y geiriau a'r brawddegau'n rhaeadru o'i gwefusau ceirios hi, ac yntau wedi ei fesmereiddio gan ei llais a'i hislais a'r ffordd anhygoel o ciwt roedd hi'n methu dweud ambell lythyren yn iawn.

Diflannodd amser, y ddau wrthi'n rhyddhau gwybodaeth a manylion bach amdanynt eu hunain, a chyn hir yn rhannu trysorau mawr, cyfrinachau tywyll oedd yn cynnig persbectif ar eu rhieni ac ar eu tylwyth nes eu bod yn boddi dan bwysau'r holl wybodaeth. Drwy'r amser, roedd Valentina'n gwenu fel codiad haul ac Oscar wedi ei hudo fel gwenynen yn yfed drachtiau mawr o neithdar o betalau porffor tegeirian trofannol. Hi oedd ei degeirian ef.

Ac yna, heb rybudd o fath yn y byd, dyma hi'n closio ato a'i gusanu'n galed, fel rhywun oedd heb ofn plorod, ac roedd yr un weithred chwim hon bron yn ddigon i beri iddo golli gafael ar ei synhwyrau, oherwydd roedd y golau'n newid wrth iddi ei gusanu, cyfaredd o oleuni'n llifo fel hufen neu arian byw, a gallai glywed fiolinwyr, na, band cyfan o gerddorion *mariachi* yn chwarae yng nghrombil y goedwig, yn canu rhyw ddawns wyllt roedd e wedi ei chlywed yn aml ar benwythnosau dathlu yn Oaxaca, ond doedd e, yn wahanol iddi hi, ddim yn clywed piano nes i Valentina gamu'n ôl ac yna, yn cystadlu'n sicr yn erbyn llif y *mariachi*, clywodd fysedd yn cyffwrdd yn allweddell y Steinway oedd yn sgleinio'n wlyb mewn llannerch gerllaw, a'r miwsig newydd yma'n newid y naws yn gyfan gwbl wrth iddo syllu, na, *gwledda* ar ei llygaid hi, gan loddesta ar ei phrydferthwch, yn methu'n deg â chael digon o ddyfnder y glas hwnnw a befriai ynddynt.

Hon oedd ei gymar, ac roedd hi'n edrych fel petai hithau wedi darganfod dihangfa rhag pethau diddrwg didda'r byd hwn hefyd – agoriad i arall fyd lle'r oedd strydoedd Oaxaca yn cael eu cyfnewid am lawr dawns wedi ei wneud o sglein o wydr, lle gallai pâr o gariadon droi'n Carlos Acosta a Sylvie Guillem. Edrychwch, da chi, ar Oscar yn arwain a Valentina'n dilyn – fe fel pengwin pert yn ei siaced ginio a hithau'n harddwych mewn ffrog hir o sidan marŵn. Cwpl perffaith yn dawnsio'n araf ac yn osgeiddig.

Hyd yn oed nawr, ar ôl yr holl flynyddoedd, mae Oscar y Casglwr yn methu credu iddi gael ei lladd mewn damwain car ynghyd â'i theulu cyfan, ar yr heol droellog 'na sy'n codi allan o ddinas Aguascalientes. Un gusan a gafodd. Un ddawns osgeiddig ac yna, drannoeth, syfrdandod y newyddion. Dyna oedd y diwrnod y dechreuodd Oscar lithro i mewn i'w gragen, cragen y Casglwr, bywyd o odrwydd.

Byw mewn amgueddfa

AC YNTAU BELLACH yn ei wythdegau, mae Oscar yn dal i gasglu yr un mor ddiwyd ag erioed, gan labelu a chatalogio ac ambell waith arddangos – er taw dim ond fe sy'n cael y pleser o fynd i'r arddangosfa – yn un o'r 27 ystafell yn ei dŷ. Mae tri aelod staff parhaol, ffyddlon yn cadw cwmni iddo – sef Swem y bwtler o Loegr, Nosda y cogydd o Fwlgaria a Mins, yr ysgrifenyddes, sy'n dod o rywle ym mhellafoedd Rwsia, ac sy'n siarad pymtheg iaith yn rhugl.

Yn eistedd yno, yn sorto'r stwff ar y bwrdd, mae e'n bictiwr. Mae gan y Casglwr benglog sylweddol, sy'n balansio – megis cneuen goco mewn cwt taflu yn y ffair – ar wddf sy'n ddigon tila yr olwg. Ond, o, does dim modd mesur, does dim modd *dechrau* mesur yr hyn sydd wedi ei storio oddi mewn i'r benglog aruthrol. Nid yw'r Casglwr yn ysgolhaig – mae'n debycach i haid o ysgolheigion, yn goleg Sorbonnaidd, syfrdanol ynddo'i hunan. Mae'r Casglwr wedi bod yn casglu gwybodaeth a straeon a ffeithiau a storïau'n drefnus ar silffoedd yr ymennydd, yn llyfrgell y cof, a'u cadw mewn trefn. Mae rhai yn meddwl ei fod mor hen â'r mynyddoedd, neu o leiaf mor hen ag un o'r hen ddynion crin yn Nhibet sy'n byw yn y mynyddoedd ac sy'n honni eu bod yn gant a phymtheg mlwydd oed, neu rywbeth felly, ac yn priodoli eu hirhoedledd anhygoel i fywyd o fwyta iogwrt llaeth *yak* a pheidio â gwylio'r teledu. Ond nid yw'r Casglwr mor hen â nhw. Mae e'n wyth deg un, a nawr ei fod ddegawd dros oed yr addewid, mae'n teimlo bod bywyd yn rhuthr carlamus, fel gwynt cryf sy'n ddigon i chwythu'r ychydig wallt sy ganddo'n weddill allan o groen melynaidd ei ben, sy'n foel fel wy ar wahân i ddau dwfftyn bach sy'n gwneud iddo edrych fel y gwyddonydd yn y ffilm *Back to the Future* yn ôl ei nai, Carlos Primero, sy'n gwybod lot fawr am ffilmiau.

Ond mae 'na dyllau yng ngwybodaeth Oscar, wrth gwrs. Nid yw'r Casglwr yn gwybod dim am ddiwylliant poblogaidd yr oes, na chwaraeon, na choginio. Mewn gwirionedd, ei unig ddiddordeb yw pethau pert, na, pethau godidog o hyfryd, megis y casgliad o bethau sy'n rhan o'r pentwr o'i flaen. Ac mae gan bob un o'r pethau pert yma stori, neu gysylltiad â rhywun sy'n llunio storïau. Heb stori, 'sdim gwerth i'r llun, na'r cerflun, na'r ffiguryn, yr *objet* na'r nic-nac.

Ond os oes 'na stori dda, mi wnaiff y Casglwr unrhyw beth, ie, *unrhyw beth* i gael gafael ynddi. Mae'n defnyddio ffyrdd cyfreithlon ac anghyfreithlon, ac mae ganddo dîm da o bobl sy'n ei helpu. Mae e wedi buddsoddi'n hael mewn creu'r tîm, yr asiantiaid, fel y gelwir nhw, a phob asiant yn meddu ar sgiliau penodol, a phob un yn ennill dros gan mil o bunnoedd y flwyddyn, sy'n cael eu talu i gyfrifon cudd yn y Swistir, ynghyd â bonws am bob arteffact sy'n dod i law.

Daw Swem, yr hen, hen fwtler i mewn – Methiwsela o was fyddlon – yn cerdded yn lletchwith, fel cranc, tasai cranc yn gwisgo siwt bengwin lawn – siaced-gynffon-hir ddu, coler wen wedi ei startsio'n llacharwyn a thei du mae e wedi llwyddo i'w glymu ei hunan er gwaetha'r cryd cymalau sy'n bygwth ei blygu'n gryman. Ond er gwaetha'r olwg ddychrynllyd o boenus sydd ar y dyn wrth iddo grwbanu ei ffordd ar draws y llawr yn ceisio osgoi gollwng rhagor o'r te i'r soser ar yr hambwrdd arian, nid golwg Swem yw'r peth mwyaf nodweddiadol yn ei gylch, ond yn hytrach, ei lais.

Ei lais! Dychmygwch rywun yn agor tap cyflenwad nwy, fel paratoi llosgwr Bunsen mewn labordy ysgol, a byddai'r sŵn hisian hwnnw yn elfen amlwg o'r ffordd roedd Swem yn siarad, yn sarffaidd, yn hisgar, yn pwysleisio pob 's' nes eu bod nhw'n nadreddu drwy bob berf a phriod-ddull a bechingalw. Ond nid yr hisian yw'r unig beth. Mae ei ddannedd yn clecian hefyd, nid yn gyson, ond bob hyn a hyn, ac yn gwneud sŵn i gystadlu â'i bengliniau, sy'n medru rhoi braw i unrhyw un sy wedi cael ei hudo neu ei fesmereiddio gan sŵn y nwy yn dianc o'i geg.

'Nossssswaith dda, sssssyr,' meddai Swem, sy bron yn gwenu oherwydd ei fod wedi llwyddo i gario'r te heb sarnu gormod. Dihuna ambell ddiwrnod yn poeni'n arw am ei swydd, nawr ei fod e prin yn medru agor y drws i'r un ymwelydd – nid bod neb yn galw i weld y meistr, ac mae'r systemau diogelwch yn cadw unrhyw un fyddai'n galw ar hap yn saff yr ochr arall i'r ffens.

'Noswaith dda, Swem. Diolch am y te. 'Sdim byd gwell na Lapsang Souchong o un o stadau da gogledd-orllewin Bangladesh, oes 'na?' Edrycha Swem fel petai wedi llyncu mul, neu fel tase'n cofio'r stad ar y llethrau, a'r gwyrddni tywyll yn llifo dros y terasau ffrwythlon. Nid bod Swem wedi bod yno, cofiwch, ac yntau erioed wedi gadael Llundain nes iddo gwrdd â'i feistr. A doedd e ddim yn mentro mas ym Mecsico'n aml.

'Odych chi erioed wedi blasu'r math yma o de? Na? Wel, gwnewch yn siŵr eich bod yn gofyn i Nosda wneud paned i chi pan ewch chi 'nôl i lawr i'r gegin. Nid cais, ond gorchymyn.

Mae bywyd yn rhy fyr i yfed te tsiep, ys dywedai Mam.' Ni feiddiai Swem gyfaddef ei fod wedi blasu'r te yma'n barod, un noson dawel pan oedd ef a Nosda'n chwarae gwyddbwyll yn y gegin.

'Mi wna i, ssssyr. Ond mae gen i negessss i chi, sssyr. Negesss ddaeth ar y ffôn coch. Mae assssiant B wedi cyrraedd y lleoliad. Mae'n dweud ei fod yn oer, ssssyr, yn oer iawn.' Gorffenna'r frawddeg â chlec annisgwyl ac uchel o'i ddannedd castanéts fyddai'n ddigon i roi braw i'r brain.

'A, ie, Asiant B,' adleisia'r Casglwr yn freuddwydiol, ei feddwl ar grwydr wrth iddo sipian y te o Rawshanpur. Mae'n meddwl am yr asiant, allan yn y maes, yn casglu … Asiant B am Beto. Un o'r deg o asiantau arbennig, ac efallai'r un gorau o ran rhychwant eang ei sgiliau. Hyfforddwyd Asiant B yn yr Universidad Nacional Autónoma de México, cyn iddo symud i Brifysgol Caergrawnt (lle'r astudiodd Archeoleg ac Anthropoleg, a chael gradd dosbarth cyntaf serennog), ac yna mynd i weithio yn Sotheby's, lle sefydlodd ei enw da oherwydd ei lygad craff a'i wybodaeth eang.

Fe oedd yr un ddaeth o hyd i storfa gwbl annisgwyl o ddarluniau Caravaggio mewn cwfaint yn Hwngari. A'r funud hon, mae Asiant B yn sefyll wrth ymyl *snowmobile* ar ôl iddo lanio ar barasiwt mewn llecyn o eira clir rhwng rhesi o goed sitca. Diolch i'r drefn fod ganddo siwt o ddillad cerdded diweddar wedi eu cynllunio'n unswydd i fyddin Norwy, ond er gwaethaf hon, mae e'n teimlo fel petai hylif nitrogen yn llifo drwy ei wythiennau – hynny yw, cyn i bob gwythïen droi'n edau rhew, a'i gorff yn rhewi o'r tu mewn. Mae Asiant B wedi mynd i wlad y Sami er mwyn chwilio am gerflun sy'n adrodd stori am sut wnaeth carw helpu i greu'r byd. Dyw e ddim yn gerflun unigryw, ond mae dau ohonynt mewn amgueddfeydd diogel, lle byddai'n rhaid eu dwyn drwy drefnu stynt tebyg i *The Italian Job* er mwyn cael gafael ynddynt. Felly, mae e wedi dod i chwilio am y siaman a'u cerfiodd i holi a oes rhagor ganddo. Mae ei fòs, y Casglwr, yn chwennych un o'r cerlfuniau yma'n fwy na dim. Wrth iddo ddychmygu Asiant B yn mhellafoedd oer daear, mae Oscar hefyd yn dychmygu'r cerflun yn saff mewn cas yn y cyntedd.

Clyw'r Casglwr siffrwd adenydd. Yng nghornel y stafell, mae aderyn enfawr mewn cawell arian addurnedig yn agor ei adenydd duon fel ffan Tsieineaidd. Mae'r Casglwr yn cadw fwltur pengoch yn ei ystafell! Wrth gwrs ei fod e, fel mae pobl eraill yn cadw byjis. Prin bod digon o le i'r aderyn sylweddol hwn ymestyn ei blu yn llawn. Mae pob peth yn stydi'r Casglwr yn gysylltiedig â rhyw stori neu'i gilydd. Ac mae hyn yn wir am yr aderyn hyll yma a'i ben moel a'i dagellau fel rhai twrci, sy'n rhoi ei enw Saesneg iddo, *turkey buzzard*, neu *turkey vulture*. Daw Swem i mewn drachefn i'w fwydo â darnau o gig amrwd, sy'n diflannu fel dŵr i lawr twll.

O wefusau crin hynafgwr

Cofia Oscar am y diwrnod bedair blynedd yn ôl pan aeth Swem ac yntau i weld hen, hen ddyn, aelod olaf llwyth y Tz'utujil (er bod rhai'n meddwl bod y Tz'utujil wedi marw o'r tir amser maith yn ôl), a dywedodd y dyn yma, â'i lygaid bywiog fel cwrens duon a'i groen yr un lliw ac ansawdd â haen o hen ledr, stori am un o ddynion y llwyth. Y stori, wedi ei hadrodd gan storïwr heb ei ail, sy'n esbonio presenoldeb y fwltur yn stafell fyw y Casglwr …

Amser maith, maith yn ôl, roedd 'na ddyn oedd wedi hen laru ar weithio, yn casáu gorfod mynd 'nôl a mlaen i'r cae i gasglu coed tân, ei goesau'n gwegian a'i gyhyrau'n cyffio. Roedd e wedi cael llond bol ar weld y pentyrrau coed, ac ar godi'r fwyell, ac a dweud y gwir, roedd e wedi diflasu ar unrhyw fath o waith, er bod ganddo wraig a phlant i'w cynnal. Felly dechreuodd gadw draw o'r cae, ac esgeuluso'r fwyell, nes nad oedd dim coed tân, hyd yn oed ar nosweithiau pan oedd yr oerfel yn ddigon i frathu'r croen.

Un diwrnod, aeth y dyn allan i'r cae ac eistedd ar garreg sylweddol yng nghanol y gwair, oedd bellach yn tyfu'n wyllt a heb weld pladur ers tro. Yno, gwelodd yr hen ddyn fwltur pengoch a dywedodd wrtho'i hunan, 'Mae gan y fwltur yma fywyd da. Dyw e ddim yn gorfod gwneud unrhyw waith. 'Na i gyd mae e'n gorfod ei wneud drwy'r dydd yw hedfan o gwmpas yn gweld y byd, yn cadw'n gynnes yng ngwres yr haul, yn troelli dros y coed a thros y tai. O, fy nymuniad i yw byw fel fwltur am sbel, a bod yn aderyn am ychydig bach. A chyda hynny, hedfanodd y fwltur yn agos iawn ato ac meddai'r dyn: 'Fwltur, carwn siarad â thi. Tyrd i lawr fan hyn. Tyrd i lawr nawr.'

'Iawn,' meddai'r fwltur, a dod i lawr yn syth, gan nad oedd yr aderyn ifanc wedi gweld ei gyfoedion mewn trapiau, neu wedi eu saethu, ac felly doedd dim rheswm ganddo i ddrwgdybio'r dyn.

Esboniodd y dyn ei ddymuniad wrth yr aderyn hyll. 'Buaswn yn hoffi troi'n fwltur fel ti, a byw bywyd fel dy fywyd dithau, yn hedfan yn rhydd drwy'r awyr heb orfod poeni am wneud gwaith yn y caeau. Rwy wedi blino gweithio, a dwi ddim am weithio yn y cae ddim mwy. Mae hynny'n sicr.'

'Digon teg,' meddai'r fwltur, 'ond os wyt ti am droi'n aderyn fel fi, dylet ti gofio'r math o beth dwi'n ei fwyta. Dwi byth yn bwyta *tortillas* na *guacamole*, dim ond ceffylau meirw, cyrff hen gŵn, gwartheg sy bron yn sgerbydau, ieir wedi eu lladd a'u troi'n stwnsh gan olwyn car, neu foch sy wedi dal rhyw glefyd neu'i gilydd ac sy'n dda i ddim, ac sy'n blasu'n rhyfedd hyd yn oed i fwltur fel fi. Dy'n ni fwlturiaid ond yn bwyta pethau marw. A drewllyd. Os medri di fwyta'r math yna o fudreddi, does 'na ddim problem yn y byd.'

Dywedodd y dyn y byddai'n hapus i wledda ar fwyd o'r fath, er ei fod, mewn gwirionedd, yn amau a allai wynebu stwnsh iâr gwasgedig a saws gwaed ac arlliw teiars car. Eto, er gwaethaf ei amheuon, ac ar amrantiad, taflodd y dyn ei hunan i'r awyr. Unwaith, ddwywaith, deirgwaith, ceisiodd adael y ddaear ac yna, yn ddisymwth ac ar adain gwynt cryf, cynnes a chwythodd i mewn o rywle, dyma draed y dyn yn gadael y ddaear yn ysgafn ac yntau'n troi'n fwltur, a'r aderyn barus yn troi'n ddyn, yn cyfnewid croen am adenydd ac adenydd am groen.

Hedfanodd y dyn-oedd-wedi-troi'n-fwltur yn uwch ac yn uwch, gan ymhyfrydu yn ei allu i esgyn a throi, chwyrlïo a chodi'n uchel. Ni allai gofio bod mor hapus yn ei fyw. Cododd a chododd, dros dai a llechweddau, dros glogwyni a choedwigoedd mawr. Hedfanodd dros ei gartref ef ei hun, gan weld y fwltur yno, yng nghwmni ei wraig a'i blant. Blinodd ar hedfan, a dechreuodd ddisgyn, ond ar ôl iddo gyrraedd y ddaear, er iddo neidio lan a lawr dair gwaith, nid oedd yn medru troi'n ôl eto.

Tra oedd hyn yn digwydd, roedd y fwltur yn ceisio siarad â gwraig y dyn, ond roedd hi'n gweiddi arno oherwydd ei fod yn drewi gymaint, a hithau'n mynnu ei fod yn molchi er mwyn cael gwared o'r arogl cas.

'Rwyt ti wedi newid,' dwrdiodd hi, 'ac alla i ddim dioddef dy weld na dy gael di'n agos ata i. Beth yw'r drewdod ofnadwy 'na?' Doedd ganddi dim syniad ei bod yn gweiddi ar aderyn oedd wedi troi i mewn i'w gŵr, a bod ei gŵr-oedd-wedi-troi'n-aderyn yn hercian yn orffwyll mewn llecyn gerllaw, yn ceisio cael ei gnawd yn ôl.

'Ond rwy wastad wedi gwynto fel hyn,' dadleuodd yr aderyn-ddyn. Yna, gwelodd y fenyw fod fwltur wedi dilyn ei gŵr i mewn i'r tŷ, gan roi sioc fawr iddi, a dyma hi'n sgrechian ei fod yn ogleuo mor gryf nes bod fwltur wedi ei ddilyn i'r tŷ. Rhag ei gywilydd!

Cymerodd y fenyw gandryll frws llawr a mynd am y fwltur, gan geisio'i sgubo drwy'r drws, ond roedd yr aderyn yn rhy gyflym ac yn rhy gyfrwys, a hedfanodd o gwmpas y tŷ'n ddidrafferth, yn ei gwawdio hi a'i brws llawr gyda phob symudiad. Yna aeth hi i nôl ffon drwchus a dechrau taro'r fwltur, heb syniad yn y byd ei bod yn curo'i gŵr, a'i niweidio'n fawr drwy ei drywanu.

'Y fwltur hyll!' sgrechiodd. 'Dos o 'ma.' Torrodd adain yr aderyn, a syrthiodd hwnnw i'r llawr, lle'r oedd yn darged hawdd i'r fenyw, oedd nawr yn medru curo a churo a churo. Eto, ni laddodd yr aderyn, a chyda rhyw styfnigrwydd rhyfedd, dyma fe'n mynnu aros ar lawr y gegin, yn edrych i fyw llygaid y fenyw, oedd wedi blino bellach, ac yn cael ei gwynt ati.

Yna, eglurodd y fwltur-oedd-wedi-troi'n-ddyn wrth y wraig pwy oedd pwy a be oedd be, a hithau bron â mynd o'i cho. Gan sbecian yn slei drwy'r drws i wneud yn siŵr nad oedd y plant yn medru gweld beth oedd yn digwydd, cododd y dyn yr aderyn a'i luchio tuag at y fenyw, ac aeth crafangau'r fwltur yn sownd yn ei gwallt a chroen ei phen. A thra oedd yr aderyn-ddyn yn syllu arno, yn gwneud dim yw dim i'w rwystro, dyma'r fwltur yn anelu am lygaid y fenyw gyda'i big-digon-pwerus-i-hollti-carreg-afocado a phigo a phigo a phigo nes bod ei hwyneb yn fwgwd coch o waed ffres.

Tra'i fod e'n cofio diweddglo'r stori erchyll, cwyd y Casglwr o'i sedd a cherdded tuag at y caets. Mae'n edrych i fyw llygaid yr aderyn ysglyfaethus ac mae'r fwltur pengoch yn edrych i fyny o'i waith o dynnu'r cig oddi ar yr asgwrn mae Swem newydd ei roi iddo, ac mae'n syllu 'nôl, yn heriol. Mae'r stori amdano fe, yr aderyn – felly fe *yw'r* stori. Ac o, mae'r asgwrn yn ffeind!

Mae'r prynhawn yn troi tua'r gwyll.

Astudia Oscar yn ei lyfrgell gynhwysfawr wrth i gysgodion diwedd dydd ymestyn megis nadredd-rubanau lliw huddygl, gan ruglo rhwng y cyfrolau ar hermeniwteg a dewiniaeth, sleifio drwy'r geiriaduron mewn Babel o ieithoedd, y cyfrolau am greaduriaid chwedlonol a chasgliadau o weithiau prif awduron y byd, nid jest y rhai o America Ladin a'r Gorllewin, ond o Tsieina, Siapan a Chorea yn ogystal.

Wrth i'r golau bylu, breuddwydia'r Casglwr am yr awdur enwog James Joyce. Mae e wedi treulio deufis yn darllen pob gair o'i weithiau, ac mae'n ei ystyried, bellach, yn gyfaill mynwesol iddo.

Dychmygwch fyw gyda James Joyce

Bob dydd, hyd at obsesiwn, dychmygai'r Casglwr sut y byddai James Joyce yn crwydro ar hyd y lle. Ym Mharis. Trieste. Dulyn, wrth gwrs. Yn creu. Yn gweithio ac yn creu.

Dyna fe, eto. Ar lan yr afon gan amla, yn tynnu rhwydi yn llawn geiriau i'r wyneb, heidiau gloyw o ansoddeiriau fel pysgod – *mojarra* efallai – a chriwiau gwingllyd o briod-ddulliau'n plethu fel slywod, geiriau ecsotig fel rhywogaethau od o lefydd pell, a berfau'n tynnu ac yn straffaglu ac yn bygwth tynnu'r rhwyd yn ôl i'r dyfnderoedd gan mor bwerus oeddent.

Ie, dacw fe, James Augustine Aloysius Joyce, y cychwr cryf, yn arnofio a rhwyfo ar lyn diwaelod o ysbrydoliaeth – yn creu llyfrau amhrisiadwy. Gwyddai'r Casglwr amdanynt i gyd, ac roedd e wedi darllen pob un namyn un, sef *Finnegan's Wake.* Dyma'r un roedd e'n ei astudio ar hyn o bryd, clamp o lyfr oedd yn darllen fel gormod o groesair – clystyrau o eiriau'n rhaffu bron yn ddiystyr: y sŵn oedd y peth, yr effaith bersain fyddai'n drech nag unrhyw ystyr a heb arlliw o blot.

Eto, roedd 'na apêl fel gwin da i'r geiriau, a'u mesurau yn medru mesmereiddio:

> I done me best when I was let. Thinking always if I go all goes. A hundred cares, a tithe of troubles and is there one who understands me? One in a thousand of years of the nights? All me life I have been lived among them but now they are becoming lothed to

> me. And I am lothing their little warm tricks. And lothing their mean cosy turns. And all the greedy gushes out through their small souls. And all the lazy leaks down over their brash bodies. How small it's all! And me letting on to meself always. And lilting on all the time.

Ond nid llyfrau James Joyce oedd ei ddiddordeb mewn gwirionedd. Roedd y Casglwr yn chwennych y pâr o sbectols roedd yr awdur yn ei wisgo wrth iddo lunio'i gampwaith digyfaddawd, sef *Ulysses*. Credai, pe gallai edrych ar y byd drwy'r sbectol yna, y byddai rhywbeth mawr yn dod i'r golwg; byddai'n gweld yn gliriach na chwningen ar ôl dôsad o foron, yr holl fyd yn tyfu mewn ystyr a llawnder iddo, fel gweld y lleuad yn falŵn llawn golau hufen dros gaeau'r hydref, y disg mawr yn teimlo'n ddigon agos i'w gyffwrdd.

O, roedd y Casglwr yn chwennych y sbectol yna. Dyhead. Greal. Ei ddymuniad mwyaf.

Ambell waith, drwgdybiai ei hunan yn fawr, gan ofyn beth oedd yn ei feddwl wrth iddo ychwanegu'n feunyddiol at y casgliadau. Beth ar wyneb y ddaear oedd yn mynd drwy ei ben pan ddychmygai y gallai weld y byd drwy lygaid Joyce dim ond oherwydd ei fod yn gwisgo'i sbectol? Nonsens! A thwyllo'i hun y byddai'r byd a'i brofiadau'n troi'n ffrwd ddiddiwedd, brydferth o atgofion a charnifal, na, yn fintai o saith math o synhwyrau nes ei fod e'n cofio'r gusan honno gyda Valentina a'i hail-greu fel y gwnaeth Joyce yn ei lyfr mawr, y gacen a'r hadau a'r gwres ...

> Ravished over her I lay, full lips full open, kissed her mouth. Yum. Softly she gave me in my mouth

> the seedcake warm and chewed. Mawkish pulp her mouth had mumbled sweetsour of her spittle. Joy: I ate it: joy. Young life, her lips that gave me pouting. Soft, warm, sticky gumjelly lips.

Roedd y gusan honno rhwng Oscar a Valentina ddegawdau yn ôl bellach, ond eto roedd yn un o'r digwyddiadau 'na sydd nid yn unig yn cael eu serio yn y cof ond yn dominyddu'r cof, yn ffurfio moment dyngedfennol, y funud fwyn pan ddaeth cariad digyfaddawd, digamsyniol, blydibendigedigdi-ben-draw i'w ran …

Roedd Joyce wedi profi hwnna, y teimlad yna, fel y profodd yn *Ulysses*. Roedd atgof Oscar yn debyg i sgrifennu Joyce, y cof wedi ei ddylanwadu gan y gelfyddyd … Cofiai ddarnau bach o gacen *polvoron* yn glynu'n ronynnau blasus wrth wefusau Valentina, fflawiau o gwrens duon a siwgr eisin wedi ei goginio'n garamel ac yn drwchus ei flas ar ei thafod, a'i cheg gyfan o'r herwydd yn dew â blas cacen-newydd-ddod-o'r-ffwrn, ac ogof fechan ei cheg yn dwym fel popty 'fyd, ac yn glyd ac yn gysurus. Ac roedd 'na dân yn ei llygaid hi, fflamau ar ras drwy sychder dail crin yr haf hwyr, fflacs o'r haul yn ei llygaid fyddai'n dawnsio'n wreichion, ac wrth i'w wefus ef lynu at ei gwefusau hi, Valentina – a'r ddau ohonynt yn cyfnewid anadl – meddyliodd am yr agosrwydd sy'n dod o hynny, y moleciwlau ocsigen a nitrogen a heliwm a'r nwyon eraill yn mynd mewn un 'hyff', un sŵn 'hyff' tyner o sisian, o un ogof i'r llall, o un geg i'r llall, ac wrth iddynt wasgu eu gwefusau'n dynn, roedd ei bronnau'n gwasgu'n does o dan ei frest, ac yna, wrth iddo fentro â'i ddwylo – a bron iddi ynganu ei enw – o, roedd yn gweddïo iddi wneud hynny –

gafaelodd yn dynn ynddo, gan awgrymu na fyddai hi byth yn ei adael, o nawr tan ddydd y Farn, tan atgyfodiad holl luoedd pur y saint a'r archangylion, a chyda'i dafod roedd yn disodli mwy o ddarnau bach o gwrens duon o'r cuddfannau bychain rownd dannedd cefn Valentina, ac roedd e'n gwybod ym mêr ei esgyrn, yng ngwead cymhleth ei gromosomau, y cynhwysion patrymol DNA dirifedi, *taw hi oedd yr un*, a'i fod e wedi ei charu ers cyn iddo ef a hi gael eu geni, a nawr roeddent yn dechrau caru gydag arddeliad 'fyd, y reddf am gyfathrach yn dod i'r wyneb, a gonestrwydd nwyd na allai neb ei goncro, a diffuantrwydd na feiddiai neb ei gopïo.

Yma, yn y llannerch lonydd, mewn coedwig braf ar hafddydd perffaith, roedd e ar fin teimlo'n gyflawn am unwaith, megis artist trapîs yn dechrau cerdded ar draws y weiren a'i draed yn saff mewn sgidiau bale, er mwyn croesi'r ffin a throi'n ddyn, a gallai Oscar weld beth oedd yn bosib yn glir yn fflamau'r tanau oedd yn llosgi yn llygaid dyfnion ei gariad, ac roedd hi'n ceisio dweud rhywbeth, na, roedd hi'n canu, yn canu grwndi, hen linellau o felodi, rhyw suo-gân o'r adeg pan oedd hi'n fabi, a hithau'n gweld ei mam yn codi ei sgert er mwyn mynd dros y gamfa – ac o, y tynerwch a deimlai tuag ati yn yr eiliad honno – ond pethau eraill hefyd, chwant yn un peth, wrth i'w tafodau gyffwrdd a glynu, yn cychwyn paru. Ac erbyn hyn roedd ei ddwylo'n fwy mentrus, ac am ymweld ac archwilio a oedd posib meddiannu tiroedd newydd, fel cwm llydan ei chefn, lle'r oedd blaenau ei fysedd yn medru teimlo bryniau bach y fertebrâu wrth iddi hi ynganu a thrydar mwy o'i chân fach dyner, a'i llais main yn gweddu i'r dim i'w archwiliadau pellach, a hyd yma doedd dim stop, doedd dim pwynt lle byddai'n mynnu bod rhaid i'w fysedd beidio â mynd ddim pellach. Na, doedd 'na ddim ffin!

Bellach, roedd ei gusanu'n fwy na nwydus, a rhythm a phŵer a thremolo fel ewyn ton ar drai yn sugno banciau mawr o raean yn ôl i ddyfnleoedd y cefnfor, ac roedd 'na gôr o forfilod, eu lleisiau *basso profundo* yn codi o waelodion gwymonog Culfor Cortés, a sêr yn tasgu dros wybren canol dydd fel galaeth annisgwyl, yr alaeth honno nad yw ond i'w gweld drwy lygaid cariadon, y rhai sydd newydd gwrdd, neu sy'n ymryddhau i adael i gariad eu traflyncu, fel llowcio cacennau o bopty Gutiérrez, a gweld y bydysawd yn cronni a lleihau nes ei fod yn ddim byd mwy na dwy geg yn reslo a throi'n gystadleuaeth rwber.

Ie, beth ar y ddaear roedd Oscar yn meddwl fyddai'n digwydd go iawn petai e'n cael y cyfle i weld y byd drwy sbectol Joyce? Pa fath o batholeg y meddwl oedd yn gwneud iddo ddamcaniaethu y byddai unrhyw wyrth yn cael ei chreu, unrhyw beth o werth yn dod i'r fei? Ond cofiai'r gusan gyntaf honno fel tase'n ddoe, a'r gwenyn mor drwm o neithdar a phaill blodau biliynau o feillion nes eu bod yn gorfod cario sachau bach sidan i gludo'r cargo anhygoel-felys.

Bu'r Casglwr yn gweithio, neu'n rhamanteiddio wrth ei ddesg cyhyd nes y poenai y byddai'n wargrwm pan godai. Digwyddodd hyn i sgolor yn yr Hen Rufain unwaith – treulio oriau ben bwy gilydd yn llafurio wrth ei ddesg, yn llyfrbryfio drwy bentyrrau o gyfrolau trwm nes ei fod yn ceisio codi un diwrnod ac yn methu sythu ei gefn, ei gorff yn fwa bellach, ei ben yn drwm fel swejen, yn hongian yn druenus ar raff annigonol ei wddf.

Hyd yn oed i James Joyce, yr awdur mwyaf toreithiog yn

ninas Paris – ac mae hynny'n dweud rhywbeth o ystyried pobl fel Alexandre Dumas – roedd llafur y brawddegu a chreu'r trosiadau'n waith caled.

Byddai Joyce yn llafurio ym myd y cysyniad a'r ansoddair, y gystrawen frawddegol a'r cymal tanlinellol yr un mor ddiwyd ag Alexandre Dumas neu Marcel Proust, Honoré de Balzac neu Guy de Maupassant, yn cynhyrchu geiriau fel un o weithwyr gorau'r ffatri, gan eistedd yn y gadair ledr a meddiannu'r olygfa dros y Rue de Rivoli – y menywod yn eu cotiau hirion yn sgleinio fel llysywod yn y glaw mân, eu hymbarelau'n llenwi'r stryd fel pryfed od, chwilod cefngrwm yn chwilmentan yma a thraw, yn nyddu drwy ei gilydd, yn dawnsio dawns gwrtais, osgeiddig dros gerrig cobl y stryd o dan yr eirlaw pluog. Disgynnai hwnnw'n drwchus nawr, a throi'n eira sych, i rwbio'r llun mas, troi gwaith pensil cywrain artist y stryd yn gynfas gwyn, gwag. A hon oedd yr olygfa roedd Joyce yn ceisio'i hoelio.

Erbyn hyn, mae'r Casglwr wedi bod yn darllen gwaith Joyce cyhyd nes bod ei lygaid yn dechrau gwingo. Amser cysgu nawr, er mwyn achub ei hunaniaeth. Osgoi troi i mewn i'r awdur dawnus, hudolus.

Hwyrgan

DOES DIM CWSG i fod i'r Casglwr heno, a'i feddyliau ar ras yn meddwl am Joyce, ac am ei ddewrder personol ac artistig. O'i lyfrgell grand, edrycha dros y ddinas sy'n disgleirio'n ddiemwntau yn y nos. Yn cynnig rhyw gysur yn ei anhunedd.

Heno, mae'r ddinas yn brysur iawn – pobl yn symud, bwyta, yfed, gloddesta, addoli, caru. Saif Dinas Mecsico fel cofeb i ffrwythlondeb dyn, i hawddineb creu babanod wrth y dwsin, wrth y deuddeg dwsin, a thros un filiwn ar hugain o drigolion yn byw yma, mewn fflatiau, cytiau, pentisiau crand gwerth miliynau o *pesos*, a thai di-ddim fel unrhyw faestref ddi-ddim arall yn y byd, a babi newydd yn gweiddi'n groch i ddathlu ei ddyfodiad bob tri munud. Un arall erbyn diwedd y dudalen hon. Watsiwch chi. Dyma fe'n dod. Sori, dyma hi'n dod …

Yng nghanol y ddinas, mae pentyrrau'r nendyrau'n tyfu'n wyllt fel shrwmps mewn gwlybaniaeth. Ie, swbwrbia llwydaidd a fflatiau a ffatrïoedd dienaid yn patrymu'n garped diflas o goncrit a tharmac, yn mygu'r ddaear a'r pridd a phwysleisio awdurdod a mawrhydi dyn. Mawrhydi! Gwelwch hefyd y plasau hynafol a'r sgwariau mawr sy'n gweddu'n berffaith ar gyfer seremonïau rhwysgfawr. Rhwysg!

Mae'r lle'n rhy fawr i fod yn fetropolis. Na, megapolis ydy hon, yn llenwi'r dyffryn enfawr ar yr ucheldir, yn y fan lle'r adeiladodd yr Asteciaid eu dinas hwythau, gan aberthu pobl yn fyw ac addoli'r sarff-aderyn, Quetzalcoatl.

Draw fan 'na, lle mae'r siop nwyddau hydroponeg yn sefyll, drws nesa i'r siop moto-beics Motoguzzi a Kawasaki oedd yr union le, y garreg allor solet, lle byddai'r offeiriaid yn yr hen, hen, hen ddyddiau, cyn dyfodiad y *conquistadores*, yn aberthu'r byw.

Yno, o flaen y ffenest sy'n arddangos Harleys, Yamahas a Suzukis newydd a'r helmedau diweddaraf, byddai'r dynion yn tynnu calonnau o gewyll esgyrn y byw. Yn gwledda ar boen, yn creu sbectacl i rewi'r gwaed. Ond nid gwaed yr anffodusyn o flaen y dorf, gan ei fod e wedi colli ei galon. Dacw fe, y cyhyr diangen, yn pwmpio'n druenus yng nghledr llaw'r offeiriad.

Palimpsest yw unrhyw ddinas, haen ar ben haen o hanes ar ben hanes, sylfeini ar ben sylfeini. Sefwch wrth ymyl y garreg fawr sy yng nghanol y cylchdro gyferbyn â bwyty Tamalpais, a gofyn i'r hen ddyn sy'n gwerthu poteli o Peñafiel oer yno beth yw arwyddocâd y lle, ac os yw e mewn hwyliau da, ac os nad yw sŵn y traffig yn rhy uchel, neu ei lais yn gryg oherwydd yr holl lygredd sy o'i gwmpas, gallwch glywed y stori am sut y daeth yr haul i fodolaeth. Er ei fod wedi laru ar ei hadrodd, mae'r weithred yn rhoi egni iddo hefyd, gan fod 'na bŵer yn y geiriau, grym geiriau a adroddwyd am y tro cyntaf flynyddoedd maith yn ôl …

Ar un adeg, yr unig olau ar wyneb daear oedd golau'r lloer, ac roedd yn anodd i bobl weld eu ffordd yn glir, os o gwbl. Felly, daeth yr arweinyddion at ei gilydd i weld beth allen nhw ei wneud i gynnig gwell golau i bawb.

Gofynasant i'r Lloer roi benthyg iddynt ei hunig fab, crwtyn gwantan a chanddo un llygad yn unig. I ddechrau, gwrthododd y Lloer y cais heb hyd yn oed smalio ei bod hi wedi ei ystyried o ddifrif. Yna, ymhen amser, cytunodd, heb esboniad. Ond wedyn, pwy sy'n deall seicoleg y lleuad? Ddim fi. Ddim neb.

Rhoddwyd gwisg seremonïol i fab y lleuad, ac edrychai'n fwy na lletchwith yn ei sandalau lledr da, ei benwisg o blu llachar, gowrdiau tybaco yn hongian am ei wddf, a bwa a saeth. Addurnwyd ei wyneb ifanc, syn â phaent mewn patrymau defodol.

Yna, taflasant e i mewn i ffwrn, lle llosgwyd y crwt yn ulw, ond, oherwydd taw chwedl yw hon, fe wellodd, a rhedeg o dan y ddaear, a phum niwrnod ar ôl hynny, cododd drachefn ar ffurf yr Haul.

Wrth i'r Haul dywynnu gwres a golau dros bob cwr o'r byd, gwylltiodd holl anifeiliaid y nos – y jagwarod, cathod gwyllt y mynydd, y bleiddiaid llwyd, y coiotes a'r nadredd oll – ac roedd pob anifail yn y filodfa flin hon yn arfog, yn saethu eu saethau ato'n wyllt, cawodydd o saethau, tymhestloedd ohonynt.

Mawr oedd gwres yr Haul, a dallwyd nifer o greaduriaid gan bŵer gwyllt ei belydrau. Gorfododd holl anifeiliaid y nos i gilio, eu llygaid ynghau, i ogofâu a phyllau dŵr, a rhedeg i ddyfnderoedd pellaf y coedwigoedd tywyllaf.

Ond heb gymorth y wiwer lwyd a chnocell y coed, ni fyddai'r Haul wedi llwyddo i groesi'r ffurfafen ar ei daith gyntaf. Y rhain oedd yr unig ddau o blith yr holl anifeiliaid wnaeth amddiffyn yr Haul rhag yr holl saethau. Roedd yn well ganddynt farw na chaniatáu i'r Haul gael ei saethu, ac yn y gorllewin, rhoddasant offrymau o gwrw india-corn iddo, er mwyn gwneud yn siŵr bod ganddo'r nerth i drafaelio drwy'r nen.

Lladdwyd y wiwer a chnocell y coed gan y jagwar a'r blaidd, a hyd y dydd heddiw, mae llwyth yr Huichol yn cynnig offrymau i'r ddau yma, ac yn defnyddio'r gair 'tad' i ddisgrifio'r wiwer. Ein gwiwer sydd yn y nefoedd, y math yna o beth.

Bydd yr hen ddyn sy'n gwerthu soda'n oedi yn y fan hon ac yn gofyn a hoffech brynu Peñafiel arall, neu becyn o Chiclets, ac mae'n bwysig cofio taw drwy werthu diodydd a gwm cnoi y mae'r hen ddyn yn bwydo'i deulu. Efallai y bydd yn tanio sigarét, ac efallai y byddwch yn clywed sŵn y gnocell, nes eich bod yn sylweddoli taw gweithwyr ar safle adeiladu gerllaw sy wrthi'n taro rhywbeth mawr, trwm i mewn i ddarn o goncrit. Efallai y byddwch yn yfed mwy nag un Peñafiel oherwydd gwres yr haul a wynebodd ddicter creaduriaid y nos, a chael ei drywanu gan nifer o'u saethau. Ac efallai y bydd y dyn yn dangos lluniau o'i blant i chi, fydd yn dipyn o sioc, heb os, oherwydd byddwch yn sylweddoli bod yr hen ddyn yn dipyn iau nag yr oeddech yn ei feddwl o ganlyniad i effaith oriau hir yn crasu yn yr haul ac anadlu nwyon ceir.

Ac yna, efallai, jest efallai, y bydd yr hen ddyn yn gofyn i chi ydych chi am glywed ei hanesion eraill, am y morgrug hud, a'r ras i ddarganfod gwenith, straeon clasurol, traddodiadol, am y blaidd a'r baban, a'r dyn aeth allan i hela a dod 'nôl â gwraig dda a baban dieflig.

Byddwch yno am oriau, wedyn, nes i'r lloer ymddangos eto, a'i golau cymylog yn cysuro'r ffwlbart a llygoden y maes, y posym a'r mochyn daear a'r anhunwr o wenci, yr un sy byth yn medru setlo.

Draw yn y pellter, yn codi fel Mynydd Kilimanjaro uwchben y Serengeti, neu Fynydd Fuji yn Siapan yn codi'n llachar-wyn ac urddasol y tu ôl i wastadeddau Ashiwada-Mura a Llyn Sa-ko, saif Popocatépetl, y llosgfynydd hudol, neu Popo ar lafar gwlad, neu Don Goyo i rai.

Cwyd Popo nid nepell o'r ddinas, ond mae'r smog beunyddiol yn golygu nad yw'n bosib ei weld bob dydd. Yn wir, mae rhai plant sy'n byw'n bellach i lawr y dyffryn yn gwadu ei fod yn bodoli o gwbl oherwydd nad yw eu rhieni'n medru ei ddangos iddynt.

¿Dónde está, Mamá? Ble mae e, Mam?

Allí. Fan 'na.

Allí. En las nubes? Yn y cymylau?

No. Na, dwi ddim yn gweld y lle o gwbl.

Mae'r 'cymylau' diesel a'r fferyllfa wenwynllyd o gemegolion, a'r mwg o'r simneiau diwydiannol yn cynhyrchu aer mor drwchus â chandi fflos, sy'n gorwedd fel sioc o wig Affro pinc ar ben y ddinas. *¿Dónde está*? Mae budreddi o bob math yn cuddio'r llosgfynydd a'i grib gwyngalchog o olwg y plant, ar wahân i gyfnodau pan mae gwynt cryf yn sgubo'r aer yn lân fel peintiwr brwdfrydig yn taflu haen neu fwcedaid o asur ar hyd y lle. Bryd hynny, dyw Popo'n ddim llai na syfrdanol.

Mae Dinas Mecsico wedi tyfu'n aruthrol dros y blynyddoedd diwethaf – o westai crand fel y Sheraton, y Four Seasons, yr Intercontinental a'r Westin i hofelau afiach wrth ymyl cwteri o garthion llwyd. Aeth stori ar led fod pob aelod o staff yn yr adran sy'n gyfrifol am y cyfrifiad wedi dioddef o stres a chael hunllefau byw. Am job. Ceisio cyfri'r anghyfrifadwy. Llenwyd eu hunllefau â gweledigaethau –

cadwyni diddiwedd o rifau'n llifo tuag atynt yn bygwth eu tagu, a sŵn byddarol crio'r holl fabanod newydd wrth iddynt arllwys i mewn i'r byd fesul awr, fesul hanner awr, fesul munud, y newydd-anedig yn cyrraedd fesul mil, fel byddin.

Ac mae'r holl *barrios clandestinos*, y trefi sianti sydd wedi eu hadeiladu o gardfwrdd a haearn, yn llenwi â babanod newydd cyn eu bod nhw wedi cael cyfle i brosesu gwaith papur y cyfrifiad diwethaf, nid bod hwnnw'n cynnig ateb o fath yn y byd. Ac mae'r gwleidyddion a'r cynllunwyr ac adran y priffyrdd yn gofyn byth a hefyd beth oedd y twf yn fan hyn a fan 'co, ac yn gofyn eto fyth am y cyfanswm, nes un diwrnod mae holl staff swyddfa'r cyfrifiad yn neidio drwy un o ffenestri mawr eu swyddfeydd ar y deunawfed llawr wedi eu clymu at ei gilydd â rhaff. Naw deg o drigolion Dinas Mecsico. Hunanladdiad lluosog mwyaf y mileniwm hwn. Oherwydd ofn ffigyrau.

O dan y strydoedd

Yn y twneli mawr mae plant yn byw, yn y twneli llaith a mochedd a diflas dan y ddinas, reit o dan siopau crand Perisur a'r Centro Comercial Santa Fe, dan y Merced de la Cuddle a'r Bazaar del Abandon, dan y parciau dinesig a'r swbwrbia dienaid, y tunelli o darmac a'r aceri o sbwriel, y cartrefi plant, y mynwentydd ffansi, y gerddi botaneg a'r eglwysi rif y gwlith wedi eu cysegru i amrywiol seintiau. Yn fan hyn mae'r plant yn dechrau troi'n dryloyw, fel y brithyll yna sy'n cael eu gadael am fileniwm neu fwy mewn rhyw ogof galch ddiarffordd, a phoblogaeth y pysgod yn llwyddo i fwyta a bridio yn y dŵr tywyll, du, eu gwaed yn graddol addasu i ddefnyddio llai o ocsigen, i ddibynnu ar waed sy'n troi'n dryloyw. Ac mae'r plant yma sy'n byw dan strydoedd Dinas Mecsico'n graddol newid oherwydd y diffyg haul, eu hesgyrn yn dueddol o grensian yn gyntaf nes eu bod yn dioddef o'r cryd cymalau cyn troi'n ddwst oherwydd diffyg maeth a heulwen.

Dyma lle mae Juan Pablo'n mynd i guddio, ymhlith y fyddin ddamniedig. Un prynhawn, mae'n siarad â dau fachgen sy'n esbonio iddo taw'r lle gorau iddo guddio yw o dan y twll caead, bant o'r golau. Bant o unrhyw olau.

Mae 'na lot fawr o dwneli newydd yn ochr ogleddol y ddinas oherwydd bod cynifer o bobl eisiau symud nwyddau anghyfreithlon o'r ffatrïoedd *marijuana* lle maen nhw'n tyfu cnydau enfawr mewn siediau a ffatrïoedd gweigion. Wrth gwrs, mae chwant di-ben-draw am y cynhaeaf canabis yn yr Estados Unidos, ac mae 'na ddigonedd o bobl ym Mecsico sy'n fodlon cludo cyffuriau i'r wlad honno. Mae rhai'n smyglo drwy ddefnyddio lorïau a cherbydau tebyg, rhai'n rhoi ffydd yn yr afonydd fel ffordd i mewn, a rhai'n twnelu fel gwaddod gwyllt. Mae 'na blant sy'n byw o dan rai o'r dinasoedd ar y ffin ag America hefyd, yn enwedig Nogales, ac maen nhw'n symud mwy o dôp mewn mis nag y gallwch ei ddychmygu, o dan y ffin, i gwrdd â'r mulod, y cludwyr fydd yn ei gario ar draws yr anialwch. O, mae 'na ddigon o wirfoddolwyr lan tua'r ffin i gludo bwndeli plastig du o *mota*, *marijuana*, neu *goma*, heroin i gartelau Sinaloa, Tijuana a Juárez, neu gocên o Golombia bell.

Mae'r plant sy'n byw o dan strydoedd Dinas Mecsico'n sôn am y twneli ar y ffin fel petaent yn trafod Shangri-La, neu ryw fath o ryfeddod, dinas rithiol. Ychydig yn ôl, daeth y Border Patrol o hyd i dwnnel oedd yn dechrau mewn ystafell wely mewn tŷ ym Mecsico ac yn diweddu mewn garej ar ochr America o Nogales. Mae criw o fil o bobl ifanc yn byw o dan y ddinas honno, yn defnyddio'r draeniau a'r system garthffosiaeth i naddu eu twneli eu hunain drwy graig a thrwy fwd, yn torri gyda driliau ambell dro. Mae'r rhan fwyaf o'r rhai sy'n byw o dan Nogales yn smyglwyr profiadol erbyn iddynt gyrraedd eu harddegau, ac wedi dysgu gwersi caled bywyd yn gynnar. Mae'r plant o dan Ddinas Mecsico'n dal i ddysgu.

Plant? Anghofiodd rhywun ddweud 'thoch chi am y plant sy'n byw lawr 'ma? Fel fersiwn Sbaenaidd o'r *Lost Boys*. Plant tlawd, nifer yn ysgerbydol ac yn sâl a rhywbeth gwyllt yn fflachio yn eu llygaid, a phob un yn defnyddio crac, neu'n anadlu glud, neu'n yfed alcohol maen nhw'n ei fragu eu hunain gan ddefnyddio ffrwythau gwastraff o gefn y *mercado*, dŵr, ychydig bach o siwgr, ac amynedd. Plant diobaith. Yn rhyfedd iawn, yr arweinydd – yr un mae pawb yn ei barchu ac yn rhyw led-addoli – yw'r un mwyaf eiddil a gwan, sef crwtyn tair ar ddeg oed o Guadalajara o'r enw Manuel. Fe sy'n cael y parch a'r bri oherwydd ei fod yn glyfar, ac yn medru cadw gam o flaen yr heddlu sy'n disgyn i lawr yma bob hyn a hyn. Hefyd, mae Manuel yn medru dal llygod gyda'r gorau, felly mae'n ennill parch fel heliwr.

Diolch byth am y pla o lygod mawr. Heb y rheiny a'r ystlumod sy'n nythu yn y twneli wrth y fil, fyddai'r plant sy'n byw yma ddim yn cael protein o gwbl. Mae nifer o blant yn cael llygoden fawr i frecwast ac ystlum i swper: mae'n bwysig amrywio'ch deiet hyd yn oed mewn byd sy fel y fagddu, yn ddu fel bola buwch. Ond mae 'na rai sy'n mynd i'r wyneb bob dydd i 'siopa' ar gyfer y lleill. Ac mae'r bobl ar yr wyneb yn edrych mas amdanynt. Felly mae'n mynd yn anoddach ac yn anoddach cael bwyd ffres, a stondinwyr yn y Mercado Central yn anfon ffrwythau heb eu gwerthu i gael eu troi'n gompost bellach, fwy na thebyg ar gyfer y ffatrïoedd *marijuana*. Cylch newydd yn troi.

Mae Manuel yn gwybod sut i ddal y llygod mawr yn effeithiol, ac mae e hyd yn oed yn medru eu coginio a'u gweini fel cebabs sy bron yn flasus ac yn atyniadol. Bron. Y peth pwysicaf yw cael gwared o'r dannedd milain 'na. Dyna beth sy'n hyll ynglŷn â bwyta llygod mawr. Y ffaith eu bod yn gwenu arnoch chi wrth i chi godi eu hymennydd yn eich bysedd. Y tro cyntaf mae Juan Pablo'n bwyta un, mae'n chwydu mor wyllt nes ei fod yn ofni ei fod yn mynd i golli ei ymysgaroedd. Ond daw i arfer â'r arlwy dros gyfnod – unrhyw beth i oroesi.

Mynd i siopa

AR GYFER EI BEN-BLWYDD yn ddeg oed, dywedodd Jaime Sanchez ei fod e am fynd i lawr i'r siop ymlusgiaid ar Calle Eldorado i chwilio am anifail anwes mwy ecsotig na'i bysgodyn aur, Eduardo. Roedd Eduardo druan wedi hen laru ar nofio rownd a rownd mewn cylchoedd a doedd Jaime – oedd newydd ddarganfod y Sony Playstation – yn cael fawr ddim pleser o edrych arno'n chwifio asgell wrth fynd o gwmpas ei sffêr o ddŵr trwchus.

Felly, ar y prynhawn Sadwrn cyn ei ben-blwydd, dyma Jaime a'i rieni'n mynd yng nghar ei dad drwy ruthr a stŵr strydoedd tagedig Dinas Mecsico. Byddai'r tad fel arfer yn defnyddio gwasanaeth gyrrwr preifat, ond nid oedd y gyrrwr hwnnw'n gweithio ar benwythnosau. Nid bod tad Jaime yn ofni'r gwallgofrwydd a ddeuai yn sgil gyrru yng nghanol y canu cyrn, y lliwiau a'r gwerthwyr nwyddau o bob math fyddai'n stelcian rhwng y ceir yn y tagfeydd yn cynnig papurau dyddiol, golchi'r sgrin wynt, gwerthu ffrwythau neu Chiclets neu watshys ffug.

Cymerodd awr a hanner iddyn nhw deithio'r chwe milltir i Calle Eldorado, ac wrth gwrs, doedd 'na ddim lle i barcio, ond fel y *genie* yn stori Aladdin, ymddangosodd dyn o nunlle i gynnig gwarchod y car ar gornel stryd (roedd y ddinas yn llawn gwarchodwyr ceir answyddogol fel y rhain, ond yn ystadegol, roedd mwy ohonyn nhw nag o ladron ceir, felly gan amla, gallai perchennog adael ei gar yn weddol ddiogel. Hyd yn oed un crand fel hwn).

Fflachiai arwyddion neon enfawr yn ffenest y siop,

a phob gair yn cael ei ddilyn gan ebychnod, oedd yn gwneud iddi edrych fel petai'n gwerthu anifeiliaid ac yn eich rhybuddio rhagddynt yr un pryd. *Serpientes*! *Iguanas*! *Madrugas*!

Camodd y tri ohonynt i fyd arall, byd o gasys gwydr, gwyrddni a lleithder tebyg i fforest law. Camodd y perchennog i'w croesawu, gan ganolbwyntio ar y rhieni am ei fod yn gwybod taw nhw fyddai'n talu, ac yn caniatáu i'r crwtyn ifanc brynu'r hyn a fynnai. Gwyddai'n iawn fod bechgyn ifanc wastad eisiau anifail sy'n medru brathu, neu ladd mewn ffordd ddiddorol, rhywbeth y gallent ei ddangos i'w ffrindiau â balchder a diléit. Ond rhaid oedd dechrau gyda'r crwbanod, gan restru'r ffyrdd y gallent fyw heb fawr ddim sylw – doedd ond angen dŵr glân ac ychydig fwyd, glanhau'r cwtsh bob hyn a hyn, ac, wrth gwrs, gallech anghofio amdanynt am chwe mis yn y flwyddyn wrth iddynt aeafgysgu ac, o, y wefr o'u gweld nhw'n dihuno ar ôl bod yn cysgu'n drwm, heb arwydd o gwbl eu bod yn anadlu. Roedd y perchennog yn dwlu ar y foment honno pan fyddai'r crwbanod yn dihuno'n araf, araf iawn, yn arwydd sicr bod y gwanwyn wedi cyrraedd. Hyd yn oed yng nghanol y siop – yr hen, hen reddfau'n dod i'r amlwg.

Gallai'r perchennog weld o'r ffordd roedd y crwtyn bach – crwtyn digon dymunol yr olwg, rhaid dweud – yn edrych ar y crwbanod ei fod yn deall na fyddai fawr o gyffro'n perthyn i gadw un o'r rhain, felly symudodd yn ei flaen yn ddigon chwim i edrych ar y madfallod. Roedd bwydo'r rhain gyda phryfed fwy at ddant bechgyn ifanc, yn enwedig am y gallent ddal eu pryfed drostynt eu hunain yn yr ardd, neu yn y maes, a'u rhoi nhw yn y cas gwydr, a gwylio'r anifail yn eu llygadu a symud tuag atynt yn llechwraidd ond yn sicr cyn taflu gwaywffon o dafod allan i'w dal.

Ceisiodd y perchennog ddyfalu beth oedd ym mhen Jaime, gan geisio darogan beth oedd wedi ei ddenu i'r siop yn y lle cyntaf. Roedd yn berchen ar y lle ers deng mlynedd ar hugain, ac roedd ganddo syniad go dda sut i ddarllen dyhead cwsmer. Edrychai'r rhain yn gwpl digon goddefgar, ac o edrych ar eu dillad, yn bur ariannog hefyd, felly dyma fe'n teimlo'n ddigon hyderus i symud ymlaen at y nadredd, gan gofio osgoi'r rhai gwenwynig (er y byddai'n siŵr o'u dangos ar ddiwedd y parêd o gwmpas y siop), a chanolbwyntio ar y rhai bach, gan gynnwys y nadredd ifanc na fydden nhw'n aros yn fach am yn hir iawn, ysywaeth.

Am unwaith, roedd lefel y stoc yn uchel. Roedd yn mynd yn fwyfwy anodd cael cyflenwad da o *serpientes* nawr fod 'na waharddiadau mwy llym ar symud anifeiliaid oherwydd cytundeb CITES, oedd yn ei gwneud hi'n anos gwerthu anifeiliaid prin. Ond roedd digon o beithoniaid i gael, oherwydd roedd sawl sw a chwmni masnachol yn cael llwyddiant mawr yn eu bridio. Gwyddai'r perchennog o'r foment y gwelodd y gannwyll fach o ddiddordeb yn cynnau yn llygaid y crwtyn ei fod am gael rhyw fath o neidr, ac y byddai peithon yn ateb ei ofynion i'r dim, yn enwedig o gofio y byddai angen ei fwydo â llygod byw (yn wir, roedd cyfran sylweddol o incwm y siop yn dod o werthu cyflenwad o lygod gwynion i fechgyn ifanc ar draws y ddinas).

Ac roedd ganddo un peithon dan sylw – un o'r rhai mwyaf llachar ei liw a ddaethai i'w feddiant erioed, patrwm o frown tywyll ac emrallt a melyn. Dim ond deuddydd yn ôl y cyrhaeddodd y siop, ac roedd y perchennog wedi bod draw i sefyll o flaen y cas sawl gwaith bob dydd i fwynhau patrymau'r cuddliw godidog hwn, patrwm delfrydol i guddio lle'r oedd brithder o haul yn torri drwy'r dail. Ac aros … i'w ginio … gerdded heibio ar bedair coes fach.

Ac roedd y sarff ar ei gorau wrth i'r pedwar ohonynt gerdded draw at y cas, a mam Jaime yn edrych braidd yn nerfus wrth i'r *serpientes* eraill godi eu pennau'n chwilfrydig yn y casys gerllaw. Tawelodd y perchennog ei nerfau hi orau y medrai drwy ei hannog i edrych ar brydferthwch y peithon yn y cas o'u blaenau, ond nid oedd mam Jaime'n credu bod 'na unrhyw beth prydferth ynghylch y neidr, ac roedd yn gas ganddi'r syniad o gael un yn y tŷ. Eto, gwyddai petai ei mab yn dewis y peithon yma y byddai'n rhaid iddi dderbyn ei ffawd, a byw mewn nefusrwydd llwyr yn ei chartref ei hun.

Chwyddodd brest y perchennog wrth iddo ddechrau trafod rhinweddau'r creadur oedd wedi troi ei gorff yn un cwlwm praff yng nghornel y cas ac yn syllu arnynt â llygaid fel pinnau het hen ffasiwn, yn pefrio'n ddu, fel petai'n medru gweld i berfeddion eu heneidiau.

'Dyma'r creadur mae pob dyn ifanc yn ei hoffi, oherwydd mae'n hawdd ei drin, ac yn setlo'n hapus ar eich ysgwydd, neu hyd yn oed yn eich bag ysgol, neu mewn poced os yw honno'n ddigon mawr. I ddechrau, o leiaf, pan mae'r neidr yn ifanc. A pheidiwch â meddwl bod cyffwrdd y neidr yn amhleserus. I'r gwrthwyneb. Mae'n bleser teimlo'i chroen yn erbyn eich croen chithau … Ond mae hon yn neidr sy'n medru tyfu'n fawr. Nid neidr ar gyfer pobl sy'n byw mewn tŷ bychan yw'r peithon o Fyrma. Nid ar chwarae bach mae rhywun yn prynu un o'r rhain. Gall hon dyfu i fod yn gawr, yn gawr ymhlith cewri …' Gwyddai'r dyn taw dyma'r ffordd i blannu'r syniad ym mhen y crwt. Gallai ei neidr ef fod yr un fwyaf yn y byd o'i bwydo'n ofalus ac yn gyson, a chan wneud yn siŵr bod ganddi ddigon o le yn ei chartref o wydr trwchus i dyfu fesul modfedd bob dydd, mwy ambell waith.

'Beth mae'n ei fwyta?' gofynnodd Jaime, gan siarad am y tro cyntaf ers iddo gyrraedd y siop. Gwyddai fod 'na brotocol i'w ddilyn, gan taw ei dad fyddai'n talu a'i fam fyddai'n gorfod rhoi ei chaniatâd, yn enwedig oherwydd bod ganddi ffobia ynglŷn â nadredd, ac y byddai'n rhaid i'w chariad tuag at ei hunig fab fod yn gryfach na'i hofn o'r anifail yma oedd yn bwyta llygod i frecwast. Felly roedd yn rhaid iddo frathu ei dafod … am nawr.

'Llygod bach i ddechrau, pan maen nhw'r maint yma, ond yna byddant yn symud ymlaen at bethau mwy, fel cwningod a ieir. Gallwch chi brynu'r rhain wedi marw, sy'n well mewn sawl ffordd. Dyna'r cyfan sydd ei angen ar rai dof …'

'Dof?' ebychodd tad Jaime, oedd yn darllen pamffled roedd y dyn wedi ei roi iddo, oedd yn nodi pa mor gyflym y gallai'r anifail dyfu. Hyd at 15–20 troedfedd, gan bwyso hyd at 200 pwys, a thyfu'n gyflym hefyd, gan gyrraedd ei faint llawn erbyn ei fod yn bedair blwydd oed … Darllenodd y tad y rhybudd mewn llythrennau breision oedd yn datgan bod yn rhaid cael dau berson i fwydo unrhyw neidr oedd dros wyth troedfedd o hyd. Roedd y perchennog yn ei elfen nawr.

'Bydd y tanc 55 galwyn yma'n iawn i ddechrau, ond bydd angen rhywbeth mwy sylweddol arnoch chi unwaith mae'n dechrau tyfu. Mae rhai pobl yn addasu stafell at y pwrpas, i greu cartref clyd a diogel i anifail anwes.' Gwyddai'r perchennog ei fod e wedi rhwydo'r cwsmeriaid cystal â chwningen yn nhorchau'r neidr. Roedd sglein chwant yn llygaid y crwt, ac roedd y tad yn dychmygu y byddai prynu'r sarff ac yna gofalu amdani gyda'i fab yn dod â nhw'n agosach at ei gilydd, y gallent ddatblygu perthynas fwy clòs, ac roedd yn werth prynu neidr er mwyn rhannu'r profiad â'i fab. Gallai weld y balchder ar wyneb Jaime wrth iddo ddychmygu'r olwg ar wyneb ei ffrindiau – oedd wedi eu sbwylio'n rhacs gan eu rhieni ariannog – pan fyddent yn dod draw i weld y peithon yn ei ogoniant yn llyncu iâr gyfan. A phan fyddai'r sarff wedi cyrraedd oedran pan fyddai angen dau berson i'w dal tra byddai'n cael ei bwydo, byddai'r tad yn medru gwneud yn siŵr nad oedd y mab yn cael ei frathu na'i wasgu fel cardfwrdd yn nhorchau pwerus y bwystfil-neidr.

'Yn eu cynefin, maen nhw'n medru bwyta geifr a moch, ac mae'r rhai sy wedi dianc i fyw yn yr Everglades yn Fflorida'n bwyta cathod mawr ...' Aeth y lle yn dawel: dim i'w glywed ond sŵn y ffans bach yn troi er mwyn cysoni'r tymheredd i'r anifeiliaid. Yna edrychodd tad Jaime ar ei fab a gofyn y cwestiwn tyngedfennol: 'Wyt ti eisiau fe, y cawr 'ma? Wyt ti'n sylweddoli faint o gyfrifoldeb yw edrych ar ôl neidr fel y peithon hwn?'

'Dwi'n deall i'r dim,' atebodd Jaime, gan dderbyn y neidr o law'r perchennog er mwyn iddo deimlo pwysau'r creadur, yn hongian yn drwm ar ei ysgwydd fel mwclis wedi eu gwneud o gyhyr mawr, neu fel darn o elastig tew a chanddo ddannedd siarp. Gwibiai'r tafod i mewn a mas o'r geg, ac roedd gwên fileinig ar wyneb y creadur, fel petai'n synhwyro neu'n deall ofnau dyfnaf y fam, oedd yn clywed ei chalon yn curo gan ofn fel dryw bach, er ei bod hi eisiau i'w mab gael y neidr, ac y byddai'n hapus o weld Jaime – oedd yn swil ac ychydig bach yn rhy hunangynhaliol, gan aros yn ei stafell ar ei ben ei hunan am oriau ar y tro – yn closio at ei gŵr. Byddai'r neidr yn troi'n symbol o'r agosatrwydd hwnnw, a fyddai'n tyfu'n fawr ac yn gryf ac yn bwerus. Y tad, y mab … a'r peithon.

'Rydyn ni am ei phrynu,' meddai mam Jaime, er mawr syndod i'r tri arall, oedd wedi gweld sut roedd ei chorff yn crynu o edrych – neu, yn hytrach, o geisio osgoi edrych – ar y nadredd gwasgu a'r gwiberod a'r llyffantod hyll yn swatio o dan fylbiau lamp yn breuddwydio am bla o glêr.

'Iawn 'te, madam. A fyddwch chi am fynd â hi gyda chi neu hoffech chi i ni ei danfon i'ch cartref yn nes ymlaen? Mae gan y gyrwyr slot rhwng pump a saith os dwi'n cofio'n iawn, ond gadewch i mi edrych yn y llyfr i wneud yn siŵr …' Edrychodd y tri ohonynt ar ei gilydd – y fam yn hapus ac yn ofidus yr un pryd, ond yn fodlon ei bod hi wedi prynu anrheg mor, wel, sylweddol i'w mab; y tad yn meddwl a oedd 'na unrhyw fanciwr arall yn y wlad yn berchen ar beithon o Fyrma; a Jaime'n methu credu ei lwc. Trodd i edrych ar y neidr, a syllodd i fyw ei lygaid ef, neu efallai ei bod yn asesu sut y gallai ffitio'r crwt i'w stumog ar ôl ei larpio.

Cyrhaeddodd dau ddyn mewn fan wen, blaen am bump o'r gloch ar ei ben, a chlychau'r eglwys fawr i lawr y stryd yn gyfeiliant soniarus. Prin bod y teulu wedi cael amser i benderfynu ble fyddai'r lle gorau i'r neidr fyw cyn bod y gloch yn canu a dyn ifanc â barf fel Che Guevara'n sefyll yno â gefel hir yn ei law dde.

'Mae hon i chi,' meddai wrth dad Jaime. 'Presant gan y siop. Arwydd bach o'n gwerthfawrogiad o'ch cwsmeriaeth.' Siaradai'r dyn fel petai'n cofio sgript, ac aeth ymlaen i ddweud bod y bòs wedi anfon hanner cant o lygod bach a mawr, ynghyd ag oergell fechan fel y gallai'r teulu eu cadw nhw draw o'r gegin.

'Nawr 'te, ble hoffech chi i ni ddodi'r neidr?' Nid oedd y tad eisiau colli ei awdurdod, ac yntau newydd ddiolch i'r dyn yn y cyntedd â bwndel bach hael o *pesos*, felly awgrymodd y gallai'r neidr fynd i stafell Jaime, ac o weld y ffordd y goleuodd llygaid y bachgen bach, roedd yn amlwg wedi dweud y peth iawn. Roedd ei wyneb yn disgleirio, ar dân â hapusrwydd.

Cariodd y ddau ddyn y cas a'r neidr lan y grisiau, ac yna aethant i nôl yr oergell, oedd wedi ei stwffio ag amlenni plastig yn llawn llygod. Cyn iddynt adael, awgrymodd y ddau y gallent ddangos i'r teulu sut i drin a thrafod y neidr pan oedd angen ei thynnu o'r bocs.

'Gwnewch yn siŵr eich bod yn gafael ym mhen y gynffon, yn enwedig pan mae'n dechrau tyfu, oherwydd maen nhw'n gryf iawn. Maen nhw'n hawdd i'w trin ond mae 'na rai pethau i'w cofio. Mae'r rhai bach – a chofiwch mai un fach yw hon – yn medru bod yn eitha chwit-chwat, ac mae'r oedolion yn medru bod yn ymosodol iawn wrth gael eu bwydo, ac mae pobl wedi cael eu lladd … Rwy'n siŵr bod y bòs wedi sôn digon wrthoch chi am y perchnogion marw …' Edrychodd Jaime a'i rieni ar ei gilydd, gan fod marwolaethau ymhlith perchnogion peithonau o Fyrma'n rhywbeth newydd iddyn nhw. Aeth y dyn yn ei flaen.

'Nawr, mae digon o dywelion papur ar lawr y caets ar y

foment, ond wrth iddi dyfu, y peth gorau i'w osod ar y llawr yw hen rolyn o garped, fydd yn gwneud y gwaith o lanhau a diheintio dipyn yn haws. A phan fydd hyd yn oed yn fwy o seis, ry'n ni'n argymell defnyddio darn mawr o leino er mwyn hwyluso cadw'r caets yn lân.' Roedd mam Jaime wedi gwelwi braidd wrth glywed am wir beryglon cadw neidr fel hon, a gallai dyngu nad oedd y perchennog wedi dweud gair am hyn. Ond tawelodd ei gŵr hi drwy ddangos darn yn y llawlyfr gofal iddi, oedd yn rhybuddio am beryglon, ac yn rhoi cyngor ar wneud yn siŵr nad oeddech yn cael unrhyw loes gan eich anifail anwes. Nid oedd mam Jaime yn credu y dylid defnyddio'r term hwnnw am y neidr hon, oedd nawr yn cysgu'n braf yn ei chaets yn stafell Jaime. Doedd dim peryg y byddai'n anwesu'r anifail hwn!

Setlodd pawb i'r drefn newydd. Byddai Jaime'n mynd i'r ysgol a'i dad yn cael ei yrru i'r gwaith, gan adael mam Jaime ar bigau'r drain am weddill y dydd, yn dehongli pob sŵn a symudiad yn y tŷ fel sŵn y neidr, oedd wedi gwneud Houdini a dianc, ac oedd yn sleifio ar batrôl yn rhywle, a hithau'n medru gwneud dim byd i'w hamddiffyn ei hunan. Roedd gormod o ofn arni i fynd i mewn i stafell Jaime a byddai'n gofyn i'r fenyw lanhau fynd i wneud yn siŵr fod y neidr yn dal ar ei gorsedd o hen rolyn carped. Synnodd o glywed faint o lygod roedd yr anifail yn eu bwyta, a rhyfeddodd hyd yn oed yn fwy at y ffaith fod y lanhawraig yn bwydo'r neidr, yn eofn a di-ofn. Ni allai ddychmygu gwneud y fath beth, yn enwedig o gofio'r unig dro y gwelodd Jaime'n gwneud – y geg fel ogof wrth i'r anifail hyll lowcio'r llygoden nid ansylweddol mewn un symudiad pwrpasol, chwim.

Ar ôl cwpl o wythnosau, dechreuodd mam Jaime

ddioddef â'i nerfau. Roedd ei therapydd wedi cynghori ychydig sesiynau o hypnosis i geisio delio â'i ffobia ynghylch nadredd, ond nid oedd hi'n fodlon gwneud hynny. Roedd angen ateb arall, felly dechreuodd mam Jaime ddefnyddio tawelyddion – rhai eitha gwan i ddechrau cyn symud ymlaen at rai dipyn cryfach fel Ativan. Gwnaeth hyn hi'n llai nerfus, ond yn fwy bregus ynglŷn â nifer o bethau eraill.

Yn anffodus, un o sgileffeithiau'r cyffuriau oedd ei bod hi'n dechrau dioddef o baranoia, ac yn gweld heddlu cudd yn llechwra yn yr ardd, yn siarad i mewn i feicroffonau bychain, a thrwy gyfrwng eu technoleg soffistigedig yn medru gwrando ar bob cymal ac anadl o'i holl sgyrsiau hi, gan gynnwys yr ymgom rhyngddi hi a phobl oedd ddim yn bodoli mewn gwirionedd y tu hwnt i'w dychymyg – y drychiolaethau niferus a ddaeth yn fyw oherwydd ffarmacoleg bwerus a digysur-mewn-gwirionedd y tabledi porffor a melyn. Rhwng hyn oll a phresenoldeb y neidr, oedd yn pesgi'n braf ar ddeiet o hyd at chwe llygoden bob dydd, roedd ei nerfau hi'n janglo, ie, dyna'r gair, a'i system nerfol yn agos iawn at fod yn rhacs jibidêrs.

Un diwrnod, mewn pwl o ddewrder annaturiol, neu o leia chwilfrydedd am y neidr, aeth hi i mewn i stafell Jaime, er nad oedd hi wedi plannu cymaint â blaen ewin ei bys yno ers y diwrnod y cyrhaeddodd y sarff yng nghefn y fan.

Dyna lle'r oedd hi, mor drwchus â braich dyn erbyn hyn, wedi'i chwrlio'n dynn o dan fylb y lamp. O'i chwmpas, roedd 'na ddarnau bach o flew gwyn, fel petai un o'r llygod wedi dihuno, heb ei hanaestheteiddio'n iawn, a'i chael ei hun yng nghanol hunllef, a llygaid cwbl ddiemosiwn ac oeraidd peithon mawr yn ei gwylio, yn ei gweld fel dim byd mwy nag *hors d'oeuvre* bach blasus i'w lowcio. Nid oedd mam Jaime erioed wedi disgwyl bod mewn *Mexican stand-off* gyda neidr, ond dyna lle'r oedd hi, yn edrych ar y sarff wrth i'w diddordeb yn y byd ddihuno, a honno'n ei herio â'i llygaid diawledig, main.

Drwy'r gwydr, gallai hi weld ei gelyn. Drwy'r gwydr, asesai'r neidr a allai hyd yn oed ei cheg ryfeddol hi agor yn ddigon llydan i gwmpasu'r anifail eofn oedd yn syllu arni'n rhy hir. Dechreuodd y neidr fynd yn nerfus – doedd anifeiliaid eraill ddim i fod i syllu arni am fwy nag eiliad, am mai hi oedd y frenhines, yn teyrnasu dros ei thiriogaeth hi yn y jyngl, hyd yn oed os oedd carped y jyngl yn garped go iawn, wedi ei drawsblannu o stafell snwcer ar ôl i'r carped yn fan 'na ddechrau treulio ychydig bach.

Heriai'r ymlusgiad y creadur tal â'r llygaid soser oedd yn syllu i mewn arno o'r byd mawr, agored lle dymunai yntau fod yn fwy na dim. Bob hyn a hyn, sleifiai ei dafod i mewn i gilfachau i weld a oedd 'na wendidau yn y caets, wrth iddo dyfu mewn cryfder a doethineb (term cymharol yn yr achos yma, gan nad yw nadredd ymhlith y doethaf o greaduriaid Duw).

Ond er ei diffygion ymenyddol, a'i dibyniaeth ar reddf a phatrymau ymddygiad oedd wedi eu claddu'n rhywle yng nghod ei chromosomau peithonaidd, roedd y neidr yn deall un peth, sef bod y creadur enfawr yma'n llawn ofn. Gallai ogleuo'r ofn yn ddi-os, hyd yn oed drwy'r gwydr. Ac roedd y creadur yn iawn i deimlo ofn, am ei bod hi'n tyfu'n fwy ac yn gryfach ddydd ar ôl dydd. Gyda chorff pob llygoden a larpiai. Yn pesgi a thyfu'n bwerus, ei bryd ar fod yn gawr, yn debycach i anaconda na pheithon. A gorchfygu'r ddinas yn y pen draw.

Ddeuddydd yn ddiweddarach, penderfynodd mam Jaime fod yn rhaid iddi wneud rhywbeth. Allai hi ddim dioddef rhannu ei dyddiau yn y tŷ gyda'r sarff ddieflig am eiliad yn rhagor. Ond gwyddai hefyd y byddai Jaime'n torri ei galon petai unrhyw beth yn digwydd i'r anifail, yn enwedig ac yntau wedi rhoi enw i'r creadur.

Dim ond ychydig ddyddiau yn ôl y cynhaliwyd seremoni syml i fedyddio'r neidr, a thad Jaime'n tywallt mymryn o ddŵr dros ben y creadur ac yn ynganu rhyw rwdl-mi-ri ffug-Ladin fel tase fe'n un o offeiriadon Eglwys Santa Maria. Ac fe'i henwyd yn Esmeralda, ar ôl y lliw emrallt oedd yn rhan annatod o'i guddliw, er gwaetha'r ffaith fod hyn yn newid rhyw yr anifail cyhyrog. Nid oedd Jaime'n hidio taw enw merch yw Esmeralda, a bod hyn ychydig yn ddwl fel enw ar gyfer peithon gwrywaidd. Fe oedd yn ei fedyddio. Fe oedd yn caru'r creadur.

Gwyddai ei fam hyn yn iawn. Ond cofiai hefyd sut roedd perchennog y siop ymlusgiaid wedi pwysleisio gallu nadredd o'r fath i ddianc, a bod nifer fawr ohonynt yn gwneud, a hynny ar ben y rhai fyddai'n cael eu rhyddhau'n fwriadol ar ôl iddynt dyfu'n rhy fawr, neu'n rhy heriol, neu ar ôl i'r perchnogion golli diddordeb, neu flino ar ateb y drws i gyflenwad arall o lygod marw wedi eu rhewi eto fyth.

Felly dechreuodd mam Jaime gynllwynio, a'i pharatoi ei hunan ar gyfer y weithred anfaddeuol o ddweud celwydd wrth ei hunig fab, yn ogystal â chael gwared o un o'r pethau roedd e'n eu caru fwyaf yn y byd.

Byddai Jaime'n treulio oriau'n siarad â'r anifail, ac yn caniatáu iddo grwydro dros ei ystafell, gan chwarae gemau megis cuddio'r llygoden mewn drôr, neu – heb ddweud gair am hyn wrth ei fam a'i dad – smyglo llygoden neu gerbil byw i'r tŷ, a gweld y ffordd y synhwyrai'r creadur fod rhywbeth blasus ar hyd y lle, un o'r danteithion niwrotig hynny oedd yn siŵr o flasu'n well o fod wedi ei hela, gan sleifio o dan y gwely, a chyrlio torchau ei gorff o gwmpas y gadair esmwyth, ac efallai ddisodli'r pentwr reit sigledig o hen jig-sos a bocsys gemau cyfrifiadurol doedd y bachgen prin yn eu cyffwrdd bellach, nawr fod ganddo gemau fel Hela'r Gerbil neu Ble i Guddio'r Bwyd?

Gwawriodd y diwrnod tyngedfennol. Nid hawdd oedd i fam Jaime fynd drwy'r rwtîn arferol o baratoi brecwast, a gwneud yn siŵr bod ei mab yn barod erbyn i yrrwr y car gyrraedd, yna cusanu ei hanwylyd ar y ddwy foch cyn ffarwelio ag ef. Dros ei brecwast ei hunan, gwnaeth un peth anarferol, sef cael glasaid bach o sieri, ac yna un bach arall, i dawelu ei nerfau, a'i chalon hefyd, oedd yn curo fel tympani tu mewn iddi.

Prin ei bod yn medru croesi'r landin at ystafell ei mab, a phwysai'r efel-trin-ymlusgiaid roedd hi wedi ei harchebu ar y we gan gwmni arbenigol yn Miami yn drwm ar ei chydwybod. Roedd ar fin gwneud rhywbeth fyddai'n newid popeth yn ei bydysawd teuluol, ffrwydriad seren yn uwchnofa wrth i wacter gael ei greu, geni seren dywyll yn yr ystafell y tu draw i'r drws coch a'r poster o Spider-Man a'r rhybudd i oedolion gadw draw arno. *Privado*!

Bloeddiai'r gair mewn llythrennau bras yn ysgrifen orau'r

crwtyn ar y bore cyffredin hwn ym mis Hydref, yr haul yn tywynnu yn yr ardd, ac adar bach y si fel hofrenyddion miniatur yn gwledda ymhlith y blodau rhyfeddol.

Ond nid diwrnod cyffredin mo hwn. Dyma'r diwrnod pan fyddai mam Jaime'n torri cadwyni'r neidr oddi amdani, er ei bod yn boddi mewn môr o euogrwydd, a'r tonnau hallt yn dechrau taro yn erbyn ei choesau wrth iddi lusgo'r efel y tu ôl iddi ac yna ei chodi uwch ei phen, yn barod am y foment pan fyddai'n codi clawr y caets a symud yn chwim, ei bryd ar wneud yn siŵr bod yr efel yn setlo'n dynn yn y man gwan hwnnw lle'r oedd y benglog yn cysylltu â'r gwddf, os oedd gwddf gan neidr, gan fod pob neidr megis yn un gwddf hir, peryglus.

Llwyddodd i gael yr efel yn y lle iawn yn syth, a dechreuodd Esmeralda wingo, a'r torchau cryfion yn troi a throelli, gwingo ac ymblethu, ond roedd nerth di-droi'n-ôl ym mraich dde mam Jaime wrth iddi godi'r neidr drom i mewn i'r sach blastig â'r handlenni lledr cyn cau'r top. Gweddïai nad oedd y sarff yn rhy hir i ddiflannu i lawr y toiled pan dynnai'r tsiaen, ac na fyddai'n medru gwrthsefyll llif y dŵr, ac am y rheswm yma, roedd hi'n mynd i wneud yn siŵr bod y pen yn y dŵr yn barod i ddiflannu cyn tynnu'r handlen, a gobeithio i'r nefoedd y byddai'r corff yn dilyn wedyn.

O edrych ar y twll yn y tŷ bach, ni allai mam Jaime ddychymygu'r corff yn ffitio, ac mewn fflach hunllefus, gwelodd y neidr yn mynd yn sownd, ac yna'n boddi, a hithau wedyn ddim yn medru cael y corff allan o'r pan mewn pryd i ateb y drws i Jaime pan ddeuai adref o'r ysgol, a hithau, erbyn hyn, wedi dechrau rhacsio a bwtsiera

Esmeralda gyda chyllyll mawr, a hyd yn oed bwyell y daeth o hyd iddi yn y garej. Ond, wrth gwrs, yn y byd real, ni allai fod wedi gwneud dim niwed i'r neidr, dim ond ei rhyddhau i ddirgelwch drewllyd system garthffosiaeth enfawr Dinas Mecsico.

Aeth y neidr heb fawr o brotest yn y diwedd, heb ofn y dŵr na dim, y pen yn diflannu o fewn eiliad, ac yna'r corff yn llithro'n dawel ar ei ôl. Rhyfeddai mam Jaime fod hyn oll wedi digwydd mor hawdd, gan wybod y byddai'r dasg go iawn yn dechrau pan fyddai Jaime yn dod adref, a hithau, yn y cyfamser, yn gorfod creu sefyllfa ffug lle gallai'r sarff fod wedi llwyddo i ddianc.

Roedd Jaime'n hwyr y diwrnod hwnnw, ac yn ôl ei arfer, aeth i chwilio'n boléit am ei fam a chusanu ei boch cyn sgrialu lan i'w stafell. Byddai ei fam yn cofio'r waedd hyd funud olaf ei bywyd, y 'Naaaaaaaa' syfrdanol ddaeth o enau'r crwtyn, sŵn i hollti ffabrig y ffurfafen, cyn iddo syrthio ar ei bengliniau i chwilio o dan y gwely, ac yna edrych ym mhob twll a chornel yn y stafell cyn cofio bod y drws ar agor pan gyrhaeddodd e. Yna, fel ditectif, yn meddwl ar ei draed yn chwim, rasiodd i lawr y grisiau i holi ei fam.

Dywedodd hithau ei bod wedi agor drws y stafell i adael ychydig o aer i mewn, ond nid oedd hi wedi edrych ar y neidr oherwydd, fel y gwyddai'n iawn, roedd ganddi lond bol o'i hofn.

Gyda hyn, tasgodd Jaime 'nôl lan lofft i chwilio a chwilio a chwilio, ond ar ôl deng munud o chwilmentan niwrotig, gwelodd lwybr ar siâp cynffon a chorff yn y powdwr roedd ei fam wedi 'digwydd' ei arllwys o gwmpas y toiled, a sylweddoli ei fod yn edrych ar ddihangfa Esmeralda, a bod ei neidr annwyl wedi mynd. Safodd Jaime yno'n stond, wedi rhewi fel cerflun, yn syllu ar ddim byd, ei feddwl yn wag, ei galon yn wag, wrth iddo brofi'r teimlad cyntaf o golled yn ei fywyd hyd yn hyn.

Daeth ei fam i sefyll nesaf ato, a rhoi ei braich am ei ysgwyddau, ond nid oedd dim am ymarweddiad y bachgen oedd yn awgrymu ei fod e o fewn cyrraedd i gysur – cwch hwylio unig ydoedd, yng nghanol môr tymhestlog, o dan ffurfafen liw inc octopws, yn symud yn bellach ac yn bellach o'r lan, y tu hwnt i gyrraedd cariad. Ni allai glywed geiriau ei fam, hyd yn oed petai hi wedi defnyddio uchelseinydd a gweiddi'n groch ar draws y saith môr mawr.

Roedd Esmeralda wedi mynd.

Allan o'i fywyd.

I grombil cloaca'r ddinas.

Am byth.

Dechreuodd yr wylofain.

Byddai'n para am wythnos gron.

Ddydd a nos.

Twf y peithon

Ni fu Esmeralda'n hir cyn darganfod bod 'na nifer o bethau blasus yn nhywyllwch y twneli tanddaearol – danteithion llysnafeddog yn llawn maeth, prae ar ffurf llygod mawr tamp a drewllyd – a setlodd i lawr i fwyta'n ddiwyd. Byddai'n medru llowcio hyd at ddau ddwsin o'r mamaliaid ffiaidd mewn un cyrch hela, cyn cysgu'n drwm a thyfu. Tyfu a thyfu a thyfu.

A dyna a wnaeth am fis neu ddau tra oedd Jaime'n glawio dagrau o'i cholli. Ymledodd a thyfodd yn hirach na bron unrhyw beithon o'i fath yn y byd, yn enwedig oherwydd bod y llygod roedd yn eu bwyta wedi pesgi'n braf ar gynhwysion biniau'r tu cefn i lefydd bwyta, a phethau roedd pobl yn eu bwyta wrth gerdded i lawr y stryd ac yna'n eu taflu – bonion afalau, creision, cnau. Yn wahanol iawn i ogoniant deiet y mamaliaid trachwantus, os oedd un peth yn bod ar fywyd y neidr, yna undonedd ei bwydlen oedd hwnnw. Gallai sarff syrffedu ar giniawa ar famaliaid danheddog brwnt ar ôl sbel.

Felly un dydd, penderfynodd y neidr – os gallwch chi alw'r reddf gyntefig honno sy'n ei gyrru allan o'r ogof yn benderfyniad – fynd i chwilio am ddanteithion eraill. Roedd gweld neu synhwyro'r neidr yn symud drwy'r tywyllwch yn ddigon i wneud i haid Feiblaidd o lygod sgrialu i lawr y twneli, gan adael y ffordd yn glir iddi lusgo'i phwysau sylweddol ar hyd y lle, gan godi'n raddol, yn dilyn y system bibau a arweiniai at y pympiau dŵr, a sŵn y traffig uwchben fel hisian tonnau ar raean traethell unig. Ond roedd yn anodd dod o hyd i ffordd allan nes iddi gyrraedd draen di-glawr a'i chodi ei hunan drwy'r bwlch, yn llafurus ond yn bwerus, a symud i'r cysgodion, allan o'r ffordd. I aros. Yn hynod amyneddgar.

Doedd y cwrcyn swmpus yn gwybod dim am bresenoldeb y sarff nes ei fod yn gaeth mewn torchau oedd yn gwasgu'n dynn, gan waredu'r aer o'i ysgyfaint a'i ysbryd cathaidd o'i gorff llipa. Trigodd o fewn munud, ac yna, yn hamddenol o ystyried ei bod allan ar dir agored, llowciodd Esmeralda'r bwndel ffwr cynnes, gan grensian y benglog i wneud lle i'w lyncu ac yna, oherwydd ei bod yn ymwybodol ei bod ar dir gelynion, llithrodd yn ôl at y twll.

Setlodd i batrwm o wneud hyn, gan ymddangos tua phob yn ail wythnos i ddal cathod a chŵn, y rhan fwyaf ohonynt yn rhai hanner gwyllt, ar wahân i bŵdl oedd wedi dianc o'r tŷ a rhedeg bron yn syth i gwrdd ag Esmeralda. Gwasgodd y stwffin allan o Valeria'r ci, gan lyncu'r rhuban pinc a'r coler diemwnt megis *canapé*. A gallai'r patrwm hwnnw fod wedi parhau am amser hir, oni bai am un digwyddiad a newidiodd gwrs ffawd y peithon …

Nos Lun oedd hi, a theulu bach Cervantes newydd glwydo, y fam a'r tad wedi cwympo i gysgu yn y gwely, a'u babi blwydd oed mewn cawell pren ar y llawr. Rywbryd yn ystod y nos, sleifiodd rhywun neu rywbeth i mewn a dwyn y babi bach.

Yn oriau mân y bore, pan ddihunodd y fam i fwydo'i babi, doedd dim golwg ohono, ac er iddi chwilio ym mhob twll a chornel, ac yna galw'r heddlu i chwilio ym mhob twll a chornel eto, a lledaenu'r chwilio, doedd dim sôn am ei mab. Tybiai'r heddlu efallai ei fod wedi mynd ar grwydr – damcaniaeth niweidiol iawn i'w rieni, oedd yn tyngu nad oedd ffordd yn y byd y buasent yn gadael un drws yn agored, heb sôn am ddau, y naill i'r ystafell wely a'r llall i'r ardd, a bod dau glo ar y drws ffrynt, a'r allweddi'n saff ar y mantel.

Byddai'r heddlu wedi dod o hyd i olion traed dyn yn y pridd meddal tu allan i'r drws cefn pe na baent wedi edrych ar dystiolaeth y camera cylch cyfyng oedd wedi ei leoli tu ôl i'r *farmacia* drws nesa. Dangosai ran o ardd y teulu Cervantes, er nad y drws cefn ei hunan, nac yn wir y llwybr o'r drws at yr ale.

Ond roedd y camera'n dangos cornel yr ardd, ac o syllu ar y recordiad dros nos, gwelson nhw neidr enfawr yn symud o un ochr i'r sgrin i'r llall, a heb feddwl yn dditectifaidd iawn, dyma benderfynu bod yn rhaid fod a wnelo'r neidr enfawr hon rywbeth â diflaniad y babi bach.

O fewn oriau, roedd llun braidd yn aneglur o'r neidr – oedd bellach wedi tyfu i 10 metr o hyd ac wedi chwyddo rownd y canol nes ei bod mor dew â theiar tractor – ar bob gwasanaeth teledu a gwefan newyddion yn y wlad, ac arbenigwyr yn cael eu holi'n fyw ar raglenni, gan ragdybio a dadansoddi ac ailadrodd pob ffaith Wicipediaidd bosib ynglŷn â'r ymlusgiad.

Oedd neidr o'r fath yn ddigon pwerus i ddwyn a lladd babi?

Wel, oedd, siŵr Dduw.

Rhestrai nifer o sylwebyddion herpetolegol sut roedd rhai o'r peithoniaid oedd yn byw yn yr Everglades yn Fflorida wedi bwyta unrhyw beth o lo i afr, a nifer ohonynt wedi lladd cathod gwyllt, gan wneud y gymhariaeth bod babi blwydd oed yn pwyso llai nag ambell gath wyllt ac yn sicr ddim yn ymladd 'nôl yn ffyrnig.

Eisteddai Señor a Señora Cervantes yn gwrando ar yr holl drafod yma ar y teledu yn fud gan ofn, yn dal dwylo'i gilydd yn gwlwm tyn a theimlo bod eu byd ar ben. Tyngai Señor Cervantes nad oedd wedi anghofio cau'r drws, ac adroddai'r ffaith yma drosodd a throsodd fel tiwn gron, y mantra'n gwneud dim i leihau'r boen a deimlai, ac ni allai'r un o'r ddau wynebu edrych ar y crud gwag ar y llawr, na wynebu'r camerâu teledu oedd ar stepen y drws, na'r newyddiadurwyr mewn siwtiau siarp oedd wrthi'n cyfweld y cymdogion ynglŷn â pha fath o deulu oedd teulu Cervantes. Hapus? Gofalus? Yn caru eu plentyn?

'O, ro'n nhw'n cadw eu hunain iddyn nhw'u hunain. Anaml ro'n ni'n gweld y babi, ond roedd hi, y fam, yn gwenu'n braf bob tro bydden ni'n ei gweld hi … Mae'n drasiedi a hanner. Biti drostyn nhw.'

'Mae'n plant ni'n cysgu 'da ni nawr. 'Sdim dal lle mae'r blydi bwystfil 'ma'n cuddio. 'Sneb yn saff, neb, ac mae angen i'r awdurdodau wneud rhywbeth nawr cyn i blentyn arall fynd ar goll.'

'Mae eisiau trwyddedu'r anifeiliaid peryglus 'ma, a chael rheolau diogelwch i wneud yn siŵr eu bod dan glo. Glywais i am rywun sy'n cadw jagwar mewn tŷ. Pwy yn ei iawn bwyll sy'n cadw jagwar mewn tŷ? Mae angen i bobl fod yn fwy cyfrifol, neu eu hala nhw i garchar, 'na beth weda i.'

'Ry'n ni'n byw mewn ofn ers gweld y lluniau 'ma. Nid neidr gyffredin mohoni, a does neb yn gwybod sut i gael hyd iddi. Gallai fod yn unrhyw le. Unrhyw le!'

'O, y babi bach, druan. Alla i ddim dychymygu sut mae'r fam yn teimlo.'

Hon oedd y brif stori am ddeuddydd, a'r clip fideo dwy

eiliad o'r neidr yn yr ardd yn cael ei chwarae drosodd a throsodd, ac arbenigwyr yn tynnu llun cylchoedd o gwmpas y creadur i ddangos ei nodweddion, a'r rhan fwyaf ohonynt yn gytûn taw peithon o Fyrma oedd wedi croesi'r ardd liw nos. Ond nid oedd neb yn beiddio dweud taw'r neidr oedd wedi cipio'r babi'n bendant, er bod pawb yn cytuno ei fod yn gyd-ddigwyddiad a thri chwarter.

Sleifiodd y sarff i fywydau pobl, gan hawlio lle iddi'i hunan yn hunllefau pobl nerfus, a rhewi'r gwaed yng ngwythiennau rhieni, a fyddai'n cwtsho'u plant yn dynn yn eu mynwes o glywed y stori newyddion, gan edrych yn llawn cydymdeimlad ar y cwpl druan yn gwneud eu cyfweliad cyntaf ar deledu ac yn ymbil yn daer ar i unrhyw un oedd yn gwybod unrhyw beth am eu babi gysylltu â'r heddlu. Roeddent yn edrych fel tasen nhw heb gysgu ers dyddiau, yn gofyn am unrhyw lygedyn o obaith gan unrhyw un a allai eu helpu nhw.

Ar y pumed bore ar ôl y diflaniad, roedd llun o'r neidr a'r babi ar dudalennau blaen y papurau newyddion i gyd, ac un o'r rhai mwyaf poblogaidd wedi creu darlun graffig yn dangos maint y crwtyn a maint y neidr, gan adael i'r darllenwyr weld yn glir y byddai digon o le'r tu mewn i'r neidr i ddau neu dri o blant eraill. Bwydai hyn y paranoia, a chadw mamau a thadau ar ddihun yn ddiwahân.

Helfa!

O FEWN WYTHNOS i'r newyddion am y babi fynd ar led, roedd triliwnydd o Decsas wedi cynnig miliwn o ddoleri i'r person cyntaf allai ddal y neidr a llunio pâr o fŵts maint 13 o'r croen iddo'u gwisgo'n droffi. Mewn dinas â chynifer o bobl dlawd, doedd dim rhyfedd fod byddin o helwyr carpiog wedi dod i'r fei gyda hyn – helwyr amatur o bob cwr yn hapus i geisio cael hyd i'r neidr. Daeth hyd yn oed arbenigwyr go iawn, gyda theclynnau is-goch a dyfeisiau opteg ffibr, a dau ddyn oedd yn gweithio yn y Reptile House yn Sw Llundain, oedd wedi cael nawdd i ddod draw, gymaint oedd ffydd eu cyflogwyr y gallai'r ddau, oedd wedi dal nadredd ar bob cyfandir, ddod o hyd i Esmeralda'r bwystfil-sarff.

Daeth rhai o'r helwyr â'u llygod eu hunain yn abwyd, a'r rhai mwyaf dyfeisgar wedi trochi'r anifeiliaid mewn gwaed mochyn er mwyn eu gwneud yn fwy deniadol i'r neidr.

Ond roedd y rhain yn gweithio ar y rhagdybiaeth bod y neidr wedi mynd i guddio'n rhywle o fewn cyrraedd, o dan bentwr sbwriel, neu mewn rhyw biben goll ar safle adeiladu yn rhywle, heb feddwl bod cynefin yr anifail i lawr yn y gwter, yn y tywyllwch, ym myd y drewdod syfrdanol.

Ond mae 'na un dyn sy'n gwybod yn iawn sut le sy lawr 'na, a sut fath o ddrewdod, er bod ganddo fasg sy'n cadw'r gwaethaf mas ...

Mae Javier Goretta'n paratoi ar gyfer diwrnod arall o waith fel deifiwr. Mae e'n gweithio ymysg swbriel, bacteria, cachu ac anifeiliaid marw o dan strydoedd Dinas Mecsico, yn aelod o staff y Sistema de Aguas de la Ciudad de México.

Tra bo rhai deifwyr yn nofio drwy gwrel, ac eraill yn trwsio croeslathau llwyfannau olew neu'n dal pysgod trofannol â gwaywffyn dŵr, mae Javier yn deifio i lawr i'r system garthffosiaeth. Dim traeth, na chulfor, na thonnau gleision iddo fe!

Petai e'n gallu mynd yn ddigon pell, drilio i lawr drwy'r tarmac a'r concrit a thrwy'r clai a'r pridd ac i lawr heibio i'r twneli, gallai gyrraedd dŵr ffres. O dan y ddinas, i lawr, lawr, ymhell o dan y strydoedd, mae 'na lyn enfawr, dyfrhaen o ddŵr croyw godidog-lân, ond mae'r trigolion yn ei ddefnyddio mor gyflym nes bod y ddinas ei hun yn suddo i lawr i gwrdd â'r dŵr.

Mae rhai rhannau o'r ddinas yn suddo saith centimedr y flwyddyn, ond mae'r ardaloedd gwaethaf yn suddo hyd at hanner cant, a thyllau mawr yn ymddangos yn ddisymwth, gan lyncu cerrig palmant, tryc, ac un tro, eliffant oedd yn teithio ar gefn lorri oedd yn perthyn i syrcas symudol.

Mae Javier yn gwybod llawer am ddŵr, ac am y saith deg a mwy o afonydd sy'n llifo i mewn i'r ddinas hon yng nghanol y cylch uchel o losgfynyddoedd, a'r dŵr sy'n dod o fan 'na, a'r rhewlif sy'n toddi'n bell i ffwrdd. Yn wir, adeiladwyd yr hen, hen ddinas - Tenochtitlan, cadarnle yr Asteciaid - ar ynys o fewn cadwyn o lynnoedd a rhwydwaith o gamlesi'n ei chroesi, fel Fenis yr ucheldir, a chanŵau cyflym y trigolion yn rhoi mantais filwrol iddynt dros y *conquistadores* oedd am ymosod arnynt. Felly, dyma'r Sbaenwyr yn draenio'r llynnoedd i wneud yn siŵr bod eu buddugoliaeth yn un bendant, ddi-droi'n-ôl.

Ac mae Javier yn gwybod am y lle mae'n mynd iddo heddiw, y bibell bwysicaf yn y wlad yn ôl ei fòs, Ramón, gan fod y brif gamlas danddaearol hon yn un sydd i fod i sgubo tunelli a thunelli o fudreddi i ffwrdd. Mae'r bibell wedi bod yn cwympo'n rhacs ers tri degawd, ac mae'n llenwi'n gyflym y dyddiau 'ma, â chyrff anifeiliaid a phobl, ambell waith, a'r holl sbwriel, yn enwedig yn ystod tymor y glaw, pan mae pob math o bethau, a thunelli o'r pob-math-o-bethau yma'n llenwi ac yn glynu at y bibell, ac yn ei throi'n raddol yn dwnnel solet, yn dynn â gwastraff dyn. A nawr bod y pwmp mawr hanner ffordd i lawr y bibell wedi torri, mae pethau'n llawer gwaeth.

Mae ei gyfaill Rodrigo'n tywys Javier i ochr y twll yn y stryd a rhoi cymorth iddo ddisgyn i'r dŵr du. Ac mae'r dŵr yn ddu bitsh, ac yn drewi i'r uchel nefoedd o'r dyfnderoedd tanddaearol, rhwng y stwff sy wedi ei arllwys i lawr 'na gan y ddau ysbyty mawr, a'r holl fwyd sy'n cael ei brosesu'n ddyddiol gan filiynau o drigolion y ddinas. *Camarones. Lechuga. Bistec. Sopa. Postres. Dulce de leche.*

Unwaith mae Javier yn y dŵr, mae'n hollol ddall, ond gall siarad â'r dynion mewn siwts sy'n eistedd wrth eu cyfrifiaduron, a nhw sy'n dangos y ffordd iddo, drwy'r stremp a'r slwj a'r drewdod, y dŵr fel triog.

Ugain metr i lawr, mae'n canolbwyntio ar rythm ei anadl, gan wneud yn siŵr bod popeth yn iawn cyn mynd yn bellach i lawr. Mae'r pwmp yn gweithio'n iawn, a'r llif nwy yn gweithio'n berffaith. Dau ddeg dau, dau ddeg tri, dau ddeg pedwar. I lawr drwy haen gyfan o stympiau sigaréts, a thrwy fynwent wlanog o hen garpedi cyn cyrraedd ardal o ddarnau ceir oedd yn rhydu'n ddim.

Mae Javier yn mynd yn bellach i lawr nag afer heddiw. Dau gan medr. Y lle dyfnaf. Yma, mae'r dynion mewn siwts yn ei gyfeirio tuag at rywbeth sy wedi gwneud i'w bwmp stopio gweithio. Rhaid iddo fod yn ofalus nawr, wrth fynd drwy'r haen o syrinjys, gwydr wedi torri a hoelion, oherwydd pe digwyddai rhywbeth rwygo'i wisg a thorri'r croen, byddai ar ben arno. Mae'n dawnsio'n araf yn y triog i wneud yn siŵr nad oes dim byd yn digwydd i'r cebl sy'n cludo nwy i'r helmed. Heb hwnnw, byddai hysbyseb yn y papurau'n chwilio am ddeifiwr arall i gymryd ei le, reit nesaf at y nodyn am drefn yr angladd.

Mae'r dyn yn y swyddfa'n edrych ar y dot bychan ar ei sgrin ac yn dweud wrth Javier drwy'r meicroffon am symud i'r chwith nawr ... deg metr, fel tase'r boi yn y siwt yn chwarae gêm o wyddbwyll, yn symud ei frenin. Ond nid yw wedi dweud y gwir i gyd wrth Javier. Maen nhw wedi dweud eu bod nhw'n chwilio am y peithon sy wedi meddiannu'r twneli, ac sy nawr yn werth ffortiwn yn farw, ond nid ydynt wedi datgelu'r ffaith eu bod nhw wedi rhyddhau naw llygoden wedi eu llenwi â deunydd ymbelydrol i'r system garthffosiaeth, ac y gallant ddilyn signal y rhain ar hyd y twneli gan obeithio y bydd y neidr yn eu dilyn, a llyncu un fel eu bod yn medru nodi'n union ymhle mae hi.

Nid Esmeralda yw enw'r neidr bellach. Mae cynifer o bobl byd teledu wedi ei bedyddio'n La Giganta, enw sy'n achosi hunllefau ac yn gwneud i nifer fawr o bobl ddioddef ofn dychrynllyd pan maen nhw'n mynd i'r tŷ bach. Nid yw criw'r cyfryngau'n gwybod taw gwryw yw'r sarff a'u bod yn ailadrodd camsyniad Jaime.

Dyma ddamcaniaeth y dynion mewn siwts: os llwyddodd y neidr i ddianc i lawr twll, mae'n bosib y gall ailymddangos drwy dwll. Mae'r neidr hon wedi gwenwyno dinas gyfan ag ofn. Rhaid ei dal. A hawlio'r arian 'na, er bod y dynion yn gwybod mai'r ddinas fyddai'n ei hawlio, ond efallai y byddai rhodd o ryw fath yn ddyledus iddyn nhw.

Yn wahanol i Javier, mae'r plant sy'n byw yn y twneli'n gwybod union leoliad y creadur. Mae'r gang tanddaearol wedi dethol Juan Pablo i fynd i ymladd â'r neidr, ac oherwydd y wybodaeth sy ganddynt am y twneli a'u peryglon, maen nhw'n ffyddiog y bydd cael hyd iddi'n weddol hawdd, hynny yw, os yw hi'n cadw at ei harferion. Mae cymaint o sôn am gŵn a chathod yn diflannu ar yr wyneb nes bod rhai o blant y twneli'n dechrau credu ei bod hi wedi gadael y byd tanddaearol.

Ymgasglodd criw sylweddol i lawr yn y twnnel i ddymuno'n dda i Juan Pablo ar ei gyrch i ladd y sarff. Bellach, roedd hyd yn oed y disgrifiadau ohoni'n ddigon i godi braw. Roedd Juan Pablo wedi clywed gan un o'i ffrindiau bod y sarff yn cysgu ar silff goncrit ddim yn bell o'r fan lle'r oedd y gwaith adnewyddu wedi digwydd yn ddiweddar.

Gwyddai Juan Pablo nad oedd modd ymladd â'r neidr mewn dull confensiynol, felly roedd e wedi dyfeisio cynllun gyda'i ddau ffrind dewraf. Bu'n ymarfer gyda'i fwa a saeth ers wythnosau, gan wybod na fyddai'n cael mwy nag un cyfle i fwrw'r targed, sef reit y tu mewn i geg y neidr, a hynny gyda saeth yn llawn *curare* o Amasonia bell, digon o wenwyn i lorio eliffant, na, haid o eliffantod.

Y Casglwr oedd wedi rhoi cyflenwad o'r gwenwyn i Juan Pablo, a dweud wrtho y byddai cynnwys y botel fach yn hen ddigon i ladd y neidr. Unwaith y byddai wedi marw, byddai Oscar yn anfon rhai o'i asiantau gorau i symud y neidr i'r wyneb a'i llwytho i gefn lorri enfawr fyddai'n cario'r corff i ffatri iâ gyfagos.

Cyfarfu'r Casglwr â'r dyn ifanc ar un o dripiau prin yr hen ŵr allan o'i gartref. Wel, nid 'cyfarfod' yn union. Daliodd Swem Juan Pablo'n ceisio dwyn bag o gefn y car, ac roedd yn rhaid iddo ofyn i'w feistr beth i'w wneud. Ffonio'r heddlu ar unwaith? Ond roedd y Casglwr yn medru gweld cysgodion profiadau mawr yn llygaid y dyn ifanc hwn – dioddefaint, hiraeth, dewrder anhygoel – felly, yn hytrach na'i gosbi, rhoddodd ffôn symudol iddo, gan ddweud y byddai'n gofyn ffafr ganddo'n gyfnewid am ei ryddid. Ac ar ôl i'r Casglwr glywed am y neidr, a chofio'r dyn ifanc oedd yn honni ei fod yn byw o dan y strydoedd, hawdd oedd iddo gysylltu'r ddau beth.

Ac wrth i Juan Pablo baratoi i ad-dalu'r gymwynas, gwyddai y byddai'n rhaid dihuno'r bwystfil yn gynta. Roedd ganddo fe a'i ffrindiau syniad sut i wneud hynny gyda hwter pêl-droed pwerus a chasgliad bach o dân gwyllt. Wrth iddo gerdded ar hyd y twnnel budr, doedd Juan Pablo ddim yn teimlo'n ofnus am unwaith. Petai e'n gwybod bod y neidr nawr yn werth miliynau o ddoleri, efallai y byddai'n teimlo'n wahanol. Ond gan mai cyflawni cymwynas â'r hen ddyn yr oedd, brasgamodd drwy'r stwnsh a'r drycsawr a'r budreddi'n hyderus. Cerddai fel arwr – Jason ar ei ffordd i chwilio'r Minotor, efallai – a'i ddau gyfaill yn gysgodion iddo.

Teimlai'r twnnel yn annaturiol o fawr a llydan nes bod Juan Pablo'n cofio faint o bobl oedd yn byw yn y ddinas uwch ei ben, yn bwyta ac yn dwyno ddydd a nos. 'Sdim rhyfedd bod y carthion fel afon drwchus, farwaidd.

Ac yn sydyn, dyna'r sarff, yn gorwedd yno fel tiwb mawr tew, ei chynffon wedi ei chyrlio rownd hen biben a'i phen yn saff o fewn hanner torch. Roedd penglog y neidr yn anferthol, a thra oedd yn cysgu, cafodd Juan Pablo gyfle i asesu pa fath o niwed fyddai machete neu rywbeth cyffelyb yn medru ei wneud i'r creadur. A'r ateb? Dim. Dim yw dim. Roedd pen y creadur yma'n rhy fawr ac yn rhy wydn i neb ei niweidio'n rhwydd.

Heb i Juan Pablo orfod estyn yr hwter, agorodd y neidr un llygad yn araf, ac roedd hyd yn oed hynny'n ddigon i wneud iddo deimlo fel cleren wedi ei gludo'n dynn mewn gwe pry cop. Mesmereiddiai'r llygad ei phrae, yn asesu'r dyn ifanc, yn arogli ei waed cynnes a'r arlliw bach o ofn oedd yno yn ei chwys, ym mlas disgwyliedig ei groen melys, meddal.

Er bod Juan Pablo wedi paratoi'n feddyliol am y foment hon droeon, teimlai'n ddiymadferth braidd o gofio mai dim ond un cam yn y strategaeth oedd fod y neidr ar ddihun, a bod angen ei chythruddo er mwyn gwneud yn siŵr ei bod yn dal ei phen yn uchel ac yn dangos ei dannedd.

Felly tynnodd Juan Pablo leitar o'i boced, tanio'r tân gwyllt a'u taflu nhw nes iddynt setlo blith draphlith y tu ôl i wddf y neidr – os gallech chi alw'r darn hir o gorff oedd yn dewach na pholyn teligraff yn wddf.

Nid yw'r neidr yn gweld llawer mwy na smotyn coch, oherwydd mae'n syllu ar y byd drwy synnwyr is-goch, ac yn gweld gwres yn fwy na siâp na lliw na llun. Ond mae'n cael ei drysu gan y smotiau gwres newydd, sy'n llachar iawn, lot mwy na gwres corff, a nawr maen nhw'n ffrwydro. Pa-bwm! Sêr coch, rhubanau sgarlad yn neidio'n wyllt, a nawr mae rhyw sŵn rhyfedd hefyd. Anodd yw canolbwyntio ar y smotyn cyntaf, ar yr anifail sydd wedi bod yn ddigon twp ac eofn i grwydro i'w theyrnas.

Mae'r sarff yn codi ei phen, yn troi i'r chwith ac i'r dde ac yn nodi union leoliad yr anifail cyn i'w phen dasgu ymlaen, ei cheg ar agor, y dannedd hypodermig yn barod i drywanu.

Yn y tywyllwch, mae dau gyfaill Juan Pablo'n mwynhau'r sioe tân gwyllt.

Ac mae'r sarff yn dal i godi ei phen, ac mae mor dal â choeden enfawr, yn ymladd disgyrchiant wrth sythu ei chorff. Ond mae ei phwysau'n drech na hi yn hynny o beth, ac er bod ei phen yn codi, mae'n rhaid iddi gyrlio'i hunan 'nôl i mewn i'w gwddf hir i ddal y pwysau.

Mae'r tafod yn fflician allan, gan flasu moleciwlau Juan Pablo a'i gyfeillion ar yr awel gynnes sy'n symud drwy'r twneli o'r gorsafoedd pwmpio'n bell i ffwrdd. Mae pen y neidr yn symud o ochr i ochr, yn casglu'r wybodaeth fanwl sy yn y moleciwlau. Sawl un? Beth yw eu maint? Ymhle maen nhw? Yng ngolau tortsh y boi sy'n sefyll tu ôl i Juan Pablo, mae'r peithon yn edrych fel bwystfil ffilm wedi ei greu o brosthetig rwber – B-mŵfi o anifail dychrynllyd.

Ond mae'r sioe'n mynd yn angof wrth i'r sarff dynnu ei phen yn ôl yn barod i anelu at y targed agosaf. Ac mae'r byd fel petai'n arafu wrth i'r geg agor yn raddol, a'r genogl a'r gorfant yn disgleirio yn y golau, ac yn y nano-eiliad dyngedfennol cyn iddi fynd am ei phrae …

'*Ahora*!' Nawr. Mae Juan Pablo'n gweiddi ar ei gyfeillion, ac wrth iddyn nhw neidio am gynffon y sarff i geisio'i chadw'n llonydd, mae Juan yn tynnu llinyn y bwa'n dynn iawn, iawn cyn gadael i'r saeth hedfan yn sicr i gefn ceg y neidr, ac mae'r *curare* yn gweithio'n hynod sydyn, a phen trwm y neidr yn hongian i'r ochr wrth iddi farw'n ddisymwth. Ac mae cyfeillion Juan Pablo'n clapio ac yn gweiddi, eu lleisiau'n atseinio hyd byth ar hyd cylchoedd hir y twneli. *Victoria*! Buddugoliaeth!

Tra bydd gang Juan Pablo'n dathlu gyda'u harwr, o fewn awr neu ddwy bydd y Casglwr wedi anfon ei asiantau gorau i symud y peithon anferthol i'w gartref rhewllyd, parhaol, lle caiff ei gatalogio gyda'r Titian a'r fwltur. Pan fydd wedi nodi'r manylion, bydd y Casglwr yn ochneidio mewn boddhad, ac yn gosod sbectol James Joyce ar y bwrdd yn ofalus iawn, iawn ...

Fore trannoeth, bydd y tasglu o bobl o chwe deg un gwlad yn disgyn i lawr i'r twneli, ond yn ofer. I geisio trapio rhith. Yn chwilio'n wyllt, ond yn ofer, am rywbeth sy'n ddim mwy na chwedl bellach.

Gadael am y gogledd

Un noson, gofynnodd Manuel i bawb ymgasglu yn y twnnel newydd. Erbyn saith o'r gloch, roedd pawb yno. Safodd Manuel o'u blaenau. Yng ngolau'r gannwyll, roedd y rhwydwaith o gyhyrau o dan groen ei wyneb i'w gweld yn symud wrth iddo siarad. Roedd yn welw iawn ac yn crynu ychydig bach oherwydd rhyw haint neu'i gilydd. Dydy byw bob dydd yn agos iawn at gachu dros ugain miliwn o bobl ddim yn dda i iechyd y corff na'r meddwl. Anerchodd y dorf garpiog, ddrewllyd:

'Fel y'ch chi'n gwybod, ry'n ni wedi bod yn cynilo arian – enillion y begera, y dwyn, y bwrglera – a'i gadw'n ddiogel i chi i gyd yn y gist fawr fetal yma. Felly, diolch i chi yn gyntaf am ymddiried ynom ac am fod mor ddiwyd yn eich gwaith. Bellach, mae gyda ni'n agos at ddeng mil o ddoleri, ac mae'r amser wedi dod i'w wario fe.' Roedd Juan Pablo'n gwrando'n fwy astud ar yr araith hon nag y gwrandawodd ar unrhyw eiriau yn ei fywyd o'r blaen.

'Neithiwr, es i allan i'r byd mawr i gwrdd â dyn sy'n mynd â thryc yr holl ffordd lan o Ddinas Mecsico at y ffin ac yna ymlaen i Albuquerque. Mae gydag e le yn y cefn i ddim ond hanner dwsin ohonon ni. Mae'n ddyn dwi'n ei barchu, a gobeithio y bydd hynny'n ddigon i chi ...' Gwaeddodd rhywun gwestiwn o gefn y gynulleidfa, y cwestiwn mwyaf amlwg a mwyaf poenus.

'Ond pwy sy'n cael mynd? Fel y'n ni'n mynd i ddewis pwy sy'n cael mynd?'

'Bydd rhaid i lwc, neu ffawd, benderfynu ...' Dangosodd

Manuel ddarnau o frwyn oedd ganddo yn ei ddwrn, a dim ond hanner dwsin ohonynt wedi eu torri yn eu hanner. 'Y brwyn fydd yn dewis …' Disgynnodd tawelwch llethol. Gallai rhywun glywed pob anadl, pob curiad calon yn y düwch. Tensiwn newydd yn setlo i lawr fan hyn, yng nghrombil y byd. Bron na throdd y düwch yn dduach. Dyma gyfle euraid, yr un roedd pob wan jac ohonynt wedi bod yn gweddïo amdano, yn gobeithio amdano, yn erfyn amdano.

Gallent weld eu hunain mewn dyfodol gwell, yn Coney Island neu New Jersey yn mwynhau hufen iâ, yn bwyta Big Macs a Wendy's, yn cael brecwast yn Taco Bell, yn yfed Coke neu Dr Pepper neu'n nofio mewn pwll nofio enfawr, a haul yn tywynnu'n braf lle bynnag yr oeddent. Dychmygai Juan Pablo ei hun yn cerdded i mewn i sinema. Doedd e erioed wedi bod i'r sinema. Byddai hynny'n bownd o fod yn brofiad.

Roedd gan rai o'r trueiniaid carpiog yma berthnasau yn America; yn wir, roedd rhieni nifer ohonynt wedi croesi'r anialwch yn barod, ac ambell un wedi mynd o dan y ffens yn y twnnel mawr a adeiladwyd 'nôl yn 2008, ond cael eu hel yn ôl fu eu hanes. A nawr, roedd yn bryd iddyn nhw weld a ddôi cyfle arall iddynt. Dim ond sŵn y brwyn yn cael eu tynnu o ddwrn Manuel oedd i'w glywed wrth i ffawd y plant gael ei phenderfynu ar hap greulon, ond democrataidd yn ei ffordd gyntefig ei hun. Luis. Pedro. Selena. Miguel … Suddodd Juan Pablo i'r llawr pan dynnodd hanner brwynen. Roedd e'n mynd. Yn y pellter, clywodd fonllefau wrth i Manuel dynnu'r un olaf. Ni allai'r criw edliw hynny iddo, ac yntau wedi trefnu pob dim cystal.

Ymhen ychydig, roedd trigolion y twneli wedi diflannu i ailsefydlu rhyw fath o system fyddai'n eu galluogi nhw i ddianc y tro nesa, tra oedd y chwech lwcus yn prysur gasglu eu trysorau prin cyn mynd i gadw eu hoed â'u gyrrwr. Does dim budd o fod yn sentimental mewn system garthffosiaeth.

Clywodd y plant injan y tryc MP10, 605 hp, o bell. Bwystfil o dryc a bwystfil o ddyn yn ei yrru. Hyd yn oed yn nhraed ei sanau gwlanog, tyllog, roedd Gabriel yn agos at saith troedfedd o daldra ac yn pwyso dros ugain stôn, a chyhyrau ar ei gyhyrau, a braster ar ei fraster. Oherwydd nosweithiau gwyllt o yfed ac ymladd â chyllyll, roedd ganddo greithiau du-las ar ei dalcen a'i foch chwith, ac roedd rhywun wedi llwyddo i sleisio darn o'i wefus i ffwrdd, oedd yn golygu eich bod yn medru gweld ei ddannedd, a nifer o'r rheiny'n ddannedd arian, ac ambell un wedi dod o geg rhywun y bu'n ymladd ag e unwaith – swfenîr o ryw ornest neu'i gilydd wedi ei ailosod yng ngheg yr enillydd.

Rhedodd y chwech ohonynt nerth eu traed o'u cuddfan o dan y goeden binwydd a gwasgu eu cefnau yn erbyn y tryc. Llifai atgofion i feddwl Juan o neidio o guddfannau i ddal y trên a fyddai, fel y tryc yma, yn symud tua'r gogledd. Rhuai'r injan fel jagwar wrth i Gabriel agor y drysau mawr, trwm a rhoi help llaw i'r plant neidio lan i guddio yng nghanol y cargo o setiau teledu plasma newydd. Bellach, roedd Mecsico'n cynhyrchu nwyddau go iawn, nwyddau cyfreithlon, ac roedd ffatrïoedd a diwydiant yn gwneud yn dda. Dangosodd y gyrrwr iddynt lle a sut i fynd i'r toiled, gan ddefnyddio casgen fawr blastig wedi ei chlymu at un o ochrau'r tryc, ac esboniodd fod poteli dŵr ffres a digon o fwyd iddyn nhw ar gyfer y siwrne.

'Ond mi fydd yn dywyll ac yn dwym ac yn anghysurus er gwaetha'r moethau yma,' rhybuddiodd Gabriel, oedd wedi ei synnu o weld pa mor welw oedd y criw – roedden nhw'n debycach i fwganod na phlant, a dweud y gwir. Diolchodd pob un ohonynt iddo am ei gymorth, ond tra oedd yn diolch iddynt hwythau, fe'u hatgoffodd eu bod yn talu arian mawr iddo am y trip – rhag ofn bod un ohonynt yn camddeall ac yn ei weld fel angel, neu Samariad trugarog o ryw fath.

'*Vamos*,' meddai Gabriel yn y diwedd, a chau'r ffowls yn y caets a'r plant yn y tywyllwch. Croesi'r ffin am dri y bore oedd orau, pan oedd y swyddogion yn newid shifft, a phawb ychydig bach yn llai gwyliadwrus oherwydd eu blinder. Ac roedd 'na oriau maith, maith i fynd cyn cyrraedd y ffin.

Ni ddywedodd yr un plentyn yr un gair wrth i'r lorri yrru'r trigain milltir i'r *checkpoint* cyntaf, lle byddai heddlu Mecsico, y Federales, yn aros ar ddihun er mwyn derbyn eu pres anghyfreithlon. Yng nghrombil y lorri, doedd 'na ddim smic i'w glywed, a gallech dyngu eu bod yn ceisio dal eu hanadl fel mewn cystadleuaeth rhwng deifwyr tanddwr yn y dafarn. Yna, ar ôl dydd a nos neu fwy o symud ymlaen yn araf fel malwod, dyma synhwyro eu bod nhw wedi cyrraedd y ffin, lle byddai 'na wn efallai, neu ryw dechnoleg newydd ei dyfeisio gan wyddonwyr yn y Massachusetts Institute of Technology, neu'r hen ffordd draddodiadol o chwilio am bobl yn ceisio sleifio ar draws y ffin, sef chwilota perfeddion y lorri heb falio gormod am falu'r cargo, oherwydd roedd disgwyl i bob cwmni masnachol oedd yn symud nwyddau i'r Estados Unidos gael yswiriant digonol. Serch hynny, roedd pob swyddog ac archwiliwr yn gwybod yn iawn nad oedd y tystysgrifau'n werth dim am mai sgam enfawr oedd y system yswiriant – dim mwy na *slush fund* i ba wleidyddion bynnag oedd mewn grym ar y pryd.

Clywsant lais cryg Gabriel yn siarad â'r swyddogion, ac yntau heb adael y cab, oedd yn arwydd da, ac yn gadarnhad o ddoethineb gadael yn oriau mân y bore er mwyn cyrraedd y ffin yng nghanol y nos. Trodd y munudau'n ganrifoedd i'r chwech yn y cefn, ar eu cwrcwd mewn tywyllwch oedd yn dywyll hyd yn oed i'r sawl a fu'n byw mewn labyrinth o dwneli am fisoedd. Efallai, meddyliai Juan Pablo, fod y duwiau'n ei gosbi am deithio mor bell, ac ar ôl dioddef gymaint yn yr haul, eu bod wedi ei gondemnio i fyw yn y cysgodion a'r tywyllwch.

Ac yna dyma'r injan yn rhuo'n bwerus, a theimlad o ryddhad yn lledaenu drwy gyrff a meddyliau'r teithwyr ofnus. Roedden nhw ar eu ffordd! Roedd Gabriel wedi twyllo'r plismyn.

Waw! Roedden nhw mewn lorri ar hewl yn America! Bron nad oedd rhai ohonynt yn medru ogleuo byrgyrs. Yr Estados Unidos! Roedden nhw wedi cyrraedd gwlad yr addewid, gwlad yr addewidion. (Angel oddi fry oedd Gabriel, wedi'r cwbl. Yn gwisgo corff gyrrwr lorri. Am nawr.)

Oh, boy! Roedden nhw bron yn Americanwyr nawr.

Fe sylwon nhw nad oedd Pedro'n symud tra oedd Johnny Cash yn canu 'I Walk the Line' ar y radio, a Gabriel yn ymuno'n frwdfrydig yn y gytgan. Roedd y lleill yn meddwl mai cysgu oedd e, ond wrth iddyn nhw gyffwrdd â'i fraich oer, lipa, dyma sylweddoli fod y crwtyn bach wedi marw.

I'r criw yma, nid oedd angau'n rhywbeth i'w ofni, ond roeddent yn ei barchu, ac yn gwybod bod angen cau'r llygaid nawr. Dyma osod deg *peso* ar bob amrant, a'i ddodi fe i orwedd ar y llawr fel bod y stiffrwydd ddim yn ei adael e fel rhyw gerflun gwallgo, yn eistedd lan ac wedi rhewi yn y siâp hwnnw.

Roedd pawb yn dawel, yn teithio gyda'r crwtyn marw yn gargo. Ac ar ôl hynny doedd dim byd arall y gallent ei wneud oherwydd bod y lorri'n dal i yrru ar draws yr anialdir, a Gabriel yn canu 'Folsom Prison Blues' nerth ei ysgyfaint, ac oriau i fynd cyn ei bod yn nosi a chyn bod y coiotes yn udo'n wyllt ar y lloer. Roedd y tu mewn i'r lorri'n oer, ac yn oerach fyth a chorff eu ffrind marw yn gorwedd y tu ôl i baledau o setiau teledu Panasonic. Cafodd Manuel deimlad y buasent yn stopio cyn hir, oherwydd ni allai hyd yn oed gyrrwr mor brofiadol â Gabriel yrru drwy'r dydd a'r nos, ac roeddent wedi bod ar yr hewl ers amser hir yn barod.

Yna, fe glywson nhw'r injan yn grwgnach symud i lawr o un gêr i un arall i un arall eto, a chlywed hisian hydrolig y brêcs wrth i'r teiars chwerthinllyd o fawr sgrialu i stop ar y graean.

Llwyddodd Gabriel i chwibanu a thanio *cheroot* yr un pryd wrth iddo agor cefn y lorri, a defnyddio'r fflachlamp bwerus i oleuo'r hwdel o blant yng nghornel pella'r tryc. Sylweddolodd yn sydyn iawn fod rhywbeth o'i le, ac ni fu'n rhaid iddo wneud fawr mwy na dilyn llygaid llachar y plant i weld y corff llipa ar lawr. Cofiai Juan Pablo am y cyrff eraill roedd e wedi eu gweld, a chrynodd o wneud.

Ymarferol oedd holl symudiadau a gweithgareddau'r munudau nesaf. Esboniodd Gabriel fod yn rhaid iddynt gladdu Pedro'n fuan, ac yn ddigon dwfn fel na allai'r cŵn gwyllt godi ei gorff, felly aeth i nôl bwced a rhaw o gab y tryc, a threfnu bod y pum plentyn yn ffurfio tîm i gario'r bwced, a hefyd roi ambell balad i'r pridd caled pan oedd ei gyhyrau'n gwingo gormod. O fewn awr o lafur caled roedd y twll yn ddigon dwfn i fod y tu hwnt i gyrraedd unrhyw goiote, hyd yn oed un sy'n cario picas neu offer drilio.

Tra bo tri ohonynt yn gorffen paratoi'r twll, cariodd y lleill gorff Pedro oddi ar y lorri, ei gnawd yn dechrau gwynto'n felys, fel rhyw fath o bersawr fioledau a lilis. Ond gwyddent yn iawn na fyddai hynny'n para'n hir, ac roedden nhw'n diolch ei bod yn nos, a bod yr anialwch yn medru bod fel oergell pan mae'r sêr mor ddisglair ag yr oeddent y noson honno.

Ac yna cynigiodd Manuel weddi. Yno, o dan felfed y nos, ynganodd y geiriau syml, a'r plant eraill yn gwrando'n astud, fel tasen nhw ar fin derbyn cymundeb, a Manuel oedd eu hoffeiriad nhw, a'i eiriau yn sanctaidd ac yn ddwys. Ac roedd ei eiriau, a'i eirfa, a thôn ei lais – islais dwfn yn llawn awdurdod – yn destun syndod iddo fe heb sôn amdanynt hwythau:

'O Greawdwr, yr hwn a greodd y llefydd da yn y byd hwn, rho i ni nerth iachawdwriaeth a chymer dy blentyn Pedro – y pererin bach a'i fryd ar fynd i America – a'i gadw'n saff yn y *limbus puerorum*, lle mae plant sydd heb eu bedyddio yn mynd i fyw, yn dy ofal di, ac yn byw yno nes y bydd dydd y Farn yn gwawrio.' Ac yna mae'r peth yn digwydd, yn hynod-beth na fydd yr un ohonynt yn ei anghofio tasen nhw'n byw nes eu bod yn gant ac ugain.

Mae corff Pedro'n dechrau cynhyrchu golau, awra lliw lafant yn graddol ddyfnhau'n borffor ac yna, mae'n digwydd …

Yn hynod araf, mae'r corff yn dechrau esgyn, fodfeddi ar y tro ond hyd oed yn fwy rhyfedd – fel tase gweld corff yn hofran yn yr awyr ac yn codi'n raddol ddim yn ddigon rhyfedd – mae bysedd y bachgen yn dechrau agor fel gwyntyll, fel plu adain rhyw aderyn gogoneddus, ac mae 'na fflawiau aur yn y breichiau-adenydd wrth i Pedro godi fry. Mae'r olygfa'n eu mesmereiddio nhw i gyd, ac mae'r crwt bellach yn gogwyddo i gyfeiriad haen o gymylau candi-fflos sy'n pincio yn yr haul diwedd dydd ac yn cyflymu nawr, a'i freichiau'n debycach i adenydd, a'i wddf fel petai'n tyfu'n hirach, ond wrth i hyn oll ddigwydd, mae'n mynd yn anoddach gweld beth sy'n mynd ymlaen, oherwydd mae'n mynd yn llai ac yn llai.

Sylla'r criw yn syn ar eu cyfaill yn codi'n uwch na'r cymylau ac yn cyflymu eto, ar wib ar draws y nen, ac yna mae'n gwibio mor gyflym nes ei fod ar ei ffordd ar draws y *mesas* pell o fewn eiliadau, ac yn troi'n seren nawr, ie, seren yn llosgi'n fflach o olau sy'n rocedu ar draws y nen cyn fflachio'n wyllt ac yna diflannu unwaith ac am byth.

Mae Juan Pablo wedi gweld lot o bethau ar ei deithiau. Ond dim byd fel y bachgen yn fflachio drwy'r düwch.

Ac ar ôl y ddefod losgi, esboniodd Gabriel na allai e fynd â nhw ddim pellach, ac awgrymodd y byddai'n syniad da iddynt wahanu. Er eu bod nhw yn America, roedd y Border Patrol yn weithgar yn y parthau hyn, ac yn dal nifer fawr o ymfudwyr drwy'r amser. Byddai angen mynd dros yr anialdir. Boed i Dduw deithio gyda chi. *Vaya con Dios.*

O fewn awr, roedd Juan Pablo, lladdwr y peithon, goroeswr *el tren de la muerte*, ar ei ben ei hun, yn cymryd ei gamau cyntaf ar dir yr Unol Daleithiau ar ôl gadael Mecsico o'r diwedd, ac yn dechrau croesi'r anialwch hyll a hallt.

Rhan 3

Trace

Chwarae'n iach

NID YW'R BRODYR, Trace ac Alex, yn gwybod faint o'r gloch yw hi oherwydd nid yw'n berthnasol, yn enwedig yn ystod gwyliau'r haf, pan mae'r ysgol ar gau a'r diwrnodau wedi eu gwneud o elastig. Maen nhw'n treulio boreau bendigedig yn hela llyffantod i lawr yn y gilfach, a'u chwythu i fyny fel balŵns, sy'n greulon, ond dyna'r math o beth mae bechgyn yn ei wneud pan does dim byd ffurfiol wedi'i drefnu, os nad yw'r criw am chwarae pêl-fas neu gerdded pum milltir i'r siop agosaf, ac maen nhw mor sychedig erbyn cyrraedd nes bod y sodas yn diflannu'n un llwnc hir. Ambell waith, mae Mr Hudson – hen Fecsicanwr sy wedi'i enwi ei hun ar ôl ei eilun, Rock Hudson – yn rhoi bob o American Cream Soda iddynt – am ddim, cofiwch – ac yn cynnig ambell job iddyn nhw ei gwneud yng nghefn y siop. Bryd hynny, maen nhw'n teimlo fel y bechgyn mwya ffodus yn Pima, os nad yn nhalaith Arisona gyfan. Soda am ddim a swyddi dros dro! Y llwch fel fflŵr yn codi'n drwchus wrth iddynt lanhau'r stordy, a'r hen ŵr ffeind yn gwenu'n braf wrth syllu ar eu hymdrechion ac yn tynnu'n hamddenol ar *cheroot.* Neidr borffor o fwg yn codi tua'r trawstiau. Gronynnau o ddwst yn disgleirio fel angylion bach mewn pelydrau llachar o olau.

Wrth iddo dynnu'n galed ar ei sigâr, mae'r hen ddyn yn canu grwndi iddo'i hun – pleser yw gweld brodyr yn mwynhau cymaint. A bod mor glòs. Ac mae'n adrodd stori wrthynt, am le arbennig ym myd y chwedlau …

Yn Shongopavi, lle'r oedd y bobl gyntaf yn byw, byddai dyn ifanc oedd â diddordeb ym materion bywyd a marwolaeth yn eistedd mewn mynwentydd yn aml, yn gofyn iddo'i hun beth yn union oedd yn digwydd i'r meirwon. Oedden nhw'n parhau i fyw, ond mewn lle arall?

Gofynnodd i'w dad, ond nid oedd gan hwnnw ateb, er taw fe oedd pennaeth y llwyth, a chyfrifoldeb yn hongian am ei ysgwyddau fel mantell. Awgrymodd y tad y dylai siarad â rhai o'r penaethiaid eraill, a'r dynion doeth.

Yr un mwyaf doeth oedd yr Hen Fochyn Daear. Ganddo ef roedd y moddion cryfaf. A'r atebion. Gan amlaf. Anfonwyd neges at yr hen ŵr sanctaidd i ofyn iddo ymweld â nhw. Ymhen ychydig, gwelwyd eryr wen yn cylchu yn y nen, a chyda hynny roedd pawb yn gwybod i sicrwydd ei fod ar ei ffordd.

Pan gyrhaeddodd yr hen ŵr, dywedodd wrth y tad am wisgo'i fab mewn sgert wen a phaentio'i ên â *toho*, y garreg ddu, sanctaidd, a glynu pluen eryr fechan ar ei dalcen, yn union fel tasen nhw'n paratoi rhywun marw am ei daith ola.

A dyna ddigwyddodd. Fore trannoeth, gwisgwyd y dyn ifanc yn y dull yma, a gorchmynnodd yr Hen Fochyn Daear iddo eistedd ar liain gwyn ar y llawr. Rhoddodd foddion iddo – un i'w fwyta, un i'w daenu y tu ôl i'w glustiau ac un i'w rwbio o gwmpas ei galon. Yna rhwymwyd y bachgen mewn gwisg sgarlad hir, a bu farw.

Ar ôl cwympo i gysgu, gwelodd y dyn ifanc lwybr yn arwain at dŷ'r sgerbydau. Dilynodd y llwybr, a chyn hir cyfarfu â hen fenyw yn gorwedd ar ochr yr heol.

'Pam wyt ti yma?' gofynnodd yr hen wreigan mewn llais cryg a chroch.

'I weld sut fywyd sydd i'w gael yn fan hyn.'

'Wel. Mae'n daith hir a throellog i dŷ'r sgerbydau. Mae'n

rhaid i ti ddeall hynny. Er mwyn amddiffyn dy hun, a bod yn hollol barod.'

''Sdim angen ffordd syth arna i, ond mae gen i amser. Oes angen help arnoch chi i godi to gwell ar eich tŷ?' Ac mae hi'n iawn. Mae *yn* siwrne bell i dŷ'r sgerbydau ...

Un diwrnod, mae Trace ac Alex yn dilyn gwely afon sych, sy'n lle braf i hela armadilos, yn enwedig oherwydd bod 'na ddigon o gysgod. Nid yw'r haul yn llethol eto, ac mae'r ddau frawd yn cyfarth mewn hapusrwydd wrth iddynt neidio o garreg i garreg, gan ddefnyddio'u pastynau i godi cerrig neu archwilio tyllau digon mawr i guddio anifail reit sylweddol. Neidia'u cysgodion ar hyd gwely'r hen afon wrth i'r haul droi'n grasboeth, fersiynau bychain o'r ddau ohonynt, yn brysur ac yn tasgu ar hyd y lle fel *cicadas*.

Maen nhw'n dilyn hen fap y daethon nhw o hyd iddo yng nghist eu hen dad-cu – cist oedd wedi gweld y byd a mwy, yn ôl pob sôn – ac inc glas y map wedi troi'n llwyd, ond ddim mor llwyd nes na fedrai'r bechgyn weld mai map trysor ydoedd, a Trace bron yn udo'r geiriau 'I know where this is!' wrth i'w fys ddilyn y dirwedd o amgylch Mynydd Cobre ac yna ymlaen tuag at siâp bocs pren wedi ei ddylunio gan law grynedig. A hwn oedd diwedd y daith, y man lle cuddiwyd y trysor.

'Treasure!' gwaeddodd y ddau, a sŵn antur yn eu lleisiau, y math o antur allai droi bachgen yn ddyn petai'n ddigon ffodus i'w goroesi, a mynd heibio i'r holl beryglon, oherwydd ym mhob cwr o'r memrwn roedd 'na benglogau danheddog oedd yn creu'r argraff taw'r rhain oedd yr anturwyr oedd wedi ceisio a methu dod o hyd i'r trysor, ac wedi aberthu eu heneidiau wrth wneud.

Penderfynodd y ddau y byddent yn mynd yno heb oedi, gan baratoi ar gyfer tri diwrnod o gerdded caled i gyrraedd uchelfannau Cobre a chael hyd i'r gist yn ei chuddfan. A phrynu beic yr un gyda'r aur. A ffrog newydd i'w mam.

Ar ôl casglu popeth at ei gilydd, dyma ofyn i'w mam am ganiatâd i fynd i bysgota a gwersylla wrth yr afon dros y penwythnos, gan wybod y byddai'n rhy flinedig i ddweud na, oherwydd ei bod yn gwneud dwy job – y naill yn gweini yn y *diner* lleol yn ystod y dydd a'r llall yn rhedeg derbynfa'r motél yn y nos. Ond byddai'n gwenu pan welai'r ffrog, yr un yn ffenest McCullers, yr un y byddai'n oedi i syllu arni bob tro y cerddai heibio.

Mae 'na lawer o resymau pam na ddylai bechgyn fynd i grwydro yn anialdiroedd Arisona, yn eu plith y tri math ar ddeg o neidr ruglo a geir yno. Ac wrth i Trace ac Alex gerdded drwy'r *chaparral*, a'r gwair sych yn rhwbio yn erbyn eu coesau noeth gan ddynwared sŵn y nadredd – y rhugl sy'n dweud bod y neidr yn hynod grac neu'n hynod ofnus – mae'r ddau'n gwbl ddi-hid o'r peryglon. Oherwydd maen nhw'n ddau frawd yn chwilio am drysor er mwyn prynu ffrog i'w mam.

Pan maen nhw'n dringo darn o graig sydd wedi ei nodi ar y map, dydyn nhw ddim yn edrych lle maen nhw'n gosod eu dwylo, nac yn meddwl am nadredd, ond maen nhw'n hapus i fod yno, ar eu hantur fawr, yr haul yn tasgu gwres a'r awel yn gynnes, a Trace yn edmygu sgìl diamheuol ei frawd wrth iddo'i godi ei hun o'r naill silff ar y graig i'r llall, ei symudiadau'n faletig rywsut, tra bo yntau'n straffaglu braidd, oherwydd nid yw'n chwarae pêl-droed na phêl fasged na'r un o'r pethau sy'n cadw Alex allan o'r tŷ bedair noson yr wythnos. Ac ym mhelydrau laser yr haul, sy'n bygwth dallu'r ddau ddringwr, mae Trace yn ei chael hi'n anodd gweld yn glir, ac wrth i'w frawd godi ei ysgwyddau dros binacl y graig o'i flaen, mae ei amlinelliad yn disgleirio â fflachiadau aur nes ei fod yn edrych fel angel. Ie, angel, a'i adenydd fel gwyntyll ddisglair.

Mae'r neidr ruglo Banded Rock yn cysgu yn ei hogof fach, gan ddisgwyl y nos a'i helfa lygod, a'i chartref dros dro mewn cilfach o le. Mae'r llaw sy'n ei dihuno'n ddisymwth bron yn anwesu ei cheg cyn bod greddf yn dod fel ergyd, ei dannedd yn eu claddu eu hunain yn y croen tyner fel torri bedd. Byddai rhywun wedi medru clywed gwaedd yr angel o ochr arall y Sierra Nevada, ac erbyn i Trace gyrraedd, mae Alex wedi dechrau crynu.

Yn y mŵfis, byddai Trace yn sugno'r gwenwyn allan o'r tyllau bach er mwyn achub ei frawd, ond all Trace ddim cofio ffilm, na chofio'i enw ei hun, oherwydd mae e mas yng nghanol nunlle ac mae ofn wedi ei barlysu. Wrth iddo geisio cysuro Alex, a'i gorff yn crynu ar y dibyn, a'r neidr wedi ei hen heglu hi i aros eto'n amyneddgar am wledd o lygod liw nos, daw hofrenydd coch dros y gorwel a hedfan yn syth tuag atynt.

Tra bo Alex yn delio â phoen wynias, eirias sy'n teimlo fel tase rhywun yn torri drwy ei fraich â llif, mae Trace yn troi ei freichiau yntau'n felinau gwynt ac yn ceisio denu sylw'r hofrenydd. Sut gallai e wybod bod un o'r gwarchodwyr wedi gweld y ddau o bell, ac amau nad oedd y ddau ffigwr bach yn ddiogel ar graig oedd yn adnabyddus am nifer y nadredd oedd arni? Ar amrantiad, ffoniodd am Medivac, cyn iddo wybod i sicrwydd a oedd unrhyw beth wedi digwydd. Ond roedd e'n nabod y graig honno, yr un oedd yn crynu ag anifeiliaid gwenwynig. Beth ar y ddaear oedd y bois 'ma'n ei wneud yno?

Glaniodd yr hofrenydd mewn chwinciad, a dyn mewn oferols coch yn disgyn ar ei bengliniau a bron cyn gweld beth oedd cyflwr Alex, yn gofyn am siot o wrthwenwyn.

Ambell waith, yn y nos, yr unig sŵn oedd preblan y peiriannau – mae angen i'r uned gofal dwys gysgu weithiau, hyd yn oed, neu o leia gael hoe rhwng argyfyngau, y nyrsys yn symud yn dawel a disymwth ar esgidiau sidan, neu'n hofran fodfeddi uwch y llawr.

I gychwyn, nid oedd yr un doctor yn mentro cynnig mwy o obaith i'w deulu na dweud ei fod yn ifanc ac yn gryf ac y byddai'n ymladd y gwenwyn â'i holl nerth, ond doedd neb yn gwenu wrth siarad, nac yn fodlon awgrymu bod Alex yn mynd i fyw. I'r gwrthwyneb. Siaradai pawb â goslef brudd – y math o lais mae dyn yn ei ddefnyddio mewn angladd, neu eglwys, neu ym mhresenoldeb angau, yn gwisgo'i siwt gladdu newydd, y siaced ddu yn stiff, a ffurfioldeb y wisg ynddo'i hun yn medru codi cryd.

Tiwbiau plastig yn nadreddu o'r stac o beiriannau i mewn i gorff Alex, corff hen ŵr mewn cas gwydr, yn debyg i Lenin yn ei fawsolewm yng nghysgod y Kremlin, robot solet yn derbyn llif o ocsigen er mwyn ei gadw rhag pydru. Bob nos a dydd, byddai Trace neu ei fam yn syllu ar fesuriadau'r ocsigen, curiadau egwan y galon, rhythmau digysur y brawd a'r mab yn dweud ei fod yn dal ar dir y byw ac y byddai'n rhaid i'r dyn yn y siwt newydd sbon – yr un a wenai'n slei o gornel y stafell – aros 'to. Un diwrnod arall? Mwy?

Yn ystod yr ail wythnos, bu'n rhaid trychu dau fys: gofynnodd Trace a allai eu cadw nhw mewn jar a'u rhoi i'w frawd ar ei ben-blwydd, ac er bod y doctor wedi gwgu'n galed tra oedd yn gwrthod, fore trannoeth roedd parsel papur brown yn disgwyl Trace pan gyrhaeddodd yr ysbyty, a'r jar y tu mewn iddo wedi ei labelu'n ofalus. Enw llawn. Dyddiad geni. Y math o waed. O rhesws negyddol, fel mae'n digwydd. Anghyffredin. Y math prin.

Ac yna, un bore, pan oedd Trace a'i fam yn syllu'n dawel ac yn flinedig drwy'r ffenest, y diferion glaw yn dripian fel metronom ar y silff goncrit, agorodd Alex ei lygaid. Agor ei lygaid a gwenu. Gwenu'n braf ar ei fam a'i frawd fel tasai e newydd ddychwelyd o'i wyliau – yn hapus i'w gweld, ond yn ddryslyd braidd ynglŷn â pham roedd e'n gorwedd ar y gwely.

'He's back,' meddai'r nyrs, gan gamu'n bwrpasol at y ffôn i hawlio doctor er mwyn datgan bod y claf yn well, a'i bod yn bryd datgymalu'r tiwbiau. Pan fentrodd Alex awgrymu mewn llais tenau fel niwl ei fod yn teimlo fel tasai e heb fwyta ers tair wythnos, nid oedd neb am esbonio ei fod yn hollol iawn.

Aeth Trace i brynu byrgyr i'w frawd, y dagrau'n disgyn, y wyrth yn ddim byd sbesial wedi'r cwbl, jest rhywbeth oedd yn digwydd neu ddim yn digwydd, gan ddibynnu ar y drefn. Os nad yw hynny'n glir, rhowch y bai ar y wyrth. Does dim rheolau clir ym myd gwyrthiau.

Dim ond naw wythnos o fywyd oedd gan Alex yn weddill. Nid bod neb yn gwybod hynny. I'r gwrthwyneb. O fewn wythnos i adael yr ysbyty, daeth y lliw yn ôl i'w wyneb a chryfder i'w lais. Ar ôl dyddiau o gerdded yn sigledig, dechreuodd gamu'n bwrpasol o gwmpas y tŷ ac yna, un prynhawn cerddodd i lawr y stryd a dal bws i gwrdd â'i frawd, oedd yn dod yn ôl o swyddfa'r deintydd.

Pan welodd Trace Alex yn cerdded tuag ato, ei gorff hir, tenau'n gwneud siâp mantis mewn silwét yn erbyn yr haul, gallai dyngu taw hwn oedd y peth gorau a welodd yn ei fyw, yn enwedig wrth iddo gamu i mewn i'r goleuni – hon oedd y ddelwedd olaf y byddai'n dymuno'i gweld cyn iddo farw. Y wên raslon, rwydd! Y llygaid yna'n pefrio â hapusrwydd o'i weld! Ei frawd, fu unwaith yn gorwedd ar erchwyn y bedd – bedd ar ffurf ystafell antiseptig mewn ysbyty, yn oer a digysur ac yn teimlo fel petai'n llawn baw pry genwair ac arogl dail crin o dan draed, a sawr melys marwolaeth o'i gwmpas fel melon dŵr sy ar fin dechrau pydru. Hydref o le oedd y stafell honno.

Ond roedd gwaeth i ddod.

Un prynhawn, ar ôl i Pima guro Eastern Arizona College o 23–0, ac Alex wedi cicio saith o'r pwyntiau hynny, aeth e a'i frawd i gael soda yn Wilinsky's, lle'r oedd yr hen weddw Mrs Wilinsky yn gonsurwraig pethau melys a chanddi o leia tri blas hufen iâ oedd yn ddigon i wneud i bobl ifanc gredu taw ei lle hi, Wilinsky's Light Lunch, oedd y drws i'r wir nefoedd – 'Tamarind mousse', 'Quintuple chocolate' a 'Macadamia and eggnog deluxe'. O edrych arni, fyddai neb yn meddwl ei bod wedi profi unrhyw fath o bleser erioed, hyd yn oed pan oedd Mr Wilinsky'n troedio tir y byw, gan nad oedd hi byth yn gwenu nac yn dweud dim byd ar wahân i 'What?' a 'Thank you'. Ond yn y stafell gefn, y tu ôl i'r cownter syml yn llawn danteithion hufennog, roedd hi'n alcemydd. Doedd dim dowt am hynny.

I ddathlu'r fuddugoliaeth hanesyddol yn erbyn yr hen elyn, dyma Trace ac Alex yn cael dau hufen iâ dwbl, a phrynu un yr un i ddwy o'r *cheerleaders* lleol mwyaf deniadol. Roedd y merched yn llygaid mawr ac yn bom-poms i gyd, ac Alex yn godro'r ffaith ei fod e wedi achub y gêm, ac yntau'n arwr ym meddyliau'r merched hapus, graslon, a thensiynau serch yn gymysg â blas yr hufen iâ a'r adrenalin-ennill-gêm.

Nid yw gyrrwr y tryc sy'n mynd adre gyda'i wraig a'i blant yn gwybod ei fod yn mynd i ladd Alex. Mae ei blant yn morio canu ac yn sboncio fel sioncod y gwair yn y sedd gefn, ac mae ychydig bach o law prin yn yr aer. Efallai fod hyn yn rhan o'r rheswm pam dyw Sergio Hernández, 47 mlwydd oed, ddim yn gweld Alex, sy law yn llaw â'r ddwy ferch, yn croesi'r heol. Efallai fod Sergio'n mynd yn rhy gyflym, efallai fod sŵn y canu'n denu gormod o'i sylw. Ta waeth. Un funud mae Alex ar fin mwynhau noson yng nghwmni ei frawd a'u ffrindiau newydd, a'r funud nesa, mae'n tasgu drwy'r awyr fel doli glwt yn ymladd disgyrchiant, y breichiau a'r coesau'n hedfan, ac am eiliad neu lai, mae'r corff megis yn hongian yno, ar apig ei hediad nes bod y ddaear yn ei hawlio, yn ei ddenu'n ôl i chwalu ei esgyrn a rhacsio'i benglog nes bod ei atgofion o'r diwrnod yn rhan o'r llanast llwyd a choch o ymennydd sy'n llifo tua'r gwter. Sylla Sergio ar ei fywyd yntau'n diflannu hefyd. Does ganddo ddim yswiriant. Mae'r heddlu sy'n croesi'r stryd yn edrych arno â'r olwg 'na mae'n ei nabod yn rhy dda, yr un sy'n dweud 'wetback'.

Ond y peth y bydd pawb yn ei gofio am yr erchyll brynhawn hwnnw yw sŵn crio Trace, sy'n wylo fel petai ei galon wedi hollti, fel petai wedi ei thorri yn ei hanner, ei enaid wedi ei rwygo'n ddau. Un floedd hir, fel morlo'n udo ar graig anghysbell, nodyn utgorn i ffarwelio â'r meirw, ebychiad o boen a syfrdandod.

Mae aelodau o deulu gwasgaredig Trace yn edrych ar ei ôl nes ei fod yn troi'n un ar hugain oed. Aethai meddwl eu mam ar chwâl ar ôl marwolaeth Alex, a phrin y gallai ofalu amdani ei hun, heb sôn am Trace. Crwydrai i dre ar ôl tre, yn chwilio am pwy a ŵyr beth neu bwy, yn dod o hyd i gysur gan hwn neu hon, ac yna diflannu drachefn, gan adael Trace yn amddifad, i bob pwrpas. Roedd ei Wncwl Bruce, yn Mustang, Tecsas, yn hael â'i arian ond yn gybyddlyd â'i emosiynau. Ac am un haf hir bu o dan ofal ei ewythr Clete, oedd yn ffermio *tomatillos* ac yn byw 'da menyw oedd yn dipyn iau nag e. Yn ystod y cyfnodau yma – ar goll heb Alex a'i fam, a'r galar fel asid yn ei enaid – byddai Trace yn mwynhau dianc i weld ffilmiau, a phenderfynodd astudio'r cyfrwng, heb unrhyw fwriad o geisio dilyn gyrfa yn y maes, yn wahanol i'w gyfoedion. Felly aeth i brifysgol UCLA yn Los Angeles, ar ysgoloriaeth.

Ond nid yw Trace yn medru stumogi bywyd fel stiwdant yn hir. Mae'r galar yn drech nag e, ac mae'n gwybod os bydd yn aros yn y coleg, y bydd temtasiynau megis cyffuriau ac alcohol yn ei ddenu, a phopeth yn mynd ar gyfeiliorn. Aiff yntau ar grwydr – hobo ifanc yn America, yn gwneud jobsys bach dros dro. Nes un diwrnod, mae'n cael job fel warden tân.

Syllu

O'I ARSYLLFA UWCHBEN cwm afon Gila, y gwylltir enfawr hwnnw, edrychai Trace ar siapiau a lliwiau ei deyrnas, ar ehangder cymhleth yr olygfa o'i flaen. Yma, yn yr uchel fan hon, mae Trace yn chwilio am dân, am fwg, oherwydd dyna yw ei waith. Mae'n byw ar ben pileri dur, yn syllu, yn syllu am oriau. Am fwystfil rheibus, coch, didrugaredd. Felly mae Trace yn wyliadwrus. Yn gwyliadwra. Yn chwilio am dân ar y llethrau.

Yn ôl un o chwedlau llwyth y Cherokee, daeth tân i'r byd pan drawodd mellten goeden sycamorwydden ar ynys fechan. Gallai'r holl anifeiliaid weld y mwg, a daethant at ei gilydd i weld sut byddai modd cael gafael yn y tân. Gwirfoddololodd cigfran i hedfan draw at y sycamorwydden er mwyn meddiannu'r tân, ond pan laniodd ar y goeden, llosgodd ei hadenydd, a dyna sut cafodd y gigfran ei lliw. Nesaf, hedfanodd y dylluan sgrech draw at yr ynys, ond bu ffrwydriad o dân bron â llosgi ei llygaid wrth iddi syllu i lawr ar y goeden, ac ers y diwrnod hwnnw, bu ei llygaid yn goch. Yn eu tro, ymdrechodd nifer o anifeiliaid eraill i fynd draw i'r ynys fach i ddwyn y tân, ond heb lwyddiant, nes i bry copyn y dŵr gynnig rhedeg draw ar wyneb y dŵr, nyddu powlen â'i we wydn, a chario colsyn byw yn ôl i'r tir mawr ynddi. A dyna a wnaeth, a rhannu'r tân gydag anifeiliaid a dynion. Awr fawr pry copyn y dŵr.

Ond heddiw, nid oes na chigfran na thylluan, ac yn sicr dim pry copyn y dŵr ar gyfyl y lle. Mae'n rhy boeth i symud yn gyfforddus, a byddai pry cop, hyd yn oed un dewr fel yr un yn y chwedl, yn siŵr o wywo a throi'n golsyn ei hunan.

Llygaid yn syllu. Sylla am arwydd o dân dros filltiroedd sgwâr lawer. Does dim byd yn llosgi ar hyn o bryd heblaw am yr haul. Ond ni all Trace wisgo sbectol haul: byddai hynny yn erbyn y rheolau. Nid bod 'na ryw lawer o reolau eraill. Mae ganddo bum peth i'w gwneud bob dydd. Yn gyntaf, anfon adroddiad boreol am y tywydd. Yn ail, trosglwyddo negeseuon sy'n dod drwodd, ond pethau digon prin yw'r rhain, ar wahân i'r adegau pan mae argyfwng ac mae cyd-drafod rhyngddo ef a'i gyd-weithwyr yn y tyrau cyfagos yn hanfodol. Wedyn, rhaid rhoi'r timau ar eu gwyliadwraeth os oes tân, cadw golwg ar hwnnw os digwydd iddo'i weld yn llarpio'r tir, ac yn olaf, bod yn ffynhonnell wybodaeth i'r criwiau ar y llawr. Ond gan amlaf, nid oes rhyw lawer i'w wneud. Eistedd yn ei unfan. Syllu, a gwylio am arwydd o dân. Yna syllu mwy. Fel mynach yn chwilio'n ddyfnach am wir ystyr bywyd.

Pan welodd yr hysbyseb am y swydd mewn papur lleol yn wreiddiol, teimlodd Trace chwa o awyr iach yn chwythu drwy'r siop nwyddau chwaraeon lle'r oedd e'n gweithio dros dro. Colofn fach oedd hi, ac roedd yn teimlo fel ffordd hen ffasiwn o recriwtio yn oes y we a ffurflenni cais ar-lein. Ac roedd 'na rywbeth hen ffasiwn am y swydd hefyd – treulio wythnosau ar eu hyd yn byw ar eich pen eich hun yn chwilio am arwyddion tân. Aeth y cyfweliad yn dda, er bod Trace yn teimlo y buasent wedi rhoi'r swydd i *pyromaniac* oherwydd nad oedd yn hawdd recriwtio pobl i weithio yn y fath lefydd anghysbell, ac â'r fath oriau anghymdeithasol. Roedd y cwestiwn 'When can you start?' ar flaen eu tafod cyn iddo eistedd, bron. Hoffodd y tri oedd ar y panel, yn enwedig Pennaeth Sector 9, lle byddai'n gweithio petai e'n ddigon ffodus i gael y swydd. Felly pan ofynnon nhw pryd y gallai ddechrau, dywedodd, er syndod iddo'i hun, bron, y gallai ddechrau o fewn pythefnos. Y noson honno, cafodd gynnig y swydd dros y ffôn, a'r bore wedyn, dywedodd wrth berchennog y siop, a ddymunodd yn dda iddo yn ei wallgofrwydd, a synnu Trace drwy roi bonws o bum can doler iddo, ynghyd â chwmpawd, fel na fyddai fyth yn mynd ar goll.

Ac roedd hynny dri thymor yn ôl. Mae e wedi bod yn gwylio am danau'n ddigon hir i'w ystyried ei hunan yn brofiadol erbyn hyn.

Odano, gwêl fosaic o gynefinoedd: brodwaith tyn o fryniau, y lliwiau'n grin a sych, ac yn tueddu at balet o lwyd a brown a hufen. Mae clytwaith o *arroyos* a chulnentydd yn hollti'r tir hefyd, milenia o waith erydu, ond nawr mae'r nentydd fu'n paldaruo'n wyllt yn eu tymhorau gwlyb yn dechrau sychu wrth i'r gwanwyn gyrraedd yn raddol. O, mae'n gynnes o ystyried taw'r gwanwyn yw hi. Gyda'r gwyll, daw'r whiparwhîl i hela dros y dolydd o dan goesau'r tŵr arsyllu, yn gloddesta ar wyfynod, arwydd pendant fod yr haf ar y gorwel.

Mae pob diwrnod yn sioe olau – esblygiad o'r eiliadau cyntaf pan mae'r du'n meddalu ac yn ysgafnhau, ac arlliw o lwyd yn graddol amlygu ei hun wrth i las tywyll canol nos droi'n saffir. A bydd y mynyddoedd yn newid drwy'r dydd – gwyrdd a glas yn cael eu boddi'n raddol gan borffor a du, y cymylau'n nofio drwy gytgan o las, yr haul yn diflannu o dan donnau o olau oren a satswma. Nid yw'r dydd yn ildio heb ei ddrama! Pandemoniwm paentiedig ysgarlad yn chwyrlïo o dan flew brws enfawr! Gwefus o goch wrth i'r machlud orffen ei sioe feunyddiol, megis pysgodyn trofannol yn fflachio unwaith cyn plymio i'r dyfnderoedd. A bydd yn codi i'r wyneb eto fory, gan fod patrwm cwbl ddibynadwy yn hyn, a phob peth bach, a phob symudiad, lliw a thonfedd yn rhan o symffoni weledol, gogoniant y cread i'w weld yn glir, megis mewn Cinemascope.

Ddydd ar ôl dydd, mae Trace yn cael cyfle i fyfyrio ar y dwyster hwn, y newidiadau anniffiniol, y dyfnhau wrth i'r dydd symud tua'r dibyn, y fflachiadau sydyn o bysgod haul, y patrymu. Ac ar ôl iddi nosi, pan fydd y cosmos yn ddiemwntau dirifedi, a'r olygfa o'r tŵr fel gweld goleuadau ffair yn y pellter, gall edrych draw mor bell ag Andromeda ac Alffa Centawri, tra bydd Fenws, y diemwnt disgleiriaf oll, yn cystadlu am sylw, y blaned yn twyllo pawb drwy edrych yn hollol stond.

A phan mae'r lleuad yn llawn, bydd copaon y mynyddoedd yn siarp – du yn erbyn hufen – a'r cysgodion yn ddyfnach nag mewn unrhyw ddinas. A heb y lloer ar noson gymylog, bydd Trace yn cysgu yng nghanol un o'r cysgodion hynny, heb fedru gweld ei law o flaen ei lygaid. Dydy e ddim yn beiddio cynnau'r lamp yng nghanol haf oherwydd y biliynau o wyfynod fyddai'n dod i'w taflu eu hunain yn erbyn rhwyll y ffenest. Gallai fygu yn nhrwch y cyrff sydd ar lawr, pentwr ohonynt, dwst trwchus darnau bach o bryfed pert.

Mae e'n uchel yn fan hyn, y tŵr ei hunan yn 55 troedfedd o daldra, a Trace yn gweithio mewn bocs metal ar ei ben. Does ynddo fawr ddim lle i fwy na phedwar person, a byddai hyd yn oed rheiny'n gorfod dal eu stumogau i mewn a pheidio â meddwl am glawstroffobia byw mewn bocs ar y dibyn uchel hwn. Mae e, Trace, wedi gorfod dysgu byw ar ei ben ei hun. Nid pawb sy'n medru ymdopi â gorthrwm y lle, yr unigrwydd sy'n ymestyn tua'r gorwel, yn llethol weithiau, y bywyd mynachaidd hwn, y tawelwch, yr edrych allan ar ddim byd, ddydd ar ôl dydd. Ond, gan amlaf, mae Trace yn hapus yma, oherwydd mae'r diwrnod yn ymledu fel un ffilm enfawr, urddasol, yn llawn pethau annisgwyl. Lliw gwyrdd y goleuni ambell ddydd, gwyrdd go iawn, fel mae plentyn yn ei ddefnyddio wrth dynnu llun coeden, tra bo'r golau o gwmpas y tŵr bron yn *annaturiol*, ac yn chwyrlïo ar hyd y lle. Neu'r mellt, pan ddônt, yn oren, ac yn binc ac yn borffor a lliw leim: ie, hyd yn oed leim.

A phan mae'r mellt yn trywanu'r ddaear ac yn ysu i ddodi coed mawr tew ar dân, nid oes lle i guddio, oherwydd dydy'r trydan anhygoel yma sy'n bolltio'n wyllt tua'r ddaear ddim yn dilyn na phatrwm na rhesymeg, dim ond ymddangos o nunlle, o forthwyl mawr Thor neu ta pa dduw sy'n patrolio ac yn hawlio'r tirlun hwn.

Gan nad oes gan Trace hawl i ddefnyddio'r radio at ddibenion cymdeithasol, nid oes modd iddo gysylltu â'r gwylwyr eraill i gael sgwrs am chwaraeon, pris petrol, diffygion gwleidyddion – unrhyw beth, mewn gwirionedd. Felly mae'n rhoi trefn ar jariau'n llawn dŵr a siwgr fydd yn denu adar bach y si, yn emrallt ac ysgarlad a rhuddem, hofrenyddion perffaith, prydferth, wrth eu bodd â'r melyster. Unwaith, gwelodd *calliope*, yr aderyn lleiaf sy'n nythu yn yr Unol Daleithiau, a thybio taw gwyfyn oedd e i ddechrau, wedi deffro'n gynnar. Nid oedd ddim mwy na thair modfedd o hyd, â brest aur a gwawr werdd ar ei adenydd. Dychmygai Trace y galon yn curo'n gyflymach na miwsig *techno* wrth i nodwydd y pig prysur wthio'i ffordd rhwng petalau'r planhigion a dyfai yn y potyn ar y dec tu allan.

Un rheswm, yn wir, yr unig reswm mae gan Trace ofn unigrwydd yw'r ffaith ei fod yn gweld ei frawd, Alex, o bryd i'w gilydd. Dacw fe, y brawd marw, yn eistedd wrth y bwrdd coffi, neu ar y fainc ar y dec, yn gwenu arno yn y ffordd arbennig 'na, a'i wyneb cyfan yn goleuo. Ond byddai'r wên yn mynd ymlaen, yn parhau ac yn ymestyn nes iddi droi'n fasg, a hyd yn oed pan fyddai Trace yn troi ei gefn ar yr ysbryd hwn, byddai Alex yn dal yno, y wên wedi rhewi megis model wedi ei wneud o gŵyr. Byddai Alex yn aros am hanner awr, falle mwy, ac yna, yn ddisymwth, byddai'n diflannu. Ni allai Trace yn ei fyw weld patrwm i'r gweledigaethau yma, na rheswm dros yr ymddangosiadau rhyfedd.

Ambell waith, teimlai fod ei frawd yn dod i'w atgoffa am ei fodolaeth, yn ymbil arno'n ddirdynnol: plis paid ag anghofio amdana i. Plis paid. Fel petai angen gofyn iddo gofio'r bachgen annwyl, hoff. Ei ffrind bore oes. Ei frawd.

Ond nid dim ond yr unigrwydd sy'n effeithio arno. Gall sŵn y gwynt ddod ag anhapusrwydd yn ei sgil, wrth i'r gwynt o'r de-orllewin wiwera drwy'r coed a gwneud i wisg werdd yr aethnen grynu, creu dawns Sant Fitws ymhlith y dail. O fewn deuddydd, mae Trace yn hollol gyfarwydd â'r symffoni feunyddiol, sisiol, sibrydol hon, sy'n chwibanu a chwyrlïo, yn sibrwd a siffrwd wastad, gan gynnig murmur o gefndir a thrac sain i'r diwrnod, cyn cryfhau wrth i'r nos setlo ar y tir, ac yna gwanhau gyda'r wawr. Mae gan y gwynt gymeriad, a sbectrwm llawn o emosiynau. Un bore, mae wedi diflannu, does dim siw na miw ohono, ac mae'n ddigon i godi cryd ar Trace, sy'n teimlo'n unig iawn heb ei gyfaill asthmatig yn suoganu drwy ei benglog, fel chwarae ffliwt mewn ogof. Y gwynt yn gyfaill iddo. Pa mor drist yw hynny?

Mae rwtîn yn help, ac o fewn dyddiau mae Trace yn dilyn patrwm syml ei weithgareddau bob dydd. Mae'n rhy gynnar yn y tymor i boeni llawer am danau, felly mae'n tendo'r blodau, yn ysgrifennu llythyron i'w postio pan fydd e'n ôl i lawr yng nghanol gwareiddiad, ac yn edrych ar y mynyddoedd mawr yn crynu yn y gwres, pan mae 'na wres. Un dydd, gwres. Dro arall, oerfel. Patrwm y gwanwyn yn y parthau hyn.

Ar ddiwrnod clir, yn y pellter, gall weld mynyddoedd San Andres, sy wedi eu herydu'n raean a dwst gan effaith beunyddiol a didrugaredd y gwynt a'r haul a'r dŵr, gan chwalu'r clogwyni a'r cerrig siarp yn dywod gwyn, a hwnnw'n ymestyn am filltiroedd. Daw ymwelwyr i'w gweld nhw, yr erwau tywod gwyngalchog, yn y White Sands National Monument, a dyw'r tywod gwyn byth yn siomi, am ei fod mor wyn, ac oherwydd bod 'na gymaint ohono. Yma mae'r White Sands Missile Range hefyd, sy ddim yn croesawu ymwelwyr, ar wahân i un grŵp o blant ysgol unwaith y flwyddyn, ac mae hyd yn oed y rheiny'n gorfod ateb cwestiynau ynglŷn â diogelwch cenedlaethol cyn iddynt ddod.

Yma, mae'r dynion yn eu lifrai milwrol yn cael dewis godidog o deganau. Yn ddiweddar, profwyd bod laser pwerus â chyflenwad da o ynni'n medru saethu mortarau rif y gwlith allan o'r awyr. Darllenodd Trace am y peth yn un o'r papurau lleol, gan synnu eu bod nhw'n rhoi manylion fel hyn mewn cyhoeddiad o'r fath. Doedd 'na neb yn ysbïo ar

America bellach? Ond efallai taw'r ffordd orau o godi braw ar eich gelynion yw dweud wrthyn nhw beth sy 'da chi yn eich bocs teganau.

Yma hefyd mae safle Trinity Site, y man lle'r arbrofwyd â'r bom atomig cyntaf, a chynhelir diwrnod agored yno ddwywaith y flwyddyn, lle gallwch ryfeddu o weld math newydd o garreg, *trinitite*, a ddaeth i fodolaeth wrth i wres aruthrol y fflach gyntaf oll, rhagflaenydd Hiroshima a Nagasaki, droi carreg cwarts a ffelsbar yn wydr llachar, gwyrdd. Felly, drwy ei ysbienddrych, gall Trace weld byd natur yn ei gyflawnder a man geni'r oes niwclear a ddaeth i'w ddisodli. I ymladd â natur gyda natur.

Cadwodd y dyn oedd yn byw yn y tŵr cyn Trace nodiadau mewn ffeil fawr, goch am Trinity, yn cynnwys copi o'r llythyr a anfonwyd gan ddau wyddonydd at Franklin Roosevelt yn rhybuddio bod y Natsïaid wrthi'n adeiladu bom niwclear. Efallai mai ofn y gelyn, ac yn fwy penodol, teganau'r gelyn, a barodd i'r Arlywydd awdurdodi Project Manhattan, i adeiladu eu bom eu hunain, oedd yn gofyn gwario arian mawr ar wraniwm a phlwtoniwm, elfennau prin iawn yn y byd. Ond mae Arlywydd America'n gorfod gwario. Dyna yw ei job.

Dotiodd Trace ar yr enwau yn y ffeil, ar enwau'r bomiau i gyd. 'The Thin Man', sef yr enw ar fom fyddai'n gweithio fel gwn ac yn edrych fel reiffl, a'r 'Fat Man' y byddai ei gnewyllyn wedi ei wneud o blwtoniwn pur a'i amgylchynu gan ffrwydron pwerus fyddai'n llosgi ar raddfeydd gwahanol, a 'Little Boy', yn llawn dop o wraniwm. Y 'gadget' oedd yr enw ar y bom cyntaf. Y '*gadget*'! Gwenodd Trace yn llydan wrth ddarllen hynny.

Trefnwyd i ffrwydro Fat Man ar safle Trinity y diwrnod cyn i'r Arlywydd Truman gwrdd â Winston Churchill a Joseph Stalin yn yr Almaen. Codwyd y bom i ben tŵr can troedfedd oddi ar y ddaear, a rhai yn poeni y byddai atmosffer y ddaear yn mynd ar dân a lladd popeth byw ar y blaned. Roedd rhai yn betio ar y peth, fel tase'r mater yn un gêm chwerthinllyd o fawr. Ugain i un y bydd yr awyr yn mynd ar dân. Cant i un y bydd y byd yn dod i ben, a phawb yn toddi fel petai tân mewn amgueddfa cerfluniau cwyr.

Darllenodd Trace am J. Robert Oppenheimer yn syllu ar y ffrwydriad yn fyfyrgar o'i fyncer bum milltir i ffwrdd. Beth oedd yn ei feddwl yntau, dyfeisydd y dinistr newydd hwn? Rydym yn gwybod. 'Now I am become Death, the destroyer of worlds.' Dyna ddywedodd e. Dyna oedd cynnyrch y synfyfyrio.

Nododd rhai tystion fod Oppenheimer yn camu'n rhodresgar ar hyd y lle y bore tyngedfennol hwnnw, fel Gary Cooper yn symud tua'r salŵn yn *High Noon*. Fi wnaeth hyn, fi agorodd focs Pandora. Pump. Pedwar. Tri. Dau. Un ... Ac yna ... y sioe oleuadau annisgwyl, yn aur a phorffor a fioled a llwyd a glas, fel petai haul arall, newydd yn goleuo'r byd yn hollol, hollol siarp. Siarp? Gan milltir i ffwrdd, gofynnodd menyw ddall: 'Beth yw'r golau cryf 'na?' Siarp a chryf.

Ond i Trace, nid y golau, na hyd yn oed y pŵer oedd y peth mwya diddorol am yr hanes, ond yn hytrach y belen fwg, siâp madarchen a gododd yn araf dros wacter y tirlun. Roedd e wedi gweld sawl math o fwg, a sawl siâp ar gymylau, ond dim byd fel y lluniau du a gwyn oedd wedi eu gludo yn y llyfr â Selotep. Syfrdan o gwmwl. Siâp diwedd y byd. Roedd Trace, er ei fod yn anghrediniwr, yn gweddïo'n daer na fyddai'n gweld cwmwl fel hwn yn codi dros y tir. Y cwmwl olaf un.

Dododd Trace y ffeil yn ôl yn ei lle'n bwyllog. Roedd y digwyddiad yma, y diwrnod hanesyddol hwn yn yr anialwch, yn rhy fawr i'w brosesu. Un dydd o Orffennaf. Dydd y Farn. Roedd yn ddigon i wneud iddo ddechrau meddwl am feidroldeb, ac am ei bresenoldeb pitw ar y ddaear hon. Efe, Trace, y pryfedyn. Smotyn bach o bryfedyn yn glynu'n sblat ar ffenest car Duw, wrth iddo yntau yrru'r cerbyd tuag ebargofiant, ei wallt ar dân a'i wên yn ddiysgog.

Roedd y ddelwedd hon yn dal yn ei feddwl rai dyddiau'n ddiweddarach tra oedd yn sipian ei goffi un bore. Yn sydyn, trawodd yr haul y mynyddoedd yn un gorfoledd o oleuni. Am eiliad, deallodd Trace sut deimlad oedd creu'r byd, er nad oedd yn berson duwiol, nac yn credu yn Nuw, nac unrhyw dduw oedd wedi chwifio'i ddwylo neu chwythu anadl a chreu'r holl brydferthwch cymhleth yma. Ond, ambell waith, mae perffeithrwydd natur yn drech nag unrhyw anghrediniaeth, ac mae'r cwthwm yma o olau, sy'n gwneud i gopaon y mynyddoedd neidio allan a throi'n fyw, yn ddigwyddiad o'r fath. Nid golygfa, ond syfrdandod.

Tymor y tanau

WRTH I'R TYMOR fynd yn ei flaen, mae lefel y perygl tân yn codi, a'r arwyddion ar ochr yr heolydd yn cadarnhau hynny. Mae 'Fire Danger: Moderate' yn troi'n 'Fire Danger: Extreme'. Yn y bore, bydd y rhagolygon tân yn dod trwodd ar y radio, ac mae barddoniaeth yn perthyn i'r mantra o ffeithiau am wasgedd, lleithder, gwyntoedd cario, gwyntoedd sych, mynegai Haines, lefel gweithgaredd mellt. Yr un olaf yw'r un pwysica, wrth i'r ffigwr godi'n raddol, a 'lefel un' yn golygu dim mellt a phedwar yn gyfystyr â gweiddi 'Mae sioe tân gwyllt ar ei ffordd!' A bydd y dyn sy'n adrodd y ffigyrau ar y radio yn siarad mor stiff nes nad yw ei lais yn cynnig cwmni i neb, dim mwy nag y byddai rhannu sgwrs â robot.

Mae'r rhan fwyaf o danau'n cael eu henwi ar ôl y lle maen nhw wedi ei ddifetha, felly fe gofir am dân Coldwater, a ddilynodd Coldwater Creek, neu Black Rock, a drodd yr ardal hon o dir folcanig, caregog, hyd yn oed yn dduach. Ond fe ddylai'r tanau gael eu bedyddio ag enwau pobl, fel yn achos corwyntoedd, oherwydd pobl, a phobl esgeulus, a bod yn fanwl gywir, sy'n eu dechrau nhw.

Y flwyddyn cyn i Trace ddechrau gweithio lan fan hyn, cafwyd y tân gwaethaf ers dros hanner canrif. Bwystfil rheibus heb os oedd tân y Cerro Grande, a ddechreuwyd â chaniatâd yr awdurdodau, a'r penaethiaid, dros eu mapiau, yn dweud y gallai dyfu'n rhydd o fewn rheswm. Ond neidiodd dros ffiniau rheswm, ac ochrau'r mapiau, a llosgi'n wyllt am fis, gan ddifetha cartrefi tri chant o deuluoedd, dinistrio Labordy Los Alamos, a chreu difrod gwerth biliynau o ddoleri, a hynny ar ben troi cynefin y dylluan fach smotiog yn farw-dir llawn cols, a'r dylluan fach yn ei chael hi'n ddigon anodd oherwydd diflaniad ei chynefin yn ogystal â'r tân carlamus.

Felly dylai tân cynta'r tymor hwn gael ei enwi ar ôl Jim, sef Jim Nacine, y gyrrwr lorri o Albuquerque sy newydd luchio sigarét drwy ffenest y tryc, er gwaetha'r arwyddion sy'n dweud yn glir: 'Fire Danger: High'. Efallai fod Jim yn anllythrennog. Efallai ei fod yn ffŵl. Byddai ei wraig, Marlene, yn cytuno â'r ail osodiad am ei fod e'n ffŵl, ac yn gyrru'n ddi-hid, ac yn derbyn pob awr ychwanegol o ddreifio mae ei fòs yn ei chynnig iddo nes ei fod yn cwympo i gysgu wrth y llyw yn aml.

Nid yw'r sigarét yn tanio'n syth. Na, mae'r hanner Winston sy, ar hyn o bryd, yn dal yn wlyb â phoer Jim, yn gorwedd yno'n mudlosgi am ychydig, fel petai gwefusau tew Jim yn dal yn sownd ynddi, ac mae gwres coch blaen y sigarét yn hamddena ac yn mwynhau teimlad y ddau laswelltyn sy'n ei gyffwrdd yn dyner, a'r tuswau eraill o wair sy'n ddigon agos ato i deimlo'r gwres, ac yna'n dechrau llosgi.

Fyddai hynny ynddo'i hunan ddim wedi bod yn ddigon i roi'r goedwig ar dân, ond mae 'na awel fach dyner yn chwythu, a nawr mae'r ocsigen a'r gwynt yn anwesu'r fflamau, nes bod ychydig bach o graclo a sŵn crensian a thafodau bychain, oren yn dechrau chwilio am rywbeth llosgadwy i'w flasu ac yna ei fwyta. Cyn hir mae 'na rubanau bach melyn ac oren yn dechrau archwilio'r prysgwydd a'r brwgaets, yn chwilio am faeth i deithio'n bellach a thyfu'n gryfach wrth iddynt wneud.

Mae 'na rywbeth rhywiol ynghylch hyn, y ffordd ddengar

mae'r fflamau'n dangos eu hunain, signalau coch a lliw mandarin, a pha mor rhwydd mae'r brigau bach a'r glaswellt sych yn ymateb i'w hystumiau llithiog.

O, mae'r tân yn cydio nawr, ac yn dechrau neidio dros rychau yn y tir, ac yn dechrau anwesu pethau mwy, cofleidio ambell foncyff sy ar lawr, gan weld a hoffent ymuno yn y dinistr, sy'n addo tyfu'n wyllt, a llyncu erwau.

Mae haid o famaliaid bychain ar ffo eisoes, yn mynd nerth eu coesau bach rhag y mwg a'r tân, ac mae'r adar yn gadael y canghennau'n un ffwdan wyllt, gan grawcian eu larwm, a hwnnw'n atseinio drwy'r ceunentydd.

A nawr mae'r mwg yn dechrau cronni a lledaenu niwl i guddio'r difrod, a chyn hir mae'n dechrau codi fry uwchben, fel esboniad ffals o'r ffordd mae cymylau'n cael eu geni. Ac mae 'na wres aruthrol erbyn hyn, y math o beth all droi anifail bach, ffoadur mewn cot ffwr, yn ddarn bach o dost.

Trachwant! Mae tân Jim yn dechrau mwynhau ymledu ac archwilio, er nad oes gan Jim ei hun ddim syniad ei fod yn llosgwr, ac y bydd y tân yn costio miloedd o bunnoedd i'r llywodraeth gan nad yw anfon hofrenydd yn beth rhad. Ydy, mae Mr Difrod, sy'n gwybod dim am y llanast mae e wedi ei achosi, yn gyrru adref, yn gwrando ar ganeuon Hank Williams ac yn ymuno ym mhob cytgan am fywydau wedi mynd ar chwâl.

Erbyn i Trace weld y mwg, mae'r tân wedi bod yn llosgi am awr neu fwy, ac wedi meddiannu erwau ar hyd ymylon y banciau coed, ac ambell foncyff tenau ar lawr yn dechrau craclo cyn mynd ar dân. Nid yw Trace yn panicio o gwbl, oherwydd mae'n gwybod y dril, a'r peth cyntaf mae'n ei wneud yw amcangyfrif union leoliad y tân, fel y gall e rannu'r wybodaeth ar y radio. Y ffordd orau i ddod o hyd i ganolbwynt tân yw gweithio ar driongl o leoliadau, a rhoi X ddychmygol yn y canol, ac er mwyn gwneud hyn, mae Trace yn estyn am asimwth a phentwr o fapiau sy wedi eu melynu gan oed.

Dyn o'r enw Harry Statton oedd ar ben arall y llinell gymorth 24/7 yn *dispatch* pan ffoniodd Trace, a'r ddau yn gwybod taw'r peth pwysig nawr oedd cytuno ar wybodaeth glir. Esboniodd Trace fod y gwynt a'r tân yn mynd i gyfeiriad Hope, un o'r ychydig drefi bychain yn y cyffiniau, ond byddai rhai oriau cyn bod unrhyw fygythiad difrifol oherwydd y gwlybaniaeth. Beth oedd rhwng y tân a Hope? Dau wersyll o gabanau gwyliau, llefydd moethus i helwyr o Efrog Newydd a Chicago dreulio penwythnosau'n lladd anifeiliaid, felly penderfynwyd y byddai un neu ddau aelod o'r criw neidwyr tân yn mynd i'w rhybuddio nhw tra oedd y lleill yn taclo'r tân.

Ar ôl iddo siarad â Harry, aeth Trace i wneud coffi, gan nad oedd dim byd arall y gallai ei wneud nawr, dim ond cadw golwg ar y mwg ac aros i weld yr awyren yn dod i mewn â'i chargo o ddynion dewr. Mae'n yfed yn araf, yn mwynhau sawr y coffi chwerw, a'r teimlad ei fod wedi gwneud bore da o waith – sef achub tre fechan, fwy na heb.

Ymhen llai nag awr, mae'r awyren gyntaf yn ymddangos dros gopaon y mynyddoedd. Mae'n troelli yn yr awyr, mor araf â phosib er mwyn caniatáu asesiad llawn, i geisio gweld ai mellt neu ddifaterwch dyn sy wedi achosi'r fflamau yn y lle cyntaf, ac mae lot yn dibynnu ar y penderfyniad. Os taw mellt sydd wedi dechrau'r goelcerth, yna gall bòs Trace benderfynu a yw am ddiffodd y tân yn llwyr neu ei gadw o fewn un darn o dir – aberth, os mynnwch chi – neu, ar y llaw arall, aros am ychydig, gan fonitro'n gyson, er mwyn gweld beth fydd y tân yn ei wneud. Neu fe all benderfynu y caiff y tân penodol hwn losgi'n rhydd ac yn naturiol, yn yr un ffordd ag y mae tanau wedi ei wneud dros ganrifoedd. Wedi'r cwbl, meddylia Trace, nid yw dyn a'i drugareddau'n rhan o batrwm natur, ac yn sicr nid yw'r gwartheg sy'n pori yn y fforestydd yma'n rhai cynhenid. Ond mae ranshwyr yn bwerus yn Washington DC, ac mae arian mawr yn y maes, ac mae America'n hoff o bobl sy'n gwneud arian dychrynllyd, ta beth yw'r gost amgylcheddol.

Mae'r awyren arsyllu ac asesu'n gadael nawr, oherwydd un penderfyniad sy'n bosib os taw dyn sy wedi dechrau'r tân. Mae'n rhaid ei ddiffodd, oherwydd mae tanau o'r fath yn gwbl annaturiol. Ond gallant fod yn drech na dyn, wrth gwrs, rhai mor bwerus a newynog a dieflig nes eu bod yn llosgi'n rhydd er gwaethaf pob ymdrech, a dim ond glaw all roi pall ar eu siwrne.

Os yw'r amgylchiadau'n iawn – wythnosau sych yng nghanol haf, gwyntoedd cryfion i wyntyllu fflam a braidd dim lleithder – yna gwae chi, ymladdwyr tân! Bydd y bwystfil yn rhuo ac yn crafangu'r pridd ac yn neidio'n hawdd ar draws y ceunentydd ac yn chwerthin am ben eich teganau bach, yr awyrennau'n arllwys biswail, y dynion manig yn torri coed er mwyn arbed y rhai sy'n weddill, yn ceisio dyfalu beth fydd y tân yn ei wneud nesaf, yn cystadlu â'r fflamau, yn cynllwynio yn erbyn y dynion mewn mygydau o huddygl, eu llygaid yn wynnach na gwyn oherwydd y masgiau duon maen nhw'n eu gwisgo.

Dair awr ar ôl galw'r tân i mewn, gwelodd Trace awyren arall yn dod o'r de-orllewin, ac yna gwelodd ddau ddyn yn parasiwtio allan rhwng y tân a Hope. Roedd y trigolion eisoes wedi derbyn rhybuddion am lwybr posib y dinistr, ac wedi gwneud eu paratoadau – rhai wedi gadael, rhai wedi gweddïo, rhai wedi profi eu styfnigrwydd drwy eistedd i lawr a'u bwcedi dŵr ar lawr y stafell fyw. Yn barod am eu hymwelydd marwol.

Operation Chindit fyddai enw'r ymgyrch hwn. Yn dechrau nawr! Yn gyntaf, taflodd un o'r criw rubanau papur lliwgar allan i'r awyr i fesur y gwynt a dewis y cyfeiriad iawn i hedfan i ryddhau ei gargo dynol. Cariai pob un barsel bach o dywod, eu lliwiau pinc a melyn yn dod â thinc o garnifal, fel petaent yn hedfan mewn rhyw fath o stynt, a'r rhubanau a aeth ynghlwm wrth frigau uchaf y coed yn debyg iawn i benynau i ddathlu dyfodiad y dynion dewr. Roedd y peilot yn ceisio dod o hyd i wyntoedd tawel – dim byd digon pwerus i anfon dyn yn bell o'r cyfeiriad y dymunai ei ddilyn wrth gwympo.

Edrychodd Trace ar hyn oll drwy bâr o finocwlars cryf. Yna daeth y gawod llawn dynion, petalau blodau sidan yn glanio bron yng nghanol y mwg. Rhyfeddai at allu'r peilotiaid, yn enwedig yng nghanol y mynyddoedd, a'u sgiliau digamsyniol wedi arbed sawl bywyd, heb os.

Gwelodd Trace un ar ddeg parasiwt yn disgyn yn dawel, megis yn hamddena yn yr awyr uwchben y creigiau a chludo'r dynion i lawr yn y ffordd fwyaf gosgeiddig, fel hadau dant y llew, i ganol coed locwst a choed gambel. I ganol yr infferno, oherwydd roedd y gwynt wedi codi bellach, ac yn rhuo ar hyd y gwlis, ac yn chwipio'r tân yn ei flaen, y chwip syrcas yn cracio a chyflymu, a'r tân yn ymateb, y tafodau'n troi'n furiau oren, ond muriau symudol oedden nhw, yn mynnu eu tanwydd, yn mynnu cael eu bwydo.

Ond o bell, yr unig beth roedd Trace yn medru ei weld oedd y parasiwt olaf o offer a nwyddau yn glanio'n rhywle'r tu ôl i'r dynion. Trodd at y radio i weld a allai glustfeinio ar ddeialog y dynion ar y ddaear a'r dynion yn *dispatch*. Ar yr hyn oedd gan ei gyfeillion yn y tyrau arsyllu eraill – Dan yn Cherry Mountain, oedd ag atal dweud, McNaughton uwchben South Fork, oedd ddim yn dweud gair mwy nag oedd raid.

Operation Chindit Ground Level: Commenced! Roedd y dynion ar y ddaear yn dymchwel coed a thorri rhychau yn y pridd i ddargyfeirio'r tân, gan gloddio'n ddigon pell i lawr yn y pridd fel nad oedd dim ar ôl yn y ffos bridd a allai losgi. Pe gallent gadw'r tân o fewn llinellau fel y rhain, byddai'n llwgu yn y pen draw. Yn y pellter, roedd ambell bentwr o foncyffion yn llosgi'n llusernau, fel darnau magnesiwm yn ffrwydro. Uwch eu pennau, roedd awyren yn cylchu'n araf, yn cadw golwg ar lwybr a chryfder y tân, oedd yn craclo mlaen, yn mynnu mynd.

Roedd sawl tân yn yr ardal bellach, a phob un yn hawlio sylw. Rhyfedd sut maen nhw'n cadw oriau swyddfa, y tanau 'ma. Ond mae tanau gwylltion yn meddwl y byd o ddau ffactor, sef awyr gynnes a diffyg lleithder, ac mae'r ddau ar eu gorau rhwng deg y bore a phedwar y prynhawn. Felly, mae'r gwylwyr yn gwybod, pan maen nhw'n gorffen eu gwaith am chwech, eu bod nhw wedi gweld bron unrhyw dân sy'n mynd i ymddangos.

Nid yw tân yn dechrau gyda na fflach na bang, na chyda thafodau ugain troedfedd o uchder ar dir agored nac ar frig coeden: na, yn hytrach bydd tân yn nadreddu, yn sleifio, yn codi gwres a chodi stêm yn raddol fach, nes bod tendriliau bychain yn cyrlio lan i'r awyr, arwyddion slei, diffwdan.

Efallai, wedyn, y bydd 'na bwff o fwg yn hawlio sylw'r dyn yn y tŵr arsyllu. 'Sdim rhyfedd fod tân yn medru tyfu'n rhodresgar a haerllug o ddim ond un chwa dda o awyr iach, oherwydd pan mae'n mynd, yn carlamu dros y coedlannau, yn eu llyncu nhw'n un llwyth o danwydd ffres, neu pan mae'n gwneud i ddynion ffoi, y dynion pitw â'u tŵls a'u taclau bach pathetig, yna mae'r tân yn rhuo'n ddewr fel llew, yn carthu ei lwnc ac yn gwneud i'r mynyddoedd mawrion eu hunain grynu.

Oes, mae 'na ambell dân sy'n llarpio'r coed mor ffyrnig nes bod y swyddogion tân yn gorfod cadw draw am sbel. Oherwydd mae'r tân yn amlwg am deyrnasu, ac wedi cael maeth da ymhlith y brigau a'r boncyffion, felly gwell o lawer yw gadael iddo fynd ei ffordd ddihafal, ddinistriol ei hun, a chadw llygad barcud ar ei lwybr du. Ac o, yn sgil y dinistr, bydd rhai rhywogaethau'n gorfoleddu, y coed aethnen ifanc yn saethu i fyny yn y gwanwyn, yn tyfu fel bambŵ ar y tiroedd duon. A bydd yr awel dyner yn dod i fusnesa yn eu canghennau ifanc. Adfywiad! Gwyrddni! Gobaith!

Bydd rhai tanau, felly, yn cael llosgi â sêl bendith swyddogol nes eu bod yn llosgi allan, tra bo eraill – rhai sy'n peryglu eiddo neu rai o'r afonydd bach lle mae pysgod prin y mynydd-dir hwn yn byw – yn gorfod cael eu diffodd gynted â phosib. Mae'n rheol statudol y dylid achub mathau penodol o fywyd gwyllt.

Mae Trace wedi gweld pethau rhyfedd yn digwydd yn enw cadwraeth yn ystod y tanau yma. Un tro, anfonwyd tîm o'r Asiantaeth Helgig a Physgod i bensyfrdanu pob pysgodyn mewn nant â sioc drydanol, ac yna eu cludo nhw oddi yno mewn tanciau mawr er mwyn iddynt fod o ffordd y llwch a'r llosgi. Ond nid yw natur mor lwcus bob tro …

Tân yn y bryniau

ERBYN HYN ROEDD dynion Uned 19, y 'Backdraft Boys' fel y'u gelwid, wedi penderfynu torri cwys yn llwybr y tân, a dechreuodd rhai ohonynt glirio'r tyfiant tra oedd y lleill yn parhau i geisio darogan cwrs y dinistr. Roedd y fflach-dân yn llyncu'n gyflym nawr, yn traflyncu popeth yn ei ffordd, a'r gwres yn ddidrugaredd, hyd yn oed fil o droedfeddi i ffwrdd.

Roedd y rhan fwyaf o'r dynion yn gwisgo offer anadlu, ar wahân i Big Chief McGarrigle, oedd yn ei weld ei hunan yn anfarwol, ac yn strytian ar hyd y lle fel ceiliog, heb na masg nac ofn, yn wahanol iawn i'r swyddogion eraill, oedd yn dilyn y rheolau i'r llythyren. Ond ddim Big Chief, oedd yn gwisgo bandana gwlyb am ei geg, a dim mwy o offer diogelwch na hynny. Roedd e'n mynnu wrth unrhyw un oedd yn fodlon gwrando – a sawl un nad oedd – taw profiad oedd yr arf gorau, a byddai'n atgoffa pawb sut roedd e wedi ymladd dros gant o danau mawr mewn dwsin o daleithiau, yn cynnwys y Bitterroot Firestorm yn Montana, pan oedd y fflamau mor ddwys nes bod gwifrennau teligraff wedi toddi, a dau gant o gartrefi wedi troi'n ulw cyn i Big Chief ddod i achub y dydd, a naw tref yn y fargen.

Mae Big Chief yn ei fodelu ei hun ar John Wayne, yn ei weld ei hun fel cowboi arwrol, sy wastad yn marchogaeth ei geffyl ffroenuchel i ganol y machlud ar ddiwedd y ffilm. Ac yn wir, yn Orange County, lle mae'n byw pan nad yw'n crwydro yma a thraw yn tawelu tanau, mae ganddo geffyl, palomino gyda'r goreuon.

Yng nghanol Operation Chindit, daeth llais cras drwy radio Big Chief yn ei rybuddio bod y gwynt wedi newid cyfeiriad a bod siawns y gallai'r dynion yn Uned 19 gael eu hamgylchynu gan fflamau'n dod o'r de. Hwn oedd y perygl mwyaf, ac roedd hyd yn oed Big Chief yn gorfod rhoi diogelwch o flaen arwriaeth, a gorchmynnodd i'r uned gerdded yn syth yn eu blaenau. Edrychodd y Chief ar y map a gweld bod modd iddynt ddefnyddio'r trac llydan oedd yn arwain tuag at Lookout Watchman, un o'r rhai uchaf yn y Gila, a defnyddio hwnnw fel atalfa rhyngddynt a'r tân.

Ond roedd y tân nawr wedi troi'n sioe tân gwyllt afreolus, a rocedi'n saethu'n annisgwyl ac ar hap i fyny o foncyffion ffrwydrol, a chanhwyllau Rhufeinig yn taflu sbarcs i'r awyr, ffaglau'n torri drwy'r topiau, a semaffor melyngoch yn saethu drwy ganopi'r dail. Craclodd y brwgaets fel clecars dathliadau'r Flwyddyn Newydd yn Chinatown, ac roedd sêr tebyg i ddarnau bach o ffosfforws yn llosgi'n ulw wrth i ganghennau mawr gyrraedd y pwynt lle nad oedd mudlosgi'n bosib mwyach. Mewn ambell le, roedd coed hynafol yn wenfflam, y sudd yn eu hen wythiennau'n troi'n ager, a'r plisg yn pilo, gan ddinoethi'r pren yn y canol, a'r ager yn cymysgu â'r mwg ac yn dawnsio'n un ddawns urddasol, gan greu ffantasmagoria o siapiau wrth iddynt gyrlio a chwyrlïo, nadreddu a meddiannu'r tir neb rhwng coeden a choeden. Trodd plisg cnau ar lawr yn shrapnel wrth iddynt ffrwydro.

Roedd y mwg yn drwchus nawr, ac yn hongian yn drwm iawn mewn mannau, carped o niwl gwyn, gwenwynig yn setlo ar lawr y goedwig, yn llenwi'r awyr ac yn bygwth mygu'r dynion, a'r rheiny'n cerdded yn gyflym allan o ffordd y mur oren, nes iddynt drotian, bron, a rhai yn baglu dros frigau oedd yn gorwedd ar y llwybr, ac eraill yn methu gweld y rhwystrau yn y ffordd, oherwydd y masgiau a'r mwg.

Tra oedd y frwydr rhwng dyn ac elfen yn dwysáu, roedd Trace yn ceisio dyfalu beth roedd y tân yn mynd i'w wneud nesaf. Ambell waith, dychmygai ei hun ymhlith y dynion i lawr ar y ddaear, y testosteron yn pwmpio'n wyllt drwy ei wythiennau, y frawdoliaeth o ddynion caled a digyfaddawd wedi tyfu'n dynnach ac yn fwy cyd-ddibynnol ar ôl bod drwy gymaint gyda'i gilydd. Ond yna byddai'n cofio nad oedd yn ddyn dewr, ond yn hytrach yn un da am synfyfyrio, a chadw golwg ar y tirlun.

Roedd Trace yn wahanol i'r *action men* yma: gwyddai hynny ym mêr ei esgyrn. Ond wedyn, llong i longwr a melin i felinydd. Roedd Trace yn dda am arsyllu a gwylio. Nid pawb fyddai ag amynedd i eistedd am oriau'n edrych ar ddiwrnod hir, araf arall heb dân yn y dail.

Yna daeth neges dros y radio a newid pob peth. Roedd y tân wedi newid cyfeiriad eto, ac roedd yn symud tuag at y tŵr. Cynigiodd Big Chief y gallai'r hofrenydd ddod i'w nôl, ond dyma Trace yn rhestru'r opsiynau eraill oedd ganddo, gan ddweud y byddai'n ocê. Rhoddodd Big Chief un neges gryno a chlir iddo, felly: diogelwch oedd y peth pwysicaf.

'Mi fydda i'n ocê, peidiwch â phoeni,' meddai Trace, y poer yn ei geg yn sychu gan ofn. Ocê? Byddai'n ocê petai'r tân yn newid cyfeiriad eto, neu petai e'n dewis mynd i un o'r ardaloedd diogelwch roedd e wedi gorfod eu hadnabod a'u rhestru yn y llyfr lòg – i ganol y ddôl, dyweder, lle roedd y gwair yn rhy isel a thenau i fod o werth fel bwyd i'r fflamau, neu roedd 'na gae lle'r oedd y ceirw wedi naddu'r tyfiant mor foel nes ei fod yn edrych fel bwrdd biliards. Neu gallai gael lloches yng nghanol y stesion ddŵr, lle gallai eistedd ac aros am awr neu ddwy nes bod y tân o'i gwmpas wedi mynd.

Cododd ychydig o banig ym mrest Trace wrth iddo weld y tân yn dechrau dringo'r llethrau, a'r dynion yn y coed yr ochr draw yn symud fel ellyllon. Am eiliad, ystyriodd aros yn y tŵr, lle byddai'n saff oni bai fod rhai o'r coed cyfagos yn fflamio, a'i droi'n ddim mwy na ffowlyn mewn ffwrn, y caban dur yn arch iddo.

Iesu! Roedd brigau'r coed ganllath a hanner o'i flaen wedi dechrau llosgi, a'r dynion wedi cwympo 'nôl allan o'r ffordd, gan adael Trace ar ei ben ei hun yn y ffordd fwyaf dwys ar wyneb daear. Penderfynodd fynd i ganol y dŵr: roedd ganddo ffydd mewn un elfen i'w gadw'n ddiogel rhag rhuthr a gwres un arall. Roedd yn hawdd iddo feddwl fel hyn, ac yntau'n byw bywyd yn llawn ofn dirfodol: dyn ydoedd, mewn lle enfawr, yn ymwybodol o dreigl amser a daeareg, a pha mor bitw yw dyn yn y darlun mawr, fel baw cleren ar ffenest car, dim mwy na hynny.

Dringodd Trace i lawr y pum gris metal i mewn i'r bocs oer. Rhagflas o'i farwolaeth. Pan gaeodd y clawr haearn trwm, trodd y lle'n sarcoffagws. Dychmygodd y tân yn estyn bysedd poethion i chwilio am ffordd i mewn, i roi ei wallt ar dân, i draflyncu ei groen. Eisteddodd yno am chwe awr nes bod y tân wedi hen adael y lle. I'w gysuro'i hun, meddyliodd am y dyddiau da, y gadwyn ohonynt ers iddo symud yma …

Ambell ddiwrnod, mae'r olygfa bron â bod yn drech nag e. Pan mae'n sylweddoli ei fod yn medru gweld yn glir am gan milltir a hanner. Neu taw'r sglein o oleuni yna yn y pellter yw dyffryn y Rio Grande, sy'n saff yng nghawell y tir, a'r tir hwnnw'n foel a diaddurn, yn llawn tyfiannau coed creosot, ac yn llawn rhywogaethau pigog a draenllyd, yr unig bethau sy'n medru gwrthsefyll lle mor anial. Drwy syllu a syllu a syllu am ddeg awr y dydd, gall deimlo'i hunaniaeth yn ei adael e, fel anadl olaf dyn sy'n marw, yn cyfuno â'r lle godidog hwn sydd o'i amgylch, tir gwyllt sy'n ei amsugno a'i anwesu fel ei fod yn gymaint rhan o'r lle nes ei fod *yn troi i mewn i'r lle.* Dangoswch i mi ei dirlun, a dangosaf i chwi'r dyn, ys dywed yr athronydd.

A thrwy feddwl am bethau felly, llwyddodd Trace i eistedd yn dawel mewn pydew metal o ddŵr ar ochr bryn, yn gwrando ar y tân yn sisial heibio uwch ei ben. Byddai'n ddigon i droi dyn yn Gristion.

Chillax

ER EI FOD yn mwynhau ei wythnosau, roedd Trace yn mwynhau ei benwythnosau i ffwrdd o'r mynydd er gwaetha'r ffaith ei fod yn ei chael yn anodd siarad â phobl i ddechrau. Roedd e'n ffafrio un bar arbennig, ac yn mwynhau eistedd ar stôl yno'n edrych ar y byd yn cael ei adlewyrchu yn y drych enfawr y tu ôl i'w amddiffynwyr, Lawrence a Magnificent Pete, perchnogion y bar (enw nad oedd yn cynnwys yr un ansoddair. Ei enw cyntaf oedd Magnificent, a'i gyfenw oedd Pete. Jocars oedd ei rieni).

Byddai Lawrence a Magnificent wastad yn ei gyfarch yn dwymgalon, gan edmygu dyn oedd yn medru treulio cymaint o amser ar ei ben ei hun, ac yn aml yn rhoi drinc cynta'r noson iddo am ddim. A byddai Trace yn hapus i eistedd yno, a neb yn siarad ag e, yn gwrando ar y casgliad perffaith o fiwsig ar y jiwcbocs … Lucinda Williams, y rhyfeddol Glen Campbell, Wilko Johnson, Dolly Parton a Garth Brooks. Nid taw dim ond canu gwlad oedd ar y peiriant, ond ar ddechrau'r noson, cyn i bethau boethi, a chyn i bobl ddechrau dawnsio a dewis pethau eraill – Prince, James Brown, Aretha – byddai'r miwsig yn cael ei ddewis gan yr hen gowbois oedd yn edrych ar y byd drwy lygaid *bourbon*, yn hen ac yn ddyfrllyd. Byddai un yn clicio'i fysedd oedd wedi gwywo'n ddi-siâp oherwydd y cryd cymalau, yn union fel tase fe'n chwarae castanéts, ac roedd e wrth ei fodd yn cydganu â Dolly, ei lais yn gryg o smocio Winstons, ei ffrindiau'n syllu arno'n fud.

Roedd yn hwyr un nos Wener pan gerddodd dyn tal

iawn i mewn a setlo yn y gadair nesa at Trace, gan ofyn iddo a oedd yn iawn iddo eistedd yno. Erbyn hyn, roedd Trace wedi cael mwy nag un *margarita* mawr – a Lawrence y barman yn bencampwr ar gymysgu rhai cryf a blasus, â digon o sudd leim ffres a halen wedi ei gasglu yn yr anialwch ar ddiwedd yr unig ddiwrnod o law roedden nhw wedi ei gael yn y parthau hynny. Daeth y glaw fel gwyrth – cyrten gwlyb ar draws y dyffrynnoedd.

Cyflwynodd y dyn ei hun i Trace. John Self. Trace. Ysgydwodd y ddau ddwylo'i gilydd a chanolbwyntiodd John ar ei ddrinc, un nad oedd Trace wedi ei weld o'r blaen. Pan holodd, dywedodd John wrtho mai Fernet Branca ydoedd, ac mai dyma'i hoff ddiod oherwydd bod ei dad yn dod o'r Eidal, ac roedd yn ffordd o gadw cof ei dad yn fyw iddo, gyda phob sip. Daeth Magnificent draw i ofyn a oedden nhw eisiau diod arall, a chyn hir roedd 'na sgwrs gyfoethog yn llifo'n ôl a mlaen rhwng y ddau.

'O ble rwyt ti'n dod?' gofynnodd Trace i John ymhen hir a hwyr.

'Missoula,' atebodd John, gan lyfu ffroth cwrw oddi ar ei fwtsásh. Er bod pobl eraill yn symud ymlaen oddi wrth gwrw i yfed gwirodydd, roedd John yn hoffi mynd y ffordd arall. Nid hon oedd ei unig nodwedd rebelgar. Credai John fod rheolau yno i'w torri, a taw'r peth dewraf y gall dyn ei wneud yw torri ei gŵys ei hun, sefyll ar wahân i'r pac dynol. Dyna pam roedd John yn byw mewn byd heb newyddion, byth yn darllen papur na gwylio'r teledu, oherwydd gallai weld pobl yn colli oriau, dyddiau, wythnosau, yn gwneud y pethau diwerth hyn. Gwell ganddo ddarllen, a darllen llyfrau da, yn enwedig athroniaeth a llyfrau am ddaeareg.

'Dwi wedi clywed am Missoula,' meddai Trace, gan egluro nad oedd e wedi teithio'n bellach i'r gogledd nag Oklahoma City, ond roedd e wedi clywed bod y mynydd-dir yn Montana'n arbennig iawn. A bod 'na lawer o eirth yno.

'O, mae 'da ni fynyddoedd godidog, oes … pum cadwyn ohonyn nhw, i gyd yn cwrdd yn Missoula – y Bitterroots, y Sapphire Range, y Garnet Range, y Rattlesnake Mountains a'r Reservation Divide. Â chymaint o fynydd-dir a choedwigaeth drwchus, 'sdim rhyfedd bod 'na gymaint o eirth, a phob math o anifeiliaid eraill. Mae'n union fel byw mewn sw awyr agored.' Yfodd John hanner peint da mewn un dracht cyn mynd yn ei flaen.

'Maen nhw'n amcangyfrif bod wyth arth i bob person yn y mynyddoedd 'na. Ewch chi i gerdded mewn rhai siroedd yn Montana, fel Beaverhead, Silver Bow a Gallatin, ac mae'n well i chi gario *pepper spray* rhag ofn i un ddod yn rhy agos. Sgwyrtiwch e yn ei wyneb e, os oes 'da chi amser i wneud. Maen nhw'n symud yn gynt nag y'ch chi'n ei ddisgwyl. Maen nhw'n bethau pwerus, credwch chi fi, yn medru agor car fel tun o samwn gyda'u crafangau. Dwi wedi gweld ambell un tipyn o seis, yn dalach na fi pan mae'n sefyll ar ei draed ôl.'

'Ry'ch chi wedi gweld *grizzlies*? Yn agos?' holodd Trace, a thinc o anghrediniaeth yn ei lais. Doedd e ddim yn gwybod pam – efallai am ei fod yn credu bod eirth yn swil. Nid oedd Trace yn gwybod bod poblogaethau'r *grizzlies* wedi tyfu'n sylweddol yn y blynyddoedd diwethaf, a'u bod nhw'n bell o fod yn swil. I'r gwrthwyneb – roedd yr eirth mawr wedi adennill eu cadarnleoedd, ac yn lledaenu i fyw mewn llefydd lle nad oeddent wedi bod ers canrif neu fwy. Ambell un yn mentro i ganol dinas, hyd yn oed, gan godi ofn pur ar y trigolion.

I brofi'r pwynt agorodd John ei grys, er mwyn dangos dau beth iddo. Mwclis o linyn coch oedd un, a dannedd eirth wedi eu trefnu'n dwt ar ei hyd. A'r llall oedd y creithiau mawr lle'r oedd pawen un arth ffyrnig wedi rhwygo rhychau o gnawd oddi ar y croen uwchben ei asennau.

'O'dd e'n fawr. Ac roedd 'na fawredd yn ei lygaid. Ie, mawredd.'

'Beth ddigwyddodd? I'r arth? I chi?'

'Roedd hi'n tywyllu, ac ro'n ni wedi bod yn hela ceirw. Nawr, maen nhw'n dweud os oes angen i chi storio corff anifail ry'ch chi wedi'i ladd, mae'n rhaid gwneud hynny o leia bymtheg troedfedd uwchben y ddaear, a heb unrhyw ffordd i arth ddringo i fyny at y cig. Dylsen ni fod yn gwybod yn well – roedd pob un ohonon ni wedi bod yn hela ers blynyddoedd maith, ond roedd hi wedi mynd yn hwyr, ac ro'n ni wedi cerdded am filltiroedd y diwrnod hwnnw.

'Roedd rhai ohonon ni wedi clywed sôn am y arth mawr 'ma oedd i'w weld yn y mynyddoedd o gwmpas Missoula. Gallech chi fynd i bron unrhyw far yn y ddinas a chwrdd â rhywun oedd wedi gweld yr anifail anferth yma, ac wrth iddynt ei ddisgrifio byddai eu llygaid wastad yn edrych i fyny, er mwyn pwysleisio taldra'r bwystfil. Ac ar lawr gwlad, roedden nhw wedi bathu enw ar ei gyfer – King Kong the Grizzly – ac roedd rhieni'n defnyddio'r enw i gael eu plant i fynd i'w gwlâu neu i godi braw ar gnafon bach oedd yn camfihafio.

'Roedd tri ohonon ni wedi dechrau cynnau tân yn y gwersyll tra oedd y boi arall 'ma, Scooter, wedi mynd i nôl iâ a chwrw ar gyfer y noson. Gyrrodd lawr i'r siop agosa –

tua deng munud o yrru yno a deg 'nôl. Yn y cyfamser, fuon ni'n trafod y posibilrwydd o baratoi corff yr hydd cyn bod Scooter yn dod 'nôl gyda'r Coronas, ond roedd Luther yn awyddus i gael tamaid bach o hamddena, *chillax* bach gydag ychydig bach o fwg drwg a Joni Mitchell yn chwarae ar y peiriant CD. Ro'n ni i gyd yn gwybod bod Luther wastad yn cario stwff da, *real good shit*, stwff i wneud i'ch corff fynd yn llipa ac i'ch meddwl fynd ar gefn comed i Alffa Centawri. Neu tu hwnt.

'Rholiodd Luther y sbliff yn dwt ac yn dynn, ei fysedd yn gweithio'n fecanyddol, ac wrth iddo lenwi'r tiwb bach gwyn â chanabis, bu'n olrhain hanes y meri-jên arbennig hwn. Menyw o'r enw Barbara oedd yn ei dyfu, rhywle lan ar bwys Bolder, Colorado. Ac er ei bod hi ddim ond wedi bod yn tyfu ac yn cynhyrchu am tua chwe mis, roedd y stwff yn chwedlonol yn barod, a phobl oedd yn nabod eu smôc yn dweud taw dyma'r *shit* gorau iddyn nhw ei smocio ers amser hir, hir.

'Ro'n ni wedi cael dau neu dri dôc sylweddol, a'n cyhyrau wedi troi'n wlân cotwm, a'n cyrff wedi eu nyddu o wawn, a sŵn y tryc yn crensial dros y graean fel trac sain ffilm – ffilm am griw o helwyr aeth allan o'u coeau bach ar ôl smocio sgync gafodd ei dyfu gan fenyw o'r enw Barbara lan yn Colorado. O'n i'n teimlo fel tase'r cyffuriau'n mynd i'n hala i goma, a bron i mi wrthod y smôc nesa wrth iddo ddod rownd – a Luther yn gwenu arna i fel y diafol ei hun – ond roedd trachwant yn drech na synnwyr, ac efallai 'mod i eisiau mynd i goma, efallai 'mod i eisiau'r ddihangfa rhag y byd mawr, creulon hwn. Felly cymerais i lond sgyfaint arall.

'Yna, daeth y waedd! "Arth!" A llais Scooter yn uwch nag

arfer oherwydd ei banig, ac yn sydyn roedd pob un ohonon ni ar ein traed, er ein bod ni eiliadau ynghynt yn ddim mwy na chyrff ar lawr. Yn y pellter, ar ymyl y maes parcio, lle'r o'n ni wedi gadael corff yr hydd, roedd arth, na, nid arth, ond King Kong, ie, King Kong ei hun, wedi llwyddo i ddefnyddio polyn golau cyfagos i dynnu ei hun yn ddigon uchel i fedru bwrw'r corff i'r llawr. Ond wrth iddo ddechrau gwledda, gyrrodd Scooter i mewn a sgipio allan o'r tryc i nôl y cwrw a'r iâ o'r cefn yn hollol ddi-hid. Heb sylweddoli ei fod wedi styrbio King Kong wrth ei swper …

'Cododd yr anifail ar ei goesau ôl, ac i'r pedwar ohonon ni, roedd yn edrych fel petai e'n dal i godi a chodi, gan daflu cysgod hir ar draws y maes parcio. Efallai taw ofn oedd ar fai, neu efallai cryfder y dôp, ond roedd Kong yn tyfu o'n blaenau i fod yr arth mwyaf yn y bydysawd i gyd. Deuddeg troedfedd o daldra, o leia! Ei grafangau'n edrych fel cleddyfau a'i lygaid yn llosgi'n ddu.

'Erbyn hyn roedd Scooter yn rhedeg tuag aton ni, a byddech chi wedi disgwyl i'r arth gadw draw. Ond nid arth cyffredin mo hwn, a'r peth nesa, roedd yr anifail yn dechrau cerdded tuag aton ni'n rhyfeddol o gyflym, ac yn edrych i bob pwrpas fel petai'n hela Scooter.

'"Scooter! Rheda'n gynt! Mae e tu ôl i ti!"' Esboniodd John wrth Trace fod 'na rywbeth doniol ynghylch yr olygfa (neu efallai fod effaith y cyffur yn brigo eto) wrth i'r dyn bach geisio ffoi. Nid bod Scooter mor fach â hynny, ond wrth i Kong bawennu ei ffordd tuag ato, gallai rhywun gredu bod Scooter yn mynd yn llai ac yn llai, ei gorff yn gorachaidd yn erbyn y cefndir ffwr y tu ôl iddo. Erbyn hyn, roedd yr arth o fewn deg llath i gyrraedd Scooter. Ar amrantiad, estynnodd

John i'w fag am *pepper spray*, gan wybod na fyddai Scooter yn medru delio 'da'r bwystfil tase fe'n ei ddal e. Roedd pawb ar wahân i John yn barod i'w heglu hi yr holl ffordd i Idaho os oedd rhaid, ond camodd John i lwybr yr arth, ac roedd yn gymaint o sioc iddo yntau ag oedd hi i'r arth, a safodd yn ei unfan a chodi ar ei goesau ôl, oedd fel boncyffion. Agorodd ei geg led y pen gan ddangos rhesi milwrol o ddannedd torri, ac yna rhuodd. Flynyddoedd yn ddiweddarach, byddai'r dynion yn dal i ddisgrifio sŵn y rhuo yna'n crynu drwy bob moleciwl yn eu cyrff, sŵn anifail oedd yn berchen ar y coedwigoedd a'r llynnoedd a'r eogiaid yn llif yr afonydd crisial. Gafaelodd John yn dynn yn y chwistrell, ei hysgwyd unwaith ac yna camu tuag at yr arth – ie, camu tuag at yr arth – cyn arllwys o leia chwarter y cynnwys i gyfeiriad ei lygaid. Rhoddodd hyn gyfle i'r dynion eraill garlamu am eu ceir a'u gynnau, ond ni symudodd John. Cythruddwyd yr arth gan y boen yn ei lygaid a'r dyn rhodresgar hwn oedd wedi beiddio'i herio. Taflodd ei bawen i gyfeiriad ei frest, gan rwygo rhychau mawr yn y croen a thaflu John i'r llawr.

Anelodd Luther ei wn at yr arth, gan ddewis y man reit rhwng y llygaid a thaniodd unwaith, â hyder yn ei allu, yn gwybod y byddai'r bwled yn taro'r marc. Cofiodd sut y trawodd y carw'r diwrnod cynt. Un ergyd, a chlec fel mellten. Un carw ar lawr. Cwympodd yr arth yn un pentwr blêr o ffwr, ei enaid arthaidd wedi gadael am y mynyddoedd, wrth i'w gorff, ag un ochenaid, ryddhau ei anadl olaf un. Wrth iddo orffen ei stori, cododd Trace ei wydr ac amneidio ar John i wneud yr un fath.

'Mae honna'n stori a hanner,' meddai Trace. 'Rwyt ti'n ddewrach dyn na minnau, mae hynny'n sicr.'

'Nid dewrder oedd e, ond angenrheidrwydd. Roedd angen rhoi digon o amser i fy ffrindiau ddianc, a doedd gen i ddim syniad a oedd gan yr un o'r lleill arf neu chwistrell yn eu pocedi. Felly doedd dim dewis 'da fi. Ond ti'n gwbod, pan welais i'r creadur 'na ar lawr, ei bŵer wedi mynd, teimlais fod rhywbeth wedi marw ynddo i hefyd. Hwn, yr arth hwn, oedd ysbryd y llefydd uchel ac roedd ei lais fel llais y mynyddoedd eu hunain. Llais y ddaear ei hun yn udo.

'A nawr, y cwestiwn mawr oedd beth ro'n ni'n mynd i'w wneud â'r arth? Y corff mawr, marw. Do'n ni ddim am ei gladdu fe, roedd yn rhy fawr i hynny, ac ar ben hynny, roedd yn sail i'r holl chwedloniaeth leol. Ro'n i'n teimlo'n siŵr y byddai lle iddo yn amgueddfa Missoula neu rywle tebyg, felly dyma fi'n awgrymu wrth Luther y dylai ffonio ei gefnder, sy'n heddwas yn y ddinas, a gofyn am gyngor. A wir i ti, o fewn ugain munud, roedd y cefnder yno, mewn car heddlu a'r golau glas yn fflachio, ac o fewn awr, roedd hi'n teimlo fel tase hanner trigolion Missoula wedi troi lan i edrych ar yr arth.

'Daeth rhai â blodau i'w gosod o'i flaen, offrymau a chofroddion. Daeth fan gorsaf deledu KPAX, a dechrau darlledu'n fyw a'n holi ni, ond ro'n ni i gyd wedi blino'n lân ac eisiau mynd adre. Ac ar ben y blinder, roedd 'na deimlad cryf o euogrwydd yn tyfu a thyfu ynglŷn â'r holl sylw ro'n ni'r helwyr yn ei gael ar draul y pentwr mawr ffwr, ac am inni rwygo chwedl yn ddarnau mân, cymryd straeon plant Montana a'u chwalu nhw'n rhacs, mynd â'r ofn i ffwrdd, gwneud y rhith yn realiti, sef yr arth mawr, marw a staen gwaed ar ei dalcen.'

Taith i Trinity

DECHREUODD TRACE edrych ymlaen yn fawr at ei benwythnosau'n cerdded gyda John drwy'r coedwigoedd yn y dydd ac yn yfed yn ei gwmni gyda'r nos. Roedd John yn bencampwr pŵl, a phan fyddai rhywun diarth yn dod i mewn i'r Standing Room neu'r Mantovani neu un o'r bariau eraill y byddent yn mynd iddynt, byddai Trace a John yn dechrau chwarae am arian, ond yn gwneud camsyniadau dwl, yn enwedig John, oedd ambell waith yn methu pob pêl ar y bwrdd. Dro arall, gallai'r belen ddu fod yn y boced ymhen llai na munud, a John yn chwarae'n awtomatig, ei ben yn isel wrth gymryd y siots. Pêl ar ôl pêl ar ôl pêl, y ffon yn eu taro gan wneud sŵn fel castanéts, clac, clac, clac!

Yna, pan fyddai'r dieithryn yn gweld ei siawns, yn gweld y doleri'n megis disgyn drwy'r awyr tuag ato, ac yn meddwl y gallai wneud ffortiwn fach, byddai'r ddau yn ei wahodd i ymuno â nhw mewn cynghrair, a betio am symiau bach i ddechrau. Ac yna, yn systematig, byddai John a Trace yn dechrau ennill, ambell waith yn clirio'r ford mewn un gyfres o symudiadau urddasol, hardd, clinigol, gan gyrraedd pwynt pan nad oedd gan y dyn yr un senten ar ôl, cyn esbonio taw gêm oedd y cyfan, a dangos llun o John yn dal cwpan arian enfawr ar ôl ennill cystadleuaeth talaith Oklahoma 'nôl yn '98. Byddent wedyn yn dychwelyd yr arian, a byddai'r truan yn diolch iddynt, gan amlaf.

Eto, un tro, aeth dyn yn gandryll oherwydd bod y ddau wedi ei dwyllo, ac aeth mor bell â thynnu cyllell a bygwth John. Edrychodd John arno, a'i lygaid fel rhai bobgath yn llygadu ei phrae cyn dweud y byddai'n syniad da i'r dyn roi'r gyllell i gadw am ei fod e, John, wedi ei hyfforddi mewn ugain ffordd o ladd dyn ar amrantiad, ac efallai y byddai'n dewis un na fyddai'n ei ladd, ond yn hytrach yn ei barlysu. Edrychodd Trace yn syn ar ei gyfaill, gan gofio nad oedd yn gwybod fawr ddim am ei hanes na'i gefndir.

Bu'r edrychiad yn drech na'r dyn – yr olwg 'na oedd yn cario neges glir nad oedd John yn ofni dim, ac felly dododd ei gyllell 'nôl o dan ei grys a chychwyn am y drws. Cerddodd John a Trace at y bar heb ddweud gair. Archebasant ddau gwrw mawr. Gwyddai Trace nad nawr oedd yr amser iddo ofyn i John ynglŷn â sut y dysgodd ladd pobl yn hynod chwim.

Syllodd y ddau ar eu hadlewyrchiad yn y drych, ac ar adlewyrchiad Jimmy'r barman yn symud 'nôl a mlaen yn cymysgu coctels fel petai wedi ei eni i wneud. Byddai unrhyw un a fentrai yfed un o'i Long Island Iced Teas yn difaru yn y bore. Fodca. Jin. Rỳm. Coke. Mesuriadau hael o bob un. A iâ.

Ceisiodd Trace ddeall arwyddocâd yr hyn oedd wedi digwydd. Dychmygodd John fel aelod o'r Navy Seals, un o'r unedau cyfrinachol yna na fydden nhw ond yn dod i'r amlwg ar ôl lladd Osama bin Laden, neu o leiaf awgrymu eu bod nhw wedi lladd yr archderfysgwr. Edrychai fel dyn oedd wedi gweld pethau, gweld pethau mawr a phethau i godi braw. Ni allai ddychmygu'r math o bethau roedd e wedi eu gweld, nac ymhle y cafodd ei addysg lofruddiol. Nid mewn unrhyw fyddin arferol, roedd hynny'n sicr.

Ni fyddai Trace, chwaith, yn dymuno mynd i grombil atgofion tywyll y dyn a eisteddai wrth ei ochr, yn sipian yn dawel. Oedd, roedd e wedi gweld pethau oedd y tu hwnt i feidrolion cyffredin. Ond deuai hyn i'r amlwg chwe mis yn ddiweddarach, pan fyddai'r ddau ohonynt yn sefyll ochr yn ochr mewn gwlad bell, lle bydden nhw wedi bod yn hapus iawn i weld glasiad o gwrw mor oer â'r un oedd o'u blaenau heno, oherwydd y gwres llethol.

Ond am nawr, roedd y ddau jest yn eistedd yno, a Jimmy'n gosod rhes o wydrau siots o flaen criw o fyfyrwyr oedd wedi galw i mewn ar daith ar draws y wlad, yr antur yn eu gwneud nhw'n awchus am brofiad. Ni ofynnodd Jimmy am gael gweld ID gan yr un ohonynt, oherwydd roedd e'n gwybod sut i ddyfalu oedran, a doedd e byth yn anghywir. Gallai fentro oed unrhyw un yn y bar a bod yn iawn o fewn blwyddyn bob tro. Roedd wedi bod yn gweithio'r bar yn hir, ac roedd yn nabod y ffordd roedd nerfusrwydd yn tasgu yn llygaid pobl ifanc, a'r ffordd na fedrent edrych i fyw ei lygaid. Yna, edrychodd Trace ar ei ffrind John a gofyn un cwestiwn syml.

'Hoffet ti ddod gyda fi i Trinity?' Nid oedd angen i Trace esbonio mwy. Roedd pawb yn yr ardal yn gwybod am y lle a'i arwyddocâd, er bod nifer rhyfeddol o uchel o bobl leol heb fod yno ers iddo agor i'r cyhoedd.

'Ie, siŵr. Pam lai?'

'Mae'r penwythnos nesa'n rhydd gen i. Beth amdanot ti? Mae diwrnod agored 'na.' Nid oedd Trace yn deall yr union gymhelliad i fynd yno, ond yn sicr, roedd e wedi bod yn darllen mwy a mwy am y lle. Ac yn meddwl am arwyddocâd y ffrwydriad cyntaf. Y dinasoedd cyfan yn Siapan ar dân, fel cael yr haul yn glanio'n gwmwl gwyn o ddinistr, y croen a'r gwallt yn llosgi, y llygaid yn toddi. Ie. Dyna fu Genedigaeth yr Oes Niwclear: lawr fan 'na, ar y gwastatir.

Fu'r wythnos ganlynol yn ddim llai na pharadwys lan ar y topiau. Gostegodd y gwynt, a daeth y gwenyn i ddawnsio'n hofrenyddion bach tu allan i ffenestri'r caban, y pryfed tew yn felyn llachar ac yn drwm â phaill, yr un lliw â phetalau menyn blodau'r bugail oedd yn rhemp ar Ddôl y Ceffylau. Hedfanai brain y cnau o goeden i goeden, eu gwisgliw brith yn troi'n guddliw yn y cysgod. Swatiai'r mynyddoedd yn ddiog yn y gwres. Uwch eu pennau, lledaenai haenau o gymylau deugrwm, arwydd fod gwyntoedd cryf yn uwch i fyny.

Fore Sadwrn, cerddodd Trace i lawr i'r man cyfarfod â'r tryc, ac roedd John yn gwisgo bandana oedd yn gwneud iddo edrych fel môr-leidr. A bod yn fanwl gywir, edrychai fel Douglas Fairbanks Jr. yn actio rhan môr-leidr. Gwenodd, a gofyn a oedd Trace yn dymuno teithio â'r to i lawr. Felly dyma nhw'n mynd, a'r gwynt twym o'r *mesa* fel sychwr gwallt ar eu pennau. Dewis da o draciau gyrru ar y CD: y Doobie Brothers. Lil Wayne. Percy Sledge.

Roedd y ddau ddyn yn gwrando ar ganeuon megis 'Mrs Officer' a 'Long Train Running', mor wahanol i'r dynion y bore hwnnw ym mis Gorffennaf 1945, pan oedd y milwyr, gan gynnwys pob math o *top brass*, yn nerfus fel haid o baracitiaid. Crwydrai'r rhai oedd heb gael eu hordors penodol eto o gwmpas yr hen dŷ ransh a arferai fod yn gartref i George McDonald a'i deulu. Roedd y gwyddonwyr yn paratoi'r craidd plwtoniwm, pob un yn symud yn araf ac yn ofalus fel aderyn bach yn troi wy yn y nyth, ac yn gwisgo siwtiau arian oedd yn edrych fel petaent wedi dod o Stordy'r Dyfodol. Roedd George a'i deulu wedi symud allan heb fynd â fawr ddim byd gyda nhw, oedd yn awgrymu nad oeddent wedi cael rhyw lawer o rybudd.

Mor wahanol oedd y bore hwnnw pan aeth Trace a John i Trinity o'i gymharu â'r bore i newid byd 'nôl ym mis Gorffennaf 1945. Yng nghyn-gartref George McDonald yr adeiladwyd calon y ddyfais ac o fan 'na, cludwyd ef at y 'gadget', fel y gelwid y bom. Y 'gadget' fyddai'n newid popeth. Ond nid aeth pethau'n dda, oherwydd aeth calon y ddyfais yn sownd, a bu'n rhaid iddynt ddisgwyl nes bod tymheredd y peiriant a chalon y peiriant yn cyd-fynd unwaith eto. I'r gwyddonwyr yn eu siwtiau gwynion, teimlai fel petai canrifoedd wedi mynd heibio cyn i'r rhifau ddod i lawr, ac i'r deialau gytuno, a rhai ohonynt heb fedru gweld dim byd oherwydd y chwys oedd yn troi'n ager y tu mewn i'w siwtiau.

Ar ôl tair awr, llwyddwyd i godi'r bom i ben y tŵr metal, a gweithwyr yn gosod pentyrrau o hen fatresi odano, rhag ofn iddo gwympo. Oes aur gwyddoniaeth! (Pan welodd Trace y tŵr, adnabu ef fel un o'r hen rai a ddefnyddiwyd gan Wasanaeth y Fforestydd.) Hwn oedd Point Zero. Y ddaear o dan y tŵr oedd Ground Zero. Yr un gwreiddiol.

Roedd rhai o'r gwyddonwyr yn labordy Los Alamos wedi sefydlu cronfa fetio ar effaith ac effeithiolrwydd y ffrwydriad yn Trinity, ac roedd amrywiaeth eang o bosibiliadau ar y slipiau bach o bapur, o ildiad o 45,000 tunnell o TNT i ddim byd o gwbl (sef na fyddai'r holl arbrawf yn troi'n ddim mwy na dyfais ar ben tŵr uwchben pentwr o fatresi yng nghanol y diffeithwch). Bu enillydd y Wobr Nobel am ffiseg, Enrico Fermi, yn ddigon hy i awgrymu y gallai'r bom ladd pob peth byw ar y ddaear, gan osod bet y byddai talaith Mecsico Newydd gyfan yn cael ei ffrwydro i ebargofiant.

Roedd tair arsyllfa wedi cael eu codi 10,000 o lathenni

i'r gogledd, i'r de ac i'r gorllewin o Ground Zero. Galwyd nhw'n Able, Baker a Pittsburgh. Ransh McDonald oedd 'Base Camp', ac roedd y brif arsyllfa ar Compania Hill, tua 20 milltir i'r gogledd-orllewin ger Stallion Range Gate heddiw. Yn Baker roedd y cyrnol, a dyma lle byddai Oppenheimer yn cyrraedd i wylio'i arbrawf ymhen ychydig funudau.

Morgrugai hanner cant o ddynion o gwmpas y safle profi, a thechnegwyr yn gosod peiriannau i fesur seismograffeg a chamerâu i dynnu lluniau. Oherwydd nad oedd neb yn gwybod beth yn union fyddai'n digwydd, roeddent wedi prynu deugain camera a'u gosod bob mil o fetrau o gwmpas Ground Zero. Wrth i David Navonne, un o'r technegwyr, osod y chweched camera, oedodd am eiliad i feddwl am gost y prosiect, ac am y gwastraff arian hyd yn hyn … Camerâu gwerth tri chan doler yr un yn cael eu gosod i doddi yma yn y gwres, fel petaent yn cael eu haberthu, rywsut. Tra oedd e, David, yn cwestiynu difrodi'r holl gamerâu, roedd technegwyr eraill yn plannu dyfeisiau i fesur ymbelydredd, pwysau'r aer a'r holl bethau eraill roedd y tîm o wyddonwyr am eu nodi a'u cofnodi er mwyn prosesu'r ffigyrau a'u dadansoddi'n nes ymlaen.

Wrth iddynt wneud hyn, hedfanodd awyren B-29 dros y safle, a doedd neb yn medru credu nad oedd pob awyren wedi ei gwahardd rhag gwneud y fath beth. Ac os oedd hynny'n rhy hurt i'w amgyffred, roedd yr hyn ddigwyddodd wedyn yn wallgof, gan fod y gynnwr ôl wedi gweld haid o antelopiaid yn pori ar lain braf o wair, a dechrau tanio tuag atynt, heb sylweddoli bod 'na wyddonwyr yn ei heglu hi allan o ffordd y bwledi, gan adael eu peiriannau mesur ar lawr!

'Iesu gwyn,' gwaeddodd Colonel Watch yn y ganolfan gyfathrebu, wrth iddo weld yr antelopiaid yn cwympo i'r llawr a'r gwyddonwyr yn cymryd rhan mewn mabolgampau gwyllt, annisgwyl. 'Ffoniwch Marshall Air Base nawr! Nawr!' gorchmynnodd yn groch. Nid nawr oedd yr amser i gael y fath lanast, meddyliodd y cyrnol.

Roedd y prawf i ddechrau'n blygeiniol iawn, am bedwar o'r gloch y bore, cyn i'r haul godi – roedd Oppenheimer wedi cellwair y byddai'r haul yn codi ta p'un – ond roedd stormydd mellt a tharanau'n bygwth lledaenu a gwasgaru'r ymbelydredd, felly gohiriwyd y prawf am awr a hanner nes bod y cymylau inc yn diflannu i'r gorllewin.

Am 5:29:45 ffrwydrodd y 'gadget' mewn golau anhygoel oedd yn cyfateb i ddwsin o heuliau poeth, a gellid gweld y golau ar draws Arisona a Mecsico Newydd a draw i Tecsas a Mecsico. O fewn munudau yn unig, roedd y fadarchen o gwmwl gwyn wedi tyfu'n uwch ac yn uwch, i dros 38,000 o droedfeddi, tra oedd y peiriannau mesur yn anfon data oedd yn anodd i'w amgyffred – bod y tymheredd yn uwch na wyneb yr haul, ac yn dipyn uwch hefyd! Hyd yn oed o'r brif arsyllfa, roedd yn teimlo fel sefyll o flaen tân enfawr.

Dinistriwyd pob peth byw o fewn milltir i'r tŵr – madfallod wedi troi'n gebabs, pryfed wedi troi'n gols. Enillwyd y bet gan yr Athro Mark E. Gubb o Massachusetts, oedd wedi cael darn o bapur oedd yn darogan y byddai pŵer y bom yn gyfwerth ag 20,000 tunnell o TNT, neu fomiau awyrlu o 2,000 o awyrennau B-29, y Superfortresses – hen ddigon i fflatno Manhattan.

Yn labordy Los Alamos, syllodd criw o wragedd ar y golau'n dod, golau i ddallu pawb nad oedd yr un ohonynt wedi gweld ei debyg o'r blaen, na'i ddychmygu. Edrychai fel petai'r coed yn neidio, a'r mynyddoedd yn fflachio'n fyw, ac yna daeth sŵn rymblo a aeth ymlaen am hydoedd, sŵn y byd yn newid siâp, fel petai'r blaned am newid cyfeiriad.

Syllodd Oppenheimer ar ei fadarchen wenwynig yn llenwi'r nen, a chan wybod bod hon yn foment hanesyddol, datganodd yn glir iawn, fel petai'n siarad â'r cenedlaethau oedd i ddod, eiriau o destun sanctaidd yr Hindw, y *Bhagavad Gita*: 'Myfi sydd wedi troi'n angau, yr un sy'n dryllio bydoedd.'

Yn ei adroddiad swyddogol, nododd y Brigadier General T. F. Farrell, oedd wedi cael ofn am y tro cyntaf yn ei fywyd o weld y fadarchen ddinistriol yn hawlio'r nen, nad oedd y byd wedi gweld dim o'r fath o'r blaen. Siaradodd â'i gyd-wyddonwyr. Pentyrrodd ansoddeiriau mewn ffordd oedd braidd yn anfilwrol ...

'Digyffelyb, heb ei debyg erioed o'r blaen, prydferth, ond syfrdanol a brawychus yr un pryd. Nid oes neb wedi gweld y fath bŵer o'r blaen, a dyn wnaeth hyn, rhyddhau'r pŵer, oherwydd bod ganddo ddealltwriaeth uwchlaw a thu hwnt i fyd natur. Goleuwyd y wlad i gyd gan olau seriol oedd sawl gwaith yn ddwysach na'r haul. Roedd y mellt y tu hwnt i ddisgrifiad. Yn aur, porffor, fioled, llwyd a glas. Gwelsom bob copa a cheunant, pob crib a chlogwyn o'r mynyddoedd gerllaw fel tasen ni'n eu gweld am y tro cyntaf, fel petaent newydd eu geni i mewn i'r byd hwn.' Cystal iddo roi'r disgrifiad hwnnw pan wnaeth e, oherwydd bythefnos ar ôl iddo weld y mellt amryliw, cafodd thrombosis a marw'n syth bìn.

Ar ôl y prawf, aeth dynion mewn tanc Sherman M-4 i

edrych ar effaith y ffrwydriad. Roedd y tanc wedi ei addasu'n arbennig i gario cyflenwad o aer, ac wedi ei lapio mewn haen drwchus o blwm. Symudai'n araf, oherwydd roedd y plwm wedi ychwanegu 12 tunnell at bwysau'r tanc, ond roedd angen hyn i gadw'r bobl y tu mewn iddo'n ddiogel rhag yr ymbelydredd.

Gwelsant fod y tŵr, y can troedfedd o ddur, wedi diflannu'n gyfan gwbl, a dim ond y sylfeini oedd heb doddi, ond roedd hyd yn oed y rheiny'n llanast o fetal a choncrit. Ac roedd twll enfawr yn y ddaear oedd yn mesur 2,500 troedfedd ar draws, ac mewn mannau, deg troedfedd o ddyfnder. Toddwyd y tywod a'i droi'n lliw arenfaen, a bathwyd enw ar ei gyfer, sef *atomsite*, ond newidiwyd hwnnw i *Trinitite*.

Wythnosau'n ddiweddarach, byddai dau fom – Little Boy a Fat Man – yn cael eu gollwng ar Hiroshima a Nagasaki, gan ledaenu marwolaeth fel carped.

Safai Trace a John yn yr union fan lle safasai Oppenheimer a General Groves ym mis Medi 1945 wrth iddynt dywys y wasg o gwmpas y lle, yn rhannol i brofi nad oedd yr ymbelydredd wedi parhau yn yr anialwch megis yn ninasoedd poen Siapan. Edrychodd y ddau ar y plac wedi ei wneud o garreg lafa tra oedden nhw'n yfed dŵr o'u poteli. Wrth iddynt sefyll yno, daeth dyn mewn lifrai milwrol atynt. 'Roedd e'n anhygoel, on'd oedd e?' Trace oedd y cynta i siarad.

'Anhygoel, ond angenrheidiol, mae'n debyg. Roedd angen lladd miloedd i achub miliynau, dyna'r ddadl ar y pryd. Ac fe lwyddodd. Ildiodd Siapan o fewn wythnosau. Felly roedd yn rhyw fath o fuddsoddiad … Fy enw i yw

Andrew Saunders, gyda llaw. Da cwrdd â chi.' Cyflwynodd Trace a John eu hunain iddo.

'Beth ddaeth â chi yma, os ca i fod mor ewn?' gofynnodd Saunders, gan sychu'r chwys o'i lygaid â hances oedd yn edrych yn od oherwydd nad oedd yn lliw *khaki* fel y dychmygai Trace yr oedd pob un o hancesi aelodau'r fyddin. Ar ôl i Trace esbonio, trodd Saunders i adael, gan osod ei fag ar ei ysgwydd, ond cyn gwneud hynny, dywedodd un peth bach digon cryptig.

'Ac mae angen yr un peth arnon ni nawr.' Teimlodd John reidrwydd i ofyn iddo beth roedd e'n ei feddwl, ac atebodd:

'Mae'r byd wedi newid, a'r gelyn wedi newid. Ers 9/11, mae map y byd yn edrych yn wahanol, gelynion newydd yn llechwra ac yn cynllunio i wyrdroi ein ffordd o fyw, ac am ddwyn ein rhyddid sylfaenol.' Nawr, roedd Trace yn arfer credu bod yr ymateb i ddinistr y gefeill-dyrau yn orymateb, yn ddim byd mwy na dial, ond roedd rhywbeth didwyll yn llygaid Saunders, ac roedd yn amlwg ei fod e am esbonio pethau'n glir iddynt.

'Dwi wedi bod i'r gwledydd lle mae pobl yn casáu ein rhyddid, ac yn wfftio'n democratiaeth. Ond roedd 'na bobl dda yno hefyd, pobl gyffredin oedd ddim am fyw mewn ofn, oedd ddim am orfod poeni am gnoc ar y drws yng nghanol y nos, neu fod rhywun yn clustfeinio ar bob sgwrs, ac y gallai pobl ddiflannu am ddweud y peth anghywir, diflannu i gell oer i'w poenydio, a hynny heb reswm, ar amrantiad, heb weld eu plentyn neu eu gŵr byth eto.'

'Diolch i chi am eu helpu nhw, felly,' dywedodd Trace, yn onest.

'Byddai rhywun fel chi'n medru'n helpu ni,' awgrymodd Saunders. 'Rhywun sy'n medru gweld yn glir, ac sy'n amyneddgar.'

'Beth chi'n feddwl?' atebodd Trace.

'Ry'n ni'n brin o ddynion sy'n gwybod sut i saethu ac sy'n medru edrych ar rywbeth drwy'r dydd a bod yn amyneddgar. Ni'n edrych am chwimsaethwyr.'

'Chwimsaethwr? Chi'n gofyn i *fi* fod yn *sharpshooter*? Yn y fyddin? Ar sail un sgwrs wrth i ni gael crasfa gan yr haul ar y diwrnod y des i a fy ffrind i Trinity i fod yn dwristiaid?'

'Ry'ch chi'n medru eistedd yn yr unfan am oriau. Ry'ch chi'n medru saethu – mae ganddoch chi fathodyn clwb hela ar eich crys-T, felly dwi'n tybio eich bod yn medru saethu'n ddeche, ac mae angen pobl fel chi yn Irac.'

'Irac!' Chwarddodd Trace yn ddigon uchel nes i'w cyd-ymwelwyr ar y diwrnod agored, a oedd yn ceisio gwrando ar y tywysydd yn sôn sut ddyn oedd Oppenheimer, droi ato'n grac. Petai rhywun wedi llwyddo i wrando ar ymennydd Trace y foment honno, byddai wedi tyngu ei fod yn clywed cogiau bach yn troi, fel crombil peirianyddol cronomedr o'r Swistir, dannedd un olwyn fach yn cnoi dannedd olwyn fach arall, a phopeth yn troi'n sidêt ac yn sicr.

Tri dyn, dau ffrind, un swyddog yn y fyddin, yn sefyll yn y diffeithwch, ar safle ffrwydriad y bom atomig cyntaf, wrth i Trace newid ei ffawd a chwrs ei fyd.

'Ocê,' meddai Trace, yn glir a heb gryndod. 'Beth sy'n rhaid i mi ei wneud?'

Cyn gadael yr arsyllfa dân am y tro ola, mae Trace yn cerdded ar hyd y llwybr sy'n nadreddu heibio i Ddôl y Ceffylau ac yn mynd drwy fanciau mawr o flodau gwylltion – crwynllys, lafant a gludlys yn tyfu'n *fiesta* o liw – ac wrth iddo gerdded yn uwch, mae'r persawr yn troi'n drwchus – marchnad sbeis yn Samarkand, ffatri sebon yn Aleppo. Pan mae'n cyrraedd top y llwybr mae'n tynnu un anadl ddofn cyn iddo droi'n ôl, a'r adar yn y canghennau uwch ei ben yn chwerthin yn ansoniarus. Mae'r mynyddoedd wedi tyfu ers iddo edrych ddiwethaf. Mae popeth wedi newid.

Gwarchae Fallujah

MAEN NHW AR GOLL. Mewn ffwrn. Nid yw'r criw milwyr yma'n gwybod ymhle maen nhw yn union. Ond mae e fel ffwrn, maen nhw'n gwybod hynny i sicrwydd.

Beth yw'r lle uffernol 'ma? Caban metal yw e, heb ffenestri, y math o ofod lle byddai ffermwr yn Nebraska neu Montana'n cadw tŵls – weiren bigog, picelli, bwyeill – stwff dyw e ddim yn ei ddefnyddio'n aml.

Ond ymhle mae'r caban yma ar ben eu taith hir o Edwards Air Force Base? Does yr un ohonynt yn gwybod oherwydd does yr un ohonynt i *fod* i wybod. Yn Kuwait efallai, neu Qatar, un o'r gwledydd sy wedi eu gwneud o olew a thywod a chyfoeth yr holl betroddoleri 'na. Dyma wledydd sydd ar ochr yr Unol Daleithiau, yn sefyll ysgwydd yn ysgwydd ag arwyr glew America. Neu, o leiaf, maen nhw ar eu hochr yn swyddogol. (Y gwir amdani yw eu bod nhw'n casáu'r un wlad, sef Irac, neu o leia, Saddam Hussein, yr unben cachlyd, â'r fath arddeliad a brwdfrydedd nes ei bod bron yn ofynnol iddynt ochri gydag America. Dewis un diafol dros un arall.)

Byddai'n well 'da nhw sefyll ysgwydd yn ysgwydd â'r Fwystfil-wlad a'r archgelwyddgi George W. Bush na'r Iracis. Ond mae 'na rywbeth smyg a hunangyfiawn am y gwledydd bychain yma yn y Dwyrain Canol bellach. Dyma'r epoc olaf yn hanes y ddynoliaeth lle mae cynifer o wledydd a'u trwynau lan pen-ôl yr Unol Daleithiau, oherwydd mae ei dylanwad hi'n lleihau fesul dydd. Tsieina fydd y brenin, na, yr ymerawdwr nesa, yn un sbectacl o sidan gwerthfawr, dyfngoch, mewn llys penmynydd, fel yn yr hen ddyddiau, pan nad oedd rhaid i rywun gredu mewn duw oherwydd yr ymerawdwr oedd y Duw.

A byddai pethau eraill yn newid hefyd. Yr ien yn cymryd lle'r ddoler. A phawb yn y Tŷ Gwyn, yn ddi-os, yn cael y Shanghai Blues.

Nid oes gan y milwyr yn y caban ddogfennau teithio confensiynol, dim ond rhestr o'u henwau llawn a'u rheng, sy nawr yn nwylo'r peilot, a chopi arall wedi ei storio'n electronig mewn cyfrifiadur hynod bwerus yn rhywle yn Virginia rhag ofn eu bod yn disgyn fel carreg o grombil y nos, neu'n cael eu saethu gan daflegryn o ddyfais ar hap oddi ar ysgwydd y gelyn.

Maen nhw i gyd wedi gweld digon o luniau o'r gelyn, ac maen nhw'n gwybod eu bod nhw'n gwisgo'n wahanol yn ogystal â meddwl yn wahanol. Tywelion am eu pennau. *Towelheads*. Mor grac nes eu bod yn torri rhychau yn eu talcenni eu hunain â chyllyll. Yn llosgi baner y streipiau a'r sêr nes ei bod yn bentwr lludw. Ac yn gweiddi'n glir ac yn groch wrth i'r gwaed arllwys i lawr eu bochau a thros eu trwynau. *Death to all Americans*! *Allah is strong*! *Allah is great*!

Mae'r dynion yn y caban metal yn teithio i ryfel, felly does dim angen pasbort arnyn nhw, a hyd yn oed petaent yn defnyddio tocyn, mae'n ddigon posib taw dim ond tocyn un-ffordd fyddai ei eisiau. Ar rai ohonynt ta p'un. Y rhai mae'r Claddwr wedi eu cofnodi yn ei gofrestr ledr enfawr, gan ddefnyddio'r enw llawn er mwyn gwneud yn hollol siŵr mai'r person iawn sy'n mynd i'w fedd. Oherwydd er gwaethaf pŵer digamsyniol y geiriau maen nhw wedi bod yn eu clywed drosodd a throsodd, y mantra 'superior firepower', nid oes sicrwydd y bydd pob un ohonynt yn dychwelyd i gynhesrwydd breichiau eu cariadon, ac i chwarae reslo gyda'u plant bach styfnig ac annwyl.

Bydd rhaid i rywun aberthu er mwyn ennill – mae hynny'n un o'r rheolau. Hyd yn oed yng nghanol gwylltineb a gwallgofrwydd y gad, mae 'na reolau … Clywch eiriau'r Arglwydd, da chi, yn enwedig o gofio mai yn erbyn y Mwslim y mae'r frwydr heddiw: mae'r platŵn yma'n barod am ei groesgad. Ie, llais clir yr Arglwydd, a dwst yr anialwch yn ei lais dwfn fel corn niwl yn cario dros lethrau Sinai: 'Pan fydd tref o dan warchae gennyt am amser maith, a thithau'n ymladd i'w hennill, paid â difa ei choed trwy eu torri â bwyell. Cei fwyta o'u ffrwyth, ond paid â'u torri i lawr. Ai pobl yw coed y maes, iti osod gwarchae yn eu herbyn? Dim ond coeden y gwyddost nad yw'n dwyn ffrwyth y cei ei difa a'i thorri, er mwyn iti godi gwrthglawdd rhyngot a'r ddinas sy'n rhyfela yn dy erbyn, nes y bydd honno wedi ei gorchfygu.'

Hedfanasant drwy'r nos, gwŷr y bwyelli bach, y grenadau a'r M1 Carbines, yng nghrombil yr awyren Hercules. Mae pob un o'r milwyr yng nghrombil yr awyren yn ei fyd bach synfyfyriol ei hun – yn gwrando ar fiwsig, efallai, er mwyn anghofio, neu fynd â'r meddwl ar grwydr i rywle gwell, mwy cysurus, yng ngŵydd ei deulu a'i hoff gi'n cwrlio wrth ei draed, a Mam yn gwenu arno. Ydyn, mae'r bois yma'n hedfan yn eu dychymyg i fan gwyn, man draw, i'w helpu i anghofio bod yn rhaid i yfory wawrio. Ac mae 'na drac sain i hyn oll … Caneuon MTV. Neu ganu gwlad, a'i ganeuon lleddf am gariad wedi ei ddarnio fel potel gwrw ar lawr motél tsiep. *Hip-hop. Gospel*, a'r lleisiau'n gytûn ger bron eu Duw. Miwsig o bob math i swyno ac ysbrydoli, lleddfu ofn a hybu dewrder. The Cribs. Bob Marley. Patsy Cline. Joni Mitchell. I bob dyn ei ddiléit. I bob dyn ei beth 'ma.

Mae un boi du o gorstiroedd Maryland, Blake Grant, yn gwrando ar Fleetwood Mac, oherwydd ei fod yn hoffi Fleetwood Mac, a phwy oedd yn mynd i'w wawdio ac yntau'n gyhyrau i gyd ac yn cario reiffl fel mae dynion eraill yn cario *chopstick*? Tyfodd Blake i fyny yn dyheu am gael bod yn filwr, ond nawr ei fod e'n gwisgo'r lifrai, ac yn gwybod sut i ddatgymalu carbin a'i ailadeiladu drachefn cystal â'r dyn a gynlluniodd y reiffl yn wreiddiol, dyw e ddim mor siŵr. Nid oes ganddo lawer i'w ddweud wrth y ffordd maen nhw'n ymladd y dyddiau hyn. Does dim byd arwrol am ddrôn, neu arllwys cannoedd o fomiau *daisy-cutter* dros ardaloedd poblog.

Edrycha Blake o'i gwmpas. Tybed p'un ddaeth gyntaf, Imperial Stormtroopers Darth Vader yn *Star Wars* a'u helmedau'n edrych fel rhai'r Marines, neu ai rhai'r Marines a ysbrydolodd George Lucas pan benderfynodd ailadrodd stori'r Beibl mewn galaeth bell, bell i ffwrdd? 'Once upon a time in a galaxy far, far away ...'

Mae'r milwyr yn hedfan dros y môr ar hyn o bryd, a goleuadau llongau i'w gweld bob hyn a hyn. Nid yw rhai ohonynt wedi cael mwy na deuddeng wythnos o hyfforddiant ar ôl cael eu drafftio i mewn o'r Reserves, ar fyr rybudd tost, a chael tridiau yn unig i ddweud ffarwél wrth gariadon, casglu eu stwff, gwneud unrhyw baratoadau angenrheidiol at ofal anifeiliaid anwes, y math o bethau ry'ch chi fel arfer yn eu gwneud cyn mynd ar eich gwyliau, ond bod hwn yn mynd i fod fel gwyliau yn ffwrnes uffern. Dyddiau ben bwy gilydd yn y tân a'r fflamau.

Un o'r pethau gwaethaf am y diwrnod cyn iddynt hedfan oedd y *Chinese whispers*. Sibrydion yn tyfu o gwmpas Edwards Air Force Base. Cario clecs yn Camp America … Maen nhw'n mynd i ddinistrio mosg pwysig er mwyn digalonni'r gelyn. Maen nhw'n mynd i orfod lladd teuluoedd cyfan. Ar bwrpas.

Gyferbyn â Blake, mae Trace yn cofio am y sgwrs a gawsai gyda'r criw dros ginio neithiwr – wel, roedd mwy o bwyslais ar y cwrw a'r sbliffs na'r bwyd, mewn gwirionedd, ond oedd hynny'n syndod go iawn? Mae noswyl mynd i ryfel yn llawn arwyddocâd. Roedd mynydd nid ansylweddol o ganiau a photeli ar lawr y Mess Hall yn barod. Cynheuodd Alger y sbliff cynta i'w gymydog, ac mor wresog oedd y croeso iddo nes, cyn hir, roedd Alger yn gweithio'n ddiwyd yn cadw'r cyflenwad i fynd, gan ludo pum papur sigarét at ei gilydd ar y tro, a'u llenwi â *shit* da roedd e wedi ei gludo yn ei bac, a neb yn cwestiynu dim. Yn yr hen ddyddiau, roedd byddin yn martsio ar ei stumog. Ond nawr roedd cael y cyfuniad iawn o gyffuriau lawn cyn bwysiced. Wedi'r cwbl, roedd lluoedd arfog America a'r Cynghreiriaid wedi darparu ambell un, fel *benzedrine*, ffefryn y Beat Generation, yn ystod yr Ail Ryfel Byd er mwyn cadw'u milwyr ar ddihun am oriau annaturiol o hir.

'Pwy sy'n barod i fynd fory?' Cwestiwn twp i sbwylio'r awyrgylch. Treiddiodd realiti drwy'r mwg melys. Y ffaith amdani oedd nad oedd neb yn poeni am bobl fel nhw. Eu pwrpas oedd bwydo safn mawr y bwystfil, bod yn ysglyfaeth i drachwant rhyfel. Aros, a disgwyl am yr ordors sy'n dweud:

bant â chi i gael eich lladd, neu i ladd. Dyw'r siarad gwag, y cwrw, y sigaréts a'r *marijuana*, nac yn sicr yr hyfforddiant pathetig maen nhw wedi ei dderbyn i baratoi am y foment hon, yn dda i ddim. Yn y foment. Ar fin syllu i lawr baril dryll.

I ddechrau, doedd dim bwriad yn y byd gan yr Iancis ymosod ar ddinas Fallujah, er bod y rhyfel mewn rhannau eraill o Irac wedi poethi'n ddirfawr, a'r bois ifanc a'u *buzzcuts* o bob talaith yn mwynhau chwarae gyda'u teganau – y gynnau, yr hofrenyddion, y dechnoleg ddiweddaraf – i ladd pobl. Maen nhw'n dweud bod rhyfel yn gystadleuaeth rhwng gwahanol fathau o dechnoleg – technoleg angau os liciwch chi – ac mae'r UDA wedi bod yn buddsoddi lot mewn teganau angau.

Ond doedd dim bwriad i droi Fallujah yn fan chwarae i'r Marines, ddim nes i bedwar contractiwr oedd yn gweithio i'r cwmni lled-filwrol Blackwater USA gael eu saethu yn eu car, eu tynnu o'r cerbyd gan dorf, ac i'w cyrff gael eu rhoi ar dân a'u crogi oddi ar bont. Nid y weithred yn unig a gythruddodd drigolion America, ond y lluniau o bobl yn dathlu nesa at y cyrff llosg, a dyna pryd y penderfynodd y tactegwyr, y dialwyr yn y Pentagon, ymosod ar Fallujah. Mynegi dicter trigolion eu gwlad yr oeddent yn ogystal – roedd hyd yn oed menywod parchus yn eu ceginau yn Sacramento a Spokane yn gweiddi am waed, am ddial.

Cyn llofruddio'r contractwyr, bu bywyd yn y ddinas yn reit heddychlon, a'r maer a'r gwahanol lwythau'n tynnu mlaen yn weddol ddidrafferth. Felly, dinas heddychlon, brysur â busnes, hapus ei theuluoedd oedd Fallujah, hyd yn oed ar ôl yr ymosodiadau ar y brifddinas ar gychwyn y rhyfel. Dri deg milltir i ffwrdd, ar ôl yr ymgyrch *shock and awe*, roedd Baghdad fel Llundain ar ôl y *Blitz*, neu Dresden ar ôl y bomio, nes bod pobl bron â chredu bod y byd ei hun ar dân.

Yn sicr, yn Baghdad roedd y trigolion yn wan gan ofn, a'r rhyfel bellach yn symud ar droed, o ddrws i ddrws, a neb o blith y milwyr na'r dinasyddion yn deall ystyr newydd y gair 'insurgent', sef y gair oedd yn cyfiawnhau pob math o drais. Gair at unrhyw ddefnydd. Gallai unrhyw un fod yn insurgent, mae'n debyg, a gallech gyfiawnhau unrhyw beth, ie, unrhyw beth, i gael gwared ar yr *insurgents.* I adnabod *insurgent* y peth cyntaf i'w wneud oedd edrych am y tywel am ei ben. A dyna oedd prif gyfiawnhad y milwyr wrth iddynt lusgo dynion, yn wŷr, tadau, brodyr, neiaint ac wyrion, i ffwrdd yng nghanol y nos, heb eu harestio, a heb ddweud gair wrth eu teuluoedd ynglŷn â lle'r oedden nhw'n mynd.

Ond nid aeth pethau o chwith yn Fallujah tan ar ôl i'r contractwyr gael eu lladd. Ar y dechrau, democratiaeth oedd arwyddair y gynghrair o wledydd a aeth i ryddhau Irac, ond mewn gwirionedd, esgus i ddial oedd y cwbl lot. Dial am i ddwy awyren hedfan i mewn i ochrau'r gefeilldyrau yn Manhattan, tra oedd un arall yn taro cornel o'r Pentagon a phedwaredd awyren yn dod i lawr mewn cae yn nhalaith Washington. Hynny, ac olew, wrth gwrs – y biliynau o farilau o olew oedd yn gorwedd o dan anialdir Irac. Gair i gyfleu trachwant am olew yw democratiaeth yn y cyd-destun hwn.

Roedd Trace yn gwybod hyn oll yn iawn, er bod ei

hyfforddiant wedi ceisio rhoi naratif arall yn ei le, yn ymwneud ag amddiffyn America, ac wrth gwrs, lledaenu democratiaeth, oherwydd dyna'r oedd pawb yn ei chwennych, hyd yn oed y tlodion tlotaf, ie, democratiaeth uwchben bara a rhyddid a dŵr glan. Ond nid oedd y propaganda wedi amharu ar ei allu i weld beth oedd yn gyfiawn a beth oedd yn dwyll. A dyna sut y daeth Trace i fod yn rhan o Operation Vigilant Resolve, ymgais i hela a difa holl *insurgents* Fallujah a chipio rheolaeth dros y ddinas i unioni'r cam am waradwydd marwolaeth y contractwyr. Gwahoddiad i chwarae ag unrhyw deganau sydd yn y cwpwrdd. Taflegrau'n goeth gan wraniwm. Bomiau ffosfforws. Ffrwydron newydd eu dyfeisio, sy'n medru troi concrit yn ddwst a chnawd yn ddim.

Glawio gwae a dinistr

DECHREUODD Y BOMIO yng ngogledd-orllewin y ddinas, yn ardal Golan, lle difrodwyd un tŷ, a phawb yn yr ardal yn honni bod bomiau clwstwr wedi cael eu gollwng. Tra oedd y trigolion lleol yn archwilio'r niwed, roedd yr Americanwyr wedi meddiannu gorsaf radio leol, ac yn defnyddio'r tonfeddi i rybuddio pawb i aros yn eu cartrefi a'u helpu i ddod o hyd i'r bobl yn Fallujah oedd wedi bod yn rhan o lofruddiaeth dynion Blackwater.

Nid yw Trace yma i gwestiynu, dim ond i ddilyn ordors. Dilyn ordors Andrew Saunders, y gŵr a gyfarfu yn Trinity. Fe, nawr, sy'n ei arwain drwy'r llanast 'ma. Mae bywyd Trace yn ei ofal ef.

Capten Saunders. A bod yn fanwl gywir, fel mae'r lluoedd arfog yn hoffi bod, arweinydd tîm Reaper Two, rhan o Scout Sniper Platoon (SSP), dan adain yr Headquarters and Service Company, Battalion Landing Team 2nd Battalion, sy'n rhan o'r 1st Marine Regiment, 31st Marine Expeditionary Unit. Neu'r 'Legion of the Damned'. Rhan o strategaeth barhaol penaethiaid y fyddin. Operation FUBAR. Fucked Up Beyond All Reason.

Mae Trace yn fodlon dilyn Saunders drwy'r tân. Cyn dod i Irac, nid oedd Trace yn gwybod bod ganddo fe a Saunders rywbeth pwysig iawn yn gyffredin. Roedd e, hefyd, wedi colli brawd, na, yn waeth na hynny, wedi colli brodyr, mewn damwain ofnadwy, pan laniodd awyren ar ben y tŷ, damwain hynod, un oedd bron yn ystadegol amhosibl. Roedd yr awyren, oedd yn cludo 82 o bobl i faes awyr O'Hare yn Chicago, wedi disgyn yn sydyn, a tharo'r tŷ yn Algonquin, Illinois. Roedd Saunders allan ar y pryd mewn cyfarfod Boy Scouts, a phan ddaeth adre, roedd y tŷ ar dân, a'i fam wedi gweiddi nes ei bod yn groch. Aeth hi'n hanner gwallgof y noson honno, a'i hanner arall hi'n llosgi mewn dioddefaint pur.

Gallai Saunders fod wedi mynd i'w gragen yn rhwydd, a'i ynysu ei hunan oddi wrth y byd, yn enwedig oherwydd y bu'n rhaid iddo symud i fyw gyda'i ewyrth Danny a'i ddau gefnder, ac roedd y tri ohonynt yn bobl dawel iawn, nad oedden nhw'n torri gair dros ginio, a hwnnw'n ginio bwyd sothach o flaen y teledu, y bechgyn yn eistedd ar lawr a'r bwyd mewn pecynnau plastig ar hambwrdd rhyngddynt.

Gwyddai Saunders ei fod am ymuno â'r lluoedd arfog pan oedd yn yr ysgol ganol, yn dechrau ysu i gael mynd i Irac, ac yna, tra oedd yn lasfyfyriwr yn y coleg, daeth y peth megis galwad iddo. Y Marines amdani. Dim byd arall. Cerddodd i mewn i sesiwn recriwtio, gan ddewis opsiwn tri, y traedfilwyr, ac wythnos yn ddiweddarach, roedd yn Camp Pendleton yng Nghaliffornia. Yno, dysgodd un peth sylfaenol amdano'i hun. Ei fod e wastad eisiau mwy. Ac ar ôl bod yn Irac am y tro cyntaf, a gweld cêl-saethwyr wrth eu gwaith, y ffordd roeddent yn medru canolbwyntio fel meistri Zen, bron, roedd e am fod yn un ohonyn nhw.

Ceisiodd am le yn y Scout Sniper School yn Pendleton, gan ymuno fel rhyw fath o was bach i ddechrau, oherwydd mae sicrhau bod gennych broffil seicolegol addas yn bwysig, bwysig, ac ar ôl naw mis cafodd ei dderbyn a dechrau cael ei hyfforddi. 'Ysgol galed i'r bobl galetaf' oedd arwyddair y lle, a'r staff hyfforddi'n siarad yn ddilornus am 'nancy boys' fel y Navy Seals a Special Ops.

Yma, *maen* nhw'n galed. Yn un peth, mae pawb yn rhedeg i bob man. I bob man. 'Sneb byth yn cerdded, hyd yn oed yn y cantîn. Yr unig dro mae rhywun yn cael gorffwys yw pan mae rhywun yn dysgu sgiliau saethu, neu pan maen nhw'n cysgu.

Roedd hyd yn oed cyrraedd y seremoni raddio'n brawf caled ynddo'i hunan – tramp o ugain milltir i fyny'r grib uchaf yn ardal Camp Pendleton a phac 60 pwys ar ei gefn. Yno, ar ben y byd, cynhaliwyd defod syml lle rhoddwyd iddo fwled arbennig 7.62 mm, neu'r HOG. Roedd e bellach yn Hunter of Gunmen, a chyda bwled yr HOG, ni allai neb ei ladd ar faes y gad. Roedd chwedloniaeth yn rhan o storfa arfau'r ysgol, doedd dim dowt am hynny.

A fe, Capten Saunders, sy'n fòs ar Trace bellach.

Nid yw Trace braidd wedi cysgu oherwydd y tyndra'r tu mewn iddo, y nerfau wedi eu tynnu'n dynn, a sŵn ymladd a chwiban taflegrau mawr a bach. Cofia sut roedd y Capten wedi disgrifio'r sefyllfa cyn iddynt adael. Ysgubo'r lle'n lân, dywedodd. Ysgubo, wir! Pa ysgubo, a chawodydd o fomiau'n disgyn a neb yn gwybod ymhle'r oedd eu targedau, y gwrthryfelwyr, yn cuddio? Gŵyr Trace hefyd fod siawns y gallai'r cawodydd ffrwydron pwerus lanio ar eu pennau nhw: roedd gan eu lluoedd arfog nhw enw drwg am gawlio pethau yn y maes hwnnw. SNAFU oedd hwnna – Situation Normal, All Fucked Up.

Ac yn ystod ei ddyddiau cyntaf yn Fallujah, o'i safle ar lawr uchaf bloc o fflatiau, mae Trace yn gweld pethau dyw e ddim am eu gweld, erchyllbethau. Mae eistedd yma fel bod mewn sinema sy'n dangos dim ond ffilmiau arswyd, wrth i'w gyfeillion yn eu hawyrennau geisio chwythu'r ddinas yn ôl i'r Oes Jwrasig gan dargedu'r ardal filwrol, treflan Golan, y fflatiau tlawd i lawr yn Nazzal. Ac oherwydd nad yw pobl yn medru mynd i ysbyty cyffredinol Fallujah, sy o dan warchae gan yr Americanwyr, maen nhw'n dod i'r ysbyty preifat dros y ffordd, ysbyty Dr Al-janabi.

Ar y wal, a blaen ei fys yn torri cwysau bach yn y mortar, mae Trace yn cyfri'r bobl sy'n dod i mewn ac allan, gan sylweddoli'n gyflym bod llai yn dod allan nag sy'n mynd i mewn. Nid yw e i fod i wneud hyn, ond mae rhyfel yn newid y rheolau. I bawb. Ac yn aml iawn, yn eu chwythu nhw i ffwrdd, yn un conffeti o fandejys.

Syllu. Dyna mae'n ei wneud fan hyn eto fyth. Syllu fel y byddai'n ei wneud yn yr arsyllfa uwchben gwylltir y Gila. Syllu ar gar yn dod i lawr y stryd, a'r gair 'Press' wedi ei farcio'n glir ar y boned. Cwyd Trace ei finocwlars i archwilio'r cerbyd. Mae camera'n ymwthio drwy'r ffenest, ac am eiliad mae'n sylweddoli y gallai e ymddangos ar y teledu, yn gwibio ar draws y sgrin fel rhan o adroddiad ar sianel Al Jazeera, y lluniau'n ceisio gwrth-ddweud propaganda'r Unol Daleithiau, yn ateb y celwydd â'u propaganda eu hunain.

Mae'r gyrrwr yn gwybod beth mae'n ei wneud. Mae'n amlwg ei fod e wedi gwneud hyn o'r blaen. Dyw e ddim yn arafu nac yn cyflymu, ond yn cadw'i droed ar y sbardun fel bod y car yn symud yn llyfn, heb symudiadau sydyn. Mae Trace yn deall ac mae'n gweddïo bod y bois ifanc ar dop y tŷ ar ochr arall y ffordd yn medru darllen y sefyllfa cystal ag ef. Neu o leia ddarllen y gair 'Press'. Ond mae e hefyd yn gwybod nad bois sydd â sgiliau penodol fel fe ydyn nhw, ond milwyr cyffredin sy wedi cael eu hanfon lan i'r toeau i ychwanegu at awdurdod America yn y ddinas glwyfedig hon. Dydyn nhw ond wedi bod yma ers ychydig ddyddiau, ac mae pawb yn eu casáu nhw ag arddeliad. Llwydda'r dyn camera i gyrraedd gwaelod y stryd a throi i'r chwith.

Mae'r alwad i weddi'n arllwys allan o'r mosgiau – y rhai sy heb eu chwalu'n deilchion neu eu bomio'n grybibion – a lleisiau'r *muezzins* yn cario'n farddonol dros y ddinas er gwaethaf y difa dros nos, yr awyrennau'n dod fesul parêd yn y nen, i ollwng eu difrod a'u braw.

Roedd yn dechrau gwawrio ar Trace, wrth iddo eistedd yno'n syllu ac yn synfyfyrio, fod un peth yn waeth na bron dim byd arall, sef nad oedd yr un o'r Americanwyr ifanc oedd yn mynd o dŷ i dŷ, yn stopio cerbydau ac yn arllwys i mewn i iard gefn tai pobl, yn meddwl o gwbl, yn oedi o gwbl, cyn tanio gwn. Gêm fideo oedd hon iddyn nhw. Arab ar y chwith. Ei saethu e'n gelain. 250 pwynt. Teulu o chwech wrth fynedfa'r farchnad, y tad a'i ddwylo i fyny a dyn arall yn chwifio darn o glwtyn gwyn. 1500 pwynt. I lawr y stryd nawr, troi i'r chwith tra bo trac sain y gerddoriaeth yn chwyddo. Dal y teclyn llywio'n dynn. Falle cael llymaid o Coke wrth ddewis arf newydd, rhywbeth mwy dinistriol o blith yr hanner dwsin ar y sgrin. *Grenade launcher* M203. Reiffl M16. Pistol Beretta M9. Baginet OK3CS. Dryll pelets Remington 870. Grenâd llaw M67. Sip arall o Coke cyn setlo 'nôl yn y gadair i ladd mwy o Arabs. Naw deg naw mil o bwyntiau i ennill, wrth chwarae yn erbyn rhywun yn Indianapolis. Da oedd chwarae ar-lein, ond doedd neb byth yn dewis bod yn Iraci, oherwydd doedd ganddyn nhw ddim gynnau, dim ond bomiau ceir, a doedd y rheiny'n dda i ddim yn erbyn milwyr America, ac yn lladd pobl gyffredin yn unig (100 pwynt yr un, 20,000 am gyflafan).

Bois fel 'na, idiots ifanc, oedd yn clirio Sector 21, ac roedd Trace yn teimlo'n fwy nerfus bob tro y gwelai gar a theulu bach ynddo'n dod i lawr y stryd oherwydd nerfusrwydd y milwyr, y plant ddiaddysg 'ma oedd wedi cael eu taflu i mewn i ryfel, heb i neb ddweud wrthynt fod y bobl yma yn Irac fel nhw. Brodyr, tadau, mamau, plant. Iddyn nhw, targedau yn unig oeddent, yn y gêm fideo ddiddiwedd. Dyma genhedlaeth o ddynion oedd wedi tyfu lan ar gemau o'r fath. *Grand Theft Auto. Wipeout. Call of Duty: Modern Warfare.* Dynion oedd yn mesur eu gwerth, eu hunan-barch, hyd yn oed, mewn pwyntiau. *Rack 'em up*!

Ac ar strydoedd llychlyd Fallujah, dyna roedden nhw'n ei wneud. Chwarae gêm fideo gyda gynnau go iawn a bywydau go iawn. Car a chwe pherson ynddo'n ymddangos ar sgrin fach yn ddigon twt i'w ddal yng nghledr eich llaw. Mil a hanner o bwyntiau a thri chant yn fonws am y car. Bron digon i gael bywyd arall, er bod colli'ch bywydau'n anodd ar y naw. Oherwydd rydych yn aelod o'r Marine Corps. Ac mae'r llyw yn eich dwylo chi. Ca-pow! 1,000 o bwyntiau. Pedair rownd o'r Beretta, yn syth i'r pen. *Close range.* Wyth deg pwynt yn unig.

Perygl ar y stryd! Mae'r cathod yn llygadu'r llygod, pedwar asasin o Irac oedd tan yn ddiweddar yn gwneud dim byd mwy peryglus na gweithio fel cigydd, pobydd, gyrrwr tacsi ac athro. Ond roedd ymosodiadau llengoedd Bush wedi newid eu bywydau, a throi dyn oedd yn dechrau pob dydd yn penderfynu sawl torth roedd e'n mynd i'w crasu yn rhywun oedd yn deffro â meddyliau dialgar. Roeddent yn treulio'r diwrnod yn cynllwynio – y pobydd yn trin bwledi yn lle fflŵr, y cigydd yn hogi ei gyllell at bwrpas gwahanol nawr, y gyrrwr tacsi'n cludo bomiau yn lle cwsmeriaid, a'r unig gwsmer gwerth y reid oedd angau ei hun, yn eistedd yn dawel yn y cefn, yn cyfri'n niwrotig ar ei fysedd. Roedd yr athro'n dysgu pethau newydd ar-lein ac yn rhyfeddu gymaint o wybodaeth oedd ar gael mewn Arabeg – tactegau, cynlluniau bomiau, darnau cydrannol, cyfarwyddiadau ynglŷn â sut i greu'r difrod mwya posib. Ond heddiw, dim ond un peth oedd ar ei feddwl e a'i gyd-ymladdwyr, sef lladd y sneipar oedd yn cadw llygad barcud ar gornel y stryd ac yn ei gwneud hi'n amhosib i bobl gyrraedd yr ysbyty. Lladd Trace.

Nid oedd Trace yn gwybod ei fod yn cadw golwg ar y stryd a arweiniai at yr ysbyty'n fwriadol, a taw fe oedd y rhwystr mwyaf i'r clwyfedig a'r beichiog, y plant wedi eu rhidyllu â shrapnel a'r dynion wedi colli braich neu goes neu'r ddwy neu'r pedair. Fe oedd gwarchodwr porth angau, i bob pwrpas. Nid oedd wedi ystyried hyn oherwydd nid oedd ei system foesol yn medru amgyffred sefyllfa lle byddai ei benaethiaid yn ei blannu'n fan hyn yn unswydd i arbed mynediad i'r ysbyty.

Dyma'r cyfaddawd, felly. Ni fyddai Trace yn saethu at gorff neb, dim ond bwrw rhywbeth ar lawr … hen gan diod, neu lwmpyn o bridd yn yr heol, gan weddïo na fyddai *ricochet* o unrhyw fath. Fel hyn byddai'n cadw pobl draw, yn dilyn gorchmynion ond yn niweidio neb. Roedd 'na bethau y gallai eu rheoli, ond roedd llwybr casyn y bwled ar ôl iddo adael ei wn yn nwylo'r Heliwr Mawr, a doedd dim pwrpas ceisio darogan pwy roedd e ar ei ôl. Yr hen fenyw oedd yn croesi'r stryd? Y plentyn yn chwarae wrth sgerbwd y car oedd wedi llosgi yn y nos? Er bod Trace i fod i gadw'r stryd ynghau i gerbydau a cherddwyr, nid oedd yn saethu bob tro y deuai rhywun i'r golwg, oherwydd nid dyna'r ffordd roedd pethau'n gweithio. Osgoi patrwm gyda'r saethu, dyna y bu pawb yn ei awgrymu wrtho ar y cwrs. Defnyddio ansicrwydd ac ofn.

Am eiliad, am lai nag eiliad, edrychodd yr hen fenyw yn syth at Trace, a gwyddai nad oedd hi yno ar hap. Roedd hi wedi edrych arno'n ddigon hir i weld yn union lle'r oedd y ffenestri yn y stafell, a theimlai Trace yn siŵr ei bod wedi gweld lle'r oedd y drws ac efallai – a gwnaeth hyn i'w galon guro fel tympani gwyllt – ei bod hi wedi nodi taw dim ond fe oedd yn y stafell fach yma. Dim ond fe oedd ar ddyletswydd yn saethu at bobl ar y stryd. Ond ni allai saethu hen wraig, a dyna ni. Gallai ei benaethiaid fynd i gachu ar eu gorchmynion.

Mae'r pedwar asasin sy'n mynd i ddelio 'da Trace wedi trefnu cwrdd â dyn sy'n gwerthu gynnau, Cwrd cawraidd sy'n rhedeg ei fusnes y tu cefn i'r farchnad, sy bellach fel mynwent mewn mwy nag un ystyr. Mae'n dawel yma, ydy, ond mae pobl wedi marw yma hefyd. Ugain wedi eu lladd ar ôl un ymosodiad gan yr Iancs. Dyn dewr oedd yr un oedd yn gwasgu botwm a rhyddhau bom ar ben hen bobl, gwragedd a phlant oedd mewn cwt i brynu bara. Dyn dewr a hanner. *Fly boy.*

Roedd y dull hwn o ymladd yn cythruddo'r Iraciaid oll. Roedd sôn wedi bod am yr hyn ddigwyddodd yn New Baghdad, pan oedd yr Americanwyr, yn ddewr ac yn glyd yn eu hofrenyddion Apache AH-64, wedi saethu at griw o ddynion, deg ohonynt i gyd, a rhai yn cario grenadau roced (RPGs). Roedd hynny'n ddigon o gyfiawnhad i anelu canon 30mm at y dynion, heb sylweddoli bod dau ddyn camera yn eu plith, Saeed Chmagh a Namir Noor-Eldeen, a lladdwyd y ddau. Ond nid ar yr ymosodiad cyntaf, o na. Daeth yr hofrenyddion yn ôl yr eildro, a saethu at y sawl oedd yn ceisio helpu'r dynion clwyfedig ar y llawr. Saethu eu canonau mawr at y dynion oedd yn prysur waedu ar lawr, a'r bobl oedd yn ceisio helpu Chmagh i fynd i mewn i fan y Groes Goch, lle'r oedd plant yn cysgodi hefyd, ac yn teimlo'n ddiogel yno, oherwydd pwy fyddai'n saethu at fan y Groes Goch oedd yn llawn plant? Yna, hedfan i ffwrdd am fyrgyr gan deimlo'u bod nhw wedi gwneud diwrnod da o waith. Milain yw gwaith y milwr.

Un stori fach yw hon i bwysleisio hyn, un weithred o drais ymhlith cynifer o rai eraill, ond dyma pam roedd y pobydd, y cigydd, yr athro a'r gyrrwr tacsi'n prynu arfau oddi wrth Ziryan, y Cwrd mawr. Roeddent yn gorfod cwrdd yn y dirgel oherwydd bod Americanwyr ym mhob man. Ond fel yr esboniodd yr athro, oedd yn dipyn o ystadegydd, ni allai'r gelyn gwenwynig fod ym mhob man. Roedd miliynau o Iraciaid a miloedd yn unig o Americanwyr, ac allen nhw ddim lladd neu garcharu pob un yn y wlad. Ddim ar frys, ta p'un. Edrychodd y cigydd ar yr athro a'i lygaid yn pefrio â braw.

'Jôc, gyfaill. Os y'n ni wedi mynd yn rhy bell i werthfawrogi jôc, mae hi ar ben arnon ni.'

'Nid nawr yw'r amser am jôcs, mae arna i ofn,' atebodd y cigydd. 'Mae'n bryd i ni wrthsefyll y gelyn hwn sy'n rheibio'n gwlad a lladd ein plant. Gan ddechrau heddiw. Neu fydd 'na ddim yfory, credwch chi fi.' Ziryan oedd y dyn iawn i ddarparu'r arfau, heb os. Er bod y ffiniau'n cau, yn enwedig reit yn y gogledd, roedd y Cwrdiaid yn dal i lwyddo i fod yn arfwerthwyr ac arfsmyglwyr da, er gwaethaf pob ymdrech gan Dwrci i roi stop ar y traffig. Ond roedd hyd yn oed y Cwrdiaid yn ei chael hi'n anodd y dyddiau 'ma, oherwydd bod y byd yn rhoi mwy o sylw i'r hyn oedd yn digwydd ar y ffin, ac yn cyfiawnhau pob math o weithgareddau gydag esgus y 'rhyfel yn erbyn terfysgaeth'. Terfysgaeth? Terfysgwr un garfan yw ymladdwr rhyddid carfan arall, o fewn yr un ffiniau'n amlach na heb. Oedd pawb oedd yn ymladd dros ryddid yn derfysgwr?

Diflannodd Ziryan y tu ôl i bentwr sylweddol o hen deiars. Y tu ôl i hwnnw, roedd 'na agoriad i sied goncrit wedi ei guddio i raddau helaeth gan fwy o deiars, fel na allai hofrenydd na lloeren adnabod y lle fel stordy arfau. Roedd dewis y cawr o arfau'n fwy cyfyng nag eiddo'r Americanwyr, ond roedd popeth ar ei silffoedd yn glasuron, yn enwedig y Kalashnikovs – hen geffylau rhyfel oedd wedi cynnal ac ennill sawl chwyldro.

Dyma fyddai Ziryan yn ei ddewis ar gyfer y dynion. Gwn chwedlonol, sy'n haeddu pob gair a chymal o'r chwedlau amdano. Gwerthwyd 70 miliwn ohonynt hyd yma, mae'n debyg. Ac os cafodd 70 miliwn o ynnau eu gwerthu, sawl person a laddwyd ganddynt? Yma, mewn rhesi tawel, safai hoff arf y terfysgwr yn ei falaclafa, yr ymladdwr dros ryddid yn Mozambique, y cyfiawn rai a ymosododd ar Israel o Lain Gaza ac o'r Lan Orllewinol. Rat-tat-tat, medd y fersiwn awtomatig, i lawr â ti! Sgleiniai'r un deg saith AK-47 oedd ym meddiant Ziryan yn y rac o bren cypres o'i flaen, wedi bod ar daith hir cyn ei gyrraedd, gan ddechrau yn Syria, mynd drwy'r Aifft ac o dan y tywod mewn twneli cudd, ar gefn loriau, a'r tu mewn i lwyth o wair wedi ei dynnu gan ddau asyn methedig yng ngwlad fechan, brydferth Libanus.

Dewisodd y cawr bob o reiffl i'w gwsmeriaid newydd, ynghyd â dau focs o fwledi a bandolier lledr er mwyn ei gwneud yn haws iddynt symud, ac aeth ati i'w hyfforddi. Dangosodd iddynt sut i lwytho, anelu, saethu a glanhau'r AK-47. Dyna oedd un o'r pethau roedd yn ei hoffi fwyaf ynglŷn â'r gwn yma, y ffaith ei fod yn hawdd iawn i'w ddefnyddio … mor hawdd nes y gallai pobydd, cigydd, athro neu yrrwr tacsi ei godi a'i ddefnyddio'n syth bìn, a'r gwn yn berffaith o ran cynllun, siâp, pwysau ac effeithiolrwydd. Ar ôl derbyn eu harian, toddodd Ziryan i'r cysgodion a gadael y cyfeillion newydd-eu-harfogi'n syllu ar ei gilydd mewn balchder ac ychydig bach o ofn …

Yn ei stafell, teimlai Trace yn fwy unig nag y teimlodd yn ei fyw erioed. Daethai rhyw ludded drosto, ac roedd yn ymwybodol bod ei lygaid yn llosgi gan flinder, a chyhyrau ei gorff yn erfyn arno i gerdded ugain milltir, neu redeg i ben mynydd, oherwydd ei fod wedi bod yn y bocs bach annaturiol o boeth hwn am yn rhy hir nawr, ac roedd e'n fwy o garcharor nag o goncrwr. Roedd pethau cynddrwg bellach nes bod Trace yn dymuno, na, yn *ymbil* ar ei frawd marw i ddod i'w weld. Dyw hynny byth yn argoeli'n dda.

Y tu allan i'r ffenest, gallai Trace weld gwyfynod yn dawnsio'n wyllt o gwmpas yr unig olau oedd i'w weld am filltiroedd, ac ni allai ddeall beth oedd yn cyflenwi'r pŵer i'r unig olau stryd yma, oedd yn mudoleuo'n dawel, yn llosgi sodiwm yn bathetig. Ond yn absenoldeb goleuadau eraill, roedd fel llusern lachar i'r pryfed bach cyffrous.

Pan glywodd Trace sŵn y tu ôl i'r adeilad, meddyliodd am

eiliad efallai fod ei ddymuniad wedi ei wireddu a bod Alex wedi cyrraedd, a'i fod am ddod i mewn drwy'r drws cefn. Ond nid ei frawd oedd yno. Roedd y pobydd a'i gyfeillion yn gosod digon o ffrwydron wrth ymyl y drws cefn nid yn unig i chwythu'r drws i ffwrdd, ond i hala'r tŷ ei hunan i ochr draw afon Ewffrates. Roedd y ddyfais yn weddol gyntefig, ac roedd y dynion wedi cadw pethau'n syml yn fwriadol er mwyn gwneud yn siŵr bod y peth yn ffrwydro'n effeithiol.

Felly roedden nhw wedi osgoi defnyddio amserydd neu unrhyw beth felly, ac yn hytrach, wedi defnyddio ffiws hir, traddodiadol. Gollyngodd y pobydd linell hir o weiren ffiws y tu ôl iddo wrth gamu'n bwrpasol yn ôl tua'r guddfan lle'r oedd y tri arall yn ei ddisgwyl, ei nerfusrwydd wedi eu gwneud nhw'n fud, ac er eu bod yn medru cyfiawnhau'r hyn yr oeddent ar fin ei wneud, nid oedd yr un ohonynt wedi gwir ystyried yr oblygiadau, eu bod yn mynd i ladd rhywun. O fewn y deng munud nesaf. Gan daflu ei waed megis paent coch ar draws y stafell, a chwythu mab ei fam yn rhacs jibidêrs. Ond byddai pobl yn medru cyrraedd yr ysbyty wedyn. Dyna oedd y cyfiawnhad.

Tra oedd y pedwar asasin yn paratoi'r bom, roedd Blake a Saunders ar eu ffordd i nôl Trace ar orchymyn swyddogol, ac roeddent o fewn chwarter awr i'w gyrraedd. Symudai'r ddau o dŷ i dŷ yn llechwraidd, y naill yn gwylio cefn y llall drwy'r adeg. Roedd ganddynt fap lloeren oedd yn dangos lle'r oedd yr adeilad a siâp y strydoedd gerllaw, ond roedd yn anodd ei ddarllen oherwydd ei bod mor dywyll, felly dim ond bob hyn a hyn roeddent yn medru cynnau golau bach i weld a oedden nhw'n mynd i'r cyfeiriad iawn, gan ddefnyddio cwmpawd a greddf. Draw fan 'na roedd y mosg, ac ar ochr arall yr heol, gorsaf betrol, felly roedden nhw yn y lle iawn, neu o leia, ddim yn bell. Gwyddent y byddai'n anodd dod o hyd i'r adeilad iawn am eu bod i gyd yn edrych yr un fath, yn enwedig nawr, yn y fagddu.

Clymodd y gyrrwr tacsi'r weiren wrth ddau ben y ddyfais yn ei law, a gofyn i'r athro wneud yn siŵr ei fod wedi gwneud y gwaith yn iawn, oherwydd roedd ei ddwylo'n crynu dipyn. I bob pwrpas, roedd y ddyfais yn barod, ond roedd yn rhaid gwneud yn siŵr nad oedd neb yn y tai'r naill ochr, a byddai'n rhaid codi'r teuluoedd o'u gwlâu heb adael i'r Ianci yn y tŷ yn eu canol glywed dim byd. Ni fyddai'n hawdd, ond roedd yn gwbl angenrheidiol, felly dyma nhw'n rhannu'n ddau dîm a mynd ati i sibrwd drwy ffenestri oedd yn siŵr o fod yn agored gan na fyddai neb eisiau colli awel fwyn y nos a'r ddinas heb drydan bellach, ac felly heb ffans na systemau awyru.

Bu'n rhaid i'r ddau gynta fynd reit i mewn i'r tŷ, oherwydd doedd neb yn ateb pan oedden nhw'n sibrwd eu cwestiynau.

'Oes rhywun yma?'

'Ffrindiau ydyn ni.'

''Sdim rhaid i chi boeni. Ry'n ni yma i helpu.' Ond doedd 'na ddim ateb, dim sŵn, dim smic, ac wrth iddynt fynd o stafell i stafell, yn ara bach, daeth yn amlwg bod y trigolion wedi ffoi, a thystiolaeth glir megis darn o fara, sef swper, yn dal ar y bwrdd. Fyddai neb yn y ddinas hon, yn yr amser ofnadwy a newynog hwn, yn gadael tafell o fara heb ei bwyta, a phob torth yn brin fel aur.

Yr un oedd y sefyllfa yn y tŷ drws nesa, a'r dynion yn cael y teimlad pendant bod y bobl wedi gadael ar frys, fel petaent wedi cael rhybudd am rywbeth. Ac yna, ar y bwrdd bwyd, gwelsant yr ateb – neges wedi ei dosbarthu gan awyrennau'r Iancis oedd yn rhybuddio pawb, mewn Arabeg perffaith, y dylsent adael yr ardal yn syth oherwydd bod Armagedon ar y ffordd. Rodd yn dechneg haws nag anfon dynion o ddrws i ddrws a pheryglu milwyr. Llythyru ofn a phropaganda oddi fry. Troi teuluoedd yn ffoaduriaid gyda darn o bapur. A neges glir. I ddangos i bobl fod yn rhaid rhedeg i ffwrdd.

Chwilio am gyfaill yn y rwbel

DILYN GREDDF yn hytrach na gorchymyn yr oedd Saunders bellach. Teimlai ym mêr ei esgyrn fod angen cyrraedd Trace, â Blake wrth ei ochr. Peth dwl oedd ei adael e yno ar ei ben ei hun cyhyd, er ei fod wedi ei hyfforddi i fod ar ei ben ei hun, ac wedi bod felly am fisoedd ar eu hyd yn edrych am arwyddion tân. Ond roedd pum niwrnod yng nghanol y gwallgofrwydd yma'n rhy hir hyd yn oed i ysbryd annibynnol. Hefyd roedd rhywbeth arall yn poeni Saunders, teimlad fod Trace mewn perygl go iawn.

Sleifiodd y bomwyr ar hyd yr ale'r tu ôl i'r adeilad lle'r oedd Trace yn cysgu'n drwm, y blinder wedi ei lorio. Unwaith roedd y pedwar dyn yn bresennol, y bwriad oedd eu bod nhw i gyd yn gwasgu'r botwm yr un pryd, i rannu'r cyfrifoldeb, fel gosod mwgwd dros lygaid rhywun cyn ei saethu, fel bod neb yn gwybod taw eu bwled nhw a'i lladdodd. Rhannu'r baich a chynnig balm i'r gydwybod.

Ddyddiau yn unig yn ôl, roedd y pobydd, oedd bellach â'i fys ar fotwm bom, yn crasu pob math o fara a phasteiod yn feunyddiol – *burek* yn llawn caws a chig, pwdinau *kadaif* a bara cri *khubz*, *laffa* a *lavash* (roedd y rhain yn arbennig o dda), a *lahmacun*, ei *pizza* arbenigol ef, a chymysgedd o gig a pherlysiau ar ei ben, a phob saig yn dilyn hen, hen ryseitiau ei nain. Ambell waith, roedd ei *sfiha*'n cael ei ddisgrifio fel campwaith o goginio Iracaidd: bryd hynny, byddai'n gwenu'n llawn boddhad. Ei ddwylo oedd y gyfrinach – y ffordd y byddai'n nyddu a thynnu ac anwesu'r toes am oriau, gan wybod yn reddfol pa bryd yn union roedd yn barod.

Gwyddai Saunders fod Blake ac yntau yn agos – roedd curiadau ei galon yn dweud hynny'n huawdl wrtho, yn cyflymu fel mesurydd Geiger yng nghyffiniau carreg fach o blwtoniwm. Dywedodd un o'i hyfforddwyr wrtho unwaith fod angen iddo fod yn agored i'r posibilrwydd y byddai ei chweched synnwyr yn ei gynnal mewn ambell sefyllfa. A hwnnw oedd yn effro nawr – teimlad, greddf, proses anesboniadwy o ddarogan beth oedd yn digwydd a beth oedd ar fin digwydd. Gan ddilyn y reddf honno, tynnodd Saunders ddau fom llaw yn rhydd o'i wregys, a'u clipio'n dwt at ei wregys ysgwydd i hwyluso'u defnydd. Ni fyddai'r reiffl na'r pistol yn ddim iws o gwbl yn y tywyllwch yma oedd yn waeth ac yn fwy trwchus oherwydd bod haen o niwl fel gwawn wedi disgyn dros y toeau, ac felly doedd dim arlliw o olau'r lloer na dim yw dim, dim ond düwch di-ben-draw, ac roedd yn anodd i Saunders weld Blake, heb sôn am ddim byd arall. Aethant yn eu blaenau, ysgwydd yn ysgwydd, fel lladron yn y nos.

Yr ail fys ar y botwm oedd yr un oedd wedi bod yng nghanol gwaed yn barod. Bys y cigydd, prosesydd *halal* oedd yn gwybod sut i ddiberfeddu oen mewn chwinciad, neu bilo croen dafad â chyllell siarp, neu beth oedd y ffordd orau o arddangos stumog mewn ffenest siop i ddenu cwsmer jest cyn amser cau i brynu'r olaf o'i nwyddau fel y gallai fynd sha thre.

Er ei fod wedi lladd, a lladd yn ddyddiol, roedd hyn yn wahanol, roedd hyn yn gofyn cwestiynau mor fawr fel nad oedd yn medru eu gwir amgyffred. Oedd ganddo'r hawl i ladd dyn? Gwyddai fod yr ateb yn y *Quran*, ond teimlai fod yn rhaid iddo wneud penderfyniadau drosto'i hunan, a thros ei deulu, a doedd hi ddim yn mynd i fod yn hawdd.

Teimlai fys y pobydd o dan ei fys yntau, ac roedd y teimlad mor bersonol – blaen ei fys yn gorwedd ar ewin, fel tasen nhw'n chwarae'r gêm blant lle mae pawb yn pentyrru eu dwylo ar ben ei gilydd ac yn tynnu'r un ar y gwaelod allan i'w rhoi ar y top … Roedd bob amser yn gorffen â slap o ryw fath. Ond gwyddai'r cigydd nad gêm oedd hon, a doedd 'na ddim rheolau pendant ynglŷn â sut i chwarae gêm â bywyd dieithryn yn wobr. Setlodd ei fys yn ei le. Nid lladd yn y dull *halal* fyddai hyn, ond llofruddio. Gwyddai hynny, fys ar ben bys.

Gallai Saunders weld siâp gwyn yr ysbyty ar draws y ffordd a gwyddai nawr ymhle'r oedd Trace. Byddai gofyn iddyn nhw fynd yn ofalus i osgoi tynnu sylw unrhyw un oedd yn digwydd cerdded heibio, er bod pob man yn annaturiol o dawel ar hyn o bryd. Roedd angen cael Trace o 'na am sawl rheswm – er ei les ei hunan ac er lles y bobl druan oedd yn ceisio cyrraedd yr ysbyty, adeilad oedd yn dal i sefyll er bod nifer o adeiladau eraill ar y stryd wedi cael eu bomio'n ddwst.

Y drydedd law oedd yn gwasgu'n ysgafn ar ben y lleill oedd llaw yr athro, y bysedd hir, artistig yn adrodd cyfrolau amdano, ac olion ei fywyd yn ei groen … Haen denau, denau o sialc, ac olion llai amlwg o'r bwrdd du ei hun. Nicotin, gan fod yr athro hwn yn un o'r ychydig athrawon yn yr ysgol oedd yn ysmygu. Inc, wrth gwrs, oherwydd nid oedd rhyw lawer o ysgolion y rhan hon o'r ddinas yn berchen ar gyfrifiadur gwerth ei gael, a doedd y rhai oedd ganddynt yn werth dim mwy na sgrap oherwydd bod y cyflenwad trydan mor ysbeidiol.

Ar flaen bysedd yr athro roedd 'na flotiau inc newydd ar ôl iddo ysgrifennu ei ewyllys, a'i gadael mewn lle amlwg-ond-cuddiedig er mwyn i'w wraig wybod beth i'w wneud tase rhywbeth gwael yn digwydd iddo yn ystod y nos.

Sleifiodd Saunders a Blake at yr adeilad. Cafodd Blake y syniad da o rwbio'u dwylo yn y clai gwyn o dan draed wrth iddynt fynd i lawr y stryd ac roedd hwnnw'n ddigon golau iddynt allu gweld dwylo ei gilydd. Felly drwy stumio a signalu, llwyddodd y ddau i gyfleu'r hyn y byddent yn ei wneud wrth ddynesu at y lloches. Bron yno … ganllath o'r tŷ. Saunders i fynd drwy'r cefn. Blake i fynd drwy'r ffrynt. Dim gweiddi nes eu bod nhw tu mewn, oedd yn dacteg lawn risg, ond hon oedd yr unig ffordd o beidio â dihuno'r ardal i gyd, a fyddai'n siŵr o ddechrau sgarmes na allai'r ddau ohonyn nhw mo'i hennill.

Mae'r fath beth â chof o fewn cyhyr. Os ydy rhywun yn gwneud rhywbeth drosodd a throsodd, mae'r cyhyrau'n cofio patrwm y symudiadau ac yn medru eu copïo, eu dynwared. A dyna sut roedd dwylo'r gyrrwr tacsi'n teimlo wrth iddo gofio gyrru drwy'r ddinas roedd yn ei charu'n fwy nag anadl, yn y dyddiau cyn y bomio, cyn i'r Iancis ddod i ddifetha pob peth. Yng nghof y corff, trodd ei ddwylo'r gornel heibio i Ysgol Ganol Rahman ar yr heol a arweiniai at Ramadi a Harbaniyah, ac i lawr heibio i le bwyta gwych Dar Zarzour, lle byddai'n aros, ambell waith, i rannu sgwrs a *hookah* a phaned o'r te mintys gorau yn y Dwyrain Canol gyda'r perchennog boliog, a'r ddau ohonynt yn fodlon iawn eu byd.

Cofiodd y gyrrwr tacsi am ei bwrpas yma heno, yng nghwmni tri aelod arall y pedwarawd damniedig hwn. Stopiodd ei ddwylo yrru tacsi anweledig ar hyd y strydoedd oedd mor gyfarwydd gynt. Gwasgodd ei fys i lawr ar ben y tri bys arall mewn undod hollol a chyda rhyw fath o dynerwch.

Wrth i Blake droi'r gornel, ni allai weld mwy na lliwiau'r pedwar *galabiyya* gwyn yn glwstwr yn yr ale, ond roedd yn amlwg fod 'na rywbeth od yn mynd ymlaen. Galwodd arnynt mewn Arabeg clir i roi eu harfau i lawr, heb sylweddoli taw blaenau eu bysedd oedd yr arfau, a bod un ohonynt wedi tynnu ei fys, ei law a'i gorff o'r clwstwr a'i heglu hi. Yn ddiarwybod iddo, roedd Blake wedi achub bywyd Trace, am y tro. Ond roedd y pobydd yn ddewrach na'i gyfeillion, a rhedodd yn syth tuag at Blake, gan dynnu ei gyllell seremonïol o'i wregys wrth iddo'i hyrddio'i hunan drwy'r awyr. Ond oedodd eiliad yn ormod, gan roi amser i Blake dynnu ei wn a dechrau tanio. Delwedd o ffilm. Mor ddisymwth y mae dyn yn marw, yn troi'n gysgod, yn colli ei enaid.

Yn ôl yr hyn roedd wedi ei ddysgu tra oedd yn cael ei hyfforddi, dylai Blake fod wedi aros nes ei fod yn medru gweld ei wrthwynebydd, ond gwyddai'n reddfol, yn ergyd y foment, fod y dyn yn y wisg wen yn ei hyrddio'i hun ato fe er mwyn ei ladd, doedd dim dowt am hynny, a nododd, bron mewn *slo-mo*, sut roedd y corff gwyn yn siglo a chrynu wrth i'r bwledi ei daro a'i ridyllu, gan ryddhau ffrwd y gwaed a lifai ar hyd y wisg. Delwedd arall o ffilm. Hyd yn oed yn y tywyllwch, gallai weld yr hylif cochddu yn tasgu mas o'r corff, a'r tri dyn arall yn ffoi i lawr yr ale fel ysbrydion.

Clywodd Saunders hyn oll yn digwydd. Gallai glywed Blake yn gweiddi, ond ni allai glywed ei union eiriau. Yna daeth sŵn y saethu yr un pryd ag roedd e, Saunders, yn gweiddi lan y grisiau ar ôl agor y drws, i roi gwybod i Trace mai ei ffrind oedd yno, a'i fod yn ddiogel, gan wybod bod Trace wedi bod ar ei ben ei hun yn ddigon hir i fod yn hanner neu'n gwbl-blydi-wallgo erbyn hyn.

Wrth iddo fynd lan y staer, cafodd Saunders fflach o'i fywyd i gyd, fel sy'n digwydd eiliadau cyn i chi farw, ac roedd y tensiwn yn waeth oherwydd na chlywai lais yn ateb wrth iddo weiddi'r geiriau 'US Forces' fel mantra braidd yn hysteraidd wrth ddringo'n uwch. Rheolaeth dros y sefyllfa: 'na beth oedd ei angen. Ond doedd ganddo fawr ddim rheolaeth. Blake yn saethu. Dim gair gan Trace. Mewn dinas lawn dop o elynion.

Doedd y dyn yn ei gwrcwd yn y gornel ddim yn edrych fel Trace, a'i farf yn newydd a'i lygaid braidd yn wyllt, ac roedd ei wn yn wynebu'r ffordd anghywir, a'i wefusau mewn siâp 'O' o gwmpas y baril. Roedd Saunders yn medru gweld ei fys yn symud yn y golau pŵl, oherwydd roedd yn dechrau gwawrio, ac roedd 'na binc yng ngruddiau Trace, ond yn bwysicach, roedd digon o olau iddo weld taw Saunders oedd yno: yn dweud wrtho yn yr iaith fwyaf plaen y dylai roi'r gwn i lawr, er lles pawb.

Oedodd Trace, yn methu gwneud synnwyr o'r peth yma o flaen ei lygaid, y dyn yma'n rhoi gorchymyn iddo tra oedd ei nerfau'n rhacs oherwydd sŵn y saethu a'i dihunodd, ac yntau heb gysgu'n iawn ers dyddiau. Prin ei fod yn nabod y geiriau, er mai Saesneg a glywai, a'r siâp o'i flaen yn edrych fel ellyll o freuddwyd LSD. Blinder yn chwarae triciau ar y meddwl, yn troi'r cyfan yn syrcas ryfedd. Corrach ar ben weiren uchel. Clown yn boddi yn ei ddagrau ei hun. Ond rhoddodd y gwn ar lawr, er gwaethaf y gwallgofrwydd a lifai drwy ei feddwl.

Cerddodd Saunders yn araf tuag ato, yna ei gofleidio. Nawr, dim ond nawr y gallai Trace deimlo'n ddiogel, am ennyd, o fewn crud breichiau'r dyn yma roedd yn ei adnabod fel petai wedi breuddwydio amdano, neu fel tase'r dyn wedi ymddangos yn ateb i weddi.

Erbyn hyn, mae'r tri darpar fomiwr wedi cyrraedd eu cartrefi, wedi cael llond bol o ofn, ac yn dychmygu sŵn bŵts trymion y gelyn yn troedio'r strydoedd ar eu holau. Maen nhw heb brosesu'r hyn sydd wedi digwydd. Y saethu. Eu cyfaill da, y pobydd, wedi ei ladd, fwy na thebyg. Maen nhw'n gwybod na fydd yn hir cyn bod y bŵts 'na i'w clywed, a drysau eu cartrefi'n cael eu rhacsio'n grybibion, a phrin fod ganddynt amser i hel meddyliau cyn penderfynu beth i'w wneud.

A phan mae un ohonynt – tad i dri o blant a chanddo'r enw o fod ymhlith y bobl fwya addfwyn a charedig yr yr ardal – yn awgrymu ei bod yn bryd iddynt arfogi er mwyn amddiffyn eu hunain, nid oes yr un o'r ddau arall yn anghytuno. A dyma nhw'n mynd yn syth at y storfa lle'r oeddent wedi cuddio'r arfau a brynon nhw gan Ziryan, a heb oedi am fwy nag eiliad i syllu'n drist ar y reiffl na fyddai'r pobydd fyth yn ei gyffwrdd nawr, cydiasant yn eu gynnau a dychwelyd i'r tŷ tyngedfennol.

Cyrhaeddodd yr athro, y cigydd a'r gyrrwr tacsi ddrws ffrynt y tŷ, lle'r oedd Trace a Saunders yn llenwi eu harfau'n barod am yr Alamo. Aeth y cigydd i mewn drwy gicio'r drws ffrynt yn rhydd, a'i gyfeillion yn ei ddilyn, gan anelu eu gynnau AK-47 uwch eu pennau a saethu'r nenfwd a lan y grisiau – saethu'n wyllt ac yn annisgybledig, yn ofnus a chynddeiriog. Safodd Saunders i'w hwynebu, yn eofn, bron, a chael ei daro gan saith neu wyth bwled, ei gorff yn gwlychu ar amrantiad, fel dyn mewn crys sych yn camu allan i'r glaw – cawod o fetal yn esgor ar enfys o waed.

Glynai corff Trace wrth y wal fel cragen yn glynu at fur harbwr, yn cuddio rhag y perygl. Ond unwaith y clywodd waedd farwolaeth Saunders, dechreuodd ei feddwl droi fel peiriant, gan weithio allan yn gyflym ac yn robotig ymhle'r oedd y dynion yn sefyll odano er mwyn gwneud y tyllau 'na, a gwyddai eu bod nhw heb symud fawr pellach na'r ochr arall i ddrws y ffrynt cyn dechrau tanio.

Gwyddai hefyd nad oedd amser ganddo i feddwl yn hir, felly â gwaedd i rewi'r gwaed, camodd allan drwy'r adwy a gwacáu ei wn i gyfeiriad y tri ymosodwr, a'r rheiny heb y profiad angenrheidiol i fod yn barod amdano ar ôl concro'r rhwystr cyntaf, sef Saunders.

A dyna pam roedd y tri yn gwlwm tyn o gyrff wedi eu hanffurfio a'u clymu gan boen sydyn marwolaeth wrth ochr y drws, a Trace yn arllwys rhagor o fwledi i'r pentwr cnawd er nad oedd angen gwneud.

Erbyn hyn, roedd yr hofrenyddion wedi cyrraedd, casglaid o bryfed sgleiniog yn chwilio am ddŵr yr Ewffrates i ddodwy eu hwyau ynddo. Oedd, roedd pob hofrenydd fel rhyw fath o was y neidr enfawr, ei adenydd yn prysur ddisodli aer, a'r wyau'n troi'n beledau ffrwydrol, a dim stop ar eu dodwy, wrth i werth cannoedd ar filoedd o ddoleri o barseli angau ddisgyn dros y dinasyddion a chwalu'r mosg yn ddarnau bach, y minaréts yn cwympo, y tai clai yn troi'n blu o lwch, y brifysgol ar dân a'r hen lawysgrifau amhrisiadwy'n bwydo'r fflamau. Ac roedd y menywod wedi dechrau clochdar eu poen yn barod, yn udo eu galar, yn gwybod bod angau wedi dod i bylu'r haul a rhacso gobaith. Roedd yr Iancis, yn eu Apaches a chyda'u canonau, wedi dod i ddinistrio'r dyfodol. Oedd, roedd yn amser wylo nawr. Wylo nes bod eu cyrff yn sych.

Camodd Trace allan i'r stryd a gweld tanc yn nodi ei bresenoldeb a dechrau anelu'r gwn hir tuag ato. Safodd yn stond, a gadael i'r milwr y tu mewn iddo ddehongli lliw ei iwnifform, a deall ei fod yn aros yn ei unfan a ddim yn fygythiad. Ac yna, wrth i'r ddinas losgi'n wyllt o'u cwmpas, dyma un o'r dynion yn y tanc yn camu mas, neidio i lawr, a cherddded yn syth at Trace a gofyn iddo a oedd e'n ocê.

Ocê? Ocê? Pwy yn y rhyfel diawl 'ma oedd yn medru cofio cyfnod pan oedd pethau'n ocê? Deuddydd arall oedd gan Trace yn Irac cyn i'r Medivac fynd ag e'n ôl i Kuwait … Atgofion, felly, o Tigris o waed yn llifo. Y cerflun o Saddam Hussein yn cael ei dynnu i'r llawr. Dinas Baghdad yn llosgi'n ulw wrth i GIs ysbeilio'r Amgueddfa Genedlaethol, a chludo trysorau adref at eu cariadon – Kylie a Flora a Monsi a Charlene – fel swfenîrs …

Cerflun o gyfnod yr Asyriaid i Janine yn Lawrenceville, Georgia, sy'n edrych ymlaen yn eiddgar at weld ei gŵr eto, ac at gyflwyno ei fab newydd-anedig iddo.

Darnau aur o fynwent Wadi Al-Salaam yn Najaf yn cael eu smyglo i mewn i Orange County, a chael eu hychwanegu at goler mawr *bling* sy'n hongian yn drwm am wddf Betty-Lou, deg ar hugain oed, sy'n briod â sarjant.

A llechen drom i Shelly yn Talkeetna, Alasga, na ddeallodd erioed pam daeth ei chariad â hi'r holl ffordd 'nôl o ganol y tywod a'r gwres, na chwaith ei gwir arwyddocâd. Ar y llechen, mae geiriau sanctaidd sy'n enghraifft o'r llawysgrifen gynta yn hanes y byd, ond cael ei hesgeuluso fydd ei hanes …

Gorwedd ar bortsh yn Alasga am byth …

… Heb neb i'w darllen.

Yng ngwlad y Barbariaid.

Rhan 4

Juan Pablo a Trace

Ffawd sy'n dewis y foment, ac yn newid popeth

YMUNODD TRACE â'r Border Patrol ar ôl derbyn cyngor gan arbenigwr yn y fyddin ar y broses o ymdoddi i'r gymdeithas eto yn dilyn cyfnod fel milwr. Byddai'n medru trosglwyddo ei bensiwn ffederal, a doedd plismona'r ffin ddim yn annhebyg i ymladd rhyfel, er nad oedd gan y fyddin ysgeler hon arfau ac eithrio cyfrwystra a styfnigrwydd. Ond heb yn wybod iddo, ymunodd Trace â'r Border Patrol er mwyn y foment hon. Er mwyn derbyn yr alwad dyngedfennol hon …

Daeth yr alwad gan y *dispatcher* am 3.03 p.m.

'We've got another wetback. Quadrant B, river side. And judging by the number of birds circling above him, he must be pretty parlous.' Roedd yn rhaid i Trace chwerthin a gofyn y cwestiwn:

'Parlous, Marty. Now where the hell you pick up such high-falutin' words?'

'I got me a Bible and a dictionary, and now I ain't drinkin' none, I got time to read 'em both. Every night I get me some new ones. Words. Sweet ones. Sweet as cherries.'

'Alright then, I'll go see just how parlous he is. How many buzzards, you reckon?'

'Forty, fifty maybe?'

'I better hurry on with … um … alacrity?' Daeth sŵn chwerthin yn troi'n beswch drwy'r statig. Aeth Trace i mewn i'w gerbyd ar ei union. Os oedd cynifer o adar yn cylchu, doedd y dyn ddim yn bell o fynd i'r Disneyland tragwyddol.

Ar y ffordd, gwrandawodd ar Hank Williams yn canu 'Why Should We Try Anymore' cyn diffodd y radio. Sylweddolodd ei fod yn hau cymylau o lwch wrth yrru ar hyd hen gwteri sych. A'i fod e'n anwesu'r reiffl ar y sedd wrth ei ochr fel tasai'n cyffwrdd â choesau ei gariad.

Safodd Trace uwchben corff y dyn. Hongiai tafod y truan allan o'i geg fel ci, a'r ci hwnnw ar ei ffordd i ta pa uffern mae cŵn gwyllt neu anffyddlon yn mynd iddi. Oherwydd roedd hwn i'w weld yn gi hynod wyllt, ac roedd wedi bod yn anffyddlon i orchmynion America. Ni thresmasir yma. Cadwch yr ochr draw i'r weiren bigog.

Y truein-gi! Corff llipa, dannedd melyn a gwddf crog wrth iddo farw o sychder, ei groen a'i glustiau a hyd yn oed y perfeddion meddal y tu mewn iddo'n crino oherwydd y sychder anfaddeugar. Roedd anadlu'r dyn yn hynod fas, yr ocsigen yn yr aer ddim yn ei ddigoni bellach. Tase fe wedi bod mewn ysbyty, byddai'r llinell bwysicaf, sef llinell bywyd ar y peiriant, yn dechrau gwastatáu.

Yn ei eiliadau olaf ar y ddaear hon, breuddwydiai'r trueinddyn am ddŵr croyw Llyn Amatitlán, heb fod yn bell o Ddinas Gwatemala, lle'r oedd ei ewythr yn byw. Soser fawr fel arian byw yn y pellter, ond o fynd yn nes ato, gallai rhywun weld y gwyrddni a thwf y chwyn dŵr troellog fel patrwm DNA, ac ambell lili ddŵr yn blaguro'n sioc o betalau lliw cwyr ar gannwyll, ac yna dyfnder y dŵr ei hun, y gogoniant o ddŵr i boenydio'r dyn yma oedd yn marw'n glou o ffycin syched ac yn gorfod byw gyda'r delweddau dryslyd yma o ddŵr a dyfnderoedd yn llawn pysgod tew a'r ymbarél Siapaneaidd o lilis dŵr gwynion. Lilis. Blodau angau. Pe digwyddai farw nawr, dyna'r ddelwedd olaf fyddai wedi mynd drwy ei feddwl. Tawel. Llonydd.

Nid oedd yn hawdd i Trace sefyll yno. Gan amla, doedd y troseddwyr, y pererinion anghyfreithlon – ond hynod benderfynol – yn ddim byd mwy na ffigyrau bychain yn y pellter drwy ei finocwlars, yn morgruga dros y tir, yn ceisio dringo *mesa* du neu groesi *arroyo* sych. Ond roedd hwn yn berson cig a gwaed ac yn gorwedd yno yn y dwst, yn gyfrifoldeb arno fe, ond hefyd yn cynnig sialens foesol fwya ei fywyd iddo. Wedi'r cwbl, dyn fel hwn laddodd ei frawd annwyl, Alex.

Fflachiai delweddau hynod real o gorff Alex yn gorwedd yn yr heol drwy ei gof – y sgarff o waed browngoch yn hongian am ei wddf, a Mecsicanwr fel hwn, oedd wedi ei ladd, yn syllu'n anghreidiniol drwy ffenest y tryc arnynt tra oedd Alex yn ymladd am bob anadl, yn tynnu tua therfyn ei fywyd, fel y dyn hwn.

Gwyddai Trace taw'r peth iawn i'w wneud oedd codi ei ben a thywallt y mymryn lleiaf o ddŵr dros wefusau llosg y dyn, ond roedd 'na reddf arall, gyntefig, os nad dieflig, yn awgrymu taw hwn oedd ei gyfle i ddial, i dalu'r pwyth yn ôl. Rhyfeddai sut roedd yn gorfod brwydro yn erbyn y teimlad dialgar, yn enwedig o weld tafod y dyn yn ymestyn ymhellach, fel tase fe'n ymbil am ddŵr, neu faddeuant.

Aeth Trace i'w gwrcwd wrth ymyl y dyn, a chodi ei ben â thynerwch mam yn anwesu ei phlentyn. Tynnodd ei botel ddŵr o'i wregys ac arllwys ychydig ddiferion i geg y dyn. Ac wrth wneud, trodd Trace yn Samariad trugarog. Ie. Fe, Trace. Ni wyddai tan nawr, yn ddwfn yn ei galon, a allai fod yn drugarog. Ond bu moesoldeb yn drech nag unrhyw reddf arall.

Dihunodd Juan Pablo o'i drwmgwsg mewn byd anghyfarwydd, a ribidires o oleuadau'n strobosgopio'n araf drwy ffenest ystafell, ac wrth i'w lygaid gynefino, gallai weld hysbyseb neon. Ni allai ddarllen y geiriau 'Bernie's Tap Room', ond roedd rhan ohono'n deall ei fod e wedi cyrraedd America! Roedd y neon yn ei ddallu, bron, a gwelodd gysgod dyn yn crymu drosto, ac yna dim.

Efallai ei fod wedi disgyn i berlewyg, neu efallai mai dyma oedd nefoedd i bobl fel fe, oedd yn ysu yn anad dim byd arall i weld yr Unol Daleithiau … stafell mewn, beth, gwesty? Motél? Nid oedd Juan Pablo'n gwybod y gwahaniaeth oherwydd nid oedd wedi aros mewn gwesty yn ei fyw, a'i unig brofiad o unrhyw fath o foethusrwydd oedd bod yn y car mawr oedd wedi ei godi heb fod yn bell o'r ffin ar ôl iddo ymadael â'i ffrindiau. Stopiodd y gyrrwr i gael bwyd mewn *cantina* enfawr yn llawn teuluoedd yn gwenu a phlant yn rhedeg o gwmpas coesau'r byrddau, a mynnodd y dyn caredig fod Juan Pablo'n bwyta dwy fowlaid o hufen iâ, gan fwynhau gweld y ffordd y trodd wyneb y dyn ifanc yn lleuad llawn hapusrwydd pur wrth edrych ar y sgwpiau siocled a fanila.

Roedd y gyrrwr wedi rhybuddio Juan Pablo na allai fynd ag e'n bell gan nad oedd eisiau i'r awdurdodau ei ddal ag ymfudwr yn ei gar, ond tybiai fod Juan Pablo'n ddigon profiadol i barhau â'i daith ar ôl goroesi'r trenau. Roedd clywed fersiwn gryno o anturiaethau'r crwt wrth iddo deithio o Hondiragwa wedi bod yn ddigon i godi cryd arno. Y fath erchyllterau! Y fath benderfyniad noeth a styfnig.

Pan ddihunodd Juan Pablo drachefn, roedd Trace yno yn yr ystafell yn trefnu bwyd ar y bwrdd, a chreu hambwrdd dros dro gyda llyfr trwchus o fapiau Arisona.

'Ti'n iawn, *compadre*?' gofynnodd, ond dangosodd Juan Pablo gledrau ei ddwylo iddo i awgrymu nad oedd yn ei ddeall. Prysurodd Trace i drefnu'r wledd o Wendy's ar y bwrdd, ond cyn cychwyn ar y swper, aeth draw at y dyn ac estyn ei law iddo'i hysgwyd.

'Trace.'

'Juan … Juan Pablo.' Yna dangosodd Trace mewn cyfres o stumiau ei fod am daenu ychydig bach o eli antiseptig ar groen Juan Pablo. Wrth iddo wneud, gofynnodd nifer o gwestiynau iddo, gan lwyddo i ddeall un o ble'r oedd e, a'i fod wedi dod yma bron yr holl ffordd ar drên, wedyn yng nghefn tryc, ac yna am y can milltir olaf mewn car. Gwyddai Trace o edrych ar y boen a fudlosgai yn ei lygaid nad oedd e wedi dod fel twrist. Ar ben hynny, roedd wedi dod o hyd iddo ym mynwent wag yr anialwch, ar ei bengliniau, ar lan ei fedd ei hun, bron.

Gofalodd Trace am Juan Pablo â phob tynerwch posib, gan wneud yn siŵr ei fod yn sipian dŵr yn gyson a thaenu Blisteze ar ei wefusau i wneud yr yfed yn haws ac yn llai poenus. Cysgai am oriau, ei gorff wedi ei sigo gan ei holl ymdrechion. Ac wrth iddo gysgu, byddai Trace yn edrych arno, ar y cyhyrau bychain o dan groen yr wyneb yn gwingo ac yn crynu'n nerfus.

Gwyddai Trace ei fod yn gofalu am Juan Pablo yn rhannol

er gwaetha'r hyn ddigwyddodd i Alex ac yn rhannol o'i herwydd. Roedd yn ceisio llenwi'r gwacter â phresenoldeb y dyn hwn, oedd yn anadlu'n llafurus o bryd i'w gilydd, a thro arall yn chwysu nes bod y dillad gwely'n sops diferu.

Bob hyn a hyn, byddai Juan Pablo'n dihuno'n sydyn, ar goll yn y stafell, ac yn methu cofio pwy oedd y dyn yma oedd yn ei nyrsio a'i dendio'n dyner. Ond prin ei fod yn deffro'n llwyr cyn i straen a sioc rhan olaf ei daith epig fynd yn drech nag e, a'i ddenu'n ôl i drwmgwsg, ei ben yn cwympo'n dawel, yn berlewygol, a glanio ar y glustog, lle byddai Trace yn ei godi bob hyn a hyn wrth iddo geisio cael y claf i yfed dŵr yn ei gwsg, heb dagu.

Fel rhiant yn gwylio plentyn wrth iddo gysgu, dotiai Trace at y ffordd yr oedd cwsg yn bendithio'r claf, y rhychau gofid ar ei dalcen yn diflannu dros dro, ac ambell waith, dim ond ambell waith, arlliw o wên yn ymddangos, fel petai'n cofio rhywbeth braf. Blasu, yn y cof, un o'r ffrwythau oedd wedi cwympo oddi ar un o stondinau'r farchnad, y croen llawn sudd yn rhywiol o flasus.

Ond allai Trace ddim canolbwyntio'n iawn ar ei ddyletswyddau fel nyrs oherwydd natur ei ddilema. Teimlai'n gryf fod y dyn yma wedi dioddef gormod i orfod wynebu siwrne fer dros bont ar fws yn llawn pobl oedd newydd golli pob gobaith posib ac yna gael ei yrru'n ôl i Fecsico, lle byddai'n gorfod wynebu peryglon yr afon unwaith yn rhagor, neu hyd yn oed fynd yr holl ffordd adref, gan wynebu fersiwn waeth o'r siwrne hon. Oherwydd y tro hwn ni fyddai ganddo obaith i'w danio, na breuddwyd i'w chanlyn, dim ond methiant yn ei feddiannu'n drwm â phob milltir y teithiai yn ei ôl.

Brawdoliaeth

CYMERODD DDEUDDYDD i Trace wneud ei benderfyniad. Byddai'n helpu Juan Pablo i ffoi i Alasga, a byddai'n mynd gydag e'n gwmni, i wneud yn siŵr ei fod yn cyrraedd yn ddiogel, ac efallai i ffoi rhag ei fywyd e'i hun. Unwaith roedd e wedi gweld y dyn ifanc yn ymladd am bob anadl yng nghanol y dwst, ar ôl dod drwy gynefin y neidr ruglo a thrwy'r llwyni o ddrain cactws a'r sychder Beiblaidd, gwyddai nad oedd modd iddo ei amddifadu o unrhyw gysur nac unrhyw help. Gwyddai hefyd y gallai fynd i garchar oherwydd hyn, ac y byddai barnwr yn llawdrwm â swyddog y Border Patrol oedd yn torri'r gyfraith yn y fath fodd. Deng mlynedd o garchar. Pymtheg, efallai, yn darged beunyddiol oherwydd bod carcharorion wrth eu bodd yn poenydio cyn-blismyn, yn cael hwyl ddieflig gyda rhywun fel fe, mwy na chyda chachgi oedd wedi cam-drin plant, o bosib.

Ond roedd gofalu am Juan Pablo'n werth y risg. Teimlai anwylder annisgwyl o edrych arno'n cysgu. Ei frawd wedi ei atgyfodi mewn ffordd Fwdaidd? Neu bererin oedd wedi dod i chwilio amdano fe a neb arall? Cododd Trace diwb o Blisteze a thaenu peth o'r eli ar flaen ei fys cyn ei rwbio dros wefusau Juan Pablo, y cyffyrddiad mor dyner â chusan.

Gwellodd Juan Pablo'n gyflym iawn o gofio'r cyflwr roedd ynddo pan ddaeth Trace o hyd iddo yn yr anialwch – roedd e ar ei draed o fewn tridiau, er ei fod yn sigledig, ac yn cerdded yn bypedaidd, gan gydio yn y dodrefn oherwydd y gwendid yn ei goesau, a Trace ac yntau'n dod i ddeall sut i gyfathrebu heb eiriau. Gwyddai Juan Pablo fod ei ddyled i'r dyn yma'n cynyddu bob munud, gan ddeall y gallai'r daith ddod i ben gydag un gair wrth yr awdurdodau, heb sylweddoli bod Trace yn gweithio i'r awdurdodau hynny, ac yn waeth fyth, i'r awdurdod oedd yn plismona'r ffin.

I osgoi gorfod meddwl gormod am ei ddilema, gwnaeth Trace un peth bach, syml. Aeth â'i gyfaill newydd allan o'r stafell yn y motél ac at yr heol fawr, cerdded i lawr y pafin yn ara bach am bum can llath, a chamu i mewn i fwyty Denny's. I Juan Pablo, roedd camu i mewn i'r lle bwyta cyffredin, plastig hwn fel camu i wlad breuddwydion. Nid oedd wedi gweld dim byd tebyg yn ei fyw.

Trawyd ef gan y lliwiau'n fwy na'r arogl i ddechrau. Yr oren llachar, y coch plastig a'r gwyn clinigol. Doedd e erioed wedi profi'r fath lendid o'r blaen. Nododd Trace y syfrdandod ar wyneb Juan Pablo, oedd fel petai e newydd gamu o oes gyntefig, yr Oes Jiwrasig, dyweder, i Oes Cyfalafiaeth, neu a bod yn fanwl gywir, i gyfnod y teclyn electronig o dan ymbarél Oes Cyfalafiaeth. Ac er bod Juan Pablo wedi syllu drwy ffenest McDonalds fwy nag unwaith, nid oedd yn deall sut roedd y lle yn gweithio, beth i'w wneud â'r fwydlen, y protocol o eistedd, a chael menyw â gwên hael yn gofyn iddo beth roedd e eisiau.

Atebodd Trace drosto, gan archebu gwledd Americanaidd gyntaf Juan Pablo – *grits* a *hash browns* a darnau tenau o facwn a chrempog a surop masarn, ac roedd Juan Pablo'n dechrau meddwl bod y bwyd yn ddiddiwedd, gan fod menyw arall wedi ymddangos â choffi ac un arall eto'n cynnig basged fechan yn llawn poteli bach o ddiodydd meddal iddo.

Er bod Trace wedi ceisio bwydo Juan Pablo yn y stafell

am ddyddiau, ni fu chwant bwyd arno, ond nawr roedd yn teimlo y gallai eistedd yma'n bwyta drwy'r dydd, yn wynebu gorymdaith o weinyddion, un ar ôl y llall.

Gwyddai Trace nad oedd gorfwyta'n syniad da i stumog mor fregus ag un Juan Pablo, felly awgrymodd y dylai arafu ychydig, gan stumio â'i fysedd iddo falle adael rhywbeth ar ei blât. Ond roedd Juan Pablo am flasu America. Ac roedd 'na bleserau eraill hefyd, rhai mwy nwydus, gan fod y merched ifanc oedd yn gweini yma mor hardd, ac mor wahanol, â'u dannedd perffaith a'u gwallt golau, ac er bod Juan Pablo wedi bod yn sâl, ac yn dal yn wan iawn, roedd y menywod yn ei ddenu fel seireniaid. Ac er nad oedd yn deall gair o'r hyn roedd Trace yn ceisio'i ddweud wrtho, gwyddai fod ganddo ffrind da yma, ac roedd yn ymddiried ynddo'n llwyr.

Bythefnos ar ôl i Trace ddod o hyd i Juan Pablo, eglurodd ei fod yn gadael am ychydig ond gan bwysleisio, drwy ystumio'n ofalus ac ynganu geiriau syml, y byddai'n dychwelyd erbyn wyth o'r gloch y noson honno, a phwysleisio hefyd na ddylai Juan Pablo agor y drws i neb ond fe.

Gadawodd Trace y motél ar droed i gwrdd â'i ffrind Joaquim, oedd yn ei ddisgwyl wrth ymyl gorsaf betrol Chevron. Nodiodd y ddau ar ei gilydd a chroesi'r ddinas i iard sgrap Revon Motor Salvage, lle prynodd Trace gar ail-law, oedd yn ddim byd ffansi, a thalu hefyd am ddau basbort ffug, tystysgrifau nawdd cymdeithasol a thrwydded yrru a'r enw Lawrence Marshall III arni. Esboniodd perchennog yr iard y byddai angen i'r ddau ohonynt fynd yno i gael tynnu eu llun ryw ben, a threfnwyd i wneud hynny'r noson ganlynol. Cynigiodd Joaquim eu gyrru nhw 'nôl a mlaen fel y gallent adael eu car yn yr iard, a byddai'r perchennog yn gwneud yn siŵr bod dogfennau yswiriant y car, ynghyd â disg treth fyddai'n cyd-fynd â gweddill y dogfennau ffug, yn disgwyl amdanynt.

Aeth Joaquim drwy'r strydoedd cefn i dŷ Trace cyn mynd ag e'n ôl i'r motél, er mwyn iddo anfon e-bost arall at ei fòs, yn esbonio ei fod yn dal yn sâl a'i fod yn disgwyl bod 'nôl yn y gwaith yr wythnos ganlynol. Nid oedd yn hawdd iddo ddweud celwydd wrth y dyn, oherwydd bod Bill Cheney wedi bod yn garedig iawn wrtho ers iddo ddechrau yn ei swydd, bron yn dadol yn y ffordd roedd yn ymddwyn tuag at ei swyddog gorau. Y swyddog gorau, oedd ar fin ei heglu hi am y ffin, ei fryd ar fynd i'r gogledd, a ffoadur o Hondiragwa wrth ei ymyl.

Yn blygeiniol, aeth Trace allan i faes parcio'r motél, oedd yn boddi mewn golau oren – llifeiriant o fandarin, satswma a thanjerîn. Llenwodd y gist â'r geriach angenrheidiol a digonedd o ddŵr cyn dweud wrth Juan Pablo am ei heglu hi i lawr y grisiau ac eistedd yn y sedd flaen tra oedd yntau'n talu'r bil. O fewn munudau, roedd y ddau ar yr heol, Bob Seger a'r Silver Bullet Band yn chwarae 'Hollywood Nights' ar y peiriant CD, a phatrwm rhythmig y gitâr fas megis yn cyflyru Trace i roi ei droed i lawr i sbarduno'r car yn ei flaen.

Ugain munud yn ddiweddarach, roeddent ar gyrion y ddinas ac yn mynd heibio i isorsafoedd trydan a stribedi llwydaidd o siopau bychain. Taco Bell. Lenny's Liquor. Whitey White Laundry. All U Can Eat Korean BBQ. Hogan Guns. Three Gem Saloon.

Ymlaen â nhw. Heibio i Marana a Red Rock ar Interstate 10 nes cyrraedd Rhandir Indiaidd Afon Gila, lle trodd Trace i mewn ar hyd un o'r lonydd newydd tuag at un o'r casinos crand. Gadawodd Juan Pablo yn y car a mynd i gael gair ag un o hynafgwyr y llwyth.

Eisteddai'r hen ŵr mewn stafell yn llawn monitorau camerâu fideo, digon ohonynt i edrych ar bob rhan o bob llawr yn y casino o bob ongl. Yng nghornel y stafell, eisteddai dau ddyn hynod dew – tewach na'r un reslwr *sumo* – yn cyfri darnau arian ar ôl gwagio'r peiriannau. Mynydd o niceli, bryniau o ddimeiau.

Er nad oedd neb yn gamblo mwy nag arian mân yn y casino yn ystod yr wythnos, yn wahanol i'r gamblwyr selog oedd yn dod yma ar benwythnos, roedd cyfanswm yr arian mân yn un teidi bob dydd, ac roedd yr Indiaid Americanaidd oedd biau'r casino'n hoff iawn o arian parod, oherwydd nid oedd yr IRS, y dynion treth barus, yn gwybod faint o ddarnau arian oedd yn cael eu harllwys i mewn i'r peiriannau Powerball, Silver Cascade a Klondike Gold Rush. Fyddai rhai hen bobl yn gwneud dim byd arall ar ôl ymddeol heblaw gwario'u holl gynilion, yn hawdd ac yn hollol ddiffwdan, mewn casinos o Nefada i Louisiana, a nifer yn marw wrth chwarae, yn cael harten dros y bwrdd *blackjack*, neu strôc enfawr wrth wylio'r bêl rwlét yn dod i stop yn y lle anghywir.

'Mae wedi bod yn amser hir,' awgrymodd yr hen ddyn, wrth iddo danio *cheroot* tew a'i osod rhwng ei wefusau main â dwylo crynedig. Pwyntiodd at gadair ledr lydan, ddu.

'Eisteddwch, eisteddwch! Nawr sut alla i'ch helpu chi?'

'Mae gen i ffrind sy mewn trwbl. Neu o leiaf, mae e yn y wlad hon, a does neb yn gwybod ei fod e yma. Petaen nhw'n gwybod, byddai'n cael ei anfon 'nôl. Ac yn teithio i uffern.'

'A chithau … Beth fyddai'n digwydd i chi?'

'Mae bywyd yn llawn risg. Dwi'n derbyn hynny. Mae angen help ar y dyn yma, a dwi'n fodlon derbyn yr hyn a ddaw. Ond dwi'n gobeithio na fydda i'n gorfod wynebu achos llys a dedfryd o garchar. Dyna pam dwi wedi dod i'ch gweld chi.'

'Rydych chi'n gwybod na fyddaf fyth yn anghofio fy nyled i chi. Mae'n ddyled fawr, ac rydw i at eich gwasanaeth tra byddaf byw.' Flynyddoedd ynghynt, pan oedd yn gweithio fel warden tân, roedd Trace wedi dod o hyd i fachgen bach oedd wedi bod allan yn hela gyda'i degan o fwa a saeth, ac a oedd wedi dal ei droed mewn magl go iawn. Roedd yr haul yn danbaid, a doedd ei deulu ddim hyd yn oed wedi sylweddoli ei fod e wedi gadael y tŷ. Doedd dim dwywaith na fyddai'r bachgen, sef nai yr hynafgwr a eisteddai gyferbyn â Trace mewn niwl o fwg *cheroot*, wedi marw pe na bai Trace wedi ei achub.

Ond ni fyddai Trace wedi meddwl am ddod i ofyn am ffafr pe na bai'n ceisio smyglo ffoadur ar draws slaben sylweddol o gyfandir enfawr, a byddai cael aelodau'r Genedl Gyntaf ar eu hochr yn gwneud y dasg yn dipyn haws, yn enwedig gan nad oedd gan yr heddlu unrhyw awdurdod dros y rhandir. Dim ond gan heddlu'r Indiaid roedd rhwydd hynt i fyned yma a thraw, a chan mai'r brodorion cynhenid oedd yn gweithio iddyn nhw, byddai gair neu gais gan hynafgwr o un o'r llwythau eraill yn agor drysau ac yn adeiladu pontydd, yn enwedig y dyddiau hyn, pan oedd yr Indiaid yn gweithio megis o fewn gwlad annibynnol, ac yn fwy milwriaethus ynghylch eu hawliau, ac yn medru talu cyfreithwyr drudfawr yn Washington DC gyda'r arian a lifai i mewn i'r casinos mewn nifer fawr o daleithiau.

'Beth yw enw'ch ffrind?'

'Juan Pablo. Mae'n dod o America Ganol, ond hoffwn i fynd ag e i Alasga.'

'Alasga?'

'Mae digon o le yno i rywun fynd ar goll. Lan fan 'ny yn y coedwigoedd mawrion. Mynd ar goll am byth.'

'Beth sydd ei angen arnoch, gyfaill?'

'Cymorth eich cenedl.'

'Mae hynny'n hawdd. Gyrraf e-bost at bob llwyth rhwng fan hyn a'r fan honno. Oes gyda chi syniad pa ffordd ry'ch chi'n bwriadu mynd?'

'Do'n i ddim am fod yn ddigon haerllug i gymryd yn ganiataol y gallech chi fy helpu, er 'mod i'n hollol siŵr y byddech am roi cymorth parod.'

'Mae gen i gasgliad o fapiau o'n tiroedd ni. Beth am i chi ofyn i'ch ffrind ddod i mewn a gallwn fwyta wrth i ni gynllunio'ch taith ...' Taenwyd y mapiau ar draws bwrdd enfawr o bren du, trwchus. Synnai Trace at wybodaeth yr hen ŵr am y llwythau eraill, a'r ffordd roedd e'n cofio enwau arweinwyr a hynafgwyr a siamaniaid ym mhob man. Gallai hyd yn oed olrhain achau teuluol sawl un wrth i'w fys tenau – bron mor denau ag asgwrn coes ffowlyn – bwyntio'i ffordd yn sigledig o Arisona i Alasga.

Tra oedd Trace, Juan Pablo a'r hen ŵr yn bwyta *quesadillas* o fwyty'r casino, dechreuodd y ddau ddyn tew fu'n cyfri'r arian duchan a chwysu wrth rolio darn mawr o blastig ar draws y llawr. Edrychodd Trace arnynt, gan godi ei aeliau yn ei ddryswch.

'Clefyd y siwgr,' dywedodd yr hen ŵr.

'Beth?'

'Dyna beth sy'n bod ar y ddau yma, sy'n chwysu fel moch. Mae clefyd y siwgr yn bla arnom am fod cynifer o 'mhobl yn bwyta sothach ddydd ar ôl dydd. O fore gwyn tan nos. Sothach a mwy o sothach.'

'Dwi'n gweld. Ond ro'n i eisiau gwybod pam maen nhw'n gosod y plastig ar lawr.'

'Ar gyfer yr aberth. Os ydych chi'n mynd i fod yn frodyr gwaed i mi, mae angen lladd creadur byw ar ddechrau'r ddefod. Bydd Jackie yma o fewn yr awr gyda gafr, os llwyddodd e i ddod o hyd i un. Dwi wedi perfformio'r ddefod gyda chwningen cyn hyn.' Ar y gair, cerddodd Jackie Two Trees i mewn a gafr ifanc wrth ddarn o gortyn glas yn ei ddilyn. Edrychodd yr hen ŵr ar Trace a Juan Pablo.

'Barod?'

'Barod.' Heb oedi, gorchmynnodd yr hen ddyn i'r ddau ddyn tew glymu rhaffau bach at goesau'r afr, oedd yn brefu'n niwrotig, ei choesau'n straffaglu'n ddewr wrth i'r ddau dynhau'r cortyn. Camodd i gwpwrdd ym mhen draw'r stafell a thynnu cleddyf enfawr ohono.

Yna cerddodd yr hen ŵr yn bwrpasol tuag at yr anifail druan, a chyda nerth arallfydol, cododd y cleddyf fry uwch ei ben a'i hollti'n ddau ag un ergyd. Doedd y plastig ddim yn ddigon i amddiffyn y pum dyn rhag sefyll mewn cawod o waed, gwlychfa ysgarlad a marŵn.

Er gwaetha'r gyflafan, symudodd yr hen ddyn yn chwim at Trace a Juan Pablo, a gofyn iddyn nhw ddiosg eu siacedi, fel tase fe'n bwriadu mynd â nhw i'r *launderette* i gael gwared o'r gwaed. Ond nid dyna oedd ei fwriad. Cymerodd hanner munud i esbonio ei fod am fynd â'r siacedi'n rhodd a'u cyfnewid am bâr o fwclis, gan dynnu'r rheiny oddi ar ei fraich dde a'u cynnig nhw'n ddefodol.

'Drwy'r weithred hon o roi i chi symbolau o hunaniaeth fy llwyth a'm hawdurdod innau, a'u cyfnewid am eich mentyll chithau, rwy'n datgan i'r byd fy mod i, a phob peth rwy'n ei gynrychioli, bellach yn eiddo i chi.

'A nawr, rhaid i ni gyfnewid arfau. Gan nad oes gennych eich arfau eich hunain, gwell i chi fynd â phob o fwyell o'r cas gwydr draw fan yna. Rhain oedd arfau fy nghyndeidiau. Dyma fy arf i …' Tynnodd yr hen ddyn bistol bach twt o wain o dan ei gesail. Cynigiodd hwn i Trace a gofyn iddynt gyflwyno'r bwyelli cyntefig iddo yntau. Yna, dechreuodd fwmial yn dawel, rhyw dôn o amser pell, pell yn ôl, cyn bod y môr yn ffarwelio â'r tir a'r mynyddoedd yn codi'n furiau. Cododd ei lais, gan greu tensiwn dramatig yn yr ystafell, lle'r oedd y ddau dyn tew wedi dod â bwcedi a mopiau i ddechrau glanhau'r gwaed erbyn hyn, er bod y gwaith yn amlwg yn rhoi straen ar eu calonnau bregus. Ymsythodd yr hen ddyn a datgan fel hyn:

'Drwy'r weithred hon o gyfnewid, mae fy nerth a'm gallu yn cael eu trosglwyddo nawr i chi. Fy ffrindiau i yw eich ffrindiau chi. Cofiwch: mae fy ngelynion i yn elynion i chithau hefyd. Ond dyma sy'n bwysig – os bydd rhywun yn ymosod arnoch chi, mi fydda i'n sefyll wrth eich ochr, yn ymladd fel llew … A nawr mae'n rhaid i ni gyfnewid enwau. Fy enw i yw Nahuel Sundust, a fy enw brodorol yw Hen Arth y Lleuad. Gan nad oes ganddoch chi enwau brodorol, bydd yn rhaid i ni fathu rhai i chi. Felly …' Oedodd yr hen ddyn cyn edrych yn ddwfn i lygaid y ddau. Stopiodd y ddau hwlpyn tew eu llafur hwythau yr un pryd. Roedd bedyddio'n un o'r pethau pwysicaf i'r llwyth, ac roedd derbyn enw fel derbyn y rhodd fwyaf gwerthfawr posib.

Syllodd Trace a Juan Pablo ar Nahuel yn synfyfyrio wrth ei waith. Edrychodd arnynt drachefn, yn ddyfnach i fyw eu llygaid y tro hwn. Yna, gyda phendantrwydd, dywedodd:

'Eich enw chi, Trace, fydd Dawn y Dylluan, am eich bod yn cadw llygad craff ar bethau, ac enw Juan Pablo fydd Cysgod y Sgwarnog, oherwydd ei fod wedi symud yn gyflym gydol ei oes, a bydd yn symud yn gyflymach fyth. 'Sdim dwywaith am hynny. Dyw ei daith ef ond megis dechrau.' Edrychodd yr hen ŵr i rywle pell yn ei feddwl am eiliad, fel petai'n gweld y gorffennol a'r dyfodol yr un pryd. Yna, fel petai rhywun wedi clicio'i fysedd i'w ddihuno, ebychodd yn sydyn:

'Ond nawr mae'n rhaid i chi gerdded y llwybr gwaed ...'

'Y llwybr gwaed?' holodd Trace.

'Mae gofyn i'r ddau ohonoch gerdded mewn siâp rhif wyth rhwng dau hanner corff yr afr, cyn oedi yn y canol er mwyn clywed bendithion a melltithion y cytundeb gwaed.' Dechreuodd Trace deimlo ychydig yn bryderus.

'Bydd y cytundeb rhyngom yn datgan yn hollol glir bod unrhyw un sy'n torri'r cytundeb yn marw yn union fel mae'r anifail hwn wedi marw, drwy gael ei hollti'n ddau.'

'Nid ar chwarae bach ...' mentrodd Trace.

'Yn union. Nawr i mewn â chi. Dilynwch y llwybr gwaed ac mi fydda i'n perfformio'r ddefod. Ar ôl i mi orffen, dewch draw ata i er mwyn i mi dorri'ch croen â'r gyllell sanctaidd a chymysgu ein gwaed a'n troi'n frodyr ...' A dyma'r hen ddyn yn adrodd ei rigymau mesmerig, ac ar ddiwedd y pennill ola, closiodd y tri at ei gilydd, a'r gyllell yn rhyddhau stribedi ysgarlad o waed o gledrau eu dwylo, a'r hen ddyn yn eu tynnu'n dynn mewn cwlwm o waed a phoen wrth i'r gyllell dorri cwys ddyfnach. Ac i orffen y seremoni, dyma'r hen ddyn yn tywallt powdwr dros eu dwylo, powdwr llithfaen llwyd, i gymysgu â'r gwaed a symud o dan y croen, gan greu craith fyddai'n para am byth, yn datgan yn glir bod pob un o'r tri yn frawd-y-cyfamod-gwaed.

Ar ddiwedd y ddefod, oedd yn hardd er gwaetha'r gwaed a chorff celain yr anifail yn gorwedd ar lawr, safai'r tri brawd newydd wrth ymyl ei gilydd, yn driongl o ddibyniaeth a dealltwriaeth a chadernid.

Edrychodd Trace, Dawn y Dylluan, ar Juan Pablo, Cysgod y Sgwarnog, oedd yn sefyll ar goesau oedd wedi troi'n jeli yng nghryndod y ddefod a'r aberth, a'r teimlad ei fod e wedi ei drwytho mewn rhywbeth arbennig tu hwnt, rhyw fath o fedydd, neu drawsnewidiad hollol.

Os oedd Juan Pablo'n debyg i'w frawd Alex cyn hyn, yn gorwedd ar y gwely'n swp sâl, roedd y dyn ifanc o Hondiragwa'n edrych fel brawd go iawn iddo bellach, fel yr oedd yr hynafgwr hynod. Un prynhawn, a thrwy un ddefod, roedd hen ddyn oedd yn edrych fel pe gallai fod yn gant a deng mlwydd oed a mwy wedi datgan ei frawdgarwch bythol wrthynt, ac roedd Juan Pablo wedi cymysgu gwaed ag e, Trace.

Brodyr. Am byth. Am byth bythoedd.

Trindod. Undod.

Brodyr.

Hanes y blodyn

AETH Y TRI DYN, y drindod newydd, i eistedd ar ddarn o'r llawr oedd yn ddigon pell o gorff yr anifail. Daeth y dynion tew draw i weini cwpanau bach porslen yn llawn te gwyrdd iddynt, a Trace yn gofyn ai te mintys oedd e. Atebodd Nahuel eu bod nhw'n yfed planhigyn oedd ddim ond yn blodeuo o dan leuad lawn, ac yn tyfu mewn un lle yn unig, a taw dim ond fe a'i nai oedd yn gwybod ymhle'r oedd y planhigyn prin yn tyfu ac yn ffynnu.

'Mae 'na stori,' meddai, 'sy'n adrodd hanes y planhigyn hwn.' Cliriodd ei lwnc cyn dechrau.

'Roedd Nan-je, y creawdwr mawr, yn crwydro yn un o goedwigoedd tywyllaf ei greadigaeth pan welodd hen ŵr mewn carpiau oedd yn crynu'n wyllt, nid oherwydd ei fod wedi gweld Nan-je, ond oherwydd bod ei unig ferch mewn peryg. Roedd dieithriaid o rywle'n bell, bell i ffwrdd wedi dod i'r ardal, eu llygaid yn llosgi'n goch fel cols, a gwylltineb ynddynt. Gwyddai'r hen ddyn yn iawn y byddai'r newydd-ddyfodiaid yma'n anafu ei ferch petaent yn digwydd ei gweld.

'Roedd ei ferch yn hardd, ac yn forwyn, a byddai hi fel rhyw fath o abwyd berffaith ei chroen i'r dynion yma â'u llygaid cols a'u chwant. Bob hyn a hyn, edrychai'r hen ddyn o gwmpas, dros ei ysgwydd, yn ofni nad oedd y dynion yn bell i ffwrdd. A gofynnodd Nan-je iddo ymhle'r oedd ei ferch, a dywedodd ei thad ei bod yn llechu mewn llwyn o fieri gerllaw, a dangos yr union fan i Nan-je. A dyma Nan-je yn newid goslef ei lais, gan golli pob awdurdod ac urddas, a chlosio at yr hen ddyn, gan addo na fyddai'r dynion fyth yn llwyddo i ddod o hyd i'w ferch, ac na fyddai hi'n dioddef na thrais na thymer dyn yn ei byw. A chyda hynny, syrthiodd yr hen ddyn i berlewyg, ac yna marw'n dawel, yng nghysur geiriau creawdwr nos a dydd a phob peth byw. Ac yna, bron heb feddwl, dyma Nan-je yn troi'r ferch oedd yn cwato yn y llwyn mieri'n flodyn prydferth, un fyddai'n addoli'r lloer â'i brydferthwch a dim ond yn ei amlygu ei hun i unrhyw ddyn pe digwyddai iddo fod heb falais o gwbl.

'A dwi'n gwybod ble mae'r union fan,' dywedodd Nahuel, yn mwynhau blas annaturiol y te yn y gwpan. 'Yfwch, yfwch. Bydd yn rhoi nerth i chi. Fydd dim angen cwsg arnoch nes eich bod yn cyrraedd diwedd eich siwrne.'

'Ond dy'n ni ddim yn gwybod i ble ry'n ni'n mynd,' atebodd Trace.

'Mae gen i syniad,' meddai'r hen ŵr, gan lowcio'r hyn oedd yn weddill o'i de blodyn y lloer cyn estyn am fap o heolydd mawr America. 'Dyma fel rydw i'n gweld eich siwrne. Byddwch ddewr, byddwch gyflym a pheidiwch byth ag edrych yn y drych ôl. Mae'r hyn sy'r tu cefn i chi'n perthyn i ddoe ac ry'ch chi, fy nau frawd ifanc, yn chwilio am yfory, ac am wlad sydd well.' Ffarweliasant â Nahuel yn ddiffwdan, gan wybod y byddai rhan ohono'n teithio gyda nhw bob amser. Nid oedd Trace wedi gweld lle mor ddiflas o wag â'r tiroedd diffrwyth ar ôl gadael dinasoedd sychion Gilbert a Chandler erioed, ac erbyn iddynt yrru heibio i Ahwatukee Foothills Village, roedd yn rhyddhad mawr gweld yr arlliw o wyrdd a ddeuai o dyfiant y gwair tenau. Brwyn sych oedden nhw, yn fwy na gwair, ond yn wyrdd serch hynny.

Ymlaen â nhw. Saith deg milltir yr awr. Pum milltir yr awr yn gynt na'r cyflymdra cyfreithlon. Nid oedd Juan Pablo wedi gweld unman tebyg i Phoenix, a doedd dim byd i'w rhybuddio nhw pa fath o le oedd e wrth iddynt yrru drwy'r anialwch cactysog tuag at y ddinas. Ac yna, dyna hi – erwau gwyrddion, llachar o gyrsiau golff, a dŵr yn cael ei daenellu i bob man, a thai actorion a chyn-arlywyddion y wlad, a'r maestrefi oedd, erbyn hyn, wedi hawlio milltiroedd sgwâr o dir lle cynt ni thyfai dim mwy na *saguaro.*

Nawr, roedd 'na erddi twt a lawntiau, a'r gwair wedi ei dorri fel bwrdd biliards, a menywod yn gwisgo menig gwynion – yn y gwres yma, yn y gwres syfrdanol yma – yn torri camelias, ac ambell un, yn ddi-hid o effeithiau ymbelydredd yr haul ac o ganser y croen, yn eistedd yn yfed te neu hyd yn oed *mint julep* bach slei er bod amser coctels yn bell i ffwrdd.

Ac wrth iddynt deithio drwy'r ardaloedd hyn, teimlai Juan Pablo fel dieithryn hollol, ar goll oherwydd y straen o ddarllen enwau ar yr arwyddion ffyrdd, er bod rhai yn Sbaeneg. Nid oedd Juan wedi dysgu darllen yn iawn erioed, er ei fod wedi gwneud ei orau glas i'w addysgu ei hun, gan ofyn cwestiynau bob gafael, a holi dieithriaid i ddweud wrtho beth oedd y geiriau mewn hysbysebion papur newydd pan oedd yn chwilio am ffrwythau gwastraff yn y farchnad.

Ond nawr, roedd y geiriau wedi eu sgramblo, a chyflymdra'r car – er bod Trace bellach yn cadw o fewn y terfynau cyfreithlon rhag tynnu sylw'r Highway Patrol, fyddai'n siŵr o ofyn am weld eu dogfennau – yn ei gwneud hi'n anodd canolbwyntio ar y sillafu, heb sôn am y ffordd roedd yr haul yn eu dallu. Felly roedd yr enwau, wedi eu trefnu'n driawdau bach pert, yn cadw eu barddoniaeth ynghudd rhagddo:

Laveen, Toleson, Estrella Village
Mesa, Tempe, Fountain Hills
Usery Mountain, Skyline Park, Pinnacle Peak
Camelback Road, Arrowhead Ranch, El Mirage

Ymlaen â nhw, gan adael y ddinas rithiol yma a chodi eto, y Shangri-La o le fel *mirage* wrth iddo doddi yn y pellter. Ac wrth iddynt groesi'r unigeddau nesaf – gwastadeddau yn llawn pyramidau tal, folcanig – teimlai Trace yn ddigon hyderus nad oedd 'na blisman ar gyfyl y lle i gynnig tro i Juan Pablo wrth y llyw.

Er ei fod yn nerfus i ddechrau, cydiodd Juan Pablo'n dynn yn yr olwyn lywio a gwrando'n astud ar yr hyn oedd gan Trace i'w ddweud wrtho am y brêcs a'r sbardun, gan gadw'r gorchmynion yn syml.

Yna, trodd yr allwedd, a daeth y goleuadau ymlaen ar y panel deialau, a'r weipars hefyd, yn ddamweiniol, a theimlodd bŵer yr injan, a'r rhyddid hanfodol i fynd i ble bynnag a fynnai, yr hawl sylfaenol Americanaidd i yrru car, a bod yn berchen car, a dilyn unrhyw heol a welai. Hyn oll ag un troad allwedd, ac yna, oherwydd bod y car yn awtomatig, cyffyrddodd â'r sbardun a dyma'r car yn dechrau mynd. A chyda hynny, roedd Juan Pablo'n teimlo fel brenin, ac yn ddigon dewr o fewn deng munud i agor y ffenestri am ychydig, gan adael i'r awyr gynnes chwythu drwy ei wallt.

Gofynnodd i Trace fwy nag unwaith a oedd yn ddiogel iddo ddal ati i yrru wrth iddynt nesáu at ambell le bach diarffordd fel Anthem, Black Canyon City neu Cordes Lakes, ond roedd Trace yn gwybod digon am arferion yr heddlu yn y parthau yma i wybod nad oedd yn rhaid iddynt bryderu.

Roedd yr heddlu'n canolbwyntio'r gwaith i lawr wrth y ffin, a nifer ohonynt yn teimlo os oedd ffoadur wedi llwyddo i gyrraedd yr Unol Daleithiau heb gael ei ddal, wel, pob lwc iddo, a tha p'un, pwy fyddai'n gwneud y gwaith brwnt fel arall? Nhw, y Mecsicanwyr a thrigolion gwledydd eraill America Ganol, oedd y llafurwyr a'r adeiladwyr, y bobl oedd yn fodlon treulio oriau maith yng ngwres yr haul yn casglu mefus, mafon, a phob math o lysiau nes bod eu cefnau'n crymanu.

Ymlaen â nhw, gan groesi croesffordd yr Agua Fria Freeway, a gwyro i'r gogledd-ddwyrain am sbel, heibio i Camp Verde drwy swydd Coconino, ymlaen i Flagstaff, lle gofynnodd Trace i Juan Pablo nid yn unig roi'r gorau i yrru ond hefyd orwedd ar y sedd gefn. Gwyddai fod 'na orsaf gyfagos oedd yn perthyn i'r Arizona Highway Patrol, oedd yn ystyried eu hunain fel y ffin olaf, ac roeddent wrth eu bodd yn dal pererinion bach truenus o Oaxaca a Cholula a'u hanfon yn ôl i'w *pueblos* bach tlawd.

Byddai'n well i'r swyddogion yma weld un dyn yn gyrru: byddai'n gwneud bywyd dipyn haws, ac yn sicrhau, bron, na fyddai rhyw ddyn boliog a gwn trwm a *taser* yn hongian oddi ar ei wregys yn stopio'r car.

Teimlai'r ddau fod Hen Arth y Lleuad yn teithio gyda nhw, fel tase fe'n eistedd yn y sedd gefn yn canu grwndi'n dawel, gan ymuno yn y caneuon ar y radio – 'Sweet Freedom' Michael McDonald, 'Jungleland' Bruce Springsteen a 'When You're in Love with a Beautiful Woman' Dr Hook. Braidd yn hen ffasiwn oedd chwaeth Trace wrth ddewis yr orsaf radio, ond nid oedd hyn yn amharu dim ar bleser y ddau frawd wrth iddyn nhw yrru tua'r gogledd. Ie, dau frawd. Doedd dim dowt am hynny.

Roedden nhw wedi hen adael Flagstaff pan glywodd Juan Pablo 'ping' y ffôn symudol roedd Trace wedi ei roi iddo. Neges gwta. 'San Francisco. Pier 19.' Neges gan bwy? Nahuel? Dangosodd Juan Pablo y neges i Trace, a theipiodd hwnnw enw'r ddinas i mewn i'r teclyn *sat-nav* a gweld y llinell las yn newid cyfeiriad, yn symud tua'r gorllewin nawr.

'Ti'n fodlon ufuddhau i neges ddienw?' gofynnodd Trace yn ei Sbaeneg herciog.

'Os yw'n dod gan fy mrawd ...' Winciodd Trace ar Juan Pablo yn y drych. Setlodd y gŵr ifanc i ledr cynnes y sedd a syrthio i gysgu, heb wybod lle'r oedd y San Francisco yma, ac felly heb syniad yn y byd eu bod yn gyrru i Galiffornia, greal a diwedd pererindod i gynifer o bobl.

Byddai Trace wedi gyrru'r holl ffordd heb stopio oni bai am ddigwyddiad a fu bron â dod â'r holl antur enfawr, beryglus yma i ben. Gyda phob milltir a ymddangosai ar odomedr y car, deallai Trace ei fod yn gyrru i mewn i fwy a mwy o drwbl petai rhywun yn digwydd ei ddal.

Ond roedd e am helpu ei frawd, ac roedd yn barod i aberthu llawer er mwyn gwneud hynny – hyd yn oed ei ryddid, er bod yn well ganddo beidio â meddwl am hynny. Canolbwyntiodd ar y daith, yn hytrach. Roedd 'na filltiroedd i fynd cyn cyrraedd Pier 19. Pam fan 'na? Beth oedd yn Pier 19, neu wrth Pier 19?

Daeth y nos ar amrantiad, fel sy'n arferol mewn anialdir, a'r diffyg goleuadau heol yn gwneud i lampau'r car hollti'r nos fel laseri. Hawdd oedd cael eich mesmereiddio gan y patrymau o oleuni a thywyllwch, rhythmau'r gyrru i'w gweld yn y fflachiadau sydyn o fetal – ambell weiren delegraff neu arwydd yn rhybuddio pobl i gadw draw rhag tir preifat. Neu gyrff anifeiliaid marw yn atalnodi'r stribedi hir o darmac. Arogl digamsyniol drewgi. Racŵn a'i goesau'n fflat fel croes.

Prin oedd y ceir eraill ar y darn yma o heol, felly roedd gweld un wedi stopio wrth ochr y ffordd, a'r gyrrwr yn sgleinio tortsh yn ôl ac ymlaen fel rhybudd, neu fel cais am gymorth, yn anghyffredin ynddo'i hunan.

Erbyn hyn, roedd Juan Pablo ar ddihun, a cheisiodd Trace esbonio wrtho fod yn rhaid iddynt stopio i helpu'r person yma oedd wedi torri i lawr, neu chwythu teiar, neu ta beth. Greddf, ie, ond dyletswydd oedd yn mynnu ei fod yn derbyn y risg. Ond roedd angen iddo wybod bod Juan Pablo'n deall hynny. Bod 'na risg.

'Iawn?' gofynnodd.

'Iawn,' atebodd Juan Pablo heb betruso. Safai'r dyn yno'n druenus, yn agor ei freichiau ar led, yn ymbil am help, er nad oedd yn amlwg pa fath o help roedd ei angen arno. Roedd y teiars i gyd yn gyfan, a doedd dim golwg o unrhyw drafferthion gyda'r injan, felly cododd Trace o'r car ac amneidio ar Juan Pablo i aros lle'r oedd e.

Camodd Trace i mewn i oleuadau'r lampau blaen, ond cyn iddo gyrraedd yn agos at y car arall, camodd cysgod o'r tywyllwch a'i daro ar ei ben â rhywbeth trwm iawn. Aeth popeth yn ddu.

Pan ddihunodd Trace, roedd yn eistedd ar gadair, a'i freichiau a'i goesau wedi'u rhwymo'n dynn â darnau o blastig trwm. O edrych o'i gwmpas, ni allai ddyfalu lle'r oedd e. Hen warws efallai, neu weithdy ar ôl i'r holl beiriannau trymion gael eu carto i ffwrdd. Ond roedd 'na ddelwedd arall yn ei ben, hefyd, sef y plismon anffodus yn y ffilm *Reservoir Dogs*, yr un gafodd ei glymu yn union fel Trace at gadair mewn stafell wag fel hon cyn i seicopath dorri ei glust â chyllell i gyfeiliant eironig cân Stealers Wheel, 'Stuck in the Middle With You'. A doedd 'na ddim golwg o Juan Pablo, nac arwydd o'r un enaid byw ar gyfyl y lle.

Ceisiodd Trace ddianc i rywle da yn ei ben, ond fflachiai atgofion o Irac yn un stribed sydyn drwy ei feddwl, fel bwledi'r cof yn pledu'r presennol. Ni allai ddod â delweddau'r mynydd-dir o'r arsyllfa dân i'w feddwl chwaith, dim ond realiti'r sefyllfa'n gymysg â'i ofnau ynghylch Juan Pablo. Roedd y dyn ifanc wedi dioddef digon a nawr, nawr, beth oedd wedi digwydd iddo? Pam ar y ddaear y penderfynodd stopio'r car? Dyna beth oedd ffolineb.

Yna, â chlec a atseiniodd drwy'r gwagle, agorodd y drws mawr haearn, a daeth dyn tal iawn a mop o wallt melyn ganddo, yn gwisgo crys a jîns denim trwsiadus, i mewn a cherdded yn syth at Trace.

'Ti'n gyfforddus?' gofynnodd â gwên, ac ni allai Trace glywed unrhyw falais yn y cwestiwn, a goslef y llais yn debyg i ddoctor yn siarad yn gysurlon â chlaf. 'Mae dy ffrind yn iawn, achos mae fy nghyfaill yn siarad Sbaeneg. Prin ei fod yn siarad Saesneg o gwbl, a dweud y gwir, ond, ha, i beth mae angen i mi ddweud hynny wrthot ti? Mae e'n iawn, ac wedi cael brecwast a bydd e'n ymuno â ni cyn hir. Nawr 'te, ga i gynnig ychydig bach o ddŵr i ti?'

'Ry'ch chi'n herwgipiwr gwaraidd iawn,' atebodd Trace. 'Ga i fod mor hy â gofyn pam fy mod i yma … pam ein bod ni yma?'

'Gêm. Rydyn ni am chwarae gêm fach, ac mae'r rheolau'n ddigon syml. Un gêm a gwobr arbennig iawn. Dyna pam ry'ch chi yma.'

'Gwobr?'

'Eich bywydau. Cewch chi'ch dau gadw'ch bywydau os byddwch yn ennill.'

'Nid gêm yw hi, 'te, ond gornest.'

'Mewn ffordd o siarad, ie. Ond os wyt ti'n hoffi sialens, wel, dyma'r sialens fwya. Dewis y gêm, cytuno ar y rheolau ac yna chwarae.'

'Mae 'da ni ddewis?'

'Oes, oes. Mae tair ffordd ymlaen. Wyt ti eisiau gwybod nawr, neu aros nes bod Juan Pablo'n dod i mewn?'

'Nawr. Dwi eisiau gwybod nawr …'

'Iawn. Gêm ddeis yw'r gynta. Tri thafliad deis, a does dim ond angen taflu'r rhif un unwaith, felly bydd gen ti dri chynnig i aros yn fyw, neu efallai dylwn i ddweud ennill dy fywyd.'

'A'r ail?'

'Gan bwyll, nawr. Bydd yn amyneddgar. Mae digonedd o amser 'da ni. Gêm ddyfalu yw'r ail un. Cwestiynau digon syml, posau bach, ac mae angen i chi gael dau o'r rhain yn iawn.'

'Oes ganddoch chi enghraifft?'

'Da iawn, Trace – ga i dy alw di'n Trace? – dwi'n licio dy

steil. Iawn 'te, dyma gwestiwn. Hen, hen bos … Beth allwch chi ei gadw ar ôl i chi ei roi e i rywun arall? Chwe deg eiliad i ateb, yn dechrau nawr.' Gwasgodd y dyn fotwm ar ei wats cyn edrych i ffwrdd.

Am ychydig eiliadau, roedd yn rhaid i Trace gofio taw enghraifft oedd hon yn hytrach na'r gêm go iawn, oherwydd roedd ei galon yn curo'n wyllt, fel drymiau milwr bychan. Cadw rhywbeth? Ar ôl ei roi e i rywun arall? Fuodd Trace erioed yn ddyn geiriau. Doedd e ddim yn un am groeseiriau ac ati, felly nid oedd ganddo'r rhesymeg angenrheidiol i chwarae gemau o'r fath.

57 eiliad. 58 eiliad. 59 eiliad. 60.

'Amser ar ben. Eich gair. Dyna'r ateb. Ry'ch chi'n medru cadw'ch gair ar ôl i chi ei roi i rywun arall. Fel bydda i'n ei wneud. Rwy'n addo y byddi di byw os galli di ateb dau gwestiwn cyffelyb.'

'A Juan Pablo?'

'Gaiff e 'i siawns. Paid â phoeni am hynny. Nawr 'te, rwy'n siŵr dy fod ar dân eisiau gwbod beth yw'r trydydd opsiwn.'

'Siŵr iawn.'

'Y ffordd symlaf un. Taflu darn arian. Ac mae gen i ddarn arian arbennig iawn, hefyd. Ceiniog. Y Pettygrove.'

'Y Petty …?'

'Pettygrove. Ar ôl Francis Pettygrove. Un o sylfaenwyr dinas Portland. Oes amser 'da ti i wrando ar y stori? Wrth gwrs bod e! Wel, yn wreiddiol, 'The Clearing' oedd enw'r safle, ac ar un adeg, roedd yn perthyn i Asa Lovejoy o Boston, Massachusetts, a Francis W. Pettygrove o Portland, Maine.' Bu bron i Trace ddechrau chwerthin wrth iddo sylweddoli ei fod yn gwrando ar hanes darn arian, ac yntau'n gaeth i gadair mewn warws yn rhywle neu'i gilydd.

'Roedd Lovejoy a Pettygrove eisiau enwi'r lle ar ôl eu dinas enedigol. Fe benderfynon nhw setlo'r mater drwy daflu ceiniog, ac wrth gwrs, Pettygrove enillodd. Roedd hyn yn 1845. A dyma hi'r geiniog. Sgleiniog, on'd ydy?' Nodiodd Trace ei ben a'r eiliad honno, agorodd y drws eto, a cherddodd Juan Pablo i mewn, yn cario ysgol alwminiwm. Bob ochr iddo roedd dyn mewn cwcwll du, y ddau yn cario cleddyf trwm.

'Galla i weld eich bod yn ceisio dyfalu i beth mae'r ysgol yn dda. Wel, yn gyntaf bydd yn ddefnyddiol i hongian y rhaff er mwyn y crogi, a hefyd, os digwydd i rywun ddewis taflu'r deis, bydd yn dipyn mwy diddorol ei daflu o ben yr ysgol. Mwy o densiwn. Mwy o ddrama. Ac fel y gwelwch chi, ry'n ni'n lico tamaid bach o ddrama yn ein bywydau.' Edrychodd Trace ar Juan Pablo i weld a oedd ei gyfaill, na, ei frawd, yn iawn. Gwenodd Juan Pablo'n wanllyd cyn i un o'r dynion dynnu darn hir, trwm o raff allan o fag, ac yna, yn frawychus o broffesiynol a diffwdan, glymu cwlwm crogi ynddi, gan wneud yn siŵr bod y rhaff yn medru rhedeg drwyddo'n rhwydd.

Yna, heb ddweud gair, rhoddodd y rhaff i Juan Pablo i'w chario lan yr ysgol, y grisiau bach yn gwichian o dan y straen. Taflodd yntau'r rhaff dros y trawst a'i chlymu'n dynn.

'Da iawn, Pablo. Fe wnawn ni grogwr ohonot ti eto!' chwarddodd y dyn. Teimlai Trace yn sâl wrth edrych ar y rhaff, ac ar ymdrechion Juan Pablo i ymddangos yn ddewr pan wyddai fod hyn oll, ar ben yr erchyllbethau oedd wedi digwydd iddo ar hyd ei siwrne hir, yn siŵr o fod yn ddigon i'w hala fe'n wan, neu'n wallgo.

'Nawr 'te, foneddigion. Mae'n amser chwarae. Pwy sy am fynd yn gyntaf?'

'Fi,' meddai Trace.

'Iawn, ond bydd angen i Pabs fan hyn daflu'r deis neu'r geiniog. Dwi'n tybio na fyddi di'n dewis y rownd gwestiynau, gan nad oeddet ti'n arbennig o dda yn ateb dy gwestiwn prawf. Trace, beth wyt ti'n ei ddewis? Y geiniog hanesyddol neu'r deis? Hawdd byw. Hawdd marw. Dyna fydda i wastad yn ei ddweud.' Nodiodd Trace i gyfeiriad y dyn yn y cwcwll oedd â deis du yn gorwedd yng nghledr ei law, a'r lliw i'w weld yn siarp ac yn glir yn erbyn y faneg wen a wisgai.

'Y deis. Jest i'ch atgoffa, felly. Mae angen i ti daflu'r rhif un unwaith. Iawn? Bydd Pabs yn taflu ar dy ran. Cymer anadl fawr, yn enwedig o gofio na fyddi di'n anadlu o gwbl os bydd dy gyfaill yn methu ...'

Juan Pablo. Cysgod y Sgwarnog. Llygaid sgwarnog yn syllu ar lampau blaen tryc yn rhuthro i lawr y *freeway* tuag ato. Ofn taflu, ond hefyd ofn peidio â thaflu, a goblygiadau gweithred wrthryfelgar fel yna yn y cwmni hwn. Cymerodd anadl ddofn fel roedd y poenydiwr dieflig yn ei argymell, cyn cerdded 'nôl lan yr ysgol, cyfri i bump ac yna taflu.

Chwech.

Taflodd unwaith yn rhagor.

Chwech eto.

Edrychai'r deis mor fach ar y llawr. Ei arwyddocâd oedd y peth enfawr, y goblygiadau brawychus. Rhaffodd bob math o ystadegau yn ei ben wrth iddo geisio dyfalu a oedd taflu'r un rhif ddwywaith yn help iddo wrth daflu unwaith eto. Gwell siawns o gael un, neu waeth siawns o gael un, neu a oedd yr holl beth yn rhyw fath o ffars? Taflodd y deis drachefn a thrwy ryw nefol wyrth, glaniodd gan ddangos un. Un! Camodd un o'r dynion mewn cwcwll ymlaen yn ddisymwth a rhyddhau breichiau Trace, ond ddim, hyd yma, ei goesau.

'Wel, wel, wel,' meddai arweinydd yr herwgipwyr, 'mae lwc o'ch plaid heddiw, mae hynny'n sicr. Rhyddhewch goesau Mr Trace fel ei fod yn medru symud ar hyd y lle cyn setlo yn y man gorau i weld y gêm nesaf. Mr Pablo, ydy dy nerfau'n iawn i chwarae un gêm arall?' Nodiodd Juan Pablo fel un o'r cŵn hurt 'na ry'ch chi'n eu gweld yng nghefn car.

'Nawr, gan dybio nad yw Pabs fan hyn yn mynd i fynd am rownd fach sydyn o bosau, tybiaf taw'r geiniog biau hi. Go brin fod Pabs eisiau mynd drwy brawf y deis unwaith eto. Ydw i'n iawn, Pablito? Well mynd gyda'r geiniog?' Nodiodd Trace ar Juan Pablo, a wnaeth yr un symudiad yn ateb i'r cwestiwn.

Cyflwynwyd y geiniog ar ddarn o felfed ar hambwrdd arian. Nid oedd yn ofynnol iddo ddringo'r ysgol y tro hwn, oedd yn ffodus, gan fod ei goesau'n crynu'n ddireolaeth.

'Pen i fyw. Cynffon i farw. Y gorau o dri. Mor syml â 'ny.' Trace oedd yn taflu'r tro hwn, ac wrth iddo afael yn y geiniog, meddyliodd pa fath o feddwl dieflig fyddai'n dyfeisio sefyllfa fel hon. Herwgipio dau ddyn, ac yna chwarae gyda nhw fel cwrcath yn chwarae â llygoden.

Taflodd Trace y geiniog yn uchel i'r awyr, a gallai daeru bod y darn arian yn hofran uwch ei ben, wedi ei rewi gan densiwn y sefyllfa. Ond yna, gyda phlinc bach metalig, glaniodd ar y llawr wrth ymyl coes Juan Pablo.

'Rhyfeddol ...' meddai'r dyn yn araf. 'Mae'n rhaid fod ffawd yn edrych ar eich olau. Pen i fyny. Dwi heb weld lwc fel hyn ers sbel. Anaml mae rhywun yn cerdded allan o'r lle 'ma'n fyw, galla i ddweud 'thoch chi.' Sychodd ceg Juan Pablo'n grimp. Roedd Trace yn cael trafferth rheoli'r cryndod yn ei gorff oedd yn gwneud i'w gyhyrau ddawnsio rymba. Nid oedd yn medru dal y geiniog yn ei law, a'r darn metal fel petai wedi troi'n llysywen.

'Unwaith eto, er mwyn eich achubiaeth. Neu gyrraedd y fforch yn yr heol, wrth gwrs. Byw. Marw. O, am hwyl! Am ddathliad pert o annibendod bywyd. Y ffordd mae ffawd yn penderfynu pethau'n fwy nag y'n ni'n ei feddwl. Dim oedi, nawr. Mae gyda ni bobl eraill i'w dal. Prysur yw bywyd. *Chop, chop.*' Oedodd Trace am hanner eiliad i dynnu anadl, ac yna esgynnodd y geiniog fry, nes bwrw'r nenfwd, bron, cyn ffrwydro yn y dwst ar lawr a rholio am gwpl o lathenni a chwympo'n flinedig ar ei hochr.

Cerddodd y dyn draw i weld beth roedd ffawd wedi ei benderfynu. Crafodd ei ben. Crafodd ei ben drachefn. Bu bron i Trace wlychu ei hun, ac ni allai edrych ar Juan Pablo druan. Oedd ffawd yn garedig? Allai ffawd fod yn garedig?

Yna camodd y dyn o'u blaenau.

Y penderfyniad.

Byw.

Neu farw.

'O, ry'ch chi'n ddynion lwcus. Efallai y ddau mwya lwcus yn y byd i gyd. Mae ffawd yn gwenu arnoch, a dwi'n un sy'n cadw 'ngair. Felly, bant â chi cyn i ni feddwl am ffyrdd newydd o'ch poenydio.' Mor sydyn â hynny. Yr artaith ar ben. A'r funud nesa, roedd Trace a Juan Pablo'n sefyll yn yr iard y tu allan, y ddau yn rhydd a'r haul yn eu dallu.

Mae sawl fersiwn o'r jôc glasurol ynglŷn â sawl eliffant y gallwch eu ffitio mewn car bach. Ym Mhrydain, maen nhw'n defnyddio'r Mini fel enghraifft, ond yn America, mae hyd yn oed y syniad o gar bach yn un cymharol newydd, ac maen nhw'n ei chael yn anodd meddwl am gar sy'n ddigon bach i wneud y jôc yn ddoniol. Felly, gawn ni ddweud, er mwyn cadw pawb yn hapus, i gadw'r Americaniaid yn hapus, o leia, taw'r cwestiwn yw: sawl person y'ch chi'n medru eu cael mewn Hyundai? (Rhaid defnyddio car o dramor, rhag pardduo enw'r diwydiant ceir a fu unwaith mor hollbwerus yn yr UDA, er ei fod wedi edwino erbyn heddiw.)

Felly.

Sawl person allwch chi eu ffitio yn yr Hyundai mae Trace yn ei yrru ar hyn o bryd, a Juan Pablo'n eistedd yn fynachaidd fud wrth ei ymyl?

Yr ateb yw fod y car yn llawn cyd-deithwyr. Mae Juan Pablo'n dychmygu ei fam, Cristina, a'i chwaer, Carmena, yn teithio yn y sedd gefn, yn rhyfeddu at eangderau America, a'r holl fyrddau hysbysebion sy'n canmol gogoniannau cyfalafiaeth, a phŵer y ddoler yn eich poced, ac yn cyfleu'r dymuniad ysol i symud y ddoler honno i boced rhywun arall. Mae Cristina'n cofio'r ffordd yr oedd ei mab, pan oedd yn faban, yn stompio ar hyd y lle ar ei goesau bach, yn hollol benderfynol o sefyll ar ei draed, ac yna cerdded, yna rhedeg a dringo. Arwyddion oedd y rhain ei fod yn styfnig ac yn fodlon dyfalbarhau, ac y byddai'n gwneud rhywbeth mawr, neu rywbeth o bwys pan dyfai lan. Mae Carmena, sy mor brydferth nawr, yn gwenu arno, fel rhywun sydd ddim yn medru stopio gwenu, nac ychwaith yn dymuno gwneud, oherwydd mae hi gyda'i brawd mawr, yr un yr oedd pawb yn dweud ei fod e wedi diflannu am byth, ac mae hi mewn car am y tro cyntaf yn ei bywyd, ac mae hi'n teithio drwy America! Ond wrth i'r car arafu y tu allan i siop Walmart anferthol, mae'r rhith yn diflannu, fel gwlith y bore'n troi'n ager bach cyn diflannu'n llwyr.

Mae Trace, yn ei dro, yn edrych 'nôl bob hyn a hyn, ac mae fel petaent yno go iawn, yn edrych allan drwy'r ffenest, ac yn gwenu'n dyner arno. Pwy? Wel, ciwed o Marines. Ei gyfeillion marw, y rhai a chwythwyd yn gyrbibion mân yn Irac, ac maen nhw yno, yn siarad ac yn llowcio caniau o Dr Pepper ac yn rhaffu'r jôcs mwya ffiaidd. Y rhain, yr atgyfodedig rai, ciwed o filwyr marw sy'n teithio gyda Trace.

Oherwydd maint Marines meirwon Trace – sy mor fawr nes bod yn rhaid iddynt blygu eu pennau o dan y to – does dim llawer o le i Cristina a Carmena, ac wedyn mae Alex, wrth gwrs, sy'n eistedd yn y blaen, bron ar arffed Juan Pablo. Ac mae 'na ferch fach gwrddodd Juan Pablo â hi ar y daith drên ddieflig honno drwy ufferndir Mecsico. O, mae 'na lot o gyd-deithwyr.

Mae gan bob dyn ei fwgan, mae gan bob dyn ei fargen o ysbrydion.

Ac mae'r meirwon yn ein plith. Wastad. Arch yw hon, nid Hyundai; arch llawn bwci-bos ac atgofion, sy'n gorfod stopio cyn hir i gael mwy o danwydd cyn gyrru mlaen.

Mae'r llond car o Marines marw a phersonau rhithiol yn dringo'n araf lan un o'r heolydd sertha ar gyfandir Gogledd America, a fiw i unrhyw yrrwr ei gael ei hun y tu ôl i un o'r lorïau mawr 16-olwyn sy'n symud nwyddau o'r de i'r gogledd – afocados i Alasga, llysiau ffres a sudd oren i gadw Canada rhag mynd yn sâl â'r sgyrfi. Ond mae Trace yn sownd y tu ôl i wyth neu naw o'r bwystfilod metal sy'n taflu mwg diesel megis niwl du dros bopeth sy'n eu dilyn.

Y tro nesa mae Trace yn stopio mewn llecyn aros, mae'r Marines yn neidio allan o'r car, heb ddweud dim, ac yn dechrau iompan bant, eu bŵts yn taro'r ddaear fel tympani. Nid yw Trace yn drist i'w gweld yn mynd. Mae Juan Pablo'n well cwmni na'r meirwon. Nid yw Trace yn siŵr iawn ymhle maen nhw nawr, ac mae'n difaru na phrynodd declyn *sat-nav* mwy diweddar yn y garej wrth droed y mynydd, oherwydd mae'r hen un yn ddiffygiol. Ond wrth iddynt ddringo, mae'n cofio lle mae e wedi gweld y mynydd hwn o'r blaen. *Close Encounters of the Third Kind*. Hwn oedd y mynydd yn y ffilm – yr un lle mae'r llong ofod enfawr, siâp soser, yn dod i lawr i gynaeafu cynrychiolaeth ddeche o'r ddynol ryw.

Ymlaen â nhw. Heibio i Provo. Tooele. Elko. Heibio i Rock Springs a Glen Canyon, a rhywle rhwng y ddau olaf, dechreuodd y car wagio eto, efallai oherwydd bod Trace a Juan Pablo wedi ymlacio rywfaint, neu efallai oherwydd bod y criw wedi eu gadael yn yr orsaf betrol ddiwetha 'na. Y tro hwn, mam a chwaer Juan Pablo sy'n gadael. I gael coffi, efallai. Ac i ddisgwyl lifft gan rywun arall. Maen nhw wedi gweld ei fod yn saff, sy'n ddigon i'w boddhau nhw.

Mae'r sedd gefn yn wag bellach. Dim mam na chwaer na merch na Marine.

Mae'r arwyddion nawr yn dweud eu bod yn agosáu at San Francisco, a swbwrbia'n cwrdd â swbwrbia fel rhyw fath o amoeba. Un ddinas yn gorgyffwrdd ag un arall. Nid hon oedd y wlad yr oedd Juan Pablo'n disgwyl ei darganfod. Doedd e ddim wedi disgwyl cael ei herwgipio, chwaith. Ond mae ganddo un peth gwerth ei gael, sef y gŵr yma sy'n eistedd wrth ei ochr, yn gyrru'r car mawr heibio i'r melinau gwynt ar hyd yr Altamont Pass, ddeuddeg awr ar ôl iddyn nhw adael llond car o fwganod mewn lifrai milwrol y tu allan i orsaf betrol Chevron yng nghanol nunlle, cyn gweld Cristina'n gadael hefyd, yn llawn tristwch a boddhad, a Carmena, sy wedi tyfu gymaint, yn dal i wenu arno'n orffwyll drwy ei dagrau, sy'n law mân ar ei gruddiau.

Ailfedyddio

Mae Nahuel wedi bod yn anfon negeseuon testun atynt am y tair awr diwethaf, gan ddweud wrthynt yn union ymhle i adael y car a ble byddai ei gefnder yn cwrdd â nhw er mwyn rhoi pasbort newydd i Juan Pablo. Gydag ychydig bach o ddylanwad a lot fawr o arian, mae e wedi sicrhau dinasyddiaeth Ganadaidd i Juan Pablo, ac mae'r dogfennau'n barod iddo. I'r perwyl hwn, mae e wedi creu enw newydd iddo, a chefndir newydd o ran man geni a dyddiad geni. Er mwyn i Juan Pablo gael cynefino â'r enw, mae Nahuel yn ei anfon fel neges destun at Gysgod y Sgwarnog, ei frawd.

Benjamin Franklin Moss.

Hwn fydd yn teithio gyda Trace. Mr Moss.

Nid yw Juan Pablo'n medru ynganu'r enw'n gywir eto, er ei fod yn ymarfer drosodd a throsodd.

Benjamin Franklin Moss.

Gallai Nahuel fod wedi dewis rhywbeth haws. Ond fel mae Trace yn ei ddweud, mae Ben yn dipyn haws. A bydd talfyrru'n iawn.

Ben Moss.

Ben Moss.

Ben Moss.

Mae'r enw'n blasu'n rhyfedd yn ei geg.

Fel blasu *pastrami* os nad yw rhywun wedi blasu cig o'r blaen.

Fel sleisen o leim ffres i ddyn sydd wedi arfer byw ar siwgr.

Ben.

Mae Juan Pablo'n ceisio dysgu'r manylion eraill sy'n cyd-fynd â'r enw. Man geni. Gary, Indiana. Oedran. Pum mlynedd yn hŷn na'i oedran go iawn. Gallai hynny fod yn wir. Mae Juan Pablo *aka* Ben Moss wedi heneiddio tipyn ers iddo adael cartre. Ac mae ambell gudyn o'i wallt wedi britho, yn enwedig ar ei arleisiau.

Juan Pablo *aka* Cysgod y Sgwarnog *aka* Ben Moss yn cyrraedd San Francisco.

Bywyd, ontife?

Antur a thri chwarter.

Ymlaen, ymlaen.

San Francisco

Wele America!

Ie, America! Yn ei gogoniant!

Mae Juan-Cysgod-Ben-Pablo-Sgwarnog-Moss bron yn methu credu'r peth, wrth iddo sefyll ar ben bryn yn edrych ar bont y Golden Gate, un o'r Pedwar Symbol Mawr mae'n eu cysylltu, ac wedi eu cysylltu ag America erioed. Y lleill yw cerflun Liberty, y Tŷ Gwyn ac M fawr McDonalds.

A dyma un ohonyn nhw, yn ymestyn yn goch, yn urddasol ac yn osgeiddig ar draws y culfor, a rhu y ceir a'r tryciau wrth groesi'n creu trac sain i'r ffilm ysblennydd hon o America. Er ei fod e wedi bod yn teithio drwy America, ac wedi cael pob math o brofiadau Americanaidd eisoes (dymunol ac annymunol, gan gynnwys cael ei herwgipio), nid oedd yn teimlo'i fod wedi cyrraedd y wlad go iawn cyn hyn. Sy'n rhyfedd, o ystyried y milltiroedd mawr mae e wedi eu teithio.

Ond nawr. Nawr. Mae e wedi cyrraedd! O'r diwedd, mae e wedi cyrraedd. Y Golden Gate Bridge!

O'i gwmpas, mae ymwelwyr o Gorea a Siapan yn tynnu lluniau o'r bont a'r dŵr a'r fflotila prydferth o longau hwylio sy'n swyno'u ffordd i fyny o Sacramento, o bob ongl bosib, a hwythau hefyd wedi cynhyrfu'n lân wrth weld y bont yn hongian dros y culfor. Lluniau! Cynifer o luniau i'w tynnu.

Ac mae'r darn ysblennydd hwn o beirianwaith sifil sy'n hongian dros yr heli, yn ymestyn o Fort Mason i Marin County, yn cael effaith ar Trace hefyd, oherwydd mewn rhyw fodd, mae'r holl frwydro 'na mewn gwlad mor bell, ar strydoedd Irac, wedi rhoi'r hawl i'r gyrwyr yma yn eu ceir a'u tryciau i groesi'r bont, ac i hepgor y system awyru os ydynt am wneud, ac i anadlu nid yn unig yr aer ffres sy'n chwythu i mewn o ddyfnderoedd y Môr Tawel, ond i anadlu rhyddid, i dynnu anadl ddofn er mwyn dweud y gair. Aaaaaa. Rhyddid. Nid bod unrhyw un yn meddwl am y peth. Dyna pam mae gan y wlad y fath rymoedd milwrol. I anfon dynion ifanc i bellafoedd byd i orfodi democratiaeth, i roi trefn ar bethau. I hawlio rhyddid gyda thaflegryn a drôn. Gyda grym a phŵer, bomiau a bwledi. Mae Irac yn teimlo'n bell i ffwrdd o'r cychod hwylio gosgeiddig a'r tanceri olew llwythog, a'r lamp yng ngoleudy ynys Alcatraz yn dal i wincian yn welw wrth frwydro â golau dydd.

Trefnwyd bod Trace a Juan Pablo'n cyfarfod â'u cyswllt wrth y Pier am bedwar o'r gloch y prynhawn, a dyma'r dyn yn ymddangos yn hollol brydlon ac yn gafael ym mreichiau'r ddau a'u tynnu nhw, heb air o wahoddiad, i le bwyta cyfagos. Unwaith roedden nhw drwy ddrysau'r lle crand o'r enw Boulevard, dywedodd ei fod wedi cael gorchymyn pendant iawn i wneud yn siŵr bod y ddau ohonyn nhw'n cael pryd bwyd arbennig, cinio gorau eu bywydau, gan fod amser anodd o'u blaenau, a byddai angen nerth yn eu cyhyrau, heb sôn am atgofion da, a gallai'r lle bwyta hwn gynnig yr union beth.

Dim rhyfedd fod Trace wedi drysu, ac yntau, yn ddiweddar, wedi bod drwy ryfel, gwarchae yn Fallujah, herwgipiad, defod waed gyda hen Indiad ac wedi achub bywyd ffoadur oedd yn teimlo fel brawd iddo. A nawr roedd rhywun wedi llwyddo i gael pasbort Canadaidd i Juan Pablo, sori, Ben Moss, a darogan gwae yr un pryd.

Sylweddolai Trace y byddai angen llawer mwy o waith caled ar ei acen a'i allu i siarad Saesneg cyn y gallai Juan Pablo droi'n Ben Moss mewn ffordd gredadwy. A nawr roedd dyn dienw'n archebu coctels iddynt, a Juan Pablo'n edrych yn anghrediniol ar y bwyd oedd yn mynd heibio ar blatiau gwynion, y staff gweini'n hofran yn lle cerdded.

Cyrhaeddodd tri *margarita*, a'r gweinydd yn awgrymu eu bod nhw'n agos at fod yn berffaith yn ei farn ef. Nid oedd Ben wedi blasu alcohol mor gryf yn ei fyw, ond roedd Trace, ar ôl blynyddoedd o yfed ar nos Sadwrn mewn bariau bach yn Arisona, yn hen law ar yfed *tequila*, ac yn tueddu i gytuno â'r gweinydd yn ei siwt ddi-staen, ei grys gwyn a'r ddannedd i fatsio, bod y *margarita* hwn yn ymylu ar berffeithrwydd.

Digwyddodd rhywbeth od iawn wrth i'r coctel ruthro drwy wythiennau Juan Pablo. Ymlaciodd ddigon i fedru darllen o leiaf chwarter y fwydlen, er bod ystyr rhai o'r geiriau'n estron iddo – doedd e erioed wedi clywed am bysgodyn o'r enw 'sand dab'. Roedd 'na eiriau arbenigol o fyd y cogydd yno i'w ddrysu hefyd, ond er gwaetha'r rheiny, cafodd deimlad braf o lwyddo i ddarllen cynifer o'r geiriau Saesneg.

Meddyliodd yn ôl at y nosweithiau hynny pan fyddai'n darllen un o'r ddau lyfr Saesneg oedd yn ei feddiant. Copi o *National Geographic* oedd y naill (roedd hyn cyn iddo ddeall y gwahaniaeth rhwng llyfr a chylchgrawn), â lluniau lliw a chloriau melyn, a *Fodor's Guide to Paris*, argraffiad 1974, oedd y llall. Roedd yn hawdd ei ddeall ond yn brin ei stori.

A dyma'r bwyd yn dod, ac yn dal i ddod, a'r dyn dienw'n archebu hwn ac archebu'r llall fel tase fe'n dod yma bob dydd, a Juan Pablo'n sipian y gwin, oedd yn well nag unrhyw ddiod a flasodd yn ei fyw, ac roedd hyn yn wir am y fwydlen gyfan. Roedd eu gwesteiwr yn holi hyn a holi'r llall, ac yn cofnodi'r atebion mewn llyfr bach du, gan ddweud bod ei gyflogwr ar dân eisiau gwybod hanes Juan a Trace. Esboniodd hefyd ei fod yno i'w helpu ag unrhyw beth oedd ei angen arnynt. Wrth i'r dyn ddweud hyn, roedd ganddo wên garedig ar ei wyneb, ac yna disgrifiodd y dasg oedd gan ei gyflogwr mewn golwg. Roedd ei gyflogwr am roi mwclis yn anrheg i rywun, ac roedd e eisiau rhai arbennig wedi eu gwneud o ddannedd siarc.

Gwenodd Trace a Juan Pablo'n braf ar y dyn wrth iddo esbonio, a'r ddau efallai heb sylweddoli gwir arwyddocâd y geiriau oherwydd effaith y bwyd a'r Chardonnay a nawr y Sancerre oedd wedi bod yn llifo fel afon. Siarcod? Beth oedd a wnelo siarcod â nhw? Ond yna esboniodd yr asiant yn gliriach, er mwyn osgoi unrhyw gamddealltwriaeth.

'Chi fydd yn dal y siarcod yma – gydag ychydig bach o gymorth oddi wrtho i. Peidiwch â phoeni, bydd popeth yn iawn. Nawr 'te, pwy sy eisiau rhywbeth bach melys i orffen? Maen nhw'n dweud wrtho i fod y *mille-feuille* tw-dai-ffôr.' Ar ôl y bwyd cachlyd gawson nhw ar y heol, roedd y wledd hon yn hollol anghredadwy. Erbyn diwedd y pryd yn Boulevard, roedd Trace a Juan Pablo'n barod i gysgu tan ddydd y Farn.

Fore trannoeth, aethant i weld y cwch y byddent yn ei ddefnyddio i hela siarcod, sef hen gwch yr awdur Ernest Hemingway. Nid oedd yn edrych ar ei orau, bellach, a'r pren hardd, mahogani o Feneswela wedi pydru a'i dyllu gan forgrug gwynion a'i wyngalchu, hefyd, gan yr haul di-baid, oedd, y diwrnod hwnnw, nid yn gymaint yn disgleirio ond yn ffrwydro ac yn tasgu gwres, yn destun llosg.

Ac roedd y sgriniau copor ar fwrdd y llong oedd i fod i gadw clêr i ffwrdd wedi troi'n wyrdd, ond eto dyma gwch oedd unwaith yn hardd eithriadol, angel yn brigo ar don, yn farddonol ei symudiadau. Ond dyma fe – er ei fod yn doredig ac yn frau ac yn rhy bell o'r dŵr, dyma'r cwch roedd y dyn dienw wedi bod yn chwilio amdano, y greal yma o bren gwyn, o dan awyr berffaith las yng Nghaliffornia. Daethai'r cwch yma o'r Caribî – mordaith a hanner.

Nawr, roedd hen gwch Hemingway yn cludo Trace a Juan Pablo allan i'r Môr Tawel i gynaeafu dannedd siarcod. Cymerodd wyth trip iddynt ddal digon i wneud mwclis, ond dysgodd y ddau yn gyflym – ble i hela a sut i hela ac i fyw heb ofn y cegau danheddog, dieflig.

Fe ddalion nhw'r un cynta gyferbyn ag ynysoedd y Farallones, ac roedd yn fwy na'r siarc mawr rwber a roddodd lond bola o ofn i bawb aeth i weld *Jaws* yn y sinema yn 1975. Pan oedd Juan Pablo'n fachgen, arferai gael hunllefau am siarcod. Ond nawr, dyma fe, yn eu hela nhw, yn taflu *chum* i'r dŵr yn abwyd ac yna aros nes bod un mawr yn llyncu'r bachyn. Pam roedd e'n teimlo mor ddewr? Oherwydd bod Trace wrth ei ochr, yn delio â straen yr ymladd â nerth ei gyhyrau. A'i frawd wrth ei ymyl, doedd dim byd na fedrai ei wneud. Doedd gan y ddau ddim syniad fod eu meistr newydd wedi gosod y dasg hon fel prawf iddynt, ac y byddai'n taflu her fwyaf eu bywyd atynt cyn bo hir iawn.

Pysgod wrth y fil

MAEN NHW'N DOD, yr eogiaid, gogoniant ohonynt, fel rhubanau o arian byw o dan wyneb gwyllt y môr. Slic a gosgeiddig yw eu symudiadau: miliynau o bysgod yn ymfudo'n dawel ond â phwrpas sicr, unllygeidiog, cwbl reddfol, a'u hunig bwrpas nawr yw mynd ymlaen. Nofio gyda'r cerrynt, neu yn erbyn y cerrynt, 'sdim ots, a dod fel torpidos sgleiniog. Eog Chinook (*Oncorhynchus tshawytscha*) yn ei ddewrder a'i styfnigrwydd, brenin ymhlith y pysgod. Yr eog aur, ei drwyn yn ceisio ogleuo'r darn o ddŵr lle cafodd ei eni, yn nofio miloedd o filltiroedd i ddychwelyd adref. Y coho (*Oncorhynchus kisutch*) ar dân i fynd sha thre. Y *sockeye* (*Oncorhynchus nerka*). Y *chum*, yr eog coch, y du-las a'r *pink hump-back*. Yn croesi culforoedd, yn gweu drwy'r gwymon, eu cyrff fel arfau'n anelu at eu targed.

Ond bydd y rhwydi yn eu disgwyl mewn amryw lefydd ar hyd eu taith. Ac ar ôl yr helfa, ar ôl y cynaeafu brwd, bydd hyd yn oed yr arwyr-bysgod a'r brenhinoedd yn troi'n bentyrrau arian diymadferth, yn cael eu cludo i ffatrïoedd i gael eu prosesu'n ddiwydiannol. Ie, i'r ffatrïoedd â nhw. I'w canio a'u pecynnu. I'w troi'n ddoleri.

Pa fersiwn anghredadwy, seicotig o'r Freuddwyd Americanaidd yw hon? Y freuddwyd 'na sy'n awgrymu bod pawb yn medru hawlio paradwys â garej dwbl, gŵr sy'n edrych fel ffilm star neu wraig sy'n edrych fel model, a dau o blant â llond ceg o ddannedd perffaith sy ar eu ffordd i'r Ivy League? Y ffatri brosesu eogiaid uffarn yma? Ar gyrion nunlle. Neu ar gyrion fforest drwchus o gysgodion a düwch, tiriogaeth yr arth, y blaidd a bwganod anhygoel sy'n teimlo fel nunlle.

O diar, y drewdod trwchus o gyflafan-bysgod sy'n codi o'r sied alwminiwm! O'i chwmpas, nawr, a'r fflyd fechan o longau wedi dod a mynd, gan wacáu eu cargo o eogiaid arian, mae 'na wallgofrwydd o wylanod yn deifbomio mewn heidiau gwyllt, yn un conffeti chwyrlïog o adenydd wrth iddynt ymosod ar y bwcedi o offal. Y dynion wedi blino'n llwyr yn barod, hyd yn oed nawr, am un ar ddeg y bore, hanner ffordd drwy eu shifft.

Rhwbia Trace ei lygaid wrth iddo ddod allan o'r sied, ynghyd â chant a hanner o'i gyd-weithwyr, sy'n drewi cymaint o bysgod nes y gallech dyngu taw pysgod y'n nhw, môr-ddynion wedi eu gadael ar y lan mewn oferols plastig melyn. Môr-ddynion sy'n dechrau smocio a chwerthin a smocio mwy. Mae 'na griw sylweddol o ddynion o Ynysoedd y Philippines, rhai ohonynt yn defnyddio cyllyll brodorol sy wedi bod yn y teulu ers cenedlaethau i gael gwared o'r sleim pysgod ar eu dillad.

Ond mae Juan Pablo'n ffyddiog y gall e ennill digon o arian i'w alluogi i anfon swm sylweddol adre i Hondiragwa, os yw'n fodlon gweithio oriau creulon o hir am haf cyfan. Ac un o'r pethau gorau am le fel Alasga, sy'n denu miloedd o bobl bob haf i dalaith sy ddwywaith gymaint â Tecsas ond â phoblogaeth isel fel Wyoming, yw'r ffaith nad oes angen rhyw lawer o ddogfennau arnoch. Dyna pam mae cynifer o gyn-droseddwyr, ac yn wir troseddwyr cyfredol a phobl sy'n ffoi rhag y gyfraith, yn dod yma i'r unigeddau.

Ar ei ddiwrnod cyntaf yn y ffatri ganio, nid yw'r bòs yn

gofyn am weld trwydded yrru na phasbort na dim byd felly. Dim ond gofyn am ei enw llawn, a dangos iddo lle i dorri ei enw yn y bocs ar y ffurflen. Hefyd enw'ch perthynas agosaf. A'ch grŵp gwaed os digwydd i chi wybod p'un yw e.

Mae hen ddyn yn siarad â Trace, a cheg yr hen foi'n edrych yn rhyfedd ar y naw oherwydd y graith hir sy'n ymestyn o un pen iddi, y math o beth fyddai brithyll yn ei gael o rwygo bachyn yn rhydd yn ddi-hid.

'Mae 'na gymaint mwy o Fecsicans lan 'ma dyddiau hyn. Gweithwyr caled, cofiwch, sai'n gweud llai, ac mae eu blwyddyn nhw'n anhygoel o galed. Maen nhw'n dechrau yn y gwanwyn yn casglu mefus yng nghaeau Califfornia – gwaith sy'n ddigon i dorri cefen unrhyw un – wedyn lan fan hyn dros dymor y samwn, wedyn draw i dalaith Washington ar gyfer y cynhaeaf afalau. Fel hwn'co mwn'co …' Amneidia at ddyn sy mor denau nes ei bod yn anodd gweld sut mae ganddo'r nerth i godi ei sigarét at ei wefusau crin heb sôn am bererindota i chwilio am lafur caled o naill ben yr Unol Daleithiau i'r llall.

'Mae e wedi gweithio mas y bydd e wedi gyrru'r holl ffordd i'r lleuad a 'nôl yn chwilio am jobsys, a dyw e ond yn ei dridegau nawr.' Roedd yn anodd credu mor ifanc oedd y truan.

'Dyw e ddim yn edrych fel 'se fe'n ffit i bara mwy na thymor arall. Ydy e'n bwyta o gwbl?' gofynnodd Trace.

'Mae'r dyn yna'n bwyta gweddillion pysgod amrwd er mwyn arbed pres. A'r unig fwyd arall mae'n ei gael yw sbarion mae rhai ohonon ni'n eu rhoi iddo fe. Mae ganddo ferch sy'n sâl, mae'n debyg, ac mae pob ceiniog yn mynd ati hi. Felly'r hyn ry'n ni'n ei weld o'n blaenau yw'r hyn mae cariad pur yn medru ei wneud i ddyn, ei ridyllu fel canser.

O, mae'n rhaid i chi barchu dyn fel 'na, sy'n bwyta crwyn pysgod a sugno'u hesgyrn, a chnoi a chnoi'r cynffonnau er mwyn anfon pob dime goch adre at y teulu.' Heb ddweud gair, cerddodd Trace draw at y dyn a rhoi bar o siocled iddo, yr un roedd wedi bod yn ei gadw fel trît iddo'i hun. Nodiodd y gweithiwr teithiol a gosod y pecyn yn dwt ym mhoced ei oferols. Daliodd yr hen ddyn creithiog ati i siarad, gan wybod taw dim ond ugain munud o egwyl oedd ganddynt.

'Maen nhw'n dod yma am bob math o resymau. Troseddwyr, mewnfudwyr, a chymaint ohonyn nhw'n credu eu bod nhw'n dod i fyd sy well, yn croesi'r ffin i rywle lle mae'r pysgod yn neidio'n ddiwahoddiad i mewn i'r cwch, a lle gall dyn heb unrhyw brofiad yn y byd ennill mil o ddoleri'r wythnos, a'r *marijuana*'n tyfu'n wyllt, a phennau'r planhigion yn dynn ac yn gryf fel opiwm. Ac maen nhw'n eu gweld eu hunain yn byw mewn pentrefi dros dro yn bwyta dim byd ond eogiaid gwyllt, wedi eu tostio'n dda dros farbeciw cartref, ac yn gloddesta ar aeron hefyd, o ogoniant y perthi. Yn wir, ar wahân i ambell arth sy'n crwydro drwy'r breuddwydion 'ma i anesmwytho'r breuddwydiwr, mae'r freuddwyd yn un gyffredin, ac yn uno'r pererinion yma sy'n dod o bob cwr i Ketchikan, prifddinas eogiaid y byd i gyd. Lle mae *pizza* yn costio tri deg doler, galwyn o laeth pum doler a phac o whech cwrw, deg.'

Er bod Trace wedi bod yn y fyddin, a chanddo ryw fath o awdurdod yn ei ymarweddiad, mae e a Juan Pablo'n dechrau ar y llinell dorri, yn gwneud y gwaith mwyaf brwnt ac ych-a-fi, ond dyma lle mae'r *rookies* i gyd yn gorfod dechrau. Byddai Arlywydd y ffycin Unol Daleithiau'n gorfod dechrau ar y llinell sleim. Mae'n ffordd o sicrhau bod pawb yn gydradd yma, ar wahân i'r perchnogion, ac maen nhw'n byw yn bell, bell i ffwrdd.

Daw'r pysgod yn eu heirch metal, llawn iâ oddi ar y cwch, ac mae gyrrwr y fforc-lifft yn eu codi i ben y llithrfa. Yno bydd y gwthiwr pysgod – dyma union eiriad rhyfedd ei swydd-ddisgrifiad – yn defnyddio rhaw eira blastig i rannu'r iâ a'r pysgod cyn eu gwthio i lawr y llithrfa lle byddant yn cwrdd â'r Blaen, gilotîn awtomatig sy'n torri'r pennau'n lân a heb ddim gwaed, bron. Nes i'r cwmni osod rheilen fetal o gwmpas y gilotîn, byddai'r metal siarp yn hawlio o leiaf un bawd bob tymor, i'r fath raddau nes bod y gweithwyr yn cyfeirio at 'fys bawd y Blaen', ac yn dangos dwrn gan guddio'r bawd er mwyn egluro. Yn rhyfedd ddigon, dyma un o'r swyddi mae bron pob un o'r cryts deunaw mlwydd oed ei heisiau, ac maen nhw'n cystadlu'n frwd i gael hawlio'u shifft gyntaf yn torri pennau a mwy o bennau.

Garw yw gwaith pum aelod y tîm torri, sy'n agor stumogau'r pysgod un ar ôl y llall, a phob un o'r dynion yn dioddef poenau parhaus yn eu cyhyrau oherwydd patrwm y gwaith, sef gwneud yr un peth drosodd a throsodd a throsodd, fel tiwn gron i gyfeiliant gwichian esgyrn yr ysgwyddau a'r asgwrn cefn. Yna, gyda thwlsyn syml o'r enw *spife*, sy'n cyfuno min cyllell a phowlen llwy, maent yn tynnu'r perfeddion, gan warchod y sachau wyau gwerthfawr i'w trosglwyddo i'r adran gafiar, cyn i'r pysgodyn fynd at y dynion glanhau, sy'n golchi'r gwaed sy'n weddill oddi ar y cyrff â dŵr oer. Os yw'r bois sy'n torri'r stumogau tua gwaelod y domen, mae'r rhai sy'n eu golchi'n dipyn is na nhw, hyd yn oed, yn wlyb ac yn oer ac yn cael eu trochi mewn dŵr sy'n fyw â bacteria. Er bod y menig maen nhw'n eu gwisgo bron mor drwchus â theiars car, maen nhw'n cracio oherwydd prysurdeb y gwaith, ac mae'r dynion yn gweithio oriau hir – deuddeg awr, deunaw ambell waith – a'r budreddi'n sleifio i mewn drwy'r craciau yn y menig a'r craciau yn y croen.

Golchi yw gwaith Juan Pablo, sy'n sefyll am oriau hir o dan raeadr o ewyn a shrapnel perfeddion a gwaed pysgod sy'n cael eu prosesu, yn golchi cannoedd o bysgod mewn awr, a miloedd mewn dydd. Gwna hyn oll i gasglu digon o arian i brynu cartref newydd i'w deulu yn Hondiragwa, ac mae'n gofyn i reolwr y ffatri ganio neilltuo ei holl gyflog namyn can doler (sy ddim yn mynd yn bell o ystyried cost popeth), a'i gadw iddo yn y seff fawr haearn yng nghefn ei swyddfa. Nid yw Juan Pablo'n gwybod bod criw o ladron yn bwriadu dwyn y seff jest cyn diwedd y tymor pysgota pan fydd yn llawn dop, a'u bod nhw hyd yn oed wedi trefnu bod awyren fôr yn glanio mewn cilfach nid nepell i ffwrdd i'w hedfan nhw i rywle saff i ddechrau cyfri eu hysbail. Mae'r rheolwr yn rhoi derbynneb i Juan Pablo, sy'n gofyn iddo gadw honno yn y seff hefyd, oherwydd does dim byd yn ddiogel yn y lle dieflig maen nhw'n aros ynddo. Y Gwesty! Pa ddihiryn gwallgo benderfynodd roi'r enw 'The Hotel' ar y lle? Rhanna Trace a Juan Pablo stafell wyth gwely bync gydag 14 o ddynion eraill ac oergell sy wedi gweld dyddiau gwell, a hynny 'nôl yn oes y Rhyfel Cartref, cyn dyfodiad trydan. Mae cyplau'n byw yn yr ystafelloedd llai.

Yn y drych, mae Trace yn gweld ei fod e wedi colli pwysau ers iddo ddod yma. Nid oedd ganddo lawer o fraster i'w golli, ond ar ôl dim ond tair wythnos, mae'n edrych yn wahanol. Nid yw'r cwmni'n darparu bwyd i'r gweithwyr, ac mae Trace a Juan Pablo'n gorfod cystadlu ag ugain o ddynion eraill am le ar yr unig stof i ferwi *ramen. Ramen* i ginio, *ramen* i swper, gan mai dyma'r bwyd rhataf, a hefyd y bwyd mwyaf maethlon am y pris. Er, mae croen Trace yn pantio mewn mannau o hyd, esgyrn y bochau'n rhy amlwg, sy'n awgrymu nad oes digon o faeth ynddo, efallai. Mae'n clymu ei drowsus am ei wasg â darn o raff. Pymtheg awr y dydd o weithio. Ugain munud o gerdded i'r ffatri ac ugain munud yn ôl. Dau floc o *ramen*. Gwnewch y syms.

Nid oedd Trace wedi dweud wrth Juan Pablo ei fod e wedi penderfynu rhoi ei holl enillion am yr haf hwn o lafur caled yn Alasga iddo fe, er mwyn iddo yntau allu mynd adre petai'n dymuno gwneud hynny. Efallai na fyddai eisiau mynd. Dyna oedd dilema sawl un fel fe – oedd hi'n well i'w deulu ei fod yn dychwelyd, neu'n aros yn y gogledd, ac yn anfon arian adre mor aml â phosib?

Wrth iddynt gerdded i'r gwaith, mae Trace a Juan Pablo'n mynd heibio i'r 'ddinas' sef gwersyll strim-stram-strellach o gartrefi gwneud – pebyll, cytiau syml wedi eu codi drwy grogi darn o darpolin rhwng styllod pren, adeilad wedi ei wneud o hen gratiau cwrw wedi eu pentyrru ar ben ei gilydd er mwyn rhoi lloches i un dyn gysgu, hen fws wedi ei addasu a nifer o gerbydau eraill lle mae pobl yn cysgu. Yn achos rhai, megis y campers Volkswagen, mae'n gwneud synnwyr, ond yn achos rhai o'r lleill, nid yw'n bosib dychmygu'r fath haf o ddioddef. Shifft hir mewn glaw o waed samwn ac wedyn cysgu mewn car, heb na chawod na bath ar gyfyl y lle. Mae'r clêr sy'n heidio rownd y gwersyll yn dawnsio'n hamddenol yn y gwres. I fyw fan hyn, heb wely, rhaid bod dyn yn desbret.

Ond mae gan y criw sy'n byw yma, y Cenhedloedd

Unedig yma o ymfudwyr economaidd, ddigon o hiwmor. 'Salmon Bake. Next Saturday' medd yr arwydd ger y fynedfa. Fel tase unrhyw un eisiau bwyta ffycin samwn ar ôl gweithio 'da samwn a drewi o samwn a blydi boddi mewn samwn o fore gwyn tan ffycin hwyr y nos.

Mae Trace yn nabod rhai o'r bobl sy'n byw yn y gwersyll, eu dillad yn wlyb, ddydd a nos, a'u heiddo byth yn bell o ddwylo lladron. Heddiw, mae Trace yn newid job, yn gwthio troliau o bysgod o'r cludydd prosesu i'r cludydd pacio. Bydd yn falch o adael y straen o sefyll yn ei unfan am ddeuddeg awr y dydd yn y gwaed, a'r orymdaith o bennau marw, yr esgyll, y perfeddion, clac, clac, clac y peiriant yn anfon mwy ohonynt i lawr y lein. Er bod Trace yn gwrando ar fiwsig wrth iddo weithio (sydd yn erbyn y rheolau, wrth gwrs), mae pob cân a thrac yn swnio'r un fath oherwydd sŵn metronomaidd y peiriant sy'n hyrddio cyrff un pysgodyn ar ôl y llall ar hyd y llinell sleim. Clac-clac-clac. Clac-clac-clac. Mae Trace yn gorffen diwrnod gwaith a phob gewyn a chyhyr yn cwyno, na, yn wylo mewn poen, ei arddyrnau wedi chwyddo nes eu bod ddwywaith eu maint arferol, y dwylo'n crynu'n ddireolaeth, yr asgwrn cefn yn wan gan sefyll. Ond nid yw'n gwneud fel mae llawer o'i gyd-weithwyr yn ei wneud, sef llyncu tawelyddion a thabledi lleddfu poen fesul potelaid, ac yna gorfod bwyta siocled a losin er mwyn osgoi stumog dost oherwydd y fferyllfa fach y tu mewn iddynt. Mae eraill yn smocio dôp, neu'n defnyddio cyfuniad o ddôp a No-doze – y naill i leddfu'r boen a'r llall i'w cadw ar ddihun – tra bo eraill yn ceisio siarad â'u cyd-weithwyr i ladd amser, sy'n straen ynddo'i hun oherwydd bod angen cystadlu â rhu'r peiriannau, y clac-clac-clacio, y rhythm diddiwedd fel drymiwr obsesiynol sy'n methu stopio taro'i offeryn drachefn a thrachefn. Mae sgwrs yn debycach i gyfres o sgrechfeydd a stumiau, ac mae'r rheiny'n defnyddio egni prin.

Er bod Trace yn falch o'i ddyrchafiad – ac mae'n cael ei dalu'n well er bod y gwaith yn dipyn haws – mae'n teimlo'n euog oherwydd bod Juan Pablo'n dal i fod ar y lein. Bob hyn a hyn, gall e weld ei ffrind, ei frawd, yn ceisio canu'r caneuon sy'n cael eu chwarae'n gyson dros yr uchelseinyddion, ddydd ar ôl dydd, yr un hen ganeuon, a'r rhan fwyaf o'r wythdegau ac o Brydain, oherwydd dyna yw dewis y rheolwr. A chaneuon FM America, sy'n gwbl ddi-ddim, fel bwyta bwyd heb flas, miwsig heb y miwsig, fel petai. Felly, Duran Duran, Human League, Simple Minds a Dire Straits. Anthemau'r damniedig sy'n gweithio ar y lein. Foreigner am ddau o'r gloch. Michael Bolton am hanner awr wedi deg. Un bore, cwympodd un o'r bois drosodd tra oedd yn sefyll yno, y straen yn ormod i'w galon, a chafodd harten sydyn a thrigo ar y llawr sgleiniog, glwyb. Y peth olaf a glywodd yn y bywyd hwn oedd 'I wanna know what love is, I want you to tell meee ...' O! Am ffordd i fynd!

Anodd yw aros ar ddihun, er bod cwsg yn llawn breuddwydion am bysgod, ac felly, mae hyd yn oed cwsg yn waith caled. Bob nos, bron, mae 'na barti, er taw dim ond dynion sy'n bresennol, a'r alcohol yn rhywbeth maen nhw wedi ei gynhyrchu eu hunain gyda philion ffrwythau, fel maen nhw'n ei wneud yn y carchar. Yn aml, bydd 'na ymladd, a chyllyll trymion yn dod i'r golwg, a llygaid sy'n hanner marw'n barod yn herio'i gilydd, dynion sy wedi blino'n llwyr, ac wedi blino byw, yn edrych am symudiad cynta'r gyllell. Mae rhai o'r bois 'ma wedi bod i mewn ac allan o'r carchar ers blynyddoedd. Gallant ymladd â *shiv*, cyllell neu unrhyw ddarn o fetal miniog. Ond gan amla, blinder sy'n eu trechu yn hytrach na'r gelyn, y ddau'n blino sefyll a bygwth ac yn eistedd yn eu hunfan ac yn cysgu'n drwm ac anghofio erbyn y bore.

Heno, ni all Juan Pablo wylio'r ornest ddiweddara, hyd yn oed. Ers dyddiau, mae popeth o'i gwmpas yn codi cyfog arno, ac oherwydd hyn, mae Trace wedi penderfynu gwneud rhywbeth does yr un dyn arall yn y ffatri ganio wedi ei wneud erioed o'r blaen, sef gofyn ffafr gan y perchennog. Ni all Trace edrych ar Juan Pablo'n eistedd yn ei gwrcwd a'i ben dros y bwced am un noson arall, a dyw e ddim yn deall cryfder y dyn wrth iddo gerdded, heb gwyno, i weithio'r sleim bob bore, ac yntau'n amlwg yn teimlo'n sâl fel ci.

Ymweliad Orson Welles

FORE IAU, fel pob bore Iau arall, mae awyren yn glanio ar y dŵr nid nepell o'r goleudy bach sy'n goleuo'r ffordd i'r sianel ac felly i'r llithrfa. Bydd y dingi bach yn mynd allan ym mhob tywydd i gludo'r Perchennog draw i'r lan – dyn o rywle fel Fietnam, yn gwisgo siwt wen, fel Orson Welles, ac yn gwenu'n braf – mor braf yn wir nes bod rhai'n credu nad yw ei ddannedd yn ei ffitio'n iawn. Ond y bore hwn, mae Trace yn gweld bod y dyn yn gwenu o ddifrif, efallai oherwydd bod pris eog wedi codi eto, yn bennaf oherwydd effaith y farchnad drachwantus yn Siapan, a'i fod e wedi ennill digon o arian yr wythnos hon yn unig i brynu awyren arall petai'n dymuno gwneud.

Nid yw'n gwenu pan mae rheolwr y ffatri'n plygu at ei glust a dweud wrtho fod un o'r gweithwyr yn dymuno cael gair ag e. Cofia'r tro diwethaf y digwyddodd rhywbeth cyffelyb, pan oedd y dyn yna'n ddigon hy i awgrymu y byddai'n syniad da i'r gweithwyr ymuno ag undeb! Y dihiryn twp. Sut byddai unrhyw un yn medru ymaelodi ag undeb heb ddefnyddio'i enw go iawn? Ac roedd y rhan fwyaf o'r gweithlu yma, y caethweision yma, heb gyfri banc ac yn gorfod dibynnu ar y cwmni i gadw cownt o'u henillion gydol yr haf cyn derbyn arian parod ar ddiwedd y tymor. Y noson honno, ymosododd tri dyn ar y darpar undebwr a thorri pob asen oedd ganddo cyn hanner ei foddi yn y tanc sgrwbio croen. Gobeithia nad yw'r hurtyn hwn yn arddel syniad hanner call a dwl fel hwnnw. Nid yw am roi loes i neb arall yn yr un modd.

Ond cyn iddo gyfnewid gair â'r dyn croenwyn hwn, mae'n gweld y marc ar ei law. Y marc sy'n edrych fel cigfran – staen y gwaed, arwyddnod y frawdoliaeth.

'Pwy roddodd y graith 'na i chi?' gofynna'r Perchennog yn chwilfrydig. 'Rwy'n ei nabod …' Esbonia Trace sut yr unodd Nahuel e a Juan Pablo mewn defod waed, ac wrth iddo enwi Hen Arth y Lleuad, daw gwên hyfryd dros wyneb y Perchennog.

'Ry'n ni'n perthyn, fi a fe, ac mae gen i barch anhygoel tuag ato.' Mae Trace yn synnu o glywed hyn, yn enwedig oherwydd ei fod y credu mai o Asia roedd y dyn yn dod, ond o syllu'n agosach, gall weld bod ei wreiddiau dipyn yn nes at gartre. Synna'n fwy fyth o weld y dyn yn estyn ei law i ysgwyd ei law yntau, a gweld adenydd y gigfran yn lledaenu o'i flaen.

'Ble mae'ch brawd arall yn gweithio?'

'Ar y lein. Mae'n gweithio ar y lein, er ei fod e'n dost.' Trodd y Perchennog i siarad â'r dyn boliog oedd yn eistedd wrth ddesg gerllaw yn mynd drwy waith papur.

'Cer i nôl dyn o'r enw Juan Pablo, a dod ag e lan i fan hyn.' Oerodd yr awyrgylch o gwmpas y lein wrth i'r dyn ymddangos a gofyn am Juan Pablo, yn enwedig gan fod y stori am y dyn gafodd bob asen wedi ei thorri'n dal yn fyw yn y cof cymunedol. Methodd rhai â chanolbwyntio ar eu tasgau, a chwympodd ambell bysgodyn oddi ar y lein, ac roedd yn rhaid i un neu ddau o'r gweithwyr adael y lein i'w codi. Edrychodd y criw ar Juan Pablo fel tase fe'n ddyn condemniedig yn gadael ei gell ar y ffordd i'r gadair drydan.

Cerddodd Juan Pablo i mewn i'r ystafell i fyny'r grisiau a gweld Trace yn sefyll yno. Roedd hynny ynddo'i hun bron yn ddigon i beri iddo lewygu. Ond cerddodd Trace tuag ato a gafael yn dynn yn ei ysgwyddau, ac esbonio'n gyflym beth oedd y sefyllfa, a gogoniant eu lwc.

'Eisteddwch, eisteddwch,' gorchmynnodd y Perchennog. 'Setlwch lawr, er mwyn i mi esbonio mwy wrthoch chi am y gigfran yma sydd ar ein dwylo ...' Gyda hynny, daeth y llatai i mewn i gynnig *blinis* cafiar iddynt, ynghyd â samofar cyfan o de. Nid oedd Juan Pablo'n siŵr a oedd e wedi marw ar y lein a mynd i'r nefoedd. Blasai'r bwyd yn anhygoel, ac er ei fod yn teimlo'n rhy wan i godi fforc, bwytaodd lond plât o'r danteithion bach nes ei fod yn teimlo braidd yn sâl unwaith eto. Ond llwyddodd i ymladd y tonnau cyfog, a setlo mewn cadair tra oedd perchennog y ffatri'n adrodd stori iddynt. Stori! *Blinis*! Cafiar! Te!

'Mae fy llwyth i, y Nuu-chah-nulth, yn dod o ardal i'r de o fan hyn. Mae ein tiroedd a'n pysgodfeydd ar ochr orllewinol Ynys Vancouver. Rydyn ni'n credu bod y bydysawd yn gorffwys ar gefn morfil enfawr sy'n gorwedd yn y môr, a'i stumog enfawr yn medru cyffwrdd gwely'r cefnfor tra bo'i ben yn agos at yr wyneb – anifail sy'n llenwi'r môr gan mor enfawr ydyw. Peidiwch ag edrych arna i fel 'na, da chi. Mae'n bosib bod yn ddyn busnes, yn wyddonydd a hefyd gredu mewn fersiwn wahanol o drefn y bydysawd i'ch fersiwn chithau. Dwi'n tybio'ch bod chi wedi cael eich magu yn clywed am Dduw yn creu'r byd mewn saith niwrnod. Wel, yn ein fersiwn ni, cymerodd bum niwrnod, a'r Gigfran Moon-iok wnaeth y gwaith – aderyn sy'n llawn direidi a chreadigrwydd.

'Nawr 'te, enw'r morfil oedd Eah-toop, ac roedd yn bihafio fel brenin, yn ei lordio hi dros yr holl fyd islaw'r tonnau, ac yn cadw cwmni iddo roedd dwy fôr-forwyn,

Ohk-iss a Phe-mw, gafodd eu herwgipio unwaith gan ysbryd Sin-set a'u cadw yn Nhŷ'r Blaidd, nid eich bod chi'n gwybod arwyddocâd y rhan honno o'r stori … esbonia i hynny wrthoch chi rywbryd eto. Ta p'un, cafodd y ddwy eu rhyddhau gan Tootooch, Aderyn y Taranau, a aeth â nhw adre'n ddiogel i'w cartref yn y dyfroedd mawrion.

'Byddai fy llwyth yn hapus iawn bob tro byddai morfil yn cael ei olchi i'r lan, ond tase'r pennaeth yn absennol, byddai dynion yn cweryla a checru dros y corff, a rhai yn ymladd i hawlio'r darn hwn o gig neu'r darn yma o fraster y morfil. Ond nid oedd yr un o'r rhain i fod i wneud hyn, oherwydd yn ôl y gyfraith hynaf oll – yr un a gyflwynodd y Gigfran Moon-iok ei hun i ni – nid oedd neb i fod i fwyta, rhannu, dosbarthu na gwneud dim arall gyda chig morfil o'r fath ond pennaeth y llwyth. Ef yn unig fyddai'n dosbarthu cig yn ôl statws: yr hynafgwyr a'r siamaniaid yn gyntaf, yr helwyr gorau nesaf – yn enwedig y menywod fyddai'n dal y morloi – ac yna weddill y llwyth. Byddent yn berwi'r cig, yn gwasgu'r olew mas a hwnnw'n cael ei storio i'w ddefnyddio yn llymder y gaeaf pan nad oedd hyd yn oed un sgwarnog gwyn i'w hela, a'r byd yn wyn ac wedi rhewi'n gorn.

'Ond dyma i chi'r stori, a chithau wedi bod mor amyneddgar wrth imi esbonio be 'di be a phwy 'di pwy …

'Roedd Moon-iok yn newynog tu hwnt, mor newynog nes y byddai wedi bwyta ei brawd neu ei mab, ac roedd ar dân yn chwilio am forfil i'w fwyta. Gwelodd un yn torri'r wyneb ddim yn bell o gyfres o ynysoedd bychain, a heb oedi dim, dyma'r aderyn yn aros i'r morfil ddod i fyny i anadlu, ac yna'n chwim a disymwth yn hedfan i lawr twll chwythu'r anifail a dechrau pigo ar ei galon nes ei bod yn rhacs. Anghofiodd y

Gigfran y byddai'r twll yn cau tase'r anifail yn marw, ac er iddi grawcian a hedfan yn wyllt o gwmpas y düwch gwlyb y tu mewn i'r morfil, ni allai ddianc, ac felly roedd yn garcharor oherwydd ei ffolineb a'i thwpdra hi ei hunan.

'Helpwch eich hunain i fwy o *blinis*. Mae rhagor ar y ffordd …

'Golchwyd y morfil i'r lan o'r diwedd ger pentref Indiaidd, a heb oedi, daeth y trigolion allan â'u bwyelli gorau a dechrau torri'r cig yn slabiau ar gyfer ei halltu. Wrth iddynt wneud hyn, gwelodd y Gigfran ei chyfle a hedfan allan, ac yna stelcian mewn cuddfan gerllaw'r pentref, wedi newid ei ffurf i rywbeth dynol, fel mae cigfrain yn ei wneud, weithiau at bwrpas penodol, dro arall ar fympwy llwyr. Y tro nesaf y gwelwch chi un, edrychwch orau medrwch chi i fyw ei llygaid. Efallai y gwelwch rywbeth yn symud y tu mewn iddynt – dyn bach, dim mwy na smotyn, ond dyn bach 'run fath. Ond bydd yn rhaid i chi fod yn agos iawn, ac o fewn cyrraedd y big siarp 'na sy'n medru'ch trywanu. Byddwch yn ofalus, ond yn sylwgar hefyd.

'Tra oedd y llwyth cyfan yn canolbwyntio ar y dasg o'u blaenau, ymddangosodd y Gigfran, oedd wedi ei thrawsnewid yn ddyn tal, urddasol â llygaid glas treiddgar, i'w llongyfarch ar eu lwc. Ond wrth iddo siarad â nhw, dyma nhw'n edrych arno'n syn gan ddweud, "Lwc, pa lwc? Mae hwn yn fath rhyfedd o lwc os taw lwc yw e o gwbl." "Sut felly?" gofynnodd y Gigfran, wedi ei drysu braidd. Yna dywedodd arweinydd y llwyth beth oedd wedi digwydd wrth iddyn nhw dorri i mewn i'r anifail, bod aderyn wedi hedfan allan o'i berfeddion. Edrychodd y Gigfran arnyn nhw'n syn, fel petai hyn yn wyrth, neu'n arwydd oedd wedi eu cyrraedd o ryw arall fyd, ac yna cynigiodd eu helpu i orffen y gwaith o dorri a dosbarthu a halltu'r cig, oedd bellach yn gorwedd mewn pentyrrau seimllyd a gwaedlyd o gwmpas yr esgyrn. Byddai'r hen wragedd yn mynd â'r rhain i'w berwi'n drwyadl, a byddai'r rhai llai'n cael eu rhoi i'r plant er mwyn chwarae'r hen gêm honno, adeiladu tŷ'r morfil, gan ddefnyddio'r asennau i greu to, a gwahodd holl anifeiliaid y byd i ddod i'w gweld nhw, a'u cyfri nhw i gyd, a'u bendithio wrth iddynt gerdded dros drothwy'r tŷ o esgyrn gwyngalchog.

'Prysurodd y llwyth i symud y cig i focsys nawr bod y llanw'n troi, a neb eisiau cael eu dal gan y dŵr. Awgrymodd y Gigfran y gallai helpu gyda'r dasg olaf un yma, ac yna y byddai'n syniad da i bawb gwrdd yn nhŷ arweinydd y llwyth i rannu a dosbarthu'r cig er mwyn i bawb werthfawrogi eu lwc a haelioni'r môr wrth anfon y fath anrhegion o ddyfnderoedd yr heli. Ond tra oedd y dynion yn cerdded yn flinedig draw i'r tŷ, trodd y Gigfran yn aderyn drachefn, a chan weithio'n gyflym ac â nerth dieflig, casglodd bob bocsaid o gig a mynd â nhw i gopa'r mynydd uchaf, Mynydd Koo-Eeen-Aan-Amee, gan grawcian â'r fath angerdd nes bod pobl ar y ddaear odani'n meddwl bod taranau'r byd a ddaw'n lledaenu dros y tir. Yna, ar ôl i'r tawelwch setlo unwaith eto, dyma'r wylofain yn dechrau, y pentre cyfan yn llefain ac yn udo ac yn methu credu bod y dyn yma – y dieithryn – wedi eu twyllo, a chyn hir byddent yn penderfynu mynd i ryfel yn erbyn y llwyth oedd yn byw ar ochr draw'r afon, gan dybio bod y dyn estron hwn yn perthyn iddyn nhw. A dyna sut wnaeth y Gigfran greu'r cysyniad o ryfel, a dechrau hollti'r byd, dyn yn erbyn dyn, llwyth yn erbyn llwyth.'

Ar ôl i'r Perchennog orffen ei stori, eisteddodd yn ôl yn ei gadair â golwg fodlon iawn ar ei wyneb, er bod Trace a Juan Pablo'n poeni am ffawd y pentrefwyr druan, oedd yn wynebu gaeaf heb fwyd. Ac er eu bod nhw'n gwybod taw dim ond stori oedd hi, byddai'r ddau wedi dymuno clywed diweddglo hapusach, gan obeithio bod y Perchennog yn mynd i barhau ac y byddai pawb yn iawn yn y diwedd. Ond ni ddywedodd hwnnw air.

Bron fel petai'n dechrau ar stori arall, dechreuodd y Perchennog siarad eto, ond y tro hwn, soniodd am berygl a bygythiad, ac am ddyfodiad y dyn gwyn a'i drachwant am olew, gan ddisgrifio natur y gyflafan oedd i ddod, a sut byddai'r cwmnïau mawr yn dod â llygredd a gwenwyn i ddistrywio tiroedd y gogledd. Rhybuddiodd y dyn y byddai'r eira'n troi'n ddu, bod y dinistr oedd i ddod cynddrwg â hynny. Edrychodd Trace a Juan Pablo ar ei gilydd, y ddau'n cofio'r herwgipiwr a'r ffordd roedd e'n newid cywair o fod yn ddifrifol i fod yn hollol ddifrifol.

'Y diwydiant olew fydd yn dinistrio'r lle 'ma,' mynnodd y Perchennog, 'ac maen nhw wedi dechrau'n barod ... gymaint o salwch a phobl yn methu anadlu mewn pentrefi cyfagos, a'r llygredd mor wael mewn rhai llefydd nes bod llaeth y fron yn wenwynig, a gall mam wenwyno'i phlentyn â'r llaeth mae hi'n ei gynhyrchu. Nawr maen nhw am adeiladu pibell olew reit ar draws un o hen, hen ffyrdd ymfudo'r caribŵ, a fydd ein brodyr, pobloedd yr Athabaskan, ddim yn medru goroesi heb y caribŵ. Fel dywedodd un hen wreigan wrtha i, "Ni yw'r caribŵ, y caribŵ ydym ninnau." A dyna pam fod arna i eich angen chi ...' Edrychodd y ddau ar ei gilydd drachefn.

'Dwi'n deall eich bod chi, Mr Trace, wedi bod yn y

fyddin, a'ch bod chi, Juan Pablo, yn goncwerwr un o'r nadredd mwyaf yn y byd …' Sut roedd y dyn yma'n gwybod hyn? Pam roedd y dyn yma'n gwybod hyn?

'Felly mae'n rhaid i ni baratoi i ymosod, i roi llond bol o ofn i'r cwmnïau mawr yma. Mae ganddyn nhw ormod o ddylanwad yn Washington DC a does 'na'r un o'r dynion yna yn eu siwtiau drudfawr yn becso iot am y cymunedau bach sy'n byw uwchben y llynnoedd olew. Does dim dwywaith fod 'na dipyn o olew o dan y mwswgl a charnau'r caribŵ, ond fyddai holl olew Alasga ddim ond yn bwydo trachwant America am ychydig flynyddoedd. Felly, pam sbwylio paradwys? A dinistrio llwyth cyfan a'i ffordd o fyw a'i ddiwylliant unigryw? Pam, frodyr? Pam?'

'Beth y'ch chi am i ni ei wneud, felly?' mentrodd Trace, gan obeithio bod y Perchennog yn wallgof, efallai. Yn sicr, ni allai Trace weld ffordd yn y byd iddo fe a Juan Pablo ymladd yn erbyn y corfforaethau olew.

'Dwi'n mynd i roi byddin i chi, sef pob dyn sy'n gweithio ym mhob un o fy wyth ffatri, cyfanswm o dros fil o bobl, a bydda i'n eu talu nhw'n hael, tair gwaith, efallai bedair gwaith eu cyflogau arferol. Y cyfan sydd angen i chi ei wneud yw dinistrio un bibell ac un burfa, er bod y burfa'n fwy na'r un arall yng Ngogledd America.'

'Ni? A byddin o weithwyr ffatri samwn?'

'Chi. Oherwydd eich bod yn ddewr. Ac oherwydd nad oes gennych ddim i'w golli. Ond yn gynta, byddwch yn dysgu pethau anhygoel yn y brifysgol ryfeddaf un. Es i yno unwaith, ac roedd yr addysg yn amhrisiadwy. Bleiddiaid … Byddwch yn mynd i fyw 'da bleiddiaid. Dod i'w deall nhw a deall sut mae'r pac yn gweithio, yn hela ac yn symud fel un.'

'Bleiddiaid?' gofynnodd Trace.

'Ie, bleiddiaid.' A dyna sut y dechreuodd Trace a Juan Pablo ar gwrs newydd yn eu bywydau eto fyth. Cyfnewid yr eog am flaidd, ar gyngor y Gigfran, oedd yn ôl yn ein plith mewn plu dynol. Oherwydd dyna pwy oedd y Perchennog mewn gwirionedd. Ond dim ond chi sy'n gwybod hynny.

Mis y blaidd

GLANIODD YR AWYREN fôr fach ar wyneb gwydr-lyfn y bae, a'r dingi bach yn symud yn gyflym tuag ati i hebrwng y teithwyr.

Ddeng munud cyn i'r awyren gyrraedd, roedd y Perchennog wedi gwahodd Trace a Juan Pablo i sefyll ar ymyl y bae er mwyn astudio'r ffordd roedd y tonnau wastad yn gorgyffwrdd, y naill yn llepian ar draws y llall, ac wedi dangos i'r ddau ddyn sut i efelychu'r tonnau wrth iddynt gerdded. Nid yn annhebyg i'r ffordd mae'r Marines yn eich dysgu chi i gerdded, meddyliodd Trace, wrth i'r tri ohonyn nhw symud ar hyd y graean, un wastad yn cysgodi'r llall, a rhyw undod sydyn yn tyfu yn eu cydgerdded.

Wrth i'r awyren godi oddi ar y gwydr-ddŵr, ceisiodd Juan Pablo ddeall yr hyn oedd yn digwydd iddo. Nid oedd yn gyfrifol am ei fywyd ef ei hun mwyach: ffawd, neu ffactorau y tu hwnt i'w reolaeth, oedd i'w gweld yn penderfynu drosto. Ar ôl yr holl helyntion a'r anturiaethau i gyrraedd fan hyn, roedd e nawr yn cael ei gludo mewn awyren fach dros fynyddoedd uchel, a'r rheiny o dan drwch o eira drwy gydol y flwyddyn, i fyw 'da bleiddiaid! Herwgipio! Defodau gwaed! A nawr hyn. Ond teimlai y gallai ddelio ag unrhyw beth os oedd Trace wrth ei ochr, ei frawd cadarn, nad oedd yn ofni neb na dim yw dim. Er gwaethaf rhu yr injan a'r sgriwiau gyrru, llwyddodd i siarad â Trace, a'r ddau prin wedi cael amser i drafod unrhyw beth wrth i'r paratoadau symud yn eu blaen.

'Dwi'n teimlo'n ofnus … iawn,' ebychodd Juan Pablo

drwy'r meicroffon oedd yn caniatáu iddo siarad â'i gyd-deithwyr.

'Paid â phoeni. Bydda i yno gyda ti, wastad. Ry'n ni wedi bod drwy lawer o dreialon, a fydd hwn yn ddim byd o'i gymharu â chwarae deis am ein bywydau, na'r holl erchyllterau welaist ti wrth deithio drwy Fecsico, neu sychder yr anialwch, neu'r holl bethau welais i pan es i i ryfel.' Tawodd y ddau wrth i'r peilot ddisgrifio'r math o dywydd a fedrai effeithio ar y man glanio, oedd yn ddwy awr o siwrne eto.

Heb os, roedd hi wedi oeri, a niwl wedi gorchuddio'r llwyfandir odanynt. Nid oedd amser yn golygu llawer i Trace, oedd wedi eistedd yn ei dŵr yn y Gila, ac yn yr ystafell fwyaf unig yn Irac ar ei ben ei hun, ond doedd hynny ddim yn golygu na allai gydymdeimlo â'r gŵr ifanc wrth ei ochr.

Edrychodd ar y graith lle torrodd y gyllell y croen ar ei law ei hun, a hefyd ar yr un ar law ei frawd. Bellach, roedd wedi dechrau meddwl amdano fel Ben Moss yn amlach nag fel Juan Pablo. Ers iddo weld Juan Pablo'n ddiymadferth ar dywod yr anialwch, roedd wedi teimlo cysylltiad ag e, oedd yn ddyfnach na'r cysylltiad gwaed rhyngddo ef ac Alex, hyd yn oed.

Ar y dechrau, roedd y ffaith nad oedd Ben yn medru fawr ddim Saesneg yn gwneud cyfathrebu rhyngddynt yn llafurus, braidd, ond roedd y ffaith ei fod e wedi dangos ei fod yn dipyn o sbwng, gan amsugno geiriau, gramadeg a phriod-ddulliau, wedi cyfoethogi pob diwrnod newydd yn ei gwmni.

A nawr roedden nhw ar eu ffordd i fyw 'da bleiddiaid, gyda dyn oedd yn amlwg yn dipyn mwy na jest perchennog y ffatrïoedd canio. Gwyddai ormod am ormod o bethau. Am ddefodau'r brodorion, am hanesion personol y ddau ohonynt, am fleiddiaid ac am fannau gwan y diwydiant olew. Edrychodd Trace ar y Perchennog yn chwyrnu'n braf, ei law dde'n dal yn sownd mewn llaswyr Catholig, oedd braidd yn annisgwyl.

Pan laniodd yr awyren, roedd 'na groeswynt yn ysgwyd yr holl beth o un ochr i'r llall, ac roedd wyneb Ben yn eitha gwyrdd erbyn iddo godi ei goes dros ymyl cwch rwber oedd yn disgwyl amdanynt. Yna, wrth iddynt rasio ar draws y dŵr, chwydodd Ben nid unwaith, ond deirgwaith.

Cyraeddasant fan glanio go sylweddol o flaen llwybr o ddarnau marmor gwyn a arweiniai at gaban solet a dau ddyn arfog yn sefyll y naill ochr i'r drws. Saliwtiodd y ddau'r Perchennog yn ffurfiol iawn, yn filwrol felly. Gwnaeth Trace yn union yr un fath, a gwnaeth Ben ymdrech i'w ddynwared, ond yn lletchwith, a bu bron iddo hwpo'i fys i mewn i'w lygad.

Y tu mewn i'r caban, roedd tanllwyth o goed yn llosgi a chynigiodd y Perchennog lasiad o Chivas Regal iddynt, yr hylif drudfawr yn cael ei weini mewn llestr gwydr gan ddyn yn gwisgo menig gwynion. Lledaenodd y Perchennog fap ar fwrdd enfawr, a gwahodd y ddau i ddod i edrych.

'Hon,' meddai, 'yw'r weiren bigog sy'n ymestyn o gwmpas y caeadle. Mae'r bleiddiaid yn byw mewn sw, i bob pwrpas, ond sw enfawr, awyr agored yw e, a dy'n ni ddim yn eu bwydo nhw o gwbl. Mae gan y pac yn agos at fil o erwau iddyn nhw eu hunain. Ddechreuon ni gydag un gwryw ddaeth o ganolfan ymchwil bleiddiaid yn Wyoming, a chyn hir roedden ni wedi dal cymar posib iddo mewn trap ar fynydd nid nepell o fan hyn. O fewn blwyddyn, roedd y ddau wedi cael llond lle o genawon, a dysgodd y rhain sut i hela'n effeithiol. Maen nhw wedi arfer â'n cael ni o gwmpas y lle, ac eto mae treulio amser gyda nhw'n rhoi rhywbeth arbennig i chi, pŵer na alla i mo'i esbonio. Ychydig bach o ffyrnigrwydd elfennol, hanfodol natur, efallai. Cewch weld, cewch weld. Yfory gallwch fynd i mewn i'r caeadle gyda nhw. Chewch chi ddim mynd ag arfau o unrhyw fath. Bydd yn rhaid i chi ddilyn eich greddf, ond dyw'r pac ddim wedi ymosod ar neb ers sbel.'

'Beth chi'n feddwl, "ymosod"?' gofynnodd Trace.

'Chi'n gwybod. Cnoi, lladd, llarpio – y math yna o ymosod.' Cynigiodd Chivas Regal arall iddynt, a chyn hir roedd y tri ohonynt yn cysgu'n sownd o flaen y tân, y gweinydd yn cerdded rhyngddynt yn dawel bach, gan dynnu'r gwydrau o afael eu dwylo'n ofalus.

Gwawriodd y bore fel llinell malwen ar draws y gorwel, a honno'n tewhau'n raddol ag arian y golau. Nid oedd Trace yn cofio cyrraedd y gwely, na diosg ei ddillad – effaith y teithio a'r whisgi a gwres y tân, fwy na thebyg. Cododd Ben a'i lygaid wedi eu hanner gludo ar gau gan effaith cwsg, ond roedd y coffi'n gryf a'r sudd oren ffres yn oer, a dechreuodd ddod ato'i hun. Yna, cyrhaeddodd Toyota Land Cruiser sylweddol o flaen y caban, a Trace yn rhyfeddu o feddwl fod digon o heolydd yn yr anialdir yma i warantu prynu'r fath gerbyd. Bant â nhw i ganol y fforest, y brigau'n slapio yn erbyn gwydr y ffenest, y cerbyd yn hedfan dros ambell ddarn garw yn y ffordd. Hanner awr yn ddiweddarach, roedden nhw wedi cyrraedd y wal weiren uchel, a drws mawr â chlo clap newydd, agored yn cynnig mynediad iddynt.

Yr ochr arall i'r weiren, wrth glywed 'sloc' y clo'r tu ôl iddynt, edrychodd y ddau ar ei gilydd, a'r tro hwn, Trace oedd yn edrych yn betrusgar, am y rheswm syml fod bleiddiaid yn codi arswyd arno, er nad oedd am gyfadde hyn wrth Ben, oedd yn edrych yn wyn heddiw. Gwyrdd ddoe, gwyn drannoeth. Nid oedd y trip yma'n hawdd i'r crwt, ac roedd yr oerfel yn effeithio arno hefyd, a hithau'n hydref bellach, a min ar yr awel, ac yntau'n bell iawn, iawn o wres Hondiragwa.

Penderfynodd Trace gerdded mewn llinell syth tuag at ddarn o garreg oedd yn edrych fel penglog anifail, gan dybio y byddai unrhyw anifail oedd yn credu ei fod yn berchen ar y lle yma'n hoff o sefyll ar ei ben er mwyn edrych allan dros ei diriogaeth, ac roedd 'na ddigon o faw blaidd o gwmpas i awgrymu bod ei ddamcaniaeth yn gywir. Symudodd rhywbeth mewn llwyn gerllaw, stribedi yn y cysgod – dawns golau'r haul ymhlith y brigau? Beth? Ond rhaid oedd cerdded ymlaen. I ganol yr ofn. Er gwaetha'r ofn.

Ond cyn iddyn nhw fynd mwy na hanner canllath, dyma nhw'n clywed gwichian y giât y tu ôl iddynt, ac wrth iddynt droi, gwelsant griw o ddynion, pump o'u cyd-weithwyr o'r ffatri ganio, yn cerdded i ymuno â nhw a llais y Perchennog yn dweud, o ochr arall y ffens, 'Nawr mae 'da ni bac go iawn.' Fel y *Wild Bunch* yn ffilm waedlyd, dreisgar Sam Peckinpah. Neu, oherwydd y nifer, y *Seven Samurai*, y *Magnificent Seven*. Adnabu Juan Pablo bob un ohonynt namyn un, er nad oedd yn cofio'u henwau i gyd. Edrychai sawl un mor ddryslyd â'i gilydd.

Roedd y Perchennog wedi eu dewis ar sail eu sgiliau yn y gorffennol, yn y byd y tu hwnt i'r ffatri. Dynion caled, troseddwyr, lladron – gan gynnwys un oedd wedi chwythu bysedd ei frawd oddi ar ei ddwylo tra oedd yn ceisio torri i mewn i fanc, y ffrwydron yn tanio hanner munud yn gynnar, a'r heddlu'n gorfod codi darnau o ddwylo'r brawd oddi ar y llawr a'u rhoi mewn bagiau i'w cludo i'r ysbyty.

Yna, ar fryncyn cyfagos, gwelsant y bleiddiaid, deunaw ohonynt, efallai fwy, ac un du iawn ei ffwr, â llygaid pefriog, creulon yr olwg, yn sefyll ben a 'sgwyddau uwchlaw'r lleill. Er ei fod yn anifail cryf iawn, roedd golwg flinedig arno, ei esgyrn yn gwegian o dan bwysau cyfrifoldeb, cadw awdurdod ac ymladd â'r bleiddiaid ifanc oedd yn chwennych ei bac, ei gymar a'i diriogaeth. Ond er mor fusgrell oedd yr alffa-flaidd hwn, a'i ffwr yn edrych fel hen fat drws, rhaid oedd cydnabod ei bŵer: cawr cigysol, clyfar, nad oedd yn ofni dim byd ond arth, dyn a gwn.

Gwyddai Trace beth roedd angen iddo'i wneud. Cerddodd tuag at y pac, gan agor ei freichiau a dangos cledrau ei ddwylo. Gweddïai fod yr anifeiliaid wedi ymgynefino tipyn â dyn, o gofio'r hyn roedd y Perchennog wedi ei ddweud amdanynt.

Datgysylltodd dau flaidd oddi wrth y pac, eu ffwr yn lliw tun a stribedi arian perffaith ynddo. Dechreuodd y ddau gylchu Trace yn osgeiddig o araf, ond gan amddiffyn y bleiddiaid ifanc yr un pryd. Prin bod eu pawennau'n cyffwrdd â'r llawr gan mor ysgafndroed oeddent, a'u symudiadau'n cyd-fynd, coreograffi o garnifors, bale'r blaidd. Symud mewn ffigwr wyth, darllen y sefyllfa, yn barod i ferthyru eu hunain os oedd rhaid.

Llygadai'r alffa-flaidd y dyn estron beiddgar yma oedd yn cerdded yn benuchel tuag at y pac, yn ddrwgdybus iawn o'r fath hunanhyder, ond yn ei barchu hefyd. Yn yr hen ddyddiau, cyn iddo gael ei ddal mewn magl gan wyddonwyr, ni fyddai'r un dyn byw yn beiddio dod yn agos ato, a'i udo gyda'r hwyr yn medru gwneud i hen bobl grynu yn eu gwelyau, gan deimlo am y gwn o dan y glustog, i wneud yn siŵr eu bod yn saff. Gwyddai'r blaidd fod ei bŵer yn edwino, ac na fyddai fyth eto'n medru rhedeg yn gynt na'r gwynt a'r antelop, na chornelu caribŵ ifanc, na herio llew'r mynydd. A phan ganai at y lloer, gan foliannu'r cysgodion oedd yn drwch yn y llefydd dirgel, cryg oedd ei lais, fel un o'r cŵn sy'n smocio sigaréts mewn labordy. A dyma ddyn nad oedd yn ei nabod yn cerdded tuag ato, yn ewn, o fewn deugain llath nawr, a'i arogl yn gryf ac yn amhleserus.

O bellter diogel, meddyliai Ben am ei blentyndod a'i ofn cwbl ddealladwy o'r cŵn gwyllt a stelciai o gwmpas, yn un ffyrnigrwydd o ddannedd. Anodd ganddo gredu ei fod wedi dod mor bell. Nid oedd yn cachu ei llond hi nawr, er bod ganddo barchedig ofn, a'i fod yn gwybod yn iawn y gallai pethau fynd ar gyfeiliorn, mynd yn hollol blydi rong, petai Trace yn camddarllen y sefyllfa, neu'n herio'r anifail oedrannus.

Ugain llath nawr, a breichiau Trace mor agored ag y gallent fod, a gweddill y pac yn dechrau ysgyrnygu dannedd a chwyrnu'n fygythiol, sŵn i fferru'r gwaed. Dymunai Ben droi ei ben i ffwrdd, ond byddai hynny'n rhyw fath o frad.

Deg llath i fynd, a'r prif flaidd yn gerflun stond, yn pwyso a mesur, ac yn herio'r un pryd. Ni fedrai arogli ofn yn chwys y dyn, wrth i'w ffroenau dynnu aer a'i ymennydd yn prosesu'r byd o arogleuon o'i gwmpas.

Pum llath. Nawr roedd y dyn a'r blaidd yn medru clywed anadl ei gilydd, a'r blaidd yn medru clywed curiadau calon Trace yn ei frest. Petai'r alffa wedi neidio am wddf Trace yr eiliad honno, byddai wedi marw'n glou, mewn carnifal o waed. Ond roedd Trace yn cofio'r ci oedd ganddo pan oedd yn blentyn, ac yn rhesymu nad oedd fawr ddim gwahaniaeth rhwng y ddau. Dim ond canrifoedd o ddofi, a bridio detholus. Sniffiodd y prif flaidd ei lewys ac yna ei law. Fel Paget, ei gi ffyddlon, dechreuodd y blaidd lyfu cledr ei law, a bys, ac wedyn pob bys, fel petai'n bwyta arogl Trace wrth iddo ei groesawu i'r teulu, i ganol y pac. Closiodd y ddau anifail oedd wedi bod yn prowla a phatrolio o gwmpas. Roedd ganddynt fwy o ofn yr arweinydd na'r dyn yma, neu yn hytrach, y dynion yma, oedd nawr yn dilyn camau Trace ar draws y mwswgl, a'r tir, mewn mannau, fel sbwng o dan draed. Ond nid aethant yn rhy agos, oherwydd awgrymodd Trace, drwy ledu ei fysedd, y dylent gadw draw am nawr, tra oedd yr hen flaidd yn swpera'n awchus ar ei fysedd. Yn ei drin fel blaidd, fel brawd-flaidd iddo.

Yn eu tro, daeth pob aelod o'r pac i snwffio a llyo Trace, ac ambell un o'r rhai bach yn mwynhau chwilota'n ewn yn ei bocedi. Erbyn hyn, roedd y dynion eraill wedi cyrraedd, eu breichiau hwythau ar led, ac roedd y bleiddiaid yn teimlo'n fwy hyderus nawr, ac yn gweld o ymddygiad yr arweinydd – gawn ni ei alw'n Bre-ka – ei bod yn iawn iddyn nhw fentro draw i'w croesawu a'u harchwilio'n drwyadl. Buont yn sefyll yno am hanner awr a mwy nes bod Trace a Juan Pablo wedi shifflo'n nes at ei gilydd.

'Beth nawr?' gofynnodd Trace i Ben. Unwaith eto, rhaid oedd iddo wenu ar odrwydd y sefyllfa, y ffaith eu bod yn sefyll yma yng nghanol pac o anifeiliaid ffyrnig, rheibus, mewn rhyw fath o sw awyr agored yng nghanol nunlle.

Ond roedd Ben yn gwybod yr ateb y tro hwn – daeth o nunlle, fflach o ysbrydoliaeth fel y golau ar y ffordd i Ddamascus. Synnodd o'i glywed ei hunan yn ateb ag arddeliad a sicrwydd yn ei galon.

'Rhedeg!' Ac ar amrantiad, dyma Ben yn dechrau rhedeg nerth ei draed, a thri neu bedwar blaidd ifanc, gan gynnwys y ddau â'r ffwr lliw arian, yn rhedeg ar ei ôl, ac yna wrth ei ochr, a gallai Ben deimlo'r aer, yr ocsigen, fel tanwydd wrth iddo redeg yn gyflymach, ac roedd 'na deimlad gwirioneddol anhygoel yn deillio o'r ffaith ei fod yn rhedeg dros y twndra hwn yng nghwmni bleiddiaid gwyllt, a'r rheiny'n mwynhau'r ras, yn mwynhau'r rhedeg dibwrpas yma.

Nid rhedeg i gorlannu carw neu sgathru ar ôl sgwarnog wen er mwyn swpera, ond mynd ar garlam er mwyn dathlu. Dathlu arogl y ferywen a'r saets, a dŵr croyw'r llynnoedd mawrion i bob cyfeiriad, a bendith y tir, a'r creigiau da i eni cenawon, a ffrwythlondeb. A gwneud hyn oll drwy redeg! Pwy fyddai'n meddwl?

A dechreuodd y dynion eraill redeg hefyd, rhai yn straffaglu i ddal y lleill, ond yn gweld bod y bleiddiaid, chwarae teg, yn arafu nes eu bod yn rhedeg ar yr un cyflymdra â'r rhai arafaf, ond hyd yn oed iddyn nhw roedd yn brofiad godidog – teimlo pŵer yn y rhediadau, yng nghyhyrau'r bleddiaid, rhai'n llwyd, rhai'n frown fel castanwydd, a rhai'n gyfuniad o'r ddau, a'u llygaid yn ddim llai nag anhygoel. Y fath ddeallusrwydd ynddynt. Yn darllen y tirlun o'u cwmpas mewn ffordd mor wahanol i ddyn. Yn blasu'r aer. Yn ogleuo'r greadigaeth, yn ei llawnder rhyfeddol, gogleddol.

Nid oedd Bre-ka'n rhedeg, wrth gwrs, oherwydd nid yw'r brenin byth yn rhedeg, heb sôn am yr ymerawdwr. Gwyliai'r giamocs gwyllt o'i graig-siâp-penglog, yn falch o gael hoe.

Ymlaen â nhw, filltir ar ôl milltir, nes bod bron pob un o'r dynion yn gorfod dod i stop, yn ei gwrcwd yn straffaglu i anadlu, ond roedd un ohonynt, Ben Moss, yn dal i redeg fel y gwynt, a nerth ym mhob llam, yn camu'n chwim dros hen foncyffion, neu neidio'n heini dros dwmpathau morgrug ar y ffordd. Gallai fod yn y Gemau Olympaidd, tase 'na gystadleuaeth rhedeg gyda bleiddiaid, neu draddodiad o redeg rasys hir yn ei famwlad. Dyna rai o'r syniadau hurt oedd yn mynd drwy feddwl Ben wrth iddo redeg ymlaen, gan igam-ogamu i osgoi rhwystrau, a ffwr y bleiddiaid bron yn cyffwrdd â'i groen, a'u pleser nhw'n cymysgu â'i bleser e yn nheyrnas y blaidd, lan fan hyn, ar ymylon y goedwig dywyllaf, ar ben y byd.

Dros y dyddiau nesaf, dysga'r dynion sut i symud fel un, i synhwyro a theimlo symudiadau'r lleill, gan ddilyn ffordd y pac o symud. Un, y sgowt, yn y blaen, nid yn unig yn chwilio am brae ond hefyd yn ymwybodol o berygl, yn cadw'i lygaid ar agor am arth neu am heliwr a'i wn. 'White Fang' mae'r dynion yn ei alw ar sgowt y bleiddiaid, ar ôl y blaidd yn llyfr Jack London, gan fod un o'r dynion wedi bod yn darllen y nofel yn y gwersyll ar bwys y ffatri ganio. Ac mae White Fang, fel ei gyfaill ffuglenol, yn wahanol i'r bleiddiaid eraill. Mae e'n deall yn well na'r lleill bod eu cynefin yn newid yn gyflym – mwy o ddynion, hofrenyddion, heolydd newydd yn torri ar draws y corstir, yn gwahodd y brain a'r cigfrain i symud i mewn. Yn wyneb dinistr ac ebargofiant, mae ei reddfau hela a gwarchod wedi datblygu fel ei gilydd, nes ei fod yn gynt na'r bleiddiaid eraill, yn chwim ei droed, yn fwy cyfrwys, yn osgeiddig, yn heliwr mwy peryglus, a chanddo fwy o stamina, ei gyhyrau'n haearn a phob gewyn yn galed. Mae'r White Fang hwn hefyd yn glyfar, yn ddoeth ac yn ffyrnig tu hwnt. Ddim yn ddigon clyfar i hawlio'r pac a gwrthsefyll yr arweinydd eto, ond daw dydd pan fydd hynny'n digwydd, cyn sicred ag y tawdd yr iâ. A White Fang sy'n dysgu'r dynion sut i hela heb arfau, heb gyllyll, gan ddefnyddio'u synhwyrau a sgiliau cripio dros y tir, stelcian a dilyn, agosáu a neidio'n glamp.

Byddai Ben yn cofio'r dydd pan ddaliodd brae am y tro cyntaf nes ei fod ar ei wely angau. Gwelodd y *ptarmigan* – iâr wen y mynydd – cyn White Fang. Hwn oedd un o'r adar mwyaf niferus yn y parthau diarffordd hyn, ac roedd yr aderyn yma wedi pesgi'n braf ar lus a hadau bach, nes bod ei frest yn dew fel twrci Dolig. Edrychodd Ben yn slei ar White Fang, oedd wedi gweld yr aderyn eiliadau'n unig ar ei ôl, a chyda dealltwriaeth lwyr rhyngddynt, symudon nhw ar ffurf pinser. Aeth Ben i'r chwith, yn hollol fflat ar y llawr, ei drwyn yn y mwswgl, tra oedd y blaidd, yr heliwr profiadol, yn symud mewn hanner cylch lletach nes ei fod yn agosáu at yr aderyn o'r tu ôl, gan wybod na fyddai'r iâr wen hon ar ei phen ei hun, ac y byddai un arall yn gwylio am berygl; felly honno oedd ei darged yntau, y rhybuddiwr, y system larwm oedd yn siŵr o fod yn sefyll ar ben boncyff neu fryncyn.

Prin roedd Ben yn symud o gwbl, gan ymgripio fesul hanner modfedd, ond gan gadw'i lygad ar yr aderyn, oedd yn pigo'n ddi-hid mewn twffyn o figwyn. Symudodd ei fysedd ymlaen fesul un, yn osgoi gwneud unrhyw sŵn, ac yn dal ei anadl gystal ag y gallai. Gwyddai fod rhaid i'r blaidd fwrw ei darged ef jest cyn iddo fe gyrraedd ei iâr wen yntau, ac y byddai'n rhaid iddynt gyfathrebu drwy reddf yn unig, gan nad oeddent yn medru gweld ei gilydd bellach, a White Fang y tu ôl i dyfiant isel ond trwchus o helyg yr Arctig.

Fesul chwarter modfedd, fesul hyd-ewin-bys, symudai'n nes. Pig-pig-pigai'r iâr wen heb ofn yn y byd, a'i bryd ar wledda ar yr aeron porffor, tew. Teimlai Ben yn siŵr y byddai'r aderyn yn synhwyro ei fod e yno bellach, ond roedd fel petai'n gwisgo mantell oedd yn ei wneud yn anweledig. Pum llath nawr, ac roedd yn demtasiwn i symud yn gynt, ond roedd Ben wedi dysgu gwersi da. Pwyll piau hi. Symud fel gwymon drwy ddŵr, gan adael i'r byd o'ch cwmpas eich arwain. Ie, pwyll piau hi.

Nawr! Naid a hanner, a'i ddwylo'n barod i dagu'r aderyn, ac er bod yr aderyn yn medru hedfan fel roced, roedd amseru Ben yn drech nag ef, yr amseru'n berffaith, fel amseriad White Fang, a drawodd ei darged yntau eiliadau cyn bod ei ddisgybl hirgoes yn ei daflu ei hun lan i'r awyr.

Lladdodd Ben yr aderyn yn effeithiol o ddisymwth, ac wrth iddo edrych ar y corff yn ei ddwylo, gan synfyfyrio ar brydferthwch y plu – y gwyn fel ffluwch forwynol o eira, y brychau brith ar y stumog, a'r adenydd annisgwyl o ddu, oedd yn help i guddio'r aderyn yn nyfnder y gaeaf drwy edrych fel cysgodion yn erbyn bancyn eira – rhyfeddai at sawl peth: prydferthwch a pherffeithrwydd y corff llipa yn ei ddwylo, ond hefyd ei reddf gyntefig ei hun, yn ddwfn fel pydew y tu mewn iddo, oedd yn gadael iddo ladd mor hynod effeithiol. Cymerodd awr iddo stelcio'r aderyn, a phum eiliad iddo'i lorio a'i ladd.

Erbyn hyn, roedd y ieir eira eraill yn bell i ffwrdd, ar wahân i'r aderyn gwarcheidiol, oedd yn saff rhwng dannedd White Fang, a ddaeth draw at Ben fel ci ufudd sy newydd fynd i nôl pâr o slipars, neu'r papur dyddiol sy wedi ei adael ar y dreif.

Y noson honno, cyneuodd y dynion dân nid ansylweddol er mwyn rhostio'r adar ynghyd ag elc ifanc roedd y bleiddiaid wedi ei ddal. Gan fod y bleiddiaid wedi cael diwrnod hela penigamp, roedd digonedd o gig ar gyfer dyn ac anifail. Er hynny, roedd yr anifeiliaid yn cadw llygad gwyliadwrus ar y fflamau, gan wybod bod y rheiny'n pwysleisio'r gagendor rhyngddynt a'r creaduriaid hirgoes, gan nad oedd arnyn nhw ofn tân a'u bod wedi ei hen feistroli, tra oedd y blaidd yn cario y tu mewn iddo filenia o ofn y mwg a'r gwres a'r ffordd roedd yn medru difetha popeth o'i flaen.

Bu cyfnewid straeon brwd rhwng y dynion, a phob wan jac wedi dysgu cymaint o ddilyn y bleiddiaid a'u cysgodi dros y twndra. Y peth pwysicaf oedd cydweithio – meddwl fel un, symud fel un, gan ddeall fod 'na bŵer noeth yn hynny.

Blasai'r cig yn arbennig, ac erbyn i'r Perchennog gyrraedd i ymuno yn y wledd – gan ddod ag *aquavit*, bocs mawr o domatos a chacen siocled gydag e – teimlai rhai taw dyma'r pryd gorau iddynt ei flasu yn eu byw.

Rhoddasant y gacen i'r cenawon, a mawr oedd eu diléit wrth flasu'r melyster. Roedd y wên siocled ar wyneb y cenau gwyn yn ddoniol iawn nes i'r lleill weld beth oedd yno, a rhuthro'n wyllt tuag ato i flasu ychydig bach mwy.

Yr Eithafwlad Wen

'DYMA LLE'R Y'N NI,' esboniodd y Perchennog, gan bwyntio â'i fys at y map, 'a dyma lle ry'ch chi'n mynd. Er mwyn cyrraedd, bydd angen i chi deithio ar hyd yr arfordir, ond lan fan hyn does 'na ddim arfordir fel y cyfryw am y rhan fwyaf o'r flwyddyn. Dim ond iâ, a mwy o iâ, rhyw fath o iarfordir, felly.' Y Perchennog oedd yr unig un a chwarddodd ar ei jôc.

'Felly byddwch yn teithio reit ar ddechrau'r gwanwyn, sy'n dod yn gynharach bob blwyddyn fel y mae ym mhob man arall yn y byd y dyddiau 'ma. Bydd fy mrodyr yn y pentref yma, Cheekook, yn edrych ar eich olau, ac os gall unrhyw un lywio cwch drwy'r craciau yn yr iâ yr adeg yma o'r flwyddyn, nhw all wneud. Felly 'sdim rhaid i chi aros yn hir, foneddigion – cwta bythefnos. Cyn i chi fynd i achub y byd. A gan eich bod yn gwybod sut i weithio fel pac, bydd yn haws i chi weithredu fel tîm perffaith.' Crynodd ei lais â drama bur y gosodiad olaf. Gwyddai fod y dynion yma'n mynd i ganol un o'r llefydd oeraf, garwaf ac anhawsaf-i-fyw-ynddynt yn y byd. Ond nid oedd yn lle diffrwyth yn ei dymor, o na. Teithiasai yno ei hun yn yr haf, pan oedd y byd yn rhyw fath o ogoniant di-stop, rhwng yr oriau diddiwedd o oleuni – sy'n ddigon i ddallu rhywun, wrth gwrs, ond mae'n olau sy'n diffinio'r haf – a'r bywyd gwyllt, oedd yn dipyn mwy helaeth nag y byddai rhai o'r gwleidyddion adain dde ac adrannau cysylltiadau cyhoeddus y cwmnïau olew – neu'r Trachwantwyr, fel y galwai ef nhw – yn dymuno i bobl ei wybod.

Roedd yn gweddu i'w cynlluniau i ddisgrifio'r rhan hon o Alasga fel diffeithdir gwag lle nad oedd neb na dim yn byw, fel y byddent yn cael rhwydd hynt i dyllu a sbwylio a rheibio'r tir. Ac nid dim ond y tir. O dan y tir hefyd, ac o dan y môr, ac yn fwy na hynny, o dan y môr oedd yn drwch o iâ am naw mis yn y flwyddyn. Pwy oedd yn meddwl bod drilio am olew o dan y fath amgylchiadau'n gwneud synnwyr? Yn enwedig nawr. Pan ddrylliwyd yr *Exxon Valdez*, arllwysodd digon o olew i'r dŵr i ladd cymunedau cyfan, anifeiliaid wrth y fil, a gadael ei farc stecslyd a gwenwynig ar fywyd y lle gwyllt ac urddasol hwn am ddegawdau. O, fe ddywedson nhw eu bod yn mynd i lanhau popeth, a'i adfer i'r hyn a fu. Ond gallwch gloddio hyd y dydd heddiw mewn unrhyw batsh o dywod neu raean o fewn dalgylch enfawr a bydd yr olew yno, yn drwch, yn ddu, ac yn torri i lawr yn hynod araf. Nid bod y Trachwantwyr yn besco'r dam, dim ond bod lle bwyta Lalimes neu Frontera Grill yn medru cadw bord yn rhydd iddyn nhw am un o'r gloch … Mewn llefydd felly y penderfynwyd ffawd yr Arctig, dros *martinis* sych a stêcs ffedog sylweddol. A'r gwinoedd da, y Château Les Tours Séguy a'r Pétrus yn llifo'n goch.

Edrycha Trace a Ben allan ar yr unigeddau. Esbonia'r Perchennog rai o nodweddion y lle, ond tra bo'n canmol rhinweddau'r lleuad a'r sêr, ac adar amrywiol yr ardal, mae meddwl Ben ar grwydr. Yn rhyfedd ddigon, dyw e ddim yn gallu peidio â meddwl am binafalau. Mae e bron yn siŵr mai fe yw'r unig berson dan haul sy wedi bod ar rimyn oer y byd yn fan hyn ac yn meddwl am binafal, yn ysu am gael blasu cylchoedd newydd eu torri o'r ffrwyth ffres, fel y rhai y byddai bechgyn yn eu gwerthu yn y farchnad flynyddoedd yn ôl, chwe chylch o ffrwyth wedi eu gosod mewn bag plastig gydag un darn o iâ. Byddai'n gyfoeth o iâ yn America Ganol, yn wahanol iawn i fan hyn, sy'n bell iawn o unrhyw dyfiant gwyrdd, heb sôn am ffrwythau melys, llawn sudd …

Iâ. Ar yr iâ, neu yn hytrach *rhwng* yr iâ, mae miloedd o hwyaid mwythblu sbectolog yn bobian ac yn deifio'n ddwfn i gyrraedd cregyn bylchog. Ac o dan y tir, yn eu gwâl gudd, gaeafgysga'r eirth mawr gwynion, yn mwynhau wyth neu naw mis o freuddwydio am ddyddiau llachar-heulog yr haf. O dan y dwfe o iâ ac eira, bydd llygod y maes yn prysur dyllu a bwyta, bridio a gwneud gymnasteg yn eu tyllau bach a'u siamberi twt. Yna daw'r haf byr, yn un gorfoledd o oleuni a gwres ysbeidiol, ond buan iawn y daw mantell drom y gaeaf i'w thaflu ei hun dros y tirwedd. Hwn yw'r tymor hir, tywyll, pan mae Esgimo'r pegwn yn dioddef o *perlerorneq*, iselder ysbryd dwfn iawn, gair y gellir ei gyfieithu fel 'teimlo pwysau bywyd'.

Ac wrth i'r Arctig ddihuno, wrth i'r dyddiau ymestyn hyd eu hymylon, fydd byd natur yn ddim llai na gogoniant, yn ymateb yn drydanol i'r goleuni sy'n dihuno'r tir a'r môr. A'r iâ yn torri. O, nefoedd wen, yr iâ yn torri!

Rhewlifoedd yn esgor ar rewfryniau, ambell un mor fawr â Cleveland, a'r rheiny'n dechrau symud ar y cerrynt. A gall y gwynder mawr, y cyfandiroedd iâ caled, ddatgelu'r twndra oddi tanodd, yn frown ac yn frodwaith cain o hesg a mwswgl. Drychwch! Symudiad sydyn, pry-cop-y-blaidd yn tasgu at chwilen, *hors d'oeuvre* bach gwanwynol! Swp o wlân ychen yn chwifio'n faner fach feddal ar flodau lafant.

Ie, blodau lliw, hyd yn oed yn yr unigeddau yma. Natur yn dathlu'r haul â sioe o borffor, gwyrddlas a thyfiannau lliw copor o wellt a brwyn.

Nawr mae'r bleiddiaid yn symud ar ôl y caribŵod, a'r caribŵod yn eu tro'n gorfod symud i osgoi brathiadau'r pryfed, biliynau a biliynau o bethau bach mileinig sy'n pigo i mewn i'r croen er gwaetha'r ffwr trwchus, ac yn ymosod ar y llygaid ac yn arteithio'r gwefusau nes bod ambell anifail yn dewis neidio dros glogwyn yn hytrach na dioddef yr ymosodiadau gan gatrawdau'r clêr.

Daw'r llwynog gwyn yntau allan o'i guddfan i ddilyn yr arth at erwau'r iâ môr, er mwyn sglyfaethu'r hyn mae'r arth wedi ei ladd – pigo perfeddion morlo, neu sugno gwaed y walrws. Ond, o, yr arth. Brenin-famal y meysydd oer. Sy'n medru plymio i'r dyfnderoedd i 'sgota cregyn a gwymon neu nofio ugain milltir o'r lan, ei ben uwch y tonnau a heigiau o bysgod rhwng ei bawennau. Felly arth y môr yn ogystal ag arth y tir.

A thra bo'i gefnder brown yn cysgu, bydd yr arth hwn mas yn hela ym mhob tywydd, mewn unrhyw storm. Arth yr iâ, hefyd. Anifail gwydn. Heliwr heb ei ail. Ac edrychwch, dyma'r dylluan eira'n hofran dros y tirlun, ei phlu'n ffluwch, ei chrafangau miniog, hir yn troi'r leming yn gebáb. Gosgeiddig yw ei hedfan, mor araf, mor sylwgar, mor urddasol wrth iddi symud drwy'r aer clir.

Nid yw'r dynion yn gwybod pam mae'r Perchennog yn rhoi'r wers fywydeg hon iddynt, ond mae e ar dân wrth iddo ddisgrifio helaethrwydd tiroedd y gogledd, lan tua Môr Bering, lle mae Rwsia'n teimlo'n agos. Ac wrth iddo esbonio drwy ddisgrifio'r anifail rhyfeddaf yn y parthau hyn, maen nhw'n dechrau deall y rheswm pam mae'n ei wneud. Oherwydd dyma lle mae'r dynion yn mynd i weithredu …

'Does 'na'r un anifail yn debyg i'r môr-ungorn, y *narwhal*, morfilod â chyrn, a'r cyrn hynny'n ifori, fel rhai eliffantod. Ry'n ni'n deall mwy am y cylchoedd o gwmpas y blaned Sadwrn na'r creaduriaid yma. Cysylltwyd hwy â marwolaeth yn yr hen, hen ddyddiau, oherwydd bod eu croen yr un lliw â dyn wedi boddi. Ond maen nhw hefyd yn medru boddi, fel dwi wedi ei weld â'm llygaid fy hun.

'Roeddwn i i fyny ger yr Ynys Werdd un tro, pan welais i *savssat*, sef pan mae haid o anifeiliaid yr Arctig yn ymgynnull o amgylch twll yn yr iâ. Roedd grŵp mawr o'r môr-ungyrn wedi dod at ei gilydd i fwyta, ac yn raddol, cawsant eu hynysu oddi wrth y môr gan iâ oedd yn tyfu dros geg y ffiord. Ac mi aethon nhw'n gaeth yn y dŵr, a hwnnw'n mynd yn llai wrth i'r iâ ymestyn, ac roedd sŵn yr anifeiliaid yn ofnadwy – udo fel gwartheg, llefain fel plant, y sŵn mwyaf erchyll a thorcalonnus dwi wedi ei glywed yn fy myw.

'Ac yna, un dydd, ar Ynys Baffin ar benrhyn Borden, mi welais i rai mwy lwcus yn ymfudo. Mae'n debyg y gallwch sefyll fan hyn am wythnosau yn yr haf a'u gwylio nhw'n torri drwy'r dŵr o'ch blaen. Roedden nhw mor chwim, ac yn amlwg yn eu helfen yn y môr, yn symud ac yn deifio megis un anifail, ac o edrych i lawr i'r dŵr clir, byddai rhywun yn tyngu ei fod yn gweld adar yn hedfan. O, y diwrnod hwnnw y des i i wir ddeall gair arall o fyd yr Esgimo, sef *quviannikumut* – teimlo hapusrwydd dwfn.

'Dyma'r math o anifail fydd yn drysu wrth i'r Trachwantwyr adeiladu eu rigiau drilio, a symud eu llongau mawr i hollti'r iâ, gan wneud y sŵn rhyfeddaf. Ac mae gan y môr-ungyrn yma glustiau anhygoel o sensitif. Dyna beth ry'ch chi'n mynd i'w achub … yn y pen draw. Er, bydd yn rhaid aberthu er mwyn gwneud. Ond dyna'r cynllun.' Gwrandawodd Trace, Ben a'r dynion eraill ar y cynllun hwn, oedd yn swnio'n fwyfwy gwallgo.

'Byddwch chi'n chwalu pibell olew a rhyddhau miliynau o fareli o olew i mewn i'r môr, a fydd unman i'r olew fynd ond i lawr, oherwydd bod 'na gymaint o iâ yn tagu'r wyneb. A sut bydd hyn, yr ymosodiad terfysgol hwn, yn achub y môr-ungyrn a'r morloi?' Awgrymodd y Perchennog y byddai achosi 'damwain' fel hon yn dangos nad oedd unrhyw gynllun yn ei le i ddelio â'r fath argyfwng, yn union fel y digwyddodd pethau gyda BP ger arfordir Louisiana rai blynyddoedd ynghynt, ac y byddai hyn, yn y pen draw, yn golygu na fyddai'r cwmnïau mawr yn cael trwyddedau i ddrilio lan yn y gogledd. Byddai hyn yn achub darnau mawr o dir yn Alasga, ac yn amddiffyn cymunedau bregus o bobl oedd yn gwbl ddibynnol ar gynefinoedd glân. O ddinistrio'r bibell olew, byddai rhwydd hynt i'r caribŵod ddilyn eu hen, hen lwybrau ymfudo ar draws y twndra. A byddai'r môr-ungorn yn medru nofio'n saff. Achosi damwain i osgoi dinistr oedd y dasg.

'Unrhyw gwestiynau?' holodd.

'Sut y'n ni'n mynd i wneud i hyn edrych fel damwain?'

'O, mae hynny'n hawdd. Byddwch chi'n gweithio ar y biblinell. Bydd y saith ohonoch chi'n cymryd lle saith gweithiwr fydd newydd orffen shifft mis o hyd.'

'Ydy'r gwaith papur angenrheidiol gyda ni?' gofynnodd y dyn mwya nerfus yn eu plith.

'Peidiwch â phoeni am hynny. Dwi wedi trefnu popeth. Ry'ch chi ar gyflogres y cwmni, yn swyddogol. Mae gen i gysylltiadau da ...' Dangosodd y Perchennog fwndel mawr o ddoleri i'r dynion, oedd yn deall sut roedd arian yn medru agor unrhyw ddrws ...

'Ac os oes gan un ohonoch unrhyw amheuaeth eich bod yn gwneud y peth iawn, y cyfan sydd angen i chi ei wneud yw atgoffa'ch hunain nad oes gan y cwmnïau olew mawr ddim cynllun i ddelio â damweiniau ac argyfyngau lan yn yr Arctig, a'ch bod yn gweithredu i'w harbed yn eu gwaith dieflig. Nawr 'te, pwy sy am gêm o gardiau ...?'

Dechreuodd y dynion baratoi am y daith i'r gogledd drwy fyw am ddeufis o aeaf caled mewn caban a gâi ei ddefnyddio gan dîm ymchwil o Brifysgol Seattle yn ystod yr haf, ond oedd ychydig yn anaddas ar gyfer byw yn yr oerfel.

Nid oedd yn ddoeth mentro allan, nid yn unig oherwydd bod eich anadl yn rhewi'n syth, ac y byddai hanner munud yn siŵr o achosi hypothermia, ac ychydig funudau'n siŵr o'ch llorio'n angheuol, ond oherwydd bod 'na eirth yn prowla ar sgowt ar hyd y lle.

Felly, roedd digon o amser ganddynt i gynllunio'n drwyadl ar gyfer y Weithred Fawr. Jack Brown, cyn-garcharor o Tucson a fu'n gweithio yn y ffatri ganio, oedd yn gofalu am y ffrwydron. Roedd e'n ymarfer bob dydd, yn gosod ffrwydriadau'r tu allan a gwên ar ei wyneb. Gadael y lleill am ugain eiliad. Gwasgu botwm cyn i'w fysedd fynd yn rhy stiff. Bang!

Roedd Trace yn darllen bywgraffiad Capten Scott, a aeth ar ras i Begwn y De, dim ond i gael ei siomi o ddarganfod bod Amundsen wedi cyrraedd yno o'i flaen. Tanlinellodd ddarn bach yn y llyfr …

> Petawn i wedi byw, byddai gen i stori dda i'w hadrodd, am ddewrder, gwytnwch a mentrusrwydd fy nghyfeillion, y math o stori fyddai wedi llenwi calon unrhyw Sais â balchder llwyr. Ond bydd yn rhaid i'r nodiadau syml yma, a'r cyrff celain, stiff, adrodd y stori yn fy lle.

O ddarllen am yr anawsterau oedd yn wynebu Scott, deallai Trace pa fath o sialens oedd o'u blaen, yn enwedig pe digwyddai i rywun fethu ag amseru eu siwrne lan i'r gogledd yn iawn, i'r eithafle gwyn, oer, oer.

Tra oedd Trace yn darllen ei lyfr trwchus am yr arwr, darllenai Ben Moss lyfr gramadeg elfennol i geisio gwella'i Saesneg, er bod rhan ohono'n amau mai peth hurt oedd gwneud unrhyw ymdrech o'r fath, o ystyried y posibilrwydd cryf na fyddai ef na Trace nac un o'r lleill yn dychwelyd yn ddiogel. Yn dychwelyd o gwbl. Synhwyrai Trace taw dyna oedd bwriad y Perchennog, oedd yn gweithio yn ôl yr egwyddor 'mud yw pob dyn marw', er bod y dyfyniad gan Falcon Scott yn ei lyfr yn gwrth-ddweud hynny i ryw raddau. Roedd 'na wastad dystiolaeth yn y llefydd yma, lle doedd dim byd yn pydru.

Felly, roedd Ben yn dysgu enwau pethau yn y tŷ a sut i siopa am lysiau ffres. Roedd Jack yn datgymalu cloc, ac yn defnyddio coil hir o gopor i gysylltu'r teclyn amseru bach roedd e newydd ei greu at y ffrwydron.

Roedd Jack yn hoffi Semtex, a byddai'n dewis defnyddio

hwnnw yn hytrach na bron unrhyw beth arall oedd ar gael ar y farchnad anghyfreithlon. Hoffai drin a thrafod y stwff â'i ddwylo – teimlad nid annhebyg i roi pyti yn sìl y ffenest, y deunydd yn dyner o dan fys a bawd. Roedd yn hoffi'r lliw, coch neu oren lliwgar, oedd rywsut, yn wahanol i C-4, oedd yr un lliw â hufen, fel y math o ffrwydron y byddech yn eu rhoi mewn soser i gath eu hyfed. Ac yn fwy na dim, roedd Jack yn hoffi enw'r gwneuthurwr, y cwmni sy'n cynhyrchu'r stwff yn Tsiecoslofacia, a wnâi iddo chwerthin bob tro y byddai'n ei weld ar ochr y pecyn. Explosia. Roedd y tîm marchnata wedi aros ar ddihun ddydd a nos yn meddwl am hwnna! Am enw!

Nid yw'r iâ yn wyn i gyd. Ddim o bell ffordd. Ac mae'n dibynnu ar beth sy'n digwydd i'r golau, wrth gwrs. Mae'r gwanwyn yn dod nid fel dyddiau llawn, ond fesul cripiadau o olau, hanner awr, awr gyfan os yw'r eirth yn lwcus, ond os yw'r haul yn ddigon cryf i ddadmer hyd yn oed y mymryn lleiaf o ddŵr, bydd arlliw o leim yno, ac mae 'na ddigonedd o las, a glas trofannol hefyd wrth i'r dyddiau ymestyn i awr neu dair.

Ac nid yw'r iâ'n gwbl fflat, chwaith. Mae 'na graciau mawr, rhai yn ddigon sylweddol i fod yn geunentydd, a dyma lle mae'r hwyaid mwythblu'n dechrau cyffroi cyn y tymor nythu. Ac mae ambell lwynog wedi mentro allan eisoes, am geisio dal hwyaden wrth iddi dorri'r wyneb, a'r mamal craff yn gwybod nad oes ganddo ddim mwy na dwy eiliad ar y mwyaf i ddal gafael yn ei ginio cyn iddi blymio drachefn.

Mae iâ'r rhewfryniau'n amsugno golau o'r haul, o'r

cymylau ac o'r dŵr o'i gwmpas, ond gall hefyd newid ei ddimensiynau, neu o leiaf newid y ffordd mae rhywun yn gweld ac yn mesur y dimensiynau anferthol, triciau'r golau a'r cysgodion, wrth geisio llewyrchu ac adlewyrchu'r holl stwff oer.

Ond yn sicr, nid yw'r iâ yn wyn. Gall fod fel lliw plu colomennod, neu berlau, neu fwg. Os bydd rhewfynydd mawr yn rhwygo i ffwrdd o'r hyn sy'n gyfystyr â thir mawr yr iâ, gall edrych fel powdwr talc glwyb, ac mae ynddo batrymau tywyll fel gemwaith, fel pethau prin na fyddant yn para mwy nag ychydig fisoedd. Oherwydd er bod yr iâ yn debyg i graig, ni fydd yn para fel craig, ond yn erydu a thoddi, nes ei fod, yn y pen draw, yn ddim mwy na dŵr. Mae'r rhewfynydd yn marw o'ch blaen, yn edwino'n ddim.

O bellter, mae'r dynion yn eu cotiau'n edrych fel cynulliad o fenywod, sêr Hollywood y 1930au, yn ffwr anifeiliaid i gyd. Mae'n edrych fel petai'r Perchennog wedi teithio'n ôl mewn amser i brynu offer a chyfarpar i'r criw. Neu, fel mae Trace yn dechrau poeni, efallai fod criw arall o ddynion wedi bod ar y siwrne hon o'r blaen, a'u bod nhw i gyd yn gwisgo dillad dynion marw.

Mae Trace yn gwisgo sgidiau sy'n edrych fel dwy raced dennis hen ffasiwn am ei draed, ac mae Ben – ei ddannedd yn rhincian fel pe na baent am stopio fyth eto – yn wahanol i'r dynion eraill, yn gwisgo lifrai Arctig y fyddin Norwyaidd, ac ar wahân i'w wyneb, sy'n ddolurus o oer yn barod, mae gweddill ei gorff yn gynnes reit.

Llafurus yw eu cerdded, ac mae'r map sy ganddynt sy'n dangos ble i gwrdd â'r Inuit a'r caiac yn anodd i'w ddarllen yn y golau pŵl. Mae ffluwchion o eira a gronynnau o iâ yn cael eu taflu fel tywod i wynebau'r teithwyr, sy wedi blino eisoes. Ymlaen â nhw, yn boenus o araf. Hanner milltir yr awr. Y gwynt yn eu fflangellu.

Y bwriad yw cyrraedd y bae bychan erbyn y bore, gan wersylla ar y ffordd, a diolch byth bod rhai o'r teithwyr yn gwybod sut i godi pabell mewn storm. Ac mae storm ar ei ffordd, un o'r caswyntoedd yna sy'n medru dod o nunlle a thaflu dynion drwy'r awyr yn gwbl ddidrafferth. Ac mae'n rhaid i'r dynion straffaglu yn erbyn yr hyrddwynt hwnnw wrth iddynt geisio codi'r babell, ac ar ôl hanner awr mae'n rhaid iddynt dderbyn na fydd 'na babell iddynt heno. Mae'r gwynt yn rhy gryf: arth-wynt.

Ac felly maen nhw'n gorwedd mewn cylch tyn, y gwynt yn rhuo, y tymheredd yn disgyn nes ei fod yn ddigon i oeri'r gwaed. Ac mae Trace a Ben yn closio at ei gilydd, a'r ddau ohonynt yn llwyddo i gysgu am orig fach er gwaetha'r tywydd, ond yna mae'n troi'n wirioneddol gas, a does dim dewis ond tynnu pawb yn ddyfnach i mewn i'r cylch. Ond mae un ohonynt yn eisiau ac er i bawb weiddi ei enw dros y gwynt, ac i ddau ohonynt wirfoddoli i fynd i chwilio amdano, nid oes ganddynt obaith caneri, mewn gwirionedd, o ddod o hyd iddo. Maen nhw'n gwybod yn reddfol, yng ngwaelod eu calonnau, ei fod wedi mynd, wedi marw.

Yr iâ, yr iâ. Annherfynoldeb o iâ. A hwn yw'r tymor pan mae'r rhewfryniau'n symud, ac wrth i lygaid Ben edrych ar y wawr, neu'r esgus o wawr sy'n ymestyn o'i flaen, mae'n sylwi ar un rhewfryn sy ar fin cracio'n rhydd a thynnu tunelli o iâ ar ei ôl.

Mae e mor oer. Maen nhw i gyd mor oer. Bellach, mae pob anadl yn boenus, ac yn llafurus tu hwnt, ac wrth i Ben geisio siarad â Trace, mae Trace yn ei gynghori i gadw'n dawel, gan godi bys mewn maneg ffwr at ei farf, sy'n wyn fel un Siôn Corn.

Does dim amser i feddwl am y dyn aeth ar goll – mae'n rhaid iddynt symud yn eu blaenau, ond nid yw'r un ohonynt yn hollol siŵr i ba gyfeiriad y dylent fynd, oherwydd mae'r cwmpawd wedi rhewi. Pwy feddyliai y gallai cwmpawd rewi, ond dyna ni, maen nhw yng nghanol y lle oeraf ar y blaned, lle mae popeth o dan fygythiad. Hyd yn oed y cof. Mae Trace wedi bod yn ei gadw ei hun rhag cwympo i gysgu, er bod ei gorff wedi blino ar geisio cadw i fynd.

Ond mae Trace yn llwyddo i ddod o hyd i ddigon o egni i awgrymu y gall Ben ac yntau fynd i un cyfeiriad, tra bo'r pedwar arall yn rhannu'n ddau bâr a mynd i chwilio am eu cyfaill ar wahân. Falle y bydd un pâr yn goroesi, felly. Un pâr. Falle ddim.

Mae Trace a Ben yn dal yn sownd yn nwylo ei gilydd ac yn cerdded ymlaen, i ganol y gwynder.

Mae'r oerfel yn chwarae triciau sâl, pethau'n drysu ym meddyliau'r ddau wrth i'w hymennydd ddechrau rhewi …

Mae Trace yn meddwl am Alex, ond mae ei frawd marw'n marchogaeth ceffyl heibio i'r tŵr yng ngwylltir y Gila, ac mae ei rieni yno hefyd, y ddau ar geffylau palomino urddasol. Ond maen nhw'n gorfod taflu eu hunain i'r llawr wrth i awyrennau hedfan yn isel dros eu pennau, ac mae 'na ddelweddau gwaedlyd o Irac, a'i fam yn gweiddi ei enw o ganol rwbel, a Marines yn rhedeg am eu bywydau ar draws tir agored. A'i frawd ar ei ffordd i … ar y ffordd i … Dryswch pur o ddelweddau. Rhyfel. Tân. Y fforest yn llosgi. Y ddinas yn llosgi. A neb yn gwybod ymhle mae ei frawd. Rhed i chwilio amdano, dros yr un tir agored lle bu'r Marines funudau yn ôl. Alex! Alex! O, ble wyt ti?

Ac mae Ben yn waeth. Does dim byd yn gwneud synnwyr i Gysgod y Sgwarnog, er ei fod yn cofio'r ffrwythau yn y farchnad, ac arogl dychrynllyd y twneli o dan Ddinas Mecsico. Ond y ffrwythau yw'r peth … pinafalau fel temtasiynau, er ei fod yn gwybod ym mêr oer ei esgyrn na fydd yn blasu'r un ffrwyth fyth eto.

Mae Ben Juan Pablo Moss yn gafael yn Trace ac yn glynu wrtho. Dau frawd, allan yn yr oerfel syfrdanol. Un brawd yn synhwyro ei fod yn marw'n dawel, wrth i dymheredd ei gorff ddisgyn. Gall Juan Pablo deimlo'r iâ yn setlo yn ei wythiennau. 'Sdim teimlad ganddo bellach ym mysedd ei draed. Dim teimlad yn ei fysedd chwaith.

'Dal fi'n dynn,' dywed wrth Trace, er bod y geiriau'n mynd ar goll mewn cwmwl o ager, a'i wefusau'n rhy grin i ynganu'r synau'n glir.

'Ond mae'n rhaid i ni fynd ymlaen. Tua'r gogledd, os y'n ni'n lwcus. Mae 'da ni bibell i'w dinistrio, a byd i'w achub. Dere nawr. Plis, Ben.' Mae Trace yn teimlo pwysau ei frawd a'r diffyg egni yn ei gorff gwan. Ond dyw e ddim am adael iddo farw. Ddim fan hyn, yng nghanol nunlle. Yn bell o'r byd.

Dau farc inc twt ar dudalen wen yr iâ rhyfeddaf. Maen nhw'n cerdded ymlaen, gan droi'n smotiau bach, ac yna, mae un brawd yn dodi ei fraich am ysgwyddau'r llall, a chyda'r eira'n chwyrlïo'n ffluwch ymosodol o'u cwmpas, maen nhw'n diflannu …

… I dudalen wen y tirlun hynod, i'n Harctig ni, gwlad y gwyntoedd anfaddeugar a'r erwau iâ creulon, y wlad sy'n siŵr o'n croesawu ni i gyd.

Gan adael dim byd mwy i'w ddarllen.

Dim ond y gwynder syfrdanol.

Sy'n ymestyn o'n blaenau â sicrwydd ofnadwy.

Ie. Y dudalen wag honno.